요조 장편소설

Tremble, Love

떨리게, 연애

떨리게 연애

2020년 6월 15일 초판 1쇄 인쇄
2020년 6월 18일 초판 1쇄 발행

지은이 요조
발행인 이종주

기획 편집 정시연 이은정 송영경
경영 지원 배진경
마케팅 김정수

발행처 (주)로크미디어
출판등록 2003년 3월 24일
주소 서울시 마포구 성암로 330(상암동) DMC첨단산업센터 B동 318호
편집 문의 (02)6365-5156 **구입 문의** (02)3273-5135
홈페이지 rokmedia.blog.me
E-mail romance@rokmedia.com

값 10,000원

ISBN 979-11-354-8426-1 03810

요조 장편소설

Tremble Love

떨리게,
연애

ROCOCO

CONTENTS

1.

만남

3월의 어느 날, 하늘은 여전히 잿빛이었고 바람은 전보다 따뜻해졌다. 하늘을 뒤덮은 미세먼지 때문에 서울은 봄이 왔음에도 봄옷을 갈아입지 못하고 있었다.

파란 하늘과 색색의 봄꽃이 그리워지는 요즘이었다. 저마다 찌푸린 얼굴로 마스크를 쓰거나 손으로 입을 틀어막은 사람들이 점심시간을 이용해 어딘가로 바쁘게 걸어가고 있는 밖의 풍경을 지유는 시니컬한 눈빛으로 스윽 둘러봤다. 그러고는,

"난 가진 게 많은 사람을 원해요."

비싸 보이지 않지만 깔끔하게 정장을 차려입은 남자를 보며 똑부러지게 말했다.

"나도 가진 게 많은 사람을 원합니다."

당황하거나 비웃지 않고 진후 역시 지유와 같은 말을 했다.

"적당히 말고 아주 많이 가진 사람."

몸이 아니라 영혼을 팔아도 좋았다. 가난에서 벗어날 수만 있다면 가진 모든 걸 팔아도 좋았다. 그래서 이 자리에 나와 부끄러움 없이 당당하게 원하는 걸 말하고 있는 중이었다.

일생일대의 기회라며, 로또보다 더한 행운이라며 무조건 잘 보여야 한다고 했던 외삼촌의 말에 갖고 있는 것 중 가장 비싸고 좋은 정장을 꺼내 입고 나왔다.

"서진후 씨가 갖고 있는 건 뭐죠?"

"맞추죠."

"뭘?"

"이지유 씨가 원하는 건 뭐든지."

자존심 따위 진즉에 갈아 마셨다. 어쩌면 태어나는 순간부터 그런 건 갖고 있지 않았던 건지도 모르겠다.

하루에 한 끼를 먹는 게 버거울 정도로 가난했었다. 라면 하나로 세 식구가 나눠 먹어야 했었고 전기세가 많이 나올까 봐 해가 지면 일찌감치 잠이 들고 동이 트면 누구보다 일찍 하루를 시작했었다.

겨울엔 춥고 여름엔 더운 게 당연한 건 줄 알고 살았었다.

그나마 라면값이라도 되는 돈을 가지고 나가 도박판에 전부 쏟아붓던 아버지가 교통사고로 돌아가시면서 보상금을 받았고, 그걸로 그나마 화장실이 집 안에 있는 단칸방으로 옮기며 사람 비슷하게 살 수 있었다. 그때 처음으로 아버지란 사람에게 고마웠다.

새벽에는 신문 배달, 우유 배달을 했고 밤에는 편의점 아르바이트를 하고, 주말이면 낮에는 막노동, 밤에는 물류 창고에서 택배 분류하는 일을 했었다.

안 해 본 일이 없을 정도로 몸을 혹사시켰고 대학은 매일 코피를 쏟으며 공부한 결과 장학금을 받으며 입학했다. 대학을 다닐 때도 돈 버는 일을 쉰 적은 단 하루도 없었다.

과외를 하며 몸은 조금 편해졌고 수입도 늘었다. 그래도 주말이나 새벽에는 몸 쓰는 일을 하는 걸로 생활비를 충당했었다. 세 식구 굶지 않고 사는 것만으로도 좋았다.

물론 그때도 간간이 빚쟁이들이 찾아오곤 했었지만 대학을 졸업하고 누구보다 일찍 취업을 하면서 비로소 몸이 어느 정도는 편해질 수 있었다.

이제는 방 두 개짜리 집에서 겨울엔 따뜻하고 여름엔 좀 덜 덥게 살 수 있는 정도가 됐다. 하지만 다른 사람들과 비교하면 여전히 가난했고 빚은 남아 있었다.

"자존심 같은 건 없어요?"

"없습니다."

"자존심 없는 남자, 매력 없는데?"

"그럼 지금부터 다시 있는 걸로 하죠."

어떻게든 잡고 싶었다. 이 여자만 잡으면 초고속 엘리베이터를 타는 거였다. 남들과 비교했을 때 가난하지 않은 정도가 아니었다. 부자가 되는 거였다. 대한민국 모든 사람들이 부러워하는 부자.

"저는 마음을 정했습니다."

흥분한 외삼촌이 이제 끝났다고, 지긋지긋한 가난도 이제 끝낼 수 있다고 했던 말이 진후는 아직도 귓가에 맴도는 듯했다.

그냥 부자가 아니라 재벌이라고, 우리가 아는 그 명원그룹의 딸이라고, 이 여자만 잡으면 된다고, 거의 엉엉 소리 내서 울던 외삼촌의 울음소리가 들리는 것만 같았다.

그렇게 부잣집 딸이 왜 가진 것 없는 자신과 결혼을 하겠다는 건지 묻지 않았다. 사실 이유는 알고 싶지도 않았다.

"결혼합시다."

당당하다 못해 당돌한 진후의 눈빛에 지유는 어이없는 비웃음조차 입 밖으로 내지 못했다.

제법 흥미로운 남자였다. 그동안 만났던 남자들과 달랐다. 재수없을 정도로 당당하고 뻔뻔했다. 그리고 가장 잘생겼다.

"서진후 씨랑 결혼하면 내가 얻는 건 뭐죠?"

"완벽한 파트너. 이지유 씨가 원하는 건 다 합니다. 완벽한 파트너로, 완벽한 이지유 씨 편으로."

편……. 그 말에 묘하게도 가슴이 쿵 하고 내려앉는 듯했다. 저릿하게 마음을 파고드는 그 한 마디에 지유는 크게, 그러나 들리지 않게 숨을 내쉬었다.

"그림 좋아해요?"

지유는 재킷과 핸드백을 들고 자리에서 일어났다. 그녀를 따라 진후도 자리에서 일어났다.

커피숍에서 나온 지유는 천천히 걷기 시작했다. 진후는 옆에서 빠르지도, 느리지도 않은 걸음으로 그녀와 발을 맞췄다.

미세먼지가 걷히기라도 한 듯 하늘은 옅은 푸른빛이었다. 어제보다는 확실히 맑아진 하늘이었다. 숨쉬기가 편안해졌다. 간간이 얼굴 위로 떨어지는 햇살도 마음에 들었다. 봄이 오긴 했나 보다.

"내가 좋아하는 곳이에요."

하얀색의 건물 외관과 한쪽 벽에 가늘고 길게 검은색의 글씨가 가로로 흘려 쓰듯이 적혀진 미술관. 지유는 그 앞에서 처음으로 진후를 보며 미소를 지었다.

그녀의 얼굴로 내려온 햇살에 진후는 하마터면 마주 미소를 지을 뻔했다.

예뻤다. 지금껏 살면서 본 그 어떤 사람, 아니 세상의 그 무엇보다 숨이 멎게 예뻤다. 처음이었다. 사람을 보며 황홀함에 심장이 떨렸던 건 분명 처음이었다.

＊✽＊

미술관에서 헤어진 후 이틀이 지났지만 지유에게서는 연락이 없었다. 하지만 진후는 조급해하지 않았다.

너무 다른 세상에 사는 사람이라 그런지 얼핏 욕심이 생기기는 했지만 터덜터덜 집으로 돌아오는 길에 이미 현실로 돌아왔다.

마치 꿈을 꾼 것 같았다. 너무도 예쁜 사람과 너무도 말도 안 되는 상상을 하며 환각에 빠졌던 것만 같던 순간이었다. 반지하 연립이 멀리 보이기 시작하면서 정신이 번쩍 들었다.

"완벽한 파트너……."

혼잣말을 중얼거리면서 진후는 저도 모르게 피식 웃어 버렸다. 객기였다.

다른 세상에 사는 그 여자에게 어떻게 완벽한 파트너가 돼 주겠다는 말을 했을까.

얼마나 우스웠을까.

"다녀왔습니다."

문을 열고 들어가면서 진후는 평소와 다름없는 얼굴을 해 보였다. 조금이라도 낯빛이 어두우면 어머니는 밤새 걱정을 하느라 잠을 이루지 못했다.

"왔어요?"

신발을 벗는데 낯선 젊은 여자의 목소리가 들려왔다. 그리고 다급하게 어머니 강 여사가 현관 앞으로 뛰어왔다. 이 좁은 집에서 뛸 수 있다는 게 순간 신기했다.

"누구 왔어요?"

"저기 어떤 아가씨가……."

겁을 먹은 듯한 얼굴로 강 여사는 진후에게 속삭였다. 그러고는 잔뜩 어깨를 움츠린 채 진후의 뒤로 몸을 숨겼다.

"누군데요?"

물음과 동시에 목소리의 주인공이 모습을 나타냈다.

"늦었네요?"

이지유였다. 이틀 전 만났던 다른 세상에 사는 바로 그 여자. 다시 만날 일은 없겠다고 생각했던 그 여자가 반지하 연립에 꼿꼿하게 허리를 세우고 서 있었다.

"예상보다 30분이나 늦었네요."

손목시계를 들여다보며 지유는 미간을 찌푸렸다.

"설마 차 없어요?"

한 마디 묻기도 전에 지유는 짜증스럽다는 듯 혼자 말을 이어 갔다.

"네, 없습니다."

진후의 말에 지유의 얼굴이 더 일그러졌다.

"약속한 적 없는 것 같은데 여기는 어떻게 온 겁니까?"

"잘 어울리는지 보고 싶어서 왔는데 아무래도 실수를 한 것 같네요."

그때서야 안방에 있는 오래된 장롱을 전부 가리고 있는 커다란 그림이 진후의 눈에 들어왔다.

"솔직히 이 정도일 줄은 몰랐어요."

공부를 잘해서 대한민국 최고의 대학을 나와 사람들에게 내놓기 부끄럽지 않은 학력을 가져야 하고, 권력이나 재산에 욕심이 없어야 하며 선심 쓰듯 던져 준 자리에 감사할 줄 알아야 하고, 평생 소리 내지 않는 그림자로 조용히 살 줄 아는 눈치 빠르고 머리가 좋은 남자.

한마디로 집안에 위협이 되지 않을 보잘것없는 조건의 남자여야 한다. 그 모든 조건을 통과했으니 정 여사가 사윗감으로 들이밀었을 게 빤했다.

다 알고 있었는데, 그랬는데도 막상 눈으로 사는 걸 보니 기가 막히기는 했다.

"실망했습니까?"

진후의 등 뒤로 스르륵, 방문이 닫혔다.

놀랐을 어머니 생각에 진후는 욱, 하고 속에서 뜨거운 게 치밀었다. 하지만 침을 삼키는 걸로 그깟 자존심은 금세 잠재울 수 있었다.

"이사부터 하죠."

아무리 그래도 퀴퀴한 곰팡이 냄새가 진동을 하는 이곳을 시댁이라고 둘 수는 없을 것 같았다.

"이번 주에 바로 할 수 있도록 해요."

"이지유 씨랑 나, 결혼하는 겁니까?"

의심스러울 정도로 진지한 눈빛이었다. 전혀 수치스럽지 않아 보였다. 자존심이 없는 게 아니라 누구보다 센 사람이었다.

"네."

인형처럼 옆에 있더라도 이런 남자가 좋을 것 같다. 함부로 고개 숙이지 않고 함부로 무릎 꿇지 않는 남자.

그래야 덜 쪽팔릴 것 같다. 그래야만 덜 치욕스러울 것 같다.

❀✿❀

아들의 갑작스러운 결혼 얘기에 강 여사는 속이 울렁거릴 정도로 심란했다.

그것도 보통 집안의 아가씨가 아니라 명원그룹 자식이라는 말에 여전히 헛것을 들은 것처럼 믿기지 않았다. 낡고 오래됐지만 이 집 안에도 명원의 이름이 붙은 가전제품만 해도 여러 개였다.

진후에게 그 명원그룹이 맞느냐 몇 번을 거듭해서 물었지만 대답은 한결같았다. 진후의 외삼촌에게 확인 전화까지 했어도 여전히 믿을 수가 없는 일이었다.

"어떻게 그런 귀한 집 자식이랑……."

배운 것 없고 아는 것 없는 무식한 늙은이라고 해도 결혼을 하겠다고 나서는 두 사람이 얼마나 말도 안 되는 짓을 벌이려는 건지 알고 있었다.

하지만 한번 하겠다고 나선 일을 중간에 포기하거나 누군가의 만류로 물러선 적이 없는 진후였다. 강 여사 또한 아들을 키우면서 단 한 번도 하지 말라는 말을 해 본 적이 없었다.

항상 옳고 반듯하고 똑 부러지는, 있는 집에서 태어났으면 뭘 해도 할 아들이었다.

부모 잘못 만나서 어릴 때부터 닥치는 대로 일하며 돈 벌고 죽어라 공부해서 일류 대학 나오고 대한민국에서 내로라하는 대기업에도 한 번에 철썩 붙은 잘나고 잘난 아들이 진후였다.

어디 내놓아도 부족한 것 없는 아들이지만, 그래도 명원의 사위는 언감생심이었다. 어떤 무시를 당하고 얼마나 힘들어할지 눈에 보이는 듯했다.

"에효."

한숨을 쉬며 방바닥을 닦다 강 여사는 핸드폰을 집어 들었다. 그러고는 곧장 하나뿐인 남동생에게 전화를 걸었다.

─ 여보세요.

"대체 넌 무슨 생각으로 그런 자리에 내 아들을 밀어 넣는 거야!"

남동생의 목소리를 듣자마자 강 여사는 버럭 화가 치밀었다. 평생을 큰 소리는 내 본 적 없는 강 여사였다. 하지만 아들 일 앞에서는 꿔다 놓은 보릿자루처럼 멍하니 앉아 한숨만 쉴 수가 없었다.

─ 느닷없이 무슨 말이에요?

"진후가 그 집 아가씨랑 결혼을 하겠단다, 결혼을."

─ 네? 정말이에요? 정말 결혼한대요?

"이걸 어쩌면 좋니……."

왈칵 눈물이 나려는 걸 가까스로 참으며 강 여사는 입술을 깨물었다. 그녀는 지끈거리는 머리를 손으로 부여잡았다.

─ 이건 경사예요! 집안 경사!

금방이라도 쓰러질 것처럼 온몸이 바들바들 떨리는 강 여사와 달리 진후의 외삼촌은 소리를 지르며 좋아했다.

무슨 말을 해도 통하지 않았다. 좋은 일이라고, 로또 맞은 거라는 말만 되풀이할 뿐이었다. 어떻게든 사태를 수습하고 싶은데 전혀 도움이 되지 않았다. 두통만 더 커진 채로 강 여사는 통화를 끝냈다.

한참을 핸드폰만 들여다보던 강 여사는 이내 진후에게로 전화를 걸었다. 그 짧은 순간에도 머릿속은 복잡하게 뒤엉키고 심장은 벌렁벌렁 날뛰는 듯했다.

– 네, 어머니.

"바쁘니?"

일하는 동안 좀처럼 전화를 걸어 본 적이 없는 강 여사였다. 그런 어머니의 전화에 진후는 놀란 듯한 목소리로 집에 무슨 일 있는지부터 물었다.

"출근하기 전까지도 아무 일 없었는데 갑자기 일은."

살면서 가장 큰 일이 생겼지만 정작 아들의 목소리를 들으니 생각하고 있는 것들을 말로 내뱉기는 어려웠다.

– 네.

"점심은 먹었고?"

– 이제 먹어야죠.

"그래, 밥 잘 챙겨 먹고."

– 네, 어머니도 얼른 식사하세요.

결국 하고 싶었던 말은 하지도 못하고 강 여사는 힘없이 전화를 끊었다.

어머니의 이름이 핸드폰 화면에 떴을 때부터 진후는 직감하고 있었다. 열이 펄펄 끓게 몸이 아파도 일하는 데 방해된다며 전화 한 통 하지 않는 분이셨다.

"밥 먹으러 안 가?"

앞자리 동료 민우진이 나가자는 손짓을 했다.

"약속 있어."

"누구랑?"

의아해하는 눈빛으로 묻는 동료에게 진후는 그저 책상 위 서류들을 정리하는 걸로 대답을 넘겨 버렸다.

"설마 여자야?"

"여자 앞에 설마는 뭐야?"

"서진후가 여자를 만나는 일은 지나가는 개도 믿지 못할 만큼 놀라운 일이니까."

"헛소리 그만하고 나가서 밥이나 먹고 와."

"수상한데."

고개를 갸웃거리며 민우진이 사무실을 나가고 진후는 시간을 확인한 후 2분 정도 지나고 자리에서 일어났다.

엘리베이터를 타고 1층 로비까지 내려오면서 진후는 심호흡을 하며 머릿속을 정리했다.

치고 올라오려는 감정을 잠재우는 건 그다지 어렵지 않았다. 사실 자존심이 상했던 순간은 생각보다 그리 많지 않았다.

처음 본 날 이지유가 너무 예뻐서 놀랐고, 결혼을 하자는 말에 또다시 놀랐고 그리고 갑자기 안방에 떡하니 서 있는 모습에 한 번 더 놀랐었다.

하지만 아직 스스로를 길거리 좌판에 내다 판 것 같아 자존심이 상하는 일은 없었다.

지금까지는 제법 순조로웠다. 어머니가 뭘 걱정해서 전화를 한 건지도 알고 있고 제대로 시작도 하지 않았다는 것도 알고 있었다.

이지유라는 여자와 결혼을 하겠다고 나서는 일이 얼마나 무모하고 어리석고 또 어처구니없는 일인지 모를 정도로 순진하지 않았다. 결혼을 하겠다고 했지만 하지 못할 수 있다는 것도 알았다.

Rrrrrrrr.

주머니 속에서 울리는 벨소리에 진후는 잠시 걸음을 멈췄다. 이

지유였다.

"네."

─ 어디쯤이에요?

지유의 목소리를 들으며 진후는 넓은 보폭으로 로비를 가로질렀다.

"지금 나갑니다. 벌써 왔어요?"

─ 앞이에요.

통화를 하며 건물 밖으로 나온 진후는 도롯가에 차를 세워 두고 있는 지유를 한 번에 알아봤다.

운전석에 앉은 지유는 조수석 차창을 열고 진후를 향해 가볍게 손을 들어 보였다. 무의식적으로 주변을 돌아보고 진후는 차 문을 열고 올라탔다.

"원래 그렇게 시간 딱딱 지키고 그래요?"

"네."

생긴 것도, 말하는 것도 고지식한 선비 스타일인데 자신과 결혼을 하겠다고 나선 게 지유는 마냥 신기했다.

이 남자는 대체 어떤 계산을 하고 있는 건지, 속으로 어떤 감정을 느끼고 있는 건지 궁금했다.

"그럼 점심시간 지나서 들어가는 건 안 되겠네요?"

"네."

차가 출발하고 회사가 뒤로 사라진 후에야 진후는 겨우 지유의 옆얼굴을 흘깃 쳐다봤다.

"어디 가는 겁니까?"

"밥 먹으러요. 밥 먹고 이사할 집도 보러 갈 생각이었는데 시간 지켜야 한다면서요."

"허락은 떨어진 겁니까?"

"무슨?"

"나랑 결혼을 해도 된다고 이지유 씨 집에서 허락을 했는지 묻는 겁니다."

후홋, 지유가 웃음을 터트렸다. 진후가 그런 지유를 한 번 더 돌아봤다.

"서진후 씨 참 재미있는 사람이에요."

이 결혼을 누구에 의해, 왜, 어떻게 진행되고 있는지 모르는 사람처럼 진후는 순진한 얼굴을 하고 있는 게 지유는 우습기만 했다.

각오를 하고는 있겠지만 그가 하고 있는 각오라는 게 얼마나 유용할지는 굳이 겪어 보지 않아도 알 것만 같았다.

"정략결혼, 그거 하는 거예요, 우리."

"압니다."

"잘 모르는 거 같은데요?"

회사에서 멀지 않은 곳에 있는 주택가로 지유의 차가 천천히 진입했다. 그러고는 얼마 지나지 않아 익숙한 듯 마당이 훤히 들여다보이는 주택의 주차장에 차를 세웠다.

"식사하면서 마저 얘기해요."

색이 짙은 청바지에 아이보리 컬러의 트위드 재킷을 입은 지유는 발랄하면서도 기품이 느껴지는 걸음으로 주차장 옆 계단을 올랐다.

그녀를 따라 걸으며 진후는 생소한 주변 풍경을 눈에 담았다. 분명 주택들이 즐비한 곳인데 골목마다 대학생으로 보이는 젊은 사람들이 눈에 띄었다.

봄볕 좋은 오후 데이트를 즐기는 젊은 커플들은 담벼락 앞에서 사진을 찍거나 손을 잡고 골목골목을 산책하듯 걸어 다녔다.

자세히 보니 보통의 주택들과는 달랐다. 간판이 걸린 집도 있고 무너진 듯한 담벼락 앞에 테이블이 놓인 곳도 있었다.

"어서 오세요."

앳돼 보이는 젊은 여자가 두 사람을 맞았다. 지유는 가장 안쪽으로 들어가 자리를 잡고 앉았다.

밖이 훤히 내려다보이는 테라스 자리는 햇살이 들어와 따뜻하고 아늑했다. 맞은편에 앉으며 진후는 여전히 얼떨떨한 표정이었다.

"연애 안 해 봤죠?"

"네?"

"이런 데도 처음이죠?"

그때서야 진후는 넋 나간 사람 같던 표정을 지웠다. 지유는 피식 웃으며 메뉴판을 들춰 보고는 바로 주문했다. 뭘 먹어야 할지도 모르겠고 딱히 시간도 없어서 진후는 지유와 메뉴를 통일했다.

"연애 못 해 보고 결혼해도 괜찮겠어요?"

분위기와 대화를 주도하는 건 지유였다. 그렇다고 기가 죽어서 눈치만 보는 건 아니었지만 진후는 지유가 하는 대로 기분 상해하지 않으면서 따랐다.

뭔가 다른 세상으로 들어간 것 같은, 그래서 그 세상을 오랫동안 살았던 지유에게 안내를 받는 그런 기분이 들었다.

"이지유 씨는 해 봤습니까?"

"아니요."

"괜찮겠습니까?"

진심으로 걱정이라도 하는 것처럼 진후가 진지하게 되물었다.

"나는 지저분한 거 딱 질색인 사람이에요."

처음 본가에 발을 들였던 게 고작 다섯 살이었다. 낯설고 두려워 잔뜩 긴장하고 있던 어린 지유는 식사를 하다 식탁 위에 국물한 방울 흘린 걸로 태생이 너저분한 아이라 그렇다는 말을 들어야했었다.

태생이 무슨 뜻인지 몰랐던 지유는 크면서 절로 단어의 뜻을 알게 됐고 그 말을 듣지 않기 위해 온 신경을 곤두세우며 살았다.

사춘기 시절 눈만 마주치면 얼굴이 화르르 달아오르게 하는 오빠가 있었지만 감정을 이성이 눌렀던 적도 있었다. 제 엄마 닮아서어린애가 남자를 밝힌다는 소리를 듣지 않기 위해서였다.

심지어 본가가 아닌 제집에서 잠을 잘 때도 뒤척임 없이 죽은사람처럼 반듯하게 누워서 잤다.

어딘가에서 누군가 보고 있을지도 모른다는 두려움에 숨 한 번크게 쉰 적이 없었다.

"연애는 못 해 본 게 아니라 내 선택에 의해 안 한 거고 서진후씨가 나와 만날 수 있었던 건 가난해도 지저분하게 살지 않았기 때문이에요. 물론 서진후 씨 아버지가 걸리기는 했지만 이미 이 세상분이 아니라 문제 삼지 않았어요."

상대방에게 상처가 될 수도 있는 말을 지유는 아무렇지 않게 내뱉었다. 그 정도는 생채기도 아닌 더 무서운 세상에서 버티며 살아왔기 때문이다.

"결혼을 해서도 잡음은 없어야 해요."

지유의 강경한 눈빛과 말투에 진후는 다시금 정신이 번쩍 들었다. 지금 하고 있는 짓이 무엇인지, 앞으로 어떤 일이 벌어질지 한번 더 생각하게 했다.

"내가 할 수 있는 건 뭡니까?"

"내 남편으로 내 옆에 있는 것."

앞에 서도 안 되고 그림자처럼 뒤에 있어서도 안 된다. 당당하고 멋있게, 하지만 주제넘지 않아야 한다.

"내가 할 수 있고 내가 누릴 수 있는 모든 건 서진후 씨도 할 수 있어요."

사실 이지유의 개가 될 준비도 하고 있었다. 주인이 시키는 대로 얼마든지 네 발로 길 마음을 먹고 있었다.

곰팡이 냄새 나는 그 반지하에서 벗어날 수만 있다면, 사람답게 이 좋은 세상을 누리며 살 수 있다면 그보다 더한 것도 할 작정이었다.

"비굴해지지 말고, 시시하지 말고, 욕심부리지 말아요. 그거면 돼요."

비교적 쉬웠다. 없이 살아도 누군가에게 비굴하게 머리를 조아린 적 없고, 도박과 술에 빠져 인간쓰레기로 사는 아버지 밑에서 자랐어도 스스로를 시시하다 생각한 적 없었다.

하루에도 몇 번씩 찾아오는 빚쟁이들 때문에 한밤중에 도둑고양이처럼 집에 들어가 불도 켜지 못하고 살았어도 사는 걸 포기하고 싶지는 않았다.

어떻게 하면 남들처럼 살 수 있을까. 언제쯤이면 사람답게 살 수 있을까 꿈꿨었다. 하지만 욕심부리지 않겠다는 약속은 자신이 없었다.

공동화장실을 쓰는 판자촌에 살다가 옥탑방으로 이사를 하고, 그러다 악착같이 돈을 모아 지하로 내려오고, 또 죽어라 아끼고 벌어서 지금의 반지하로 이사를 오면서 잘살겠다는 욕심은 더 커졌다.

"내가 낼 수 있는 욕심은 어디까지입니까."

차라리 대놓고 묻는 게 나을 것 같았다. 속으로 계산기를 두드리며 머리를 굴리는 게 비굴하고 시시한 거니까.

"물질적으로?"

"네."

"당장은 지금 받는 연봉의 열 배 정도?"

"내가 얼마를 받는지 알고 하는 말입니까?"

"내가 그걸 모를 거라고 생각해요?"

자신만만한 눈빛으로 지유는 물컵을 들었다. 그리고 바로 주문한 음식들이 나왔다.

식탁에 음식이 차려지는 동안 진후는 시시하지만 머릿속으로 연봉 열 배의 돈으로 당장 무엇을 할 수 있는지 계산했다.

"집과 차는 이미 준비가 됐고 어머님 명의의 통장으로 1년 치 생활비는 입금이 됐을 거예요."

놀라지 않으려 애쓰며 진후는 지유의 입술만 응시했다.

"내일 이사하면 돼요."

"내일?"

"다 버리고 몸만 가면 좋겠어요."

잠깐의 망설임도 없이 진후는 그러겠다고 대답했다.

Rrrrrrrrr.

지유의 핸드폰이 울렸다. 핸드폰을 내려다보는 지유의 낯빛이 좋지 않았다.

그녀는 핸드폰을 뒤집어 놓고 대화를 이어 나갔다. 하지만 이내 핸드폰이 요란스럽게 울려 댔다.

"무슨 일이에요?"

목소리마저 신경질적으로 변했다.

– 결혼해? 맞아?

"네."

– 누구랑? 대체 어느 집 아들이랑 결혼을 한다는 거야?

"말해도 모르는 집 아들."

– 너 어디 세컨드 아들한테 팔려 가는 거 아니야?

핸드폰 너머로 들려오는 여자의 목소리가 꽤나 앙칼졌다. 진후
는 모른 척 식사에 열중했다.

"서진후 씨 세컨드 아들이에요?"

느닷없이 지유가 물었다.

"네?"

"밖에서 낳아 온 자식이거나 어머니가 본처가 아니라거나……."

"둘 다 아닙니다."

"들었죠?"

다시금 핸드폰을 귀에 대고 지유는 통화를 이어 나갔다.

– 지금 같이 있어?

"네."

– 바꿔 봐.

"인사시키지 않아도 어떻게든 알아낼 테니까 지금 굳이 통화를
할 필요는 없을 것 같네요. 식사 중이에요, 끊을게요."

– 이지유!

지유는 미련 없이 전화를 끊었다. 제대로 한 입 먹지도 못했으
면서 그녀는 포크를 테이블에 내려놨다.

"들었는지 모르겠지만 낳아 준 생모와 키워 준 어머니가 따로
있어요."

진후는 처음 듣는 얘기였다. 하지만 당당하지 못한 자식일 수도 있겠다는 생각을 하긴 했었다.

"놀라지 않네요?"

"그럴 수도 있겠다고 생각은 했었습니다."

진후는 솔직하게 대답했다. 그의 대답에 지유도 그럴 줄 알았다는 듯 피식 웃고 말았다.

"엄마가, 그러니까 날 낳아 준 엄마가 좀 많이 천박해요."

제 엄마를 천박하다고 말하는 지유, 진후는 문득 가엾다는 생각이 들었다.

"걸림돌까지는 아니겠지만 귀찮기는 할 거예요."

"알겠어요."

진후는 길게 묻지 않았다. 입맛이 떨어졌는지 지유는 좀처럼 먹지 않았다. 입안이 쓴 사람처럼 계속 물만 마셨다.

"뭐 좋아합니까?"

"네?"

"이지유 씨가 좋아하는 게 뭐냐고요."

다정한 눈길로 묻는 진후 때문에 지유는 처음으로 주춤했다.

"하나씩 알려 줘요."

딱딱하고 건조하기만 했던 진후의 입술 끝이 슬그머니 올라갔다. 그가 웃었다. 소리 내지 않았지만 눈과 입술이 그녀를 보며 처음으로 미소 지었다.

식사를 끝내고 지유는 진후를 회사까지 데려다주기 위해 다시 차를 운전했다.

"혹시 차도 이미 산 겁니까?"

"따로 생각해 둔 차라도 있어요?"

"그게 아니라……. 면허가 없습니다."

"네?"

"운전 못 합니다."

"운전면허증이 없어요?"

"네."

"왜요?"

잠시 신호에 걸린 틈을 타 지유는 믿을 수 없다는 눈으로 진후를 쳐다봤다. 정면을 내다본 채로 입을 꾹 다물고 있는 진후가 순간 귀여웠다.

"면허를 딸 만큼 시간적 여유도 없었고 차가 필요한 적도 없었습니다."

더 솔직히는 면허를 따기 위해 들여야 하는 돈이 아까웠다.

"그래도 성인이 되면 제일 먼저 하는 게 면허 시험 보는 거 아니에요?"

"성인이 되면 제일 먼저 하는 게 키스 아니었습니까?"

나름 어색해진 공기를 풀어 보려고 농담을 한 거였는데 지유는 얼굴까지 일그러뜨리며 진지하게 받아들이는 듯했다.

"농담입니다."

어이없다는 듯 지유가 코웃음을 쳤다. 그래도 덕분에 굳어 있던 지유의 표정이 한결 부드럽게 풀렸다.

"서진후 씨는 결혼 전에 면허부터 따야겠네요."

"차는 면허 딴 후에 사는 걸로 하죠."

"당분간 많이 바빠질 거예요."

"네."

26

"회사는 언제까지 나갈 생각이에요?"

진후가 미간을 좁히며 지유를 돌아봤다.

"결혼 전에는 정리를 해야 할 거예요."

"그래야 합니까?"

"명원그룹 사위가 다른 회사에 다니는 건 우습지 않겠어요? 서로 모르는 집안도 아니고 그건 상도덕에도 어긋나는 일이에요. 빠른 시일 내에 정리해요."

알겠다고 대답을 하는 진후의 표정이 씁쓸했다. 하루에도 몇 번씩 코피를 쏟으며 공부해서 들어간 첫 직장이었다. 당연히 뼈를 묻을 각오로 일했던 곳인데 이렇게 갑자기 그만둔다고 생각하니 아쉬운 건 어쩔 수가 없었다.

"생각했던 것보다 아주 많이 달라질 거예요."

"그럴 것 같네요."

"그만두고 싶으면 말해요."

"언제까지 말하면 됩니까?"

진후의 말에 지유의 얼굴이 차갑게 굳어졌다.

"농담할 줄 모르죠?"

미간을 좁히며 입술 끝을 올리는 진후를 보며 지유는 그때서야 그의 말이 장난이라는 걸 알아챘다.

"농담을 되게 재미없게 하는 거 알아요?"

"아닌데, 재미있는데."

"재미없어요."

심술이 난 것처럼 지유의 입술이 삐죽 나왔다 들어갔다. 진후는 순간 그녀의 마른 볼을 슬쩍 꼬집어 주고 싶은 충동이 일었다.

"일단 세팅 끝나면 인사하는 걸로 알고 있어요."

결혼하겠다는 말을 했으니 조만간 큰어머니로부터 집으로 부르라는 통보가 있을 거였다. 그러면 결혼식 날짜와 그 전까지 해야 할 일들에 대한 리스트를 받고 그대로 준비를 하면 끝이었다.

서진후와 결혼하겠다는 말에 큰어머니는 아주 흡족한 미소를 보였었다. 남부끄럽지 않게 제대로 챙겨 주라는 당부도 잊지 않았다.

복잡하고 어려운 건 없었다. 매뉴얼대로 움직이기만 하면 됐다.

그래도 생긴 것 말짱하고 머리도 좋은 남자로 골라 줬으니 감사해야 할 일이긴 했다. 대단한 집안의 개망나니보다는 나았다.

잔뜩 움츠려서 눈치 보며 사는 건 지유에게 맞지 않았다. 가족들의 멸시와 무시 속에서도 늘 뻔뻔하던 지유였다.

"언제 부르실지 모르니까 마음의 준비를 하고 있는 게 좋을 거예요."

"그러죠. 따로 준비해야 할 건 없습니까?"

지유의 차가 회사 앞에 정차했다. 그녀는 찬찬히 진후를 훑어 내렸다.

"퇴근이 몇 시예요?"

"6시."

"끝나고 봐요."

왜냐고 묻지 않고 진후는 차에서 내렸다. 지유와의 대화에서 반문은 크게 의미가 없다는 걸 이미 알아 버렸다. 당분간은 아무래도 그녀의 말에 고분고분 따르는 게 좋을 것 같았다.

그녀가 살고 있는 세상으로 들어가려면 이미 그 세상에서 살고 있는 이지유 말을 따르는 게 가장 바람직했다.

"운전 조심해요."

따뜻한 눈빛으로 다정한 말을 해 주고 진후는 문을 닫았다. 지

28

유의 차가 금방 멀어졌다. 시야에서 완전히 사라질 때까지 그는 자리를 지키고 서 있었다.

"후우."

뜨거운 숨이 입술 사이를 비집고 나왔다. 왠지 두려움보다는 설레었다.

한 번도 살아 보지 못한 이지유의 세상이 궁금했다. 얼마나 대단한 곳일지, 얼마나 멋진 곳일지 도무지 그림이 그려지지 않았다.

첫 월급을 받기 직전과 비슷했다. 세금을 다 떼고 나면 얼마가 통장에 찍혀 있을지 마음을 졸이며 기다렸다.

처음으로 하는 외식에 뭘 먹을지, 어머니 선물은 뭘 사 드리면 좋을지, 동생에게는 선물이 좋을지 용돈을 주는 게 좋을지 생각하며 많이도 설레고 행복했었다.

지금의 설렘이 그때와 다르기는 하지만 그래도 기대감에 심장이 떨리는 건 마찬가지였다.

괜한 걱정은 처음부터 하지 않기로 다짐했었다. 선택한 이상 즐기기만 하자고 마음먹었었다.

누구의 강요도 아닌 스스로 결정한 일이니까. 그렇다면 즐기는 게 맞는 거니까.

❄✽❄

푸른빛이 사라지지도 않은 새벽 5시, 아버지 이 회장과 어머니 정 여사, 그리고 지유는 주말 아침에도 평소와 다름없이 식탁에 둘러앉아 아침 식사를 시작했다.

"준비 끝났으면 다음 주말에 보는 걸로 하지."

이 회장의 말에 정 여사가 지유를 흘깃 넘겨봤다.

"네, 그렇게 할게요."

표정 변화 없이 그러겠다고 대답하는 지유가 정 여사는 소름 끼치게 싫었다.

무슨 생각으로 결혼을 하겠다고 나서는 건지도 의문스러웠다. 꿍꿍이가 있는 게 분명한데 그 속을 알 수가 없었다.

형편없는 집안 아들과 결혼시키려 하느냐고 악을 쓰고 따질 줄 알았는데 너무 고분고분 말을 듣고 있었다. 불안하지만 조건이 나쁘지 않으니 일단 모른 척하고 시키는 거였다.

지유는 표정 변화 없는 얼굴로 정 여사를 바라봤다. 초등학교를 졸업하고 지유는 스스로 아버지가 살고 있는 집에 찾아와 명원그룹 이대명 회장의 딸로 살게 해 달라고 매달렸다.

이미 지유의 존재에 대해 알 만한 사람들은 다 알고 있는 상황이었다.

다섯 살이 되던 해에 처음 아버지 집을 방문했고 그 후로는 정해진 날짜에 규칙적으로 들렀다.

하지만 크면서 한 달에 한 번 본가에 들러 식사를 하는 것도 싫었고 올 때마다 손님처럼 불편하게 있다가 밥만 먹고 가는 것도 싫어졌다. 명원그룹의 자식으로 정식으로 인정받으며 살고 싶었다.

당돌한 지유의 태도에 이 회장은 바로 허락했고 지유는 다음 날 본가에 입성했다.

오빠들의 멸시와 큰어머니의 차가운 응대에 혀를 깨물며 눈물을 참아야 하는 날들이었지만 이 집을 나가고 싶다는 생각은 한 번도 한 적이 없었다.

이대명의 회장의 딸 이지유니까 이 정도는 참아야 한다고 생각했다. 그리고 점점 뻔뻔해졌다. 당당했고 독해졌다. 때로는 싸가지 없다는 소리를 듣기도 했다.

"괜한 말 나지 않게 잘 준비하도록 해라."

너그러운 어머니의 얼굴로 정 여사가 말했다.

"네."

"집은?"

웬일로 이 회장이 사소한 걸 챙기듯 물었다.

"애들 집 근처로 했어요."

신혼집은 이미 정 여사가 두 오빠들이 살고 있는 곳으로 정해 놓은 상태였다.

이 회장과는 거리를 두는 대신 아들들이 얼마든지 지켜볼 수 있는 곳, 그래서 지유가 그 어떤 짓도 할 수 없게 하려는 게 정 여사의 의도였다.

"그러면 안 되지만 혹시라도 무슨 일 있으면 오빠들한테 부탁하고 그래."

이 회장 앞에서는 정 여사의 목소리부터가 달랐다. 배 아파 낳지 않았어도 어려서부터 품에 끼고 산 딸이라 애틋하다며 사람들에게 따뜻한 어머니 코스프레를 했다.

그러면 지유는 그에 장단이라도 맞추듯 꿀이 떨어질 것 같은 눈빛으로 정 여사를 바라보며 예쁘게 웃어 보였다.

"네."

"아직 애기 같은데 벌써 결혼을 한다니……."

다정스레 바라보는 정 여사에게 지유는 싱긋 웃어 줬다. 애정이 가득한 모녀의 모습에 이 회장은 속으로 흐뭇하게 웃었다.

"회사는 결혼 전까지 정리하기로 했어요."

정 여사가 얘기를 꺼내기 전에 지유가 먼저 선수를 쳤다. 이 회장은 집안일에 대해서는 거의 신경을 쓰지 않는 편이었다.

그럴 수밖에 없는 게, 이 회장이 무언가를 알기 전에 이미 정 여사가 대부분의 일을 매듭지었다. 특히나 지유에 관해서는 철저했다.

마치 모녀가 충분히 상의한 끝에 결론을 내린 것처럼 그녀는 특유의 자비로운 미소와 조곤조곤한 말투로 이 회장이 관여하지 않도록 중간에서 막아섰다.

학교를 들어갈 때도, 졸업 후에도, 그리고 결혼까지 모든 일은 정 여사의 뜻이었고 결정이었다.

지유는 그저 이 회장 앞에서 착한 딸로 애교스러운 눈웃음을 지으며 네, 알겠습니다, 라고 답하면 되는 거였다.

그러나 이 회장 앞에서 웃기까지 지유는 정 여사와 수많은 전쟁을 치렀다.

기 싸움에서 지지 않았고 개처럼 질질 끌려 다니지도 않았다. 싫은 건 싫다고 했고 아닌 건 아니라고 면전에서 말했다.

자신에게 유리한 게 무엇인지, 무엇이 해가 되는지 정확히 판단하고 결정했다. 절대 호락호락하지 않았다. 그렇게 독한 년 소리를 들어 가며 이 집에서 10년을 버렸다.

"전문직이었으면 더 좋았겠군."

정 여사는 유채 나물을 앞 접시에 덜어 이 회장의 앞에 건네며 특유의 기품 있는 목소리로 대화를 이어 나갔다.

"그래도 당신 하시는 일에 조금이라도 도움이 될 수 있으니 얼마나 좋아요. 꽤 명석하고 유능한 청년이라고 하네요."

정 여사는 대충 아무나 막 고른 게 아니라는 뜻을 어필했다. 지유 집안의 가장 큰 특징은 결혼 상대자는 각자 알아서 고르라는 거였다.

하지만 그 밑에는 정 여사의 입김이 가장 크게 적용한다는 걸이 회장도 알고 있었다.

"거기다 반듯하고 인성까지 좋다고 하니까 우리 지유한테는 더없이 좋은 배필이죠."

으흠, 옅은 헛기침으로 이 회장은 만족스러움을 표했다.

"그래도 당신 눈에는 안 찰지 모르니까 일하는 거 지켜보고 나중에 맞는 자리로 옮겨 주세요."

확실한 선이었다. 그리고 일에 있어서는 더없이 깐깐한 이 회장이었다. 자식이라고 아무 자리나 맡기지 않았다. 충분히 경험을 시키고 여러 번의 검증 끝에 그에 맞는 자리를 내주는 편이었다.

"넉넉하게 산 편이 아니라 그런지 사람이 참 소박한 것 같기는 하더라고요. 없이 산 사람이 욕심만 많으면 그것만큼 보기 흉한 것도 없잖아요."

정 여사는 진후가 고등학교를 다니는 동안 1등보다는 2등이나 3등에 머물렀고 대학에 들어가서는 장학금을 놓치지 않을 정도로 열심히 공부했지만 다른 것에는 욕심을 부리지 않았던 게 마음에 들었다.

알아본 바로는 진후의 홀어머니와 여동생도 분수를 아는, 꽤나 조용한 사람들이었다.

현재 갖고 있는 것의 열 배를 더 준다고 하면 넙죽 엎드려 감사하다고 머리를 조아릴 줄 아는 그런 사람들이란 판단에 수많은 후보자들 중 서진후를 고른 거였다.

"어머니 마음에 들어서 저도 좋아요."

지유가 본 진후는 눈빛이 깨끗했다. 가질 수 있는 게 무엇이냐고, 어디까지 해 줄 수 있느냐고 대놓고 물었지만 그의 눈빛은 탐욕이 아닌 절박함이었다.

어린 시절 거울 속 자신과 닮은 진후의 눈빛에 지유는 결혼을 결심했다.

정 여사가 본 서진후와 지유가 본 서진후는 판이하게 달랐다. 정 여사는 진후를 욕심이 없고 나약하고 유순하게 봤겠지만 그건 착각이었다. 얼마든지 독하고 악해질 수 있는 사람이었다.

초라한 제집에서도 움츠러들지 않고, 가질 수 있는 것 앞에서는 얼마든지 머리를 숙일 줄 아는 독한 남자, 그게 지유가 본 서진후였다.

그래서 제 편으로 만들고 싶었다. 그가 전적으로 이지유의 편이 돼서 같이 이 집에서 살아남기를 바랐다. 왠지 서진후라면 그럴 수 있을 것 같았다.

"결혼식 전까지 잡음 안 나오게 조심하고."

그 말은 외부 스케줄을 더는 잡지 말라는 거였다.

"네."

조용히 식사를 끝낸 이 회장이 젓가락을 내려놨다.

❈✱❈

오전에 있는 몇 가지 스케줄을 마치고 지유는 진후의 새집을 찾았다.

전날 퇴근한 진후에게 그의 어머니와 여동생이 살게 될 새집을 보여 줬고 오늘은 두 사람의 신혼집을 보여 줄 예정이었다.

안이 훤히 들여다보이는 낮고 작은 나무 대문은 열려 있었고 누구라도 환영한다는 듯 현관문도 닫혀 있지 않았다.

분명 다 버리고 왔으면 좋겠다고 말을 해 놨는데 현관문 앞에는 전에 살던 집에서 쓰던 것으로 보이는 물건들이 너저분하게 놓여 있었다.

낡아 빠진 밥솥을 내려다보며 지유는 짧은 한숨을 내쉬었다.

"안녕하세요."

그녀의 인사에 머리카락을 하나로 질끈 묶은 젊은 여자가 몸을 돌렸다.

"누구세요?"

"서진후 씨 없어요?"

"혹시⋯⋯."

"이지유예요."

지유의 인사에 젊은 여자는 얼른 장갑을 벗고 허리까지 숙이며 인사를 했다.

"안녕하세요, 진후 오빠 동생 서진희예요."

"안녕하세요."

지유는 상냥하게 웃으며 손을 내밀었다. 머뭇거리던 진희가 지유의 손을 맞잡았다.

진희는 지유가 지금껏 살면서 만나 본 사람 중 가장 선한 눈을 가진 사람이었다. 맑은 눈에 그녀의 모든 생각과 마음이 다 들여다보이는 듯했다. 문득 이렇게 예쁜 여동생이 있으면 참 좋겠다는 생각이 들었다.

"오빠는 잠깐 뭐 사러 갔어요."

"네."

"앉으세요."

진희가 소파에 앉기를 권했다. 하얀색의 가죽 소파 위에 천을 덧대 만든 것 같은 얇은 이불이 반듯하게 깔려 있었다. 의아하게 보는 지유에게 진희는 쑥스럽다는 듯 말했다.

"엄마가 너무 하얗고 깨끗해서 때 탈까 봐 아깝다고 깔아 놓으셨어요."

"아, 네."

지유는 엉덩이만 살짝 걸치고 앉았다.

"어머니는요?"

"엄마는 옆집에 떡 돌리러 가셨어요."

"떡?"

"이사 왔다고 인사하러요."

참 부지런도 하다. 챙겨 올 것도 없는 이사고 이미 사는 데 필요한 것들 전부를 세팅해 놓은 터라 당연히 지금쯤이면 셋이 앉아 차를 마시고 있겠구나 했었다. 그런데 바빠도 너무 바빴다.

"커피 드릴까요?"

"네."

진희는 후다닥 주방으로 들어가 물을 끓였다. 전자동 커피머신이 있었지만 다루는 법을 몰랐다.

사실 아침에 이 집에 들어서는 순간부터 낯설고 어려운 것투성이였다. 불을 켜는 것도 몰랐고 싱크대 앞에서 물이 나오지 않아 당황하기도 했었다. 불이 나오는 가스레인지만 쓰다 전기로 작동하는 걸 보니 그저 신기하기만 했다.

냉장고가 크고 김치냉장고까지 따로 있는 걸 보고 강 여사는 입을 다물지 못했다. 소파에 앉는 것도 조심스럽고 그릇을 쓰는 것도 그랬다.

"후우."

진희는 적응되지 않는 상황에 잠시 숨을 골랐다. 그러고는 그릇장 안에 든 여러 개의 커피 잔을 가만히 쳐다보다 그중 가장 고와 보이는 것으로 꺼냈다.

옅은 핑크색과 골드 컬러의 손잡이가 고급스러우면서 예쁜 지유와 어울릴 것 같았다.

"인형인 줄 알았네."

혼잣말을 하며 진희는 믹스 커피 봉지를 뜯었다. 말로만 들었던 새언니가 될 사람, 감히 가까이 가 본 적도 없는 재벌가 사람. 신기함을 넘어 믿기지가 않았다.

처음 엄마의 말을 들었을 때 진희는 사기를 의심했었다. 외삼촌에게 확인을 했을 때도 그랬었다. 오빠 진후의 말을 듣고 의심은 사라졌다. 하지만 그 후로 걱정이 몰려왔다.

왜 오빠일까, 어째서 가진 것 없는 오빠와 결혼을 하겠다고 하는 걸까, 오빠는 무슨 생각으로 그런 대단한 집안의 여자와 결혼을 하겠다고 하는 걸까.

틈틈이 핸드폰으로 명원그룹을 검색하고 이지유에 대해 알아봤었다. 그녀가 본처의 딸이 아니라는 것 말고는 흠잡을 게 단 하나도 없었다. 심지어 예쁘기까지 했다.

실제로 본 지유는 사진보다 훨씬 더 예뻤다. 피부는 투명하고 머리카락도 빛이 나는 듯했다. 작은 얼굴에 커다란 눈과 오똑한 코, 입술마저도 아찔하게 예뻤다.

여자가 봐도 반할 것 같은 미모였다. 거기에 나이는 겨우 스물다섯 살. 자신보다도 세 살이나 어렸다.

젊고 예쁘고 부자였다. 부러워할 수 있는 수준을 넘어선 여자였다. 직접 만나 보니 경이롭다는 생각까지 들 지경이었다.

"제가 아직 기계 다룰 줄을 몰라서요."

갈색의 커피를 지유 앞에 놔 주며 진희는 수줍게 웃었다.

"그리고 집에 원두도 없어요."

"고마워요."

"마시기 싫으면 안 마셔도 돼요."

진희는 부잣집 딸에게 싸구려 믹스 커피를 주는 게 어쩐지 미안해졌다.

"나 이거 좋아해요."

"정말요?"

"네."

엄마 이서정 여사님이 즐겨 마시는 거였다. 다른 건 다 버려도 이 믹스 커피는 죽어도 못 버리겠다며 집에 있을 때는 하루에도 몇 잔을 타서 마시곤 했다.

어떻게든 재벌가 사모님처럼 보이려고 머리부터 발끝까지 바꾸고 또 가꾸는 이 여사였지만 입맛은 어떻게 하지 못하는 듯했다. 엄마의 딸이라서 그럴까, 지유도 이 커피가 좋았다.

"근데 저건 왜 저기 뒀어요?"

현관 앞에 쌓여 있는 낡은 물건들을 지유가 돌아보며 물었다.

"엄마가 버리기 아까운 거라고 이고 지고 왔는데 막상 오니까 이 집이랑 안 어울려서 버리지도 못하고 들이지도 못하고 있는 거예요."

지유와 진희는 서로 마주 보며 피식 웃었다.

"웃으니까 사람 같아요."

"네?"

"아까 들어오는데 인형인 줄 알았어요."

경계심이 풀렸는지 진희는 술술 잘도 말했다.

"사실 걱정했어요. 이 집에 들어오는 순간까지도. 아니, 이지유 씨를 처음 본 순간까지도 나는 걱정이 많았어요. 좋으면서도 불안했어요."

이 결혼을 하는 게 맞는지, 이렇게 좋은 집을 덥석 받아도 되는 건지, 오빠를 팔아 버리듯 보내도 되는 건지.

"솔직히 걱정하는 것들이 다 없어진 건 아니지만 그래도 조금 안심이 되긴 해요."

"이 커피를 좋아해서요?"

진지해지는 분위기를 풀려는 듯 지유가 가볍게 웃으며 농담을 던졌다.

"네."

지유의 농담에 진희도 맞장구를 쳤다. 달달한 커피를 한 모금 마시고 지유는 진희의 말을 기다렸다.

"아직 사랑은 아니죠?"

"네."

지유는 솔직하게 대답했다.

"좋은 사람이에요, 우리 오빠."

"네."

많은 시간을 함께하지는 않았지만 지금까지의 서진후는 나쁜 사람은 아닌 것 같았다.

"엄마나 내가 걸림돌이 되지는 않을 거예요. 그건 걱정 안 해도 돼요. 그러니까……."

"불행해지지 않도록 노력할게요."

행복하게 해 주겠다고, 그러니 아무 걱정 하지 말라는 장담까지는 무리였다. 그래도 결혼을 한 이상 서진후가 불행해지면 같이 불행해질 테니까 그렇게 되지 않도록 최선을 다할 거다. 더 이상의 불행은 원하지 않았다.

"고마워요."

그 말이 듣고 싶었다. 거짓말이더라도 눈을 보며 직접 듣고 싶었다.

진후와 닮은 듯한 눈빛으로 노력하겠다고 말하는 지유에게 진희는 마음이 슬그머니 열렸다.

"언제 왔어요?"

눈으로 지유를 찾으며 진후가 들어왔다. 옅지만 그의 얼굴에 미소가 번졌다 사라졌다. 그 찰나의 미소를 흘깃 보고 진희는 걱정이 조금 더 사라졌다.

"조금 전에요."

지유의 옆으로 온 진후, 나란히 있는 두 사람을 보며 진희는 선남선녀는 저 두 사람을 보고 하는 말이구나 싶었다. 잘 어울리는 커플이었다.

인물에서는 진후도 밀리지 않았다. 너무 없는 집에서 태어나 고생을 많이 해서 그렇지 체격도 외모도 절대 빠지지 않는 편이었다.

"부자들만 살아서 안 좋아할 줄 알았는데 다들 좋아하더라."

흥분한 목소리로 말하며 진후의 어머니가 들어왔다. 아직 지유가 온 걸 모르는 강 여사는 현관 밖에서 혹시라도 몸에 묻었을 먼지를 손으로 툭툭 털어 냈다.

"안녕하셨어요."

지유의 인사에 강 여사는 놀랐는지 쫙 펴고 있던 어깨를 또다시 한껏 움츠렸다.

"아이고, 언제 왔어요?"

"온 지 얼마 안 됐어요."

"아직 청소도 다 안 했는데 이런 먼지 구덩이에 귀한 분이……."

서둘러 신발을 벗고 들어온 강 여사는 어찌할 줄 몰라 하며 손을 옷에 슥슥 문질러 닦아 냈다.

"업체에서 청소 다 해 놨을 텐데, 마음에 안 드세요?"

"마음에 안 들긴요. 들어요, 들다마다요."

"말씀 편하게 하세요, 어머니."

"어머니……."

강 여사가 진후 눈치를 봤다. 진후는 싱긋 웃으며 고개를 끄덕였다.

"엄마도 커피 드릴까요?"

어려워하는 강 여사를 위해 진희는 목소리 톤을 높여 발랄하게 말했다.

"점심 먹어야지, 커피는."

"맞네, 어쩐지 아까부터 속이 허하더라. 이삿날은 자장면이지."

괜찮으냐고 묻듯 진희가 지유를 돌아봤다. 지유는 예쁘게 웃어 보이는 걸로 대답을 대신했다.

"자자, 주문들 하세요. 난 탕수육!"

진희가 손을 번쩍 들고 크게 외쳤다. 딸의 밝은 모습에 강 여사는 붉어진 눈으로 흐뭇하게 웃었다.

넓고 깨끗한 식탁을 두고 네 사람은 거실과 주방 중간에 신문지를 깔고 바닥에 앉아 배달 온 음식들을 펼쳐 놓기 시작했다.

"불편하지 않아요?"

진후가 나직이 물었다.

"불편하지만 참아 볼게요."

무릎을 덮고 있는 수건을 내려다보며 지유는 픽, 웃었다. 바닥에 신문지를 깔던 진희가 난처한 표정으로 서 있는 지유를 보고는 욕실로 달려가 수건을 가져왔고 지유는 그걸로 다리를 가리고 앉았다.

"우리 수건도 다 버려야겠더라."

욕실 수납장 안에 반듯하게 줄지어 있는 수건을 보고 진희는 입을 떠억 벌렸었다.

몇 년을 썼는지, 어디서 난 건지도 기억나지 않는 낡고 오래된 수건은 이 집에 어울리지 않았다. 괜히 집한테 미안한 마음이 들어서 꺼내 놓기도 민망했다.

"아깝게 그걸 왜 버려, 내가 쓰면 돼."

강 여사는 슬그머니 탕수육 접시를 지유 앞으로 밀었다.

"그냥 버리고 새 거 쓰자."

진희의 말을 귓등으로 흘려들으며 강 여사는 자장면을 비볐다.

"줘요."

진후는 지유의 자장면 그릇을 가져갔다. 그는 나무젓가락을 반으로 갈라 골고루 비비기 시작했다.

탕수육 하나를 입에 문 진희는 엉덩이를 떼고 일어나 주방으로 들어갔다. 그러고는 물 두 잔을 떠서 한 잔은 강 여사 앞에 나머지 한 잔은 지유 앞에 내려놨다.

가족 모두가 지유를 챙겼다. 티 나지 않게 무심히 챙겨 주는 세 사람의 모습에 지유는 기분이 이상했다. 요구하지 않았는데, 대가도 없이 무언가를 챙겨 주는 사람들, 낯설고 어색했다.

하지만 싫지 않았다. 처음으로 같이하는 밥 한 끼에 마음이 울컥울컥해지려고 했다.

"먹어요."

다정하고 부드러운 진후의 음성이 듣기 좋았다. 그의 편안해진 눈빛도 좋았다. 낡아 보이는 티셔츠를 입고 마찬가지로 오래돼 보이는 청바지를 입고 있었지만 그가 편해 보여서 좋았다.

비록 신문지를 깔고 바닥에 앉아 자장면을 먹는 게 다지만 그 어떤 고급 식탁 위에 차려진 음식보다 먹음직스러워 보였다.

이상하다.

정말 이상하다.

"이 집 자장면 잘한다."

진희는 입을 크게 벌려 맛있게도 먹었다. 그런 진희의 자장면 그릇에 강 여사는 샛노란 단무지를 올려 줬다. 엄마의 챙김이 익숙한 듯 진희는 태연하게 단무지를 집어 입에 넣고 오물거렸다.

진희와 진후, 그리고 지유까지 번갈아 보며 흐뭇하게 웃은 후에야 강 여사는 자장면을 먹기 시작했다.

남의 집에서 먹는 것처럼 불편했지만 자식 입에 먹을 거 들어가는 걸 볼 때만큼 행복한 순간도 없었다.

"맛있네."

강 여사가 태어나 먹어 본 자장면 중 가장 맛있는 자장면이었다.

목숨보다 귀한 아들 부잣집에 팔아 버린 것 같아 마음이 너무 아팠지만 아들이 선택한 일이니 반대를 할 생각은 없었다. 그래도 지유가 못된 여자는 아닌 것 같아서 한결 마음이 놓였다.

이미 분에 넘치게 많은 걸 받았다. 이 이상 욕심은 없었다. 그저 아들이 더는 고생하지 않고 행복하기를 바랐다.

좋은 여자 만나서 하고 싶은 것 하면서 더는 몸 고생, 마음고생 하지 않고 살았으면 하는 게 엄마로서의 바람이었다.

"고기 좋아해요?"

자장면 몇 가닥을 입으로 가져가던 지유는 멈칫하다 이내 대답했다.

"그럼요."

"시간 괜찮으면 저녁도 먹고 갈래요? 내가 고기 구워 줄게요."

"말씀 편하게 하시면 먹고 갈게요."

쳐다보는 것도 미안할 정도로 귀하고 귀한 아가씨가 애교 있게 웃으며 말하니 강 여사는 눈물이 핑 돌았다. 그 마음이 너무 곱고 고마웠다.

"많이 먹어."

눈도 맞추지 못한 채 강 여사가 지유에게 말을 났다. 빨개진 강 여사의 뺨을 보며 지유는 입술 끝을 늘였다.

점심을 먹고 지유는 진후와 둘이 살 집을 보기 위해 나섰다. 저녁 먹으러 꼭 다시 오라는 강 여사의 말에 지유는 그러겠다고 대답했다.

"어머니가 지유 씨 마음에 드시나 봐요."

"내가 원래 어른들이 좋아하는 스타일이에요."

훗, 진후가 웃었다. 지유는 진후를 흘겨보고는 운전대를 잡았다.

"다음 주에는 우리 집에 인사드리러 갈 거예요."

"따로 준비해야 할 건 없습니까?"

부드러웠던 진후의 말투가 다시금 딱딱해졌다.

"없어요."

지유는 진후를 돌아봤다가 이내 운전에 집중했다. 두 사람 다 아까의 편안함이 문득 착각이었나 싶었다.

그러고 보니 둘 다 너무 편하게 굴었다. 같이 밥을 먹고 같이 웃고 하면서 어쩌면 가족이 됐다고 잠시 잠깐 헷갈렸던 것 같다.

"주의해야 할 게 있다면 알려 주세요."

집 밖에서의 진후는 말이 없고 딱딱하고 사무적이다. 정면을 보고 있는 그를 지유가 힐끔거렸다. 어머니에게 살갑고 동생에게 다정한 남자, 보통의 남자들이 집에서는 그런 걸까 싶어서 궁금해졌다.

"원래 그래요?"

"뭐가 말입니까?"

"가족들한테 친절한 거요."

밥은 먹었는지, 오늘 하루 무슨 일이 있었는지, 점심은 먹었는지, 저녁은 먹었는지, 같이 있지 못한 시간 동안 잘 지냈는지 궁금해했다.

서로 있었던 일을 나누면서 그렇게 다른 공간에 있으면서도 같은 시간을 공유하는 세 사람의 모습에 지유는 언뜻언뜻 제 삶이 초라하게 느껴졌다.

"내가 친절했어요?"

자신의 친절조차 느끼지 못할 만큼 친절한 사람이었다. 아니면 정말 습관처럼 몸에서 배어 나오는 거라 친절하지 않다고 느꼈는지도 모르겠다.

"친절해요, 서진후 씨."

지유의 말이 어딘지 쓸쓸하게 들렸다. 그녀의 가족들은 대체 어떤 사람들일까. 스물다섯 살밖에 안 됐는데 굉장히 어른스러웠다.

그녀의 어른스러움이 집안의 가풍 때문인지, 아니면 저절로 터득한 오랜 생활 습관인지, 아니면 원래 그렇게 타고난 건지 그것 또한 알고 싶었다.

"어때요?"

"뭐가요?"

"이지유 씨 집안사람들."

지유에게 진후는 넌지시, 그러나 아주 사려 깊게 물었다.

결혼할 날짜가 다가올수록 그의 마음에 작은 풍랑이 일었다. 사실 그게 이 결혼에 큰 영향을 주지 않을 거라는 걸 그도 알고 있었다.

"어떤 분들인지 알면 좋을 것 같아서요."

어떻게 행동해야 되는지, 어떤 말을 하면 안 되는지, 그 정도는 알고 있는 게 도움이 될 것 같다.

"서진후 씨가 우리 집에서 할 일은 없어요."

들리는 말에도 귀를 닫고 하고 싶은 말이 있어도 하지 않으며 그저 묵묵히 이지유의 남편으로 자리를 지키기만 하면 된다.

"서진후 씨는 내 남편으로서 할 일만 해 주면 돼요."

"네, 그러죠."

두 사람을 태운 차가 한 빌라 단지로 들어섰다. 입구에서 경비원이 차를 정차시켰다.

지유는 창문을 내리고 신원을 확인시켰다. 그러고는 옆자리에 타고 있는 진후의 신분도 확인했다.

"감사합니다."

차창을 올리고 지유는 차를 출발했다. 안으로 한참을 올라와서야 차는 정차했다.

한 집의 크기가 거의 지금 사는 집의 몇 배였다. 담벼락은 높고 대문은 작은 집이 대부분이었다. 대문 옆으로 차고로 보이는 곳이 넓게 자리한 집도 있었고 빌라 형태로 되어 있는 집도 있었다.

지유의 집은 그중에서도 가장 안쪽에 있었다. 주차장으로 보이는 곳에서 그녀는 리모컨을 들어 문을 열었다.

대문보다 큰 주차장 문이 열리고 그 안으로 지유의 차가 미끄러지듯 들어갔다. 두 대 정도 댈 수 있게 넓은 공간이었다.

"들어가죠."

지유가 먼저 차에서 내렸다. 그녀를 따라 내리면서 진후는 주위를 둘러보았다.

지붕과 삼면이 모두 막혀 있어서 비가 올 때도 피할 수 있는 구조였다. 한쪽으로는 집 안으로 연결되는 계단이 있어서 밖으로 나갈 필요가 없었다.

진후는 계단을 따라 위로 올라갔다. 잘 꾸며진 정원이 눈앞에 나타났다. 어쩌다 TV에서 보던 부잣집 정원, 딱 그런 느낌이었다. 군더더기 없이 깔끔했다.

잘 다듬어진 나무들과 과하지 않게 딱 적당히 있는 꽃들. 삭막한 서울의 주택가를 한결 푸르게 해 줬다.

"정원 관리는 알아서 해 주실 거예요."

정원을 가로지르며 지유가 덧붙였다.

"개인 주택이지만 전체적인 관리는 해 주는 곳이죠."

지유는 정원을 지나 곧장 현관문 앞에 다다랐다. 비밀번호를 누르고 그녀는 진후가 먼저 들어갈 수 있도록 옆으로 비켜섰다. 지유에게 고갯짓을 까딱하고 진후가 먼저 안으로 들어갔다.

입구에서 실내화로 갈아 신고 그는 중문을 열었다. 하얀색 대리석 바닥이 제일 먼저 그를 맞았다.

차마 안으로 들어가지 못하고 그는 입구에 선 채로 지유를 돌아봤다. 지유는 아무렇지 않은 듯 실내화를 신고 안으로 들어갔다.

"그래도 우리가 살 집인데 서진후 씨가 먼저 봐야 되지 않겠어요?"

모델하우스가 따로 없었다. 하얀색의 바닥과 벽, 곳곳에 걸린 그림들까지 모든 게 완벽했다. 가운데 계단을 두어 개 내려가면 둥근 원형의 거실이 나왔고 주방으로 들어가는 곳은 유리벽이 세워져 있었다.

"저쪽이 방이에요."

주방 반대쪽에는 방이 있었다. 1층에는 방과 주방, 그리고 거실이 전부였다.

"이쪽이에요."

지유의 안내에 진후는 마치 집을 구경 온 사람처럼 따라다녔다. 넋이 빠졌지만 안 그런 척하려고 무던히도 애썼다.

1층을 대충 둘러보고는 2층으로 올라갔다. 2층은 손님방 세 개와 서재가 있고 또 다른 거실이 나왔다. 밖에서 본 것보다 더 으리으리했다.

"집이…… 상당히 크네요."

지유가 피식 웃었다. 처음 들어올 때부터 놀란 게 보였다. 안 그런 척하느라 입을 꾹 다물고 있는데 점점 더 벌어지고 있었다.

"결혼식 하고 이사 들어오는 게 좋겠죠?"

"네? 아, 네."

정신이 번쩍 들었다. 이 여자가 얼마나 대단한 집 딸인지, 그녀의 아버지가 우리나라 경제를 어떻게 쥐고 흔드는지 눈에 보이는 듯했다. 이런 집에서 살아남을 수 있을지 걱정이 앞섰다.

"하아."

낮은 숨을 토해 내고 진후는 창밖을 바라봤다. 자잘하게 불어오는 바람이 창문을 건드렸다.

하지만 꿈쩍도 하지 않는 창문은 견고하게 그 자리를 지키고 있을 뿐이었다. 어쩐지 창문을 건드리는 바람이 자신인 것만 같았다.

"그만 내려가요."

아래층으로 내려가면서 그는 지유의 어깨에 붙은 작은 실오라기를 발견했다. 손을 뻗어 그것을 떼어 주려는 순간, 지유가 몸을 돌렸다.

공중에서 멈춰 버린 그의 손과 할 말이 있어서 돌아봤던 그녀의 눈이 어지럽게 엉켜 버렸다.

3초의 정적, 그건 마치 30분은 된 것처럼 더디게만 느껴졌다. 진후가 먼저 그녀의 어깨 위로 손을 뻗었다. 그리고는,

"이거요."

검은색의 실오라기를 떼어 내 줬다.

"아."

괜스레 볼이 빨개지고 얼굴이 화끈거린다. 지유는 서둘러 고개를 돌렸다.

"할 말 있었던 거 아닙니까?"

뭐였더라.

"그만 돌아가죠."

그게 다가 아니었는데 기억이 나지 않는다. 이 남자와 같은 공

간에서 같이 있는 건 어쩐지 불안하다.

차를 타고 집으로 돌아오면서 지유는 아무런 말이 없었다. 내내 기분이 좋지 않은 사람처럼 운전에만 열중했다. 침묵을 깬 건 진후였다.

"내가 가지고 갈 수 있는 게 없더군요."

"네?"

"집이 좋다고요."

집을 보고 난 후에 말이 없는 건 진후도 마찬가지였다. 생각했던 것보다 더 대단한 사람이었다.

"가난에서 벗어나고 싶었어요."

진후가 생각지 못한 진심을 털어놨다.

"반지하, 그게 우리가 갈 수 있는 최고의 집이었어요."

그곳에서 10년 정도 살면 진희가 결혼을 하고, 그러면 어머니와 단둘이 좀 더 넓은 집으로 이사를 나올 수 있지 않을까 그런 꿈을 꿨었다.

다른 건 바라지 않았다. 그저 어머니가 건강하게 오래도록 살고 빚을 다 갚고 그렇게 조금씩, 조금씩 재산을 늘려 나가는 거였다.

그런데 빚은 시간이 지나면 주는 게 아니라 늘었다. 하나를 갚는 동안 다른 하나는 이자만 갚아 나가고 그러다 보면 원금보다 이자가 더 나갔다.

"도저히 용납이 안 되더라고요."

씁쓸하게 웃으며 진후는 창밖을 내다봤다.

"그러다 외삼촌이 선을 보라고 하셨고, 그래서 나갔죠."

처음엔 대단한 집 아가씨라는 말만 되풀이하셨다. 대체 얼마나 대단하기에 그런 말을 할까 싶으면서도 그 아가씨만 잡으면 이 지긋지긋한 가난도 끝이 나겠구나 싶었다.

그러다 그 집안이 대한민국 사람이면 다 아는 집안이라는 걸 알게 됐다. 가난에서 벗어날 수만 있다면 이유를 막론하고 괜찮았다. 팔려 가는 거라도 좋았다.

"이유를 물어도 됩니까?"

그런데 이제 궁금해졌다. 이 결혼이 어떻게 이뤄질 수 있는 건지 알고 싶어졌다.

"나한테 팔려 온 거예요."

신호등 앞에 차가 멈추고 지유가 진후를 쳐다봤다. 그 눈빛에 감정이라고는 읽히지 않았다.

"내게 아무런 힘이 되지 않는 사람이 필요해요."

집안에 해가 되지 않으면서 그 어떤 풍요로움도 누릴 수 없는, 한마디로 가진 게 하나도 없는 사람. 그저 쥐여 준 돈 몇 푼이면 감사합니다, 하고 먹고 떨어질 사람. 그런 사람이 필요했던 거였다.

"이지유 씨는요?"

"뭐가요?"

"이지유 씨는 어떤 남편이 필요합니까?"

진후가 지유를 똑바로 응시했다.

"완벽한 내 편."

말을 하는 지유의 눈빛이 다부지게 꿈틀거렸다. 그리고 곧이어 신호가 파란색으로 바뀌었다.

2.

꽃샘추위

눈이 부시게 좋은 날이었다. 아직 꽃샘추위가 끝나지도 않았는데 벌써 햇살은 노랗게 익고 바람은 선들선들하니 딱 봄이었다.

"그 선글라스 좀 벗으면 안 돼요?"

커다란 잠자리 모양의 알이 큰 선글라스를 쓴 이서정 앞에 앉으며 지유는 못마땅한 기색을 해 보였다.

"왔어?"

인사를 하며 이서정이 선글라스를 벗었다. 같은 걸로 달라고 주문을 하고 지유는 시간부터 확인했다.

"무슨 일이에요?"

"바쁘니?"

"네."

"그래도 점심은 먹어야지."

"점심 먹을 시간 안 돼요."

그러거나 말거나 이서정은 메뉴판을 들고 뭘 먹을지 고민했다. 이미 차를 주문했는데 여기서 밥까지 먹으라니, 정말 제멋대로다.

 그래도 한번 고집을 부리면 꺾을 수는 없었다. 지유는 핸드폰을 꺼내 다음 스케줄을 확인하고 잠시 고민하다 내일로 미뤘다.

 "이거 맛있겠다."

 이서정이 고르고 지유가 직원을 불렀다. 같은 걸로 2인분 달라고 한 후 그녀는 겉옷을 벗어 옆 의자에 걸쳐 놨다.

 "너 살 좀 빠진 것 같다?"

 "그런가?"

 의자에 편하게 몸을 기댔다. 회사 일에 결혼 준비까지 하느라 피곤했지만 차라리 그게 나았다. 멍하게 있는 것보다는 이리저리 바쁘게 몸을 움직이는 게 쓸데없는 상상을 하지 않게 해서 좋았다.

 "엄마는 살 좀 붙은 것 같네요?"

 "어머!"

 놀란 이서정이 옆구리며 팔뚝을 꼬집어 봤다.

 "어디? 여기?"

 "아니면 말고."

 "요즘 저녁도 안 먹는데 왜 자꾸 찌는지 모르겠네."

 평생을 다이어트와 운동으로 몸매를 가꾸고 일주일에 한 번은 피부과에 들러 얼굴을 손보고, 쇼핑이며 꽃꽂이를 하고 요리학원을 다니면서 부잣집 사모님처럼 보내는 일상, 그게 이서정 여사의 일상이었다.

 "맞다, 너 결혼한다며?"

 "네."

"그걸 내가 왜 다른 사람 통해서 들어야 돼?"

이제 생각났는지 이서정 여사는 얼굴이 금세 파르르해졌다.

"너 내 배 아파서 낳은 내 딸이야."

"알아요."

"어떤 놈인지 봐야 결혼을 시키든 하지."

"욕은 왜 해?"

아무리 그래도 내 남편인데 엄마가 욕하는 건 듣기 싫었다.

"놈이 욕이야?"

"아무튼."

어린 시절의 엄마 이서정은 참 고왔다. 언제나 흐트러짐 없는 모습으로 아버지를 기다리고 그러다 아버지가 오면 콧소리를 내면서 긴 치맛자락을 휘날렸다. 음식을 준비하는 내내 엄마의 곁에서는 노랫소리가 끊이지 않았다.

"어떤 놈이야?"

"욕은 하지 마."

지유의 말에 이서정은 입술을 삐죽거렸다. 그래도 속이 맑은 사람이라 토라져도 금방 헤헤 웃었다.

"뭐 하는 사람인데?"

"회사 다녀."

"어디?"

"이제 곧 우리 회사로 옮길 거예요."

"머리가 좋은 놈, 아니 사람인가 보네."

슬쩍 지유의 눈치를 살폈다. 눈을 삐죽하게는 떴어도 별말 안 하는 걸 보면 이번 실수는 눈감아 주는 모양이다.

"어떻게 된 거야?"

"뭐가?"

"둘이 결혼하는 거 말이야. 네가 연애를 했을 리는 만무하고 네 큰어머니가 주선한 거야?"

이서정 여사는 큰어머니 정연희 여사에 대해 큰 악감정이 없는 편이었다. 말끝마다 큰어머니, 큰어머니 하면서 없는 데서도 윗사람으로 대접했다.

보통은 본가를 차지하고 있는 부인에 대해 좋지 않은 감정을 갖고 있으면서 틈만 나면 그 자리를 차지하기 위해 혈안이 돼 있을 텐데 이서정 여사는 그런 게 전혀 없었다.

지유가 처음 본가로 들어가겠다고 선언했을 때 이서정 여사는 너무 큰 충격에 병원에 입원했을 정도였다.

거기 가서 버티고 살 딸이 걱정이 아니라 딸 없이 살 자신을 걱정했다.

그러다 지유가 본가로 들어가고 혼자 남게 되자 금방 또 적응을 하고 살았다. 가끔 기분이 아주 좋지 않은 날이면 큰어머니 욕을 하며 지유를 못 잡아먹어서 안달일 때도 있지만 보통은 오늘처럼 유순했다.

"큰어머니가 주선했고 인물이 좋아서 내가 오케이 했어요."

"인물이 좋아?"

"어."

"누구 닮았어?"

말하는 사이 주문한 음식들이 테이블 위에 차려졌다. 똑같은 음식인데 이서정 여사는 지유 그릇에 맛있어 보이는 것들을 덜어 주느라 바빴다.

맛있는 게 있으면 지유한테 덜어 주고 예쁜 옷이 있으면 사 뒀다가 집에 올 때 꺼내 보이고 비가 오면 비 온다고 우산 챙겨 나가라는 문자를 하는, 지극히 평범하고도 미워할 수 없는 캐릭터였다.

"저번엔 미안했어."

지유는 앞에 놓인 음식들을 먹는 데만 집중했다.

"네가 결혼한다는 말을 듣는 순간 열이 확 나잖아. 대체 어느 집안에 널 팔아넘겼나 싶기도 하고, 그런데 왜 나한테는 아무 말을 안 했나 싶기도 하고."

"다음 주에 갈게요."

"정말?"

이서정은 들고 있던 포크와 나이프를 내려놓고 호들갑스럽게 좋아했다. 엉덩이까지 의자 끝에 걸쳐 앉고 말하는 엄마를 지유를 한 번 흘끔 볼 뿐이었다.

"다음 주 언제? 토요일?"

"수요일쯤 연락 줄게요."

"그래, 알았어."

사윗감이 인사를 온다는 소식에 이 여사는 그저 기분이 좋았다. 설레기도 하고 떨리기도 했다. 뭘 해 줘야 하나 벌써부터 고민이 됐다.

"그 사람 뭐 좋아해?"

"글쎄."

"뭐 좋아하는지 물어보고 나한테 알려 줘."

"그럴게요."

신이 나서 앞에 차려진 음식도 제대로 먹지 못할 지경이었다. 그런 이 여사를 보면서 지유는 기분이 묘했다.

아직도 밖에 나가면 40대 노처녀로 보는 이 여사였다. 이렇게 고운 여자를 왜 아버지는 일찍 꺾어 버린 걸까.

"엄마."

"왜?"

"여행 갈래요?"

"갑자기 여행은 무슨. 이제 네 결혼식 준비하려면 많이 바쁠 텐데 내가 없으면 돼? 하나부터 열까지 전부 다 내 손으로⋯⋯."

이 여사가 말을 하다 말았다. 그러고는 포크 끝을 물끄러미 바라봤다.

"걱정하지 마."

포크로 샐러드를 콕 찍어 먹던 지유가 눈을 들었다.

"내가 가서 네 엄마라고 안 해. 사람들이 내가 네 엄마인 거 다 아는데 뭘."

엄마의 문제는 하루에도 열두 번씩 마음이 바뀐다는 거였다.

좋을 때는 한없이 좋아서 당하고도 당한 것도 모른다는 거였고, 나쁠 때는 당장 세상이 끝날 것처럼 악을 쓰며 달려든다는 거였다.

지금은 좋을 때인가 보다.

"가서 몰래 보고, 아니다, 그냥 집에 있을게. 다음 주에 인사 오고 그다음에 또 오면 되지 뭐."

아버지는 어머니의 어떤 점이 좋았을까. 예뻐서⋯⋯. 그래 지금도 이렇게 예쁜데 20대 때의 엄마는 꽃보다 고왔겠지.

"엄마."

"어?"

"어디 가고 싶은 데 없어?"

"어디?"

"여행 말이에요."

"나 안 보내 줘도 돼. 정말이야. 안 나타나고 얌전하게 잘 있을 게."

이서정 여사는 하나밖에 없는 딸의 결혼식에도 오지 못할 만큼 숨어 살아야 하는 존재였다. 하지만 그녀의 존재에 대해 알 만한 사람은 다 알고 있었다.

지유가 누구의 딸이고 지금도 이서정 여사가 어디에서 어떻게 사는지 모르는 사람이 없었다. 그도 그럴 것이 숨어 사는 존재라고 하지만 패션쇼고 바자회고 안 가는 데가 없었다.

"일을 이렇게 만든 건 엄마였어요."

"알아."

"나 독하다고 원망하지 마."

"안 해."

본가로 들어가겠다고 한 건 지유였지만 그렇게 생각할 수밖에 없게 한 건 이서정 여사였다.

아버지가 오지 않는 동안에도 이서정 여사는 언제나 집을 단장했었다. 오늘은 오지 않을까, 내일은 오지 않을까. 하지만 점점 아버지의 발길은 뜸해졌고 다른 여자가 생겼다는 말까지 돌았다.

하루에도 몇 번씩 지유가 그 집에 들어가면 뭐가 좋은지 읊어댔다. 아버지를 졸라서 그 집에 처음으로 지유를 들여보내고 그다음부터는 매달, 그리고 집에 큰일이 있을 때면 선물을 사서 보내곤 했었다.

한 살 한 살 나이를 먹으면서 그렇게라도 아빠 없는 자식은 만들기 싫어서였을 거라고 미루어 짐작했다. 그래서 중학교에 입학하자마자 그 집에 들어가겠다고 선언했었다.

막상 지유가 본가로 들어간다고 하자 이서정 여사는 충격으로

앓아누웠다. 하지만 이미 그렇게 될 수밖에 없다는 걸 이 여사도, 그리고 지유도 알고 있었다.

❀✱❀

내내 따뜻한 며칠이 지속됐다. 엄마를 만나고 온 후 지유의 일상은 크게 달라진 건 없었다.

그녀가 밖에서 무엇을 하고 돌아다녔는지에 대해서는 큰어머니 정 여사도 관여하지 않았다. 하지만 한마디씩 뼈 있는 말을 하곤 했었다.

"오후에 김 원장 부부가 자선바자회를 한다더구나."

"알고 있어요."

"갈 생각이니?"

무슨 의도로 묻는지 몰라 지유는 고개를 들어 정 여사를 바라봤다. 시선을 아래로 깔고 그녀는 책 읽는 데 집중하고 있었다.

하지만 아까부터 같은 페이지를 보고 있는 걸 지유는 알고 있었다. 지금부터 본론을 꺼낼 거란 뜻이었다.

"다른 생각 있으세요?"

지유의 물음에 정 여사는 책을 덮었다.

"초대를 받았으니 가는 게 좋겠지."

하지만 김 원장 부부의 속내는 빤히 보였다. 결혼을 축하한다고 하면서 둘의 만남부터 앞으로의 행보까지, 모든 게 알고 싶은데 그걸 물을 수 있는 자리가 없었다. 아마도 여러 사람들이 지유의 앞으로를 꽤나 궁금해하고 있을 거다.

"어떤 식의 대화가 오갈까?"

"글쎄요."

이번엔 지유가 천천히 책장을 넘기며 다음 말을 기대했다.

한 번씩 정 여사가 지유의 눈치를 살필 때가 있다. 지금이 바로 그런 때였다. 그럴 때마다 지유는 은근히 재미있고 속이 시원했다.

"적당히 축하만 전해 주고 와."

"저 그림 좋아해요."

김 원장 부부가 어째서 지유를 초대했는지 모르지 않는다. 초대 장에는 정 여사의 이름이 아닌 지유의 이름이 선명하게 박혀 있었다. 그건 이번 결혼에 대해서 알고 싶은 게 많다는 뜻이었다.

가진 것 많고 배운 것 많은 사람들에게 누구누구와 결혼을 해서 누구네 집안사람이 된다는 건 상당히 큰일이었다.

앞으로의 주식 시장에도 영향을 미치고 회사가 더 클 수 있는 기회가 생겨 미리부터 줄을 잘 서야 했다.

하지만 이번 지유의 결혼은 그것과는 달랐다. 줄을 설 필요도 없고 주식 시장에 큰 변화를 줄 것도 없었다. 그럼에도 사람들이 궁금해하는 이유는 하나였다. 호기심, 바로 그것이었다.

"스스로 일을 복잡하게 만드는구나."

"그 사람을 고르신 건 어머니잖아요."

"싫으면 그만이야."

"지금이라도?"

아직 상견례를 한 것도 아니고 집안에 인사를 온 것도 아니었다. 더구나 대대적으로 공표를 한 것도 아니니 엎으려면 얼마든지 엎을 수 있었다.

"정말 그럴 셈이야?"

"훗, 농담이에요."

큰어머니가 싫었다. 솔직히 말하자면 큰어머니가 너무 미웠다.

어린 시절 지유가 엄마 손을 잡고 백화점에 갔었다. 그때 그곳에서 큰어머니를 처음 만났고 엄마는 큰어머니에게 머리를 조아리며 반가워했다.

하지만 큰어머니는 엄마를 모른 척하며 지나갔고 엄마는 엘리베이터 앞까지 따라가서 다시 인사를 했다.

'어머, 형님 저 못 보셨나 봐요.'

'못 본 게 아니라 안 보인 거겠지.'

'네?'

'다음부터는 알은척하지 말고 그냥 돌아서서 나가.'

엘리베이터 문이 열리고 큰어머니는 올라탔다. 그리고 문이 닫히기 전 한마디를 더 했다.

'어디 창피한 것도 모르고 돌아다녀!'

그때의 어머니는 웃고 있었지만 잡고 있던 손은 바들바들 떨렸다. 너무 떨어서 엄마가 부러질 것 같아 두 손으로 그 손을 꽉 잡았던 게 생각난다.

"날이 참 좋네요."

창밖을 내다본 지유의 입에서 감탄에 젖은 말이 흘러나왔다.

그녀의 여유 있는 말과 행동이 정 여사는 싫었다. 어떻게 짓밟아도 짓이겨지지 않는 뻔뻔함도 싫었다. 제 엄마를 꼭 닮은 저 얼굴도 치가 떨리게 싫었다.

"오후에 선생님 오신다고 하던데, 너무 심하게 당기지는 마세요."

지유가 자리에서 일어났다. 2층으로 올라가는 그녀를 무시하듯 정 여사는 덮었던 책을 다시 펼치면서 글자 하나하나를 보는 데만 열중했다.

그러나 책 끝을 잡고 있는 그녀의 손끝이 파르르 떨렸다. 눈을 감고 차분히 호흡했다. 아무것도 아니라고. 아무것도 할 수 없는 나약한 아이일 뿐이라고.

❋✽❋

디자이너 쁘에르에게 맞춘 하얀색의 투피스를 입고 지유는 김 원장네 바자회에 참석했다. 입구에서부터 시선을 사로잡으며 안으로 들어가는 지유를 김 원장 부부가 반갑게 맞았다.

"어머, 이게 누구예요?"

지유를 보자마자 김 원장 부인은 손을 맞잡으며 친분을 과시했다.

"안녕하셨어요."

"오랜만이에요. 어떻게 지냈어요?"

"덕분에 잘 지냈어요. 축하드려요."

준비해 온 꽃다발을 건네며 지유는 축하 인사를 건넸다. 그걸 받아 들면서 김 원장 부인은 손사래를 치면서도 좋아했다. 집에 갈 때 그림 한 점을 사 가지고 가면 오늘의 일정은 끝이었다.

"좋은 소식 들리던데?"

김 원장 부인은 말을 돌려 하지 않아서 그나마 좋았다. 알고 싶은 게 많고 그것의 대부분은 가십이었다.

"어떤 좋은 소식이요?"

지유가 능청스럽게 말을 돌렸다.

"결혼한다면서요."

"아, 들으셨어요?"

자기한테만 말하라는 식으로 지유의 팔을 잡아 다른 쪽으로 데리고 갔다. 자연스럽게 팔짱을 끼고 사람들이 뜸한 곳으로 가면서 지유는 김 원장과 멀어졌다.

"어떤 사람이에요?"

"좋은 사람이에요."

둘러말하면서 지유는 진후에 대해 여전히 베일에 싸인 인물로 만들었다.

어차피 결혼하면 어떤 집안이고 어떤 일을 하는지 다 밝혀질 거였다. 굳이 결혼 전에 나서서 그 사람에 대한 말을 만들어 내도록 하고 싶지 않았다.

"어유, 지유 씨 너무 말을 아낀다."

지유는 살며시 웃으며 대화를 중단시켰다. 더 이상의 질문은 사양이었다. 그림을 본다며 이동하는 지유에게 김 원장 부인은 더 묻지 못한 걸 아쉬워했다.

사실 그림은 그다지 볼 게 없었다. 오늘 기부한 그림들은 유명한 선생님한테 취미 삼아 배웠다고 하는데 정말이지 딱 취미 수준이었다.

다들 그걸 모르고 이곳에 온 게 아니라 모인 사람들의 일상을 파면서 그걸로 회사의 정보를 흘리기도 하고 또 그걸 주워 먹기도 하면서 서로가 윈윈 하는 거였다.

지유는 자신의 결혼이 어느 정도 기정사실화됐으니 그걸 알리려는 목적이 컸다.

대부분의 사람들이 모인 곳에서 축하를 받으며 자신이 결혼하는 사람이 누구이고 앞으로 어떤 변화가 일어날 것인지 홍보하는 것과 같았다.

신문이나 미디어를 통해 알려지는 것보다 그렇게 알려지면 미리 손을 쓸 수 있는 사람들은 주식부터 움직였다. 그러니 이것 역시도 회사 홍보 중 하나였다.

"다시 한 번 축하드려요."

김 원장 부부에게 인사를 전하는 걸로 오늘 오후 일정을 마무리했다.

"결혼식에 불러 줘요, 꼭 가서 축하해 주고 싶어요."

"그럼요."

"우리도 결혼 너무 축하해요."

"감사합니다."

인사를 하는 것만으로도 피곤한 일정이었다. 얼굴을 아는 사람들은 전부 어딘가에서 튀어나와 인사를 했다. 그들의 인사를 하나하나 성의 있게 받으며 그녀는 퇴장했다.

차에 타자마자 그녀는 손목에 차고 있는 시계부터 확인했다. 아직 퇴근하려면 먼 시간이었다.

그녀는 핸드폰을 꺼내 신혼집에 들어갈 가구들을 체크하고 드레스 룸에 채워질 진후의 정장도 체크했다. 통화를 끝내고 다시 시간을 확인했다. 시간이 참 더디게도 간다.

"뭐 하지……."

이렇게 시간이 안 간 적이 있나 싶은 지유였다. 하루를 몇 시간 단위로 쪼개서 사용했었던 그녀는 모처럼의 시간적 여유가 영 적응이 되지 않았다.

결혼 전까지는 특별한 일이 아니고는 가능한 외출을 자제하라는 아버지의 말에 따라 지유는 일정을 조율 중이었다.

나올 때는 분명 시간에 대한 계산을 하지 않았는데 막상 스케줄이 끝나니 중간이 붕 뜨는 기분이었다.

모처럼 갖게 된 혼자만의 시간을 어떻게 보내야 하나 머릿속이 하얘졌다. 일단은 진후의 회사 근처로 가기로 하고 차를 몰았다.

차를 타고 진후에게로 가면서 지유는 창밖을 쳐다봤다. 벚꽃이 몽글몽글해져서는 당장이라도 팝콘처럼 터질 듯 부풀었다. 봄이 오긴 했나 보다.

그깟 계절이 가고 오는 것쯤은 아무렇지도 않게 지나가면서 살았다. 봄이면 꽃놀이를 가고 여름이면 시원한 바닷가로 놀러를 가고, 가을이면 단풍 구경을 가고 겨울이면 스키를 타러 가는 건 여유 있는 사람들이 하는 거였다.

지유는 봄이면 자선바자회나 전시가 많은 편이라 일부러 자리를 빛내 주기 위해서라도 참석하곤 했었다.

지유의 일은 두 오빠가 열심히 회사를 지키는 동안 집안과 관련된 일을 하는 거였으니 그런 일이 대부분이었다.

그러면서 하나둘 얼굴을 익히고 세상 돌아가는 얘기도 배우는 중이었다. 또 하나는 가장 중요한 명원그룹에 이지유라는 인물이 존재한다는 걸 보여 주는 거였다.

Rrrrrrrr.

진후에게서 전화가 걸려 왔다.

"네."

− 혹시 뭐 합니까?

"진후 씨 회사로 가요."

목소리를 들으니 살짝 설렌다. 이유는 모르겠다.

− 벌써요?

"생각보다 일이 일찍 끝났어요. 기다릴 테니까 진후 씨는 끝나면 나와요. 근데 무슨 일로 전화했어요?"

− 스케줄 비면 얼굴 보려고요.

"네?"

− 잠깐 외부에 미팅 있어서 나왔거든요.

이 남자 특이하다. 확실하게 선을 긋다가도 또 이럴 때는 먼저한 발 다가온다.

− 회사까지 얼마나 걸립니까?

"한 20분?"

− 그럼 앞에서 봐요.

보자는 진후의 말에 지유는 가슴이 찌릿해졌다.

"네."

시크하게 대답하고 전화를 끊었지만 지유의 차는 부릉 소리를 내며 빠른 속도로 앞으로 달려 나갔다.

통화를 끊고 진후는 가만히 핸드폰을 내려다봤다. 자신이 생각해도 참 엉뚱한 일이었다.

미팅이 끝나고 회사로 들어가는 길, 잠시 지유가 뭐 하고 있을까 생각하다 자신도 모르게 통화를 눌렀다. 그리고 회사로 오고 있다는 지유, 가슴이 뛰었다.

"후우."

한숨을 길게 내쉬는 걸로 진후는 속도를 조절했다.

지유는 처음 본 순간부터 마음이 가고 눈이 갔다. 뭔가를 할 때 집중하느라 삐죽 나온 입술도 예뻤고 자신의 어머니와 처음 만났을 때도 나름대로 말을 아끼고 행동을 조심하는 것도 예뻤다. 완벽하지는 않아도 누군가를 배려하려는 게 진후의 눈에는 보였다.

Rrrrrrrrr.

회사에서 온 연락에 진후는 얼른 상념을 벗어 버리고 통화를 했다.

"네."

– 미팅은 끝났어?

"아직이요."

회사를 다니면서 이런 거짓말은 처음이었다. 잠깐의 시간을 벌기 위해 진후는 천연덕스럽게 거짓말을 했다.

– 아 그래? 그럼 끝나고 보고하는 걸로 하지.

"네, 알겠습니다."

통화를 끝내고 회사로 돌아가기 위해 그는 택시를 잡아탔다. 보통은 버스로 이동하는데 오늘은 택시를 타야 할 이유가 분명했다.

택시를 타고 가는 동안 그는 핸드폰을 몇 번이나 들여다봤다. 어쩐지 지유보다 먼저 도착하고 싶었다.

"기사님, 저 앞에서 세워 주세요."

택시를 타고 오면 이렇게나 빠른 것을, 그동안 진후는 버스로 몇십 분을 달려오곤 했었다. 택시에서 내린 그는 시간을 확인하고는 적당한 곳에 자리를 잡고 기다렸다.

얼마나 지났을까, 멀리서 지유의 차가 보였다. 그의 입술 끝이 저절로 올라갔다. 그는 손을 번쩍 들어 자신이 기다리고 있음을 알렸다. 멀리서 보이던 지유의 차가 금세 진후의 앞에 멈춰 섰다.

"일찍 왔네요?"

지유가 창문을 내리고 진후에게 싱긋 웃어 보였다. 진후도 씨익 웃으며 지유의 차에 올라탔다.

"택시 타고 왔어요."

"그럼 뭐 타요?"

"보통은 버스를 타죠."

"왜요?"

벨트를 매는 진후를 보면서 지유는 의아하다는 듯 물었다.

"뭐가요?"

"왜 버스를 타느냐고요. 회사에서 경비 나오지 않아요?"

"그거 아껴서 쌀 사려고요."

진후의 말에 지유는 크게 놀란 듯 두 눈을 동그랗게 떴다. 그렇게까지 가난했나, 하는 얼굴이었다.

"농담이에요."

"아."

"가까운 거리는 그냥 버스 타요. 돈도 아끼고 사람 구경도 하고."

지유의 차가 출발했다.

"저기 건물 안에 세워요."

바로 앞에 있는 건물을 손가락으로 가리키면서 진후는 주변을 두리번거렸다.

"땡땡이치는 거 팀장님이 알면 좋은 소리는 못 듣거든요."

"땡땡이도 치고 그래요?"

"이런 게 땡땡이죠."

차는 주차장에 들어가 안전하게 주차했다.

"여기는 왜 들어왔어요?"

"이 건물 커피숍이 샌드위치가 맛있어요."

의아한 얼굴로 진후를 따라 주차장을 빠져나와 엘리베이터에 올랐다. 진후는 시간을 한 번 더 확인한 후 먼저 내려서 엘리베이터 문이 닫히지 않도록 손으로 막았다. 그사이 지유가 내려 엘리베이터 밖으로 나왔다.

두 사람은 보조를 맞춰 걸으며 그가 말한 샌드위치 잘하는 커피숍으로 들어갔다. 점심시간이 지났음에도 안은 제법 북적였다.

"가서 기다리고 있어요."

진후의 말에 지유는 창가로 가서 자리를 잡고 앉았다. 카운터 앞에서 뭔가를 주문하고 있는 진후를 지유는 빤히 쳐다봤다.

길쭉한 키와 군살 없이 탄탄한 몸매, 그리고 웃으면 눈이 반달이 되는…….

그래, 잘생겼다. 누가 봐도 잘생긴 사람이다. 가난하지 않았더라면 지금보다 더 근사하게 자기 일을 하면서 살았을 거다.

"여기요."

한참을 멍하게 쳐다보고 있는데 진후가 돌아왔다. 그는 손에 들린 샌드위치를 내려놓으며 자신만만하게 말했다.

"오늘 무슨 일 있어요?"

"왜요?"

"조금 들떠 보여서요."

그가 내민 샌드위치는 간단했다. 식빵 사이에 얇은 햄과 야채가 수북이 들어간 그냥 평범한 비주얼이었다. 샌드위치를 한입 베어 먹으며 지유가 진후를 바라봤다.

"그런 거 없어요."

"그래요? 분명 조금 달라 보이는…….."

샌드위치를 씹던 지유의 눈이 커다래졌다. 그녀는 샌드위치를 내려다보면서 연신 입안에 든 걸 씹어 댔다.

"맛있죠?"

"이거 뭐예요?"

"샌드위치."

"그러니까 왜 이런 맛이 나요?"

들어간 건 햄과 야채가 전부였다. 아무리 봐도 다른 특별한 게 들어가지는 않았다. 그런데 이상하게 맛있었다.

"많이 먹어요."

진후는 흐뭇하게 웃었다. 사실은 회사 여직원들이 하는 말을 듣고 지유에게 사 주면 좋겠다는 생각이 들었다. 여자라면 누구나 좋아하는 맛이라며 호들갑스럽게도 말했었다.

"진짜 맛있어요."

배가 고프지도 않았는데 지유는 말없이 하나를 다 먹어 버렸다. 평소 새 모이만큼 먹던 지유에게는 아주 큰 변화였다.

그녀는 특별히 먹는 것에서 즐거움을 찾지 못하는 편이었다. 찾으려고 한 적도 없지만 굳이 찾지도 않았다.

"내일 또 와도 돼요?"

"네?"

"농담이에요."

훗. 지유와 진후가 마주 보며 웃었다. 잠깐의 데이트가 이렇게나 즐거운지 오늘 처음 알았다. 그런데 이걸 데이트라고 해도 좋을까.

진후가 사무실에 들어가서 일을 마무리하는 동안 지유는 근처를 천천히 돌면서 그를 기다렸다. 커피숍에서 커피를 한 잔 사서 밖으로 나와 지나가는 사람들을 구경하는데 시간 가는 줄 몰랐다. 가만히 사람들을 보는 것만으로도 이렇게 즐거울 수 있다는 걸 처음 알게 됐다.

"오래 기다렸어요?"

일을 마치고 나온 진후가 지유에게로 달려왔다. 앉아 있던 지유가 고개를 저었다.

"갑시다."

"잠깐 앉아 있다가 가요."

지유의 말에 진후는 자리에 앉았다. 역시나 지나가는 사람들 중 사무실 사람들이 있을까 봐 주위를 두리번거리는 걸 잊지 않았다.

"남들이 볼까 봐 신경 쓰여요?"

"회사 근처니까요."

"앞으로는 그런 일 많아요."

"아."

또 바보같이 잊고 있었다. 보통의 연애를 하는 사람처럼 종일 설레고 그랬다. 벌써부터 이러면 곤란하다.

"자꾸 잊게 되네요."

"나는 그러면 자꾸 잊지 않게 상기시키고."

지유가 진후를 돌아보며 피식 웃었다. 벤치에 앉아 얘기하는 이 순간이 평화롭게 느껴졌다.

"1시간이 넘게 여기에 앉아 있으면서 저들은 무엇이 저렇게 재미있고 즐거울까 싶었어요."

"저 사람들이 즐거워 보입니까?"

"내 눈에는 그래요."

하고 싶은 일을 하면서, 적어도 가족이라는 이름의 사람들을 밟고 넘어서려고 하지는 않을 테니까.

때때로 즐거워하면서 또는 화가 나고 당장이라도 때려치우고 싶다는 생각이 들면서도 이 일을 놓지 않는 그들이 지유는 부러웠다.

단순하게 살고 싶다는 생각을 할 때가 있었다. 배고프면 밥 먹고 졸리면 자고 그러다 웃기면 웃는 그런 단순한 삶.

"돈이 많으면 그런 삶을 살 수 있는 거라고 생각했는데 아니었나 보네요."

"생각하는 것보다 훨씬 더 힘들 거예요."

"그거 압니까?"

"뭐요?"

"돈이 없다는 건 아무것도 할 수 없는 거라는 것."

가진 게 너무 없어서 할 수 있는 게 없는 진후와 가진 게 너무 많아서 할 수 있는 게 무궁무진한 지유. 아직은 서로를 이해하기엔 같이 보낸 시간이 너무도 짧았다.

"벚꽃 볼래요?"

"지금이요?"

진후가 시간을 확인했다.

"30분 정도 여유 있습니다."

지유는 진후를 따라 자리에서 일어났다. 그리고 그와 이런저런 얘기를 나누며 길을 따라 걸었다. 그러고는 얼마 지나지 않아,

"하아."

말문이 막혔다. 그 찬란하고도 아름다운 벚꽃나무를 보고는 지

유는 입을 다물지 못했다.

아직 만개하지 않은 다른 나무들과 다르게 오로지 이 큰 나무에서만 벚꽃들이 알알이 터져 빛나고 있었다. 그 밑에는 다른 커플들로 보이는 사람들이 여럿 있었다.

"가끔은 성질 급한 나무들도 있더라고요."

그렇게 말하고 진후는 나무 아래에서 목을 빼고 보는 지유를 찬찬히 훑어봤다. 작은 얼굴에 눈, 코, 입이 다 들어 있는 게 신기했다. 바람에도 픽, 쓰러질 것 같은 여리여리한 몸매로 지유는 참 부지런히도 다녔다.

그녀가 말하는 재벌들의 삶이 얼마나 팍팍한지, 아니면 원래가 마른 건지 모르겠지만 그녀는 도통 먹을 줄을 몰랐다.

"세상을 읽을 줄 아는 나무네요."

뒤처지고 딴짓하면 늦어 버리는 세상이다. 그 세상에서 살아남으려면 빨라야 한다. 그냥 살아남는 게 아니라 누구보다 잘 살아남는 게 이지유의 목표였다.

커다랗고 높아져서 그 누구도 함부로 할 수 없는 사람이 되고 싶다. 피 튀기는 싸움이 될지라도 승자는 우아하게 웃으면 그만이었다.

"서진후 씨."

"네."

"후회 안 해요?"

여전히 목을 길게 뺀 채로, 벚꽃나무를 올려다보면서 그렇게 물었다. 마치 자신에게 물어보듯이.

"네."

진후는 그런 지유를 쳐다보면서 그렇게 다짐하듯 대답했다. 후

회는 이미 지나간 버스라고. 이제는 어떻게 하면 잘할 건지만 생각하면서 달리는 거라고.

"그런 거 안 합니다."

지유가 고개를 내려 진후를 바라봤다. 그 눈빛에는 강렬함이, 그 입가에는 다부짐이 그려져 있었다.

"후회할 거였으면 시작도 안 합니다."

지난밤, 동생 진희는 지유를 본 뒤 걱정 반 기대 반의 감정으로 물었었다.

마음이 움직이느냐고. 정말 결혼이라는 걸 할 수 있겠느냐고. 서로에게 상처가 될 거라면 지금이라도 포기하는 게 낫지 않겠느냐고.

여자는 남자보다 쉽게 상처받고 깊게 아프다며 아무리 돈이 많은 여자도 믿었던 남자가 뒤돌아서면 그때는 정말 일어나지 못할 수도 있다고.

그러니까 결혼을 하기 전에 정말 잘 할 수 있는 건지, 이 결혼이 맞는 건지 제대로 생각할 시간이 필요하다고 했었다.

마치 결혼을 해 본 사람처럼 말하는 진희에게 진후는 걱정하지 말라며 어깨를 두드렸었다.

"이지유 씨는요?"

"안 해요, 그런 거."

단호했다. 마치 자신에게 주문이라도 걸듯이 그렇게 말했다. 몇 번을 다짐하듯 물어도 대답은 항상 같았다. 서로에게, 또는 스스로에게 두 사람은 묻고 또 물었다.

그때 작은 벚꽃 잎이 지유의 머리 위로 떨어졌다. 진후가 손을 뻗었다. 그의 손이 다가올수록 지유는 가슴이 쿵쿵 뛰었다. 하지만 두 눈을 똑바로 뜨고 그를 바라봤다.

그의 눈이 지유의 눈에, 그의 손이 지유의 머리에 닿았다. 벚꽃 잎은 떨어졌지만 서로에게 맞닿아 있는 시선은 떨어지지 않았다.

3.

물들이기

어릴 적 같은 반 친구의 생일에 초대받아서 간 진후는 다 같이 벽에 빔을 쏴서 보는 영화를 처음 봤었다.

그때 그 영화도 아직까지 기억에 남을 정도지만 그것보다는 그렇게 집 안에서 영화를 본다는 게 어린 진후에게는 너무나 큰 충격이었다.

나중에 돈을 많이 벌면 꼭 그 기계를 사서 나만의 영화관을 만들어야지 했었는데.

"이쪽으로 앉아요."

초대를 받아서 간 지유의 집은 그야말로 감탄 그 자체였다.

앞으로 살게 될 신혼집도 너무 으리으리해서 차마 입 밖으로는 내지 못했던 말들이 목구멍에 가득인데 이 집은 아무런 말도 생각나지 않을 정도로 크고 웅장했다.

"네, 감사합니다."

웬만해서는 긴장하는 법이 없는 진후인데도 돈 앞에서는 별수 없었다. 잔뜩 긴장을 해서는 숨 쉬는 것조차 버거울 지경이었다.

"떨려요?"

"네."

그래도 표정은 그다지 떨려 보이지 않았다. 아버지 이 회장이 방에서 나오기를 기다리며 지유는 진후와 소파에 앉아서 기다렸다. 잠시 후, 아버지가 나오고 진후가 소파에서 일어났다.

"안녕하십니까."

"그래, 어서 오게."

생각보다 키가 커서 이 회장은 놀랐다. 그리고 생각했던 것보다 인물도 좋았다. 지유와 나란히 있으니 그림이 꽤 괜찮았다. 스펙적인 부분은 이미 알아본 후라 더 이상 물을 게 없었다.

"식사는?"

"준비 다 됐습니다."

이 회장의 말에 정 여사가 먼저 일어났다.

"식사부터 하지."

이 회장 뒤를 조용히 따르며 지유가 진후의 손을 잡아 줬다. 떨 거 없다는 뜻이었는데 그게 더 떨렸다. 돌아보는데 지유가 미소를 지었다. 그게 너무 예뻐서 순간 진후는 얼어붙는 듯했다.

"왜요?"

"예뻐서요."

그렇게 말하고 진후는 돌아서서 이 회장을 따라 들어갔다.

이 남자 정말 특이하다. 보통 이럴 때는 긴장으로 굳어서 아무 말도 안 들리는데 이상하게 떠는 것 같으면서도 할 건 다 한다.

"저희 왔습니다."

막 식탁에 앉으려는데 느닷없이 둘째 오빠네가 들이닥쳤다. 반갑지 않은 인물에 지유의 얼굴이 잠시 굳어졌다.

"시간 맞춰서 잘 왔구나."

정 여사는 둘의 방문을 미리 알고 있었다는 듯 온화한 표정을 잃지 않았다. 두 사람은 재빨리 지유의 맞은편에 자리를 잡았다.

"안녕하세요, 지유 둘째 오빠입니다."

"안녕하세요, 서진후라고 합니다."

두 남자의 인사가 이어졌다. 그리고 도훈의 옆에 있던 세진이 인사를 했다.

"반가워요, 김세진이라고 해요."

"안녕하세요."

돌아가며 인사를 나누고 여섯 명은 자리를 잡고 앉았다. 어색할 틈도 없이 이 회장이 먼저 젓가락을 들어 식사를 시작했다.

"아가씨 결혼하는 걸 얼마 전에야 들었지 뭐예요."

먼저 침묵을 깨고 입을 뗀 건 김세진이었다.

"그래서 우리 집 근처로 집도 구했어요?"

"작은 새언니 바쁜 거 아니었어요?"

"내가 뭐가 바빠요, 매일 노는데. 그나저나 무슨 일 하세요?"

진후가 대답하려는데 지유가 먼저 말했다.

"다 알면서 뭘 그렇게 돌려 물어요."

지유는 나물을 젓가락으로 집으며 눈길 한 번을 주지 않았다.

"그래도 처음 인사 오셨는데 손발은 맞춰야죠."

웃으면서 진후를 슬쩍 보는 김세진이었다. 조용히 식사가 이어지는 듯했지만 세진은 또다시 물었다.

"언제 회사로 들어와요?"

"네?"

"어차피 들어올 건데 뭘 그렇게 뜸들이나 해서요. 언론도 이미 다 아는 것 같고 아는 사람 다 아는데 미룰 필요 없잖아요. 안 그래요, 아버님?"

"흐음."

"준비하고 있습니다."

"준비? 무슨 준비요?"

진후의 애매한 대답에 정말 모르겠다는 듯이 세진이 눈을 동그랗게 뜨며 되물었다. 지유는 반찬을 젓가락으로 집으며 말했다.

"보기 좋을 준비."

오물오물 반찬을 입에 넣고 씹어 넘긴 후 그녀가 덧붙였다.

"결혼하고 신혼여행 다녀와서 옮기는 게 가장 좋지 않겠어요?"

고개를 돌려 진후의 얼굴을 보며 묻는 지유에게 그는 확실히 이 대화의 끝을 알렸다.

"미리 그만둔다는 말은 해 놨습니다."

"그럼 그 전에 움직여도 괜찮겠네요."

잠시 잠깐 마주친 두 사람의 눈빛에서 서로를 걱정하는 빛이 엿보였다.

지유는 진후에게 괜찮다고, 그대로만 하면 된다고 말해 주는 듯했고, 진후는 지유에게 잘할 거라고, 절대 밀리지 않는다고 말하는 듯했다.

식사를 마치고 거실로 자리를 옮기며 본격적인 결혼 얘기가 오고 갔다. 진후는 그저 가만히 듣고 있으면 되는 거였다.

어떻게 기사화가 되고 어떻게 반응할지에 대해서 아주 구체적인 것들이 오고 갔다.

그리고 그 얘기를 하는 동안 진후는 왠지 모를 자괴감과 민망함 사이에서 어떻게 해야 할지를 몰랐다.

사람을 앞에 두고 대놓고 얘기하는 사람들 앞에서 어떤 표정으로 있는 게 가장 뻔뻔한 건지 알 수가 없었다.

"어때요?"

지유의 물음에 진후는 딴생각에서 빠져나왔다.

"네, 좋아요."

"그럼 그렇게 하는 걸로 할게요."

한 달 안으로 회사를 정리하고 일주일 쉰 후 지유 회사로 이직하고 결혼을 하는 게 대화의 결론이었다. 결혼은 두 달 후였다.

"앞으로 잘 부탁하네."

이 회장의 말에 진후는 고개를 숙였다.

"진심을 다하겠습니다."

진심, 그 말에 지유는 여러 감정이 뒤섞였다. 이런 식의 결혼을 하게 될 줄은 몰랐다. 아닌 척했지만 막연한 기대감 같은 게 있었다고나 할까. 이제 온전한 이지유로 살아야 하는 거였다.

차라리 잘됐다. 이런저런 감정으로 시간 낭비하는 것보다는 나았다. 사랑까지는 모르겠지만 좋아하는 건 할 수 있을 것 같았다. 나쁜 사람은 아니니까. 적어도 거짓말은 하지 않을 것 같으니까.

"그래, 나가 보거라."

"네."

지유와 진후가 서재에서 나오자 거실에서는 둘째 오빠네가 기다리고 있었다. 두 사람과 딱히 마주치고 싶지 않았지만 이것도 통과의례 중 하나였다.

얼마나 야망이 큰 사람인지, 원하는 게 무엇인지 정확히 짚고 넘어가야 그들도 속이 편할 테니까.

"와서 술 한잔 합시다."

"네."

"나도 한잔 줘."

주방 옆에 따로 마련된 와인 바로 향하는 두 사람을 지유가 따라나섰다. 어떤 말을 할지 뻔히 아는 상황에서 진후만 내버려 둘 수는 없었다.

"그래, 다 같이 한잔하자."

도훈의 눈빛이 야비하게 틀어졌다. 다 같이라는 말에 세진이 신나서 따라붙었다.

도훈과 세진의 맞은편에 지유와 진후가 나란히 앉았다. 술을 따르는 도훈을 지유가 쳐다보고 있었다. 뭔지 모를 긴장감에 진후도 덩달아 눈치를 살폈다.

"지유가 만만하지는 않죠?"

도훈이 먼저 말문을 열었다.

"만만하면 매력 없죠."

진후가 지유를 돌아보며 말했다.

"우리 아가씨가 매력이 넘치죠."

세진이 뭔가 의미심장하게 말했다. 그 말에 지유와 진후가 세진을 돌아봤다.

"나 묻고 싶은 게 있는데 물어도 돼요?"

"안 된다고 하면 안 물어요?"

"어머, 알면서."

세진의 얄미운 웃음소리가 바 안을 가득 메웠다. 하고 싶은 말은 하고 마는 세진이라 그녀가 어떤 말을 할지 궁금하긴 했다.

"우리 아가씨랑 왜 결혼해요?"

왜, 라는 말에 여러 의미가 포함돼 있었다. 사랑해서라는 말이 답이 아니라는 건 누구나 알고 있는 거였고 돈이 필요하다는 것도 알고 있는 대답이었다.

"예뻐서요."

세진의 말뜻을 잘못 이해한 듯 진후가 엉뚱한 대답을 했다.

"아니, 솔직하게. 우리끼리인데 뭘 티 나게 그래요."

진후가 지유를 쳐다보면서 웃었다. 그러고는 그녀의 손을 가만히 포개 잡았다.

"다른 건 다들 아는 이유고 그 외에 가장 큰 이유는 예뻐서예요. 처음 만나는 날 빛이 보였거든요."

의외의 대답에 다들 어리둥절한 표정으로 한참이나 진후를 쳐다봤다. 가장 놀란 건 지유였다.

"그 빛이 무엇이었는지 알고 싶어졌어요."

가진 것 많은 여자에게서 보이는 후광 같은 빛이었는지 사람들이 말하는 첫눈에 말했을 때 보인다는 그 빛이었는지 살면서 알아볼 작정이었다.

"되게 감상적이시네요."

세진의 비꼬는 말투에도 진후는 진지했다.

"그게 전부예요?"

세진이 몸을 앞으로 기울이며 좀 더 저돌적으로 물었다. 그냥 차라리 대놓고 원하는 게 무엇인지 물으면 더 좋았을 뻔했다.

"글쎄요."

솔직하지 못한 진후가 세진은 마음에 들지 않았다.

어디까지 올라갈 생각인지, 무엇을 원하는지 말하면 좋겠지만 그건 갖고 있는 패를 전부 보여 주는 것일 테니 바보가 아닌 이상은 그렇게 하지 않을 게 분명했다.

그렇다면 갖고 있는 쪽에서 무엇을 줄 수 있는지 말하는 게 현명할 것 같았다.

"이사까지는 올라갈 수 있게 해 줄게요."

세진의 말에 진후가 고개를 들었다.

"하지만 그 이상은 기대하지 않는 게 좋아요."

세진의 말에 도훈이 피식 웃었다. 동의한다는 뜻이었다. 지유는 두 사람의 표정 변화를 살피며 진후의 다음 대답을 기다렸다.

"그걸 누가 결정한 겁니까?"

제법 당찼다.

"누가?"

"아버님한테는 그런 말씀을 못 들은 것 같아서요."

두 사람에게 전혀 밀리지 않는 진후가 지유는 흥미로웠다. 굳이 나서서 막아 주지 않아도 될 것 같았다.

"그런 말씀을 꼭 해야 아나?"

잠자코 있던 도훈이 술잔을 들며 넌지시 말했다.

"죄송합니다, 전 못 들어서요."

"명원의 주인은 나랑 형이야."

도훈이 대놓고 말을 놨다.

"처음부터 침 흘리지 마라?"

혼잣말처럼 진후가 읊조렸다. 분위기가 점점 팽팽하게 날이 서는 듯했다.

"이지유가 우리 집안의 어떤 존재인지 알고 하는 거 아닌가?"

"네, 압니다."

두 사람의 기 싸움에도 지유는 차분히 와인만 홀짝이고 있었다. 표정 변화 없이 앉아 있는 지유를 세진이 곁눈질로 흘깃거렸다.

"하나뿐인 딸이죠."

후훗, 도훈도 세진도 아닌 지유가 콧방귀를 뀌듯이 웃었다. 그 웃음에 모두의 시선이 지유에게로 쏠렸다.

"아니, 웃겨서."

"웃겨요? 사실이잖아요."

진후가 새삼 신기하다는 듯 쳐다보며 말했다.

"맞아요, 하나뿐인 딸."

고개를 끄덕이며 지유는 술잔을 내려놨다.

"모든 걸 줘도 아깝지 않은 하나뿐인 딸. 아닌가?"

"모든 걸?"

"아직 결혼도 하기 전인데 너무 그렇게 야박하게 굴지 마. 그러다 내가 수 틀려서 이 회사 갖겠다고 하면 어쩌려고 그래?"

"이지유."

"오빠."

지유는 자세를 고쳐 앉았다.

"살살 해."

두 사람이 오늘 이곳에 왜 왔는지 알았다. 확실히 하기 위해서였다.

기를 죽이고 다른 건 욕심내면 안 된다는 확실한 도장. 아마도 두 형제가 계획한 거였겠지.

"인사하러 온 사람한테 너무 박한 거 아니야?"

"괜한 기대감은 처음부터 안 갖는 게 좋으니까."

"괜한 기대감이라고 누가 그래?"

"아가씨."

"네, 언니."

"설마 회사에 욕심내요?"

"욕심?"

"회사는 두 오빠가 알아서 할 거니까 아가씨는 그냥 아가씨 인생 즐겨요. 뭘 그렇게 욕심내고 그래요."

욕심, 처음부터 이 집에 지유가 가질 수 있는 건 없었다. 얌전하고 교양 있는 딸로 모임에나 참석하며 이미지 좋게 있다가 시집만 가면 되는 거였다. 하지만 그런 건 지유 계획에 없는 일이었다.

"욕심이 나네요."

방을 하나 갖는 것도 그랬다. 처음 이 집에 왔을 때 공사가 안 끝났다는 이유로 지유는 3층에 있는 방에서 머물렀다. 아무도 없는 3층은 너무도 무섭고 외로웠다.

밥을 먹을 때가 아니면 식구들의 얼굴은 볼 수가 없었고 얼굴은 본다고 해도 다들 지유를 투명인간 취급했다.

그래도 꿋꿋하게 자리를 지켰다. 그렇게 한 달이 훌쩍 지나고 드디어 2층으로 내려온 날, 지유는 문을 걸어 잠그고 잠을 잤다.

오빠 둘과 함께 생활했던 2층은 그녀에게 한동안 무서운 곳이었다. 밖에서 소리가 들리면 까치발로 달려가 문을 확인하고, 잠이 들기까지도 한참이나 걸렸다.

"이 사람이 어디까지 갈 수 있는지."

지유가 진후의 손에 제 손을 포갰다.

"그리고 내가 어디까지 할 수 있는지."

다 들리도록 밖에서 떠들던 소리들, 대놓고 무시하는 행동들,

아버지가 있을 때와 없을 때면 확연히 달라지는 말투, 그런 모든 괄시 속에서도 살아남을 수 있었던 이유들.

이 집안의 핏줄이라는 사실은 달라지지 않았기 때문이다. 그렇다면 이 안에서 가질 수 있는 모든 걸 갖기로 결심했다.

술을 마신 지유가 차를 운전할 수 없어서 동네를 걸어 내려왔다. 굳이 따라오지 않아도 되는데 그녀는 걷고 싶다고 했다.

조용히 옆에서 걷던 그녀가 천천히 입을 뗐다.

"기분 나쁘지 않아요?"

"뭐가요?"

"무시당했는데 기분 나쁘지 않느냐고요."

"무시했어요?"

진후는 전혀 몰랐다는 듯 눈을 휘둥그레 떴다.

"정말 몰랐어요?"

"알았어요."

하찮은 존재가 된 것 같은 느낌도 받았다. 가진 것 많은 그들이 봤을 때는 전혀 위협적인 존재가 아니었을 테니까.

"상관없어요."

"왜요?"

"난 그냥 내가 가질 수 있는 걸 가지면 되니까."

그러기 위해서 택한 결혼이었다. 갖고 싶은 걸 가질 수 있다면 이 정도 무시는 참을 수 있었다.

"지유 씨는요?"

"뭐가요?"

"지유 씨는 어땠어요?"

"생각했던 것과 다르지 않았어요. 적당히 무시하고 적당히 비웃고. 그런 게 이 집에서는 자연스러운 거예요."

그 안에서 살면서 많이 무뎌진 지유였다. 그걸 보는 진후의 마음이 어쩐지 묘하게 일렁였다.

"무시하는 게 자연스러운 거라……."

그 안에서 살면서 지유는 얼마나 외로웠을까. 그 안에서 이 여자는 얼마나 이를 악물었을까. 짠하고 안쓰럽다.

"가요."

갑자기 진후가 지유의 손을 잡았다.

"네?"

"배고파요. 어디 가서 뭐라도 먹자고요."

"저녁 먹었잖아요."

"그럼 야식 먹어요."

"야식?"

상긋 웃으며 진후가 앞장서서 걸었다. 한 걸음 뒤에서 그의 손을 잡고 걸으며 지유는 미간을 찡그렸다.

이상하게도 잡고 있는 손을 놓고 싶지 않았다. 그리고 심장이 뛰었다, 평소와 다르게.

"어? 우리 이거 먹읍시다."

한참을 걸어 내려오니 번화가였다. 늘 차로 지나다녀서 지유는 한 번도 들러 보지 못한 곳이었다.

"저거요?"

막창, 이라는 글자가 선명하게도 적혀 있었다. 뭔지는 알지만 먹어 본 적은 없는 것이었다.

"먹어 봤어요?"

"아니요."

"그럼 오늘 먹어 봐요."

진후는 지유의 대답도 기다리지 않고 곧장 손을 잡아끌었다.

드르륵, 문을 열고 들어가자 사람들로 빼곡했다. 대체 이게 얼마나 맛있다고 이렇게 사람들이 드글드글한 걸까.

"저희 막창 2인분 주세요."

진후는 알아서 주문까지 척척 했다.

"소주 마실래요?"

"네, 뭐."

"여기 소주 한 병만 주세요."

술이 나오고 술잔이 지유 앞에 놓였다. 빈 잔에 소주를 가득 채우면서 진후는 히죽 웃었다. 어쩐지 신이 나 보였다.

"기분이 나빠 보이지는 않네요."

진후가 따라 준 소주를 받아 들며 지유는 넌지시 말했다.

"좋은데요?"

자신의 잔에도 술을 따르고 진후는 또 한 번 싱긋 웃어 보였다.

"결혼할 여자 집에 인사 다녀오는 게 이런 기분이구나, 싶어요."

보통의 인사와는 많이 다르겠지만 어쨌든 설레었고 떨렸고 나쁘지 않았다. 그리고 지금은 지유와 단둘이 소주잔을 기울이고 있으니 이것 또한 괜찮았다.

"결혼할 여자 집……."

"왜요?"

"낭만적이네요."

"그런가요?"

주문한 막창이 나왔다. 진후는 익숙하게 집게를 들고 막창을 불판 위에 올리기 시작했다. 모양이 꽤나 징그러워 지유는 절로 미간이 좁혀졌다.

"이게 맛있다고요?"

"여자들이 더 좋아하죠."

"이걸요?"

묻고 지유는 슬쩍 가게 안을 둘러봤다.

그러고 보니 안에는 여자들이 훨씬 더 많았다. 커플끼리 온 사람들도 있었다. 그 안에서 지유 또한 진후와 있었다. 누가 봐도 두 사람은 커플이었다.

"이런 자리 처음이에요."

"그렇겠죠."

사는 게 다 거기서 거기겠지 했었다. 하지만 지유의 삶은 달랐다. 집 안에서 신는 신발에도 굽이 있었다. 편하게 있는 곳이 집인데 지유는 그렇지 않아 보였다.

저녁이면 반찬이 없어도 된장찌개 보글보글 끓여서 온 가족 둘러앉던 진후의 집과는 정반대였다. 회사에서처럼 다들 긴장하고 눈치 보고 있었다.

그리고 그 안에서 지유는 유난히 이방인 같았다. 혼자 여럿을 상대하며 살아남기 위해 애쓰는 이방인. 오롯이 그녀의 편이 돼 주고 싶어지는 그런 저녁이었다.

"먹어 봐요."

노릇하게 잘 익은 막창을 진후가 지유의 앞 접시에 놔 줬다.

길게 숨을 내쉬고 지유는 젓가락으로 막창을 집어 입에 넣었다. 오물오물 씹는 모습을 진후는 호기심 어린 눈으로 지켜봤다.

"어때요?"

"질겨요."

지유가 인상을 구겼다.

"계속 씹어요."

진후의 말처럼 지유는 입안에 든 막창을 질정질정 계속 씹어 댔다. 그러고는 이내 고개를 끄덕이며 말했다.

"질기긴 한데 맛이 없지는 않네요."

"맛있죠?"

"맛이 없지는 않다고요."

스트레스가 풀리는 맛이었다.

여전히 차가운 눈빛으로 바라보던 가족들 앞에서 지유는 수치스러웠다.

대단한 환대를 해 줄 거라는 기대는 없었지만 진후 앞에서 보여 준 가족들의 반응에 혹시나 하고 있었던 마음이 부끄러웠다.

그저 계약 결혼일 뿐이라고, 그렇게 마음먹었는데 이상하게도 자꾸만 기대를 하게 된다. 그러지 말아야지 하고 마음을 닫으려는 순간 이 막창 하나에 또 무너지려고 한다.

"먹어요."

진후는 잘 익은 걸 골라서 연신 지유의 그릇에 놔 줬다.

이런 식의 배려 때문이었다. 그릇에 뭔가를 놔 주고 챙겨 주고 지켜봐 주고 하는 것들, 대체 무슨 의미일까. 그냥 몸에 밴 습관 같은 것일까.

"계속 먹으니까 맛있죠?"

"네."

진후가 보여 주는 옅은 미소에 지유는 저도 모르게 심장이 쿵 하고 내려앉았다. 언뜻언뜻 보이는 그의 미소가 상당히 멋스러웠다.

"나는 이거 월급 탔을 때만 먹어요. 그것도 몇 달에 한 번."

"왜요?"

아무렇지 않게 왜냐고 묻는 지유 때문에 진후는 속으로 쓴웃음을 지었다. 사는 세상이 다른 여자였다. 하지만 그 세상으로 들어갈수록 다 좋은 것만은 아닐 수도 있겠다는 생각이 들었다.

"비싸니까요."

믿을 수 없다는 듯 지유가 고개를 갸웃거렸다. 예상했던 반응이었다. 1인분에 만 원 조금 넘는 게 비싸다고 말하는 남자와 이 여자는 결혼이라는 걸 하려는 거였다. 이 수준을 맞출 수 있을까 슬그머니 걱정이 앞서는 진후였다.

"인사할 곳이 한 군데 더 남았어요."

"알아요."

진후의 말에 지유가 눈을 동그랗게 떴다.

"어머니 집에 가자는 거 아니었어요? 내일 시간 괜찮아요."

당연히 가는 걸로 알고 진후는 내일도 시간을 비워 뒀다.

요즘은 퇴근 후나 주말에 무슨 일이 있을지 몰라 아예 약속을 잡지 않았다. 아무래도 결혼 전까지는, 아니 앞으로의 삶은 지유의 스케줄대로 돌아가리라 생각했다.

"고마워요."

지유의 고맙다는 인사에 진후가 고개를 들었다. 지유는 진후의 시선을 애써 외면하면서 소주잔을 들었다. 한입에 털어 넣는 술이 꽤나 썼다.

"어머니 뭐 좋아하세요?"

지유가 눈을 들었다.

"꽃?"

진후의 마음이 고마웠다.

"네, 꽃이면 돼요."

지유는 내일은 오늘보다 마음 편히 저녁을 먹을 수도 있겠다 싶었다. 하나 더 막창을 입에 넣고 부지런히 오물거렸다. 그런 그녀를 진후는 애틋한 눈으로 바라봤다.

❀❉❀

다음 날, 데리러 가겠다는 지유의 말에 진후는 주소만 알려 달라고 했다.

지유는 먼저 도착해 차에서 기다리고 있었다. 멀리서 꽃을 들고 걸어오는 진후를 보고 지유는 저도 모르게 피식 웃어 버렸다.

"설마 그거 우리 엄마 주려는 거예요?"

차에서 내린 지유가 진후를 보며 인상을 썼다.

"언제 왔어요?"

"방금이요."

카네이션을 한 다발 든 진후가 지유에게로 다가왔다.

"카네이션……."

"지유 씨 낳느라 고생하셨으니까 감사의 뜻으로."

후훗, 지유가 웃었다. 햇살에 비친 웃는 지유의 얼굴은 그 어느 때보다 예뻤다. 길게 늘어뜨린 머리칼도 빛이 났다.

"예쁘네요."

순간 잘못 들었나 싶어서 지유가 진후를 바라봤다.

"오늘 예쁘다고요."

"그런 말 하는 거 낯간지럽지 않아요?"

"예뻐서 예쁘다고 하는데 왜 낯간지러워요?"

"진후 씨 많이 달라진 거 알아요?"

"내가요?"

"네, 눈빛부터가 달라졌어요."

"좋은 변화인 거죠?"

"여유로워 보여요."

진후가 한참 지유와 눈을 맞췄다.

"지유 씨 때문이에요."

"내가 왜요?"

"많은 걸 가질 수 있게 해 줬으니까요."

집도 돈도 그리고 기회도 줬으니까. 이제 그걸로 날개를 펼칠 수 있으니까.

"아직 아무것도 해 준 게 없을 텐데요."

"기회를 준다는 것만으로도 이미 많은 걸 가진 사람이 됐어요, 난."

뚫어지게 쳐다보는 진후의 눈빛에 지유는 할 말이 떠오르지 않았다. 순간 쿵, 하고 가슴이 내려앉았지만 그녀는 얼른 고개를 돌려 버렸다.

"들어가요."

이 남자의 야심을 너무 얕게 본 게 아닐까, 그런데 왜 이 남자의 눈빛에 심장은 내려앉은 걸까.

머릿속을 가득 메운 질문들을 뒤로하고 지유는 안으로 들어갔다.

"어서 와요."

지유의 엄마 이서정 여사가 화려하게 웃었다.

"처음 뵙겠습니다, 서진후라고 합니다."

진후는 예의를 다해 허리를 굽혀 인사했다. 그의 훤칠한 겉모습에 이서정은 이미 마음을 뺏긴 눈빛을 하고 있었다.

이서정은 워낙에 속마음을 숨길 줄 모르고 있는 그대로 얼굴이 나타나는 게 흠이라면 흠이었다. 그렇게 감정을 숨길 줄도 알아야 한다고 귀에 못이 박히게 말하는데도 이서정은 좋은 걸 보면 늘 그랬다.

"이쪽으로 들어와요. 아니다, 나 말 놔야 되나?"

호호호호, 웃는 게 제법 기분이 좋아 보였다.

"네. 말씀 편하게 하세요, 어머니."

"어머니?"

놀란 토끼 눈으로 이서정은 지유를 쳐다봤다. 무표정의 지유는 그저 가만히 시선을 돌렸다.

"그럼 난 서 서방이라고 불러야겠다. 어때, 서 서방?"

"네, 좋습니다."

비위를 맞출 줄도 알고 사람 파악도 금방 하는 걸 보면 진후도 여간은 아니었다.

"내가 맛있는 거 많이 했어. 조금만 기다리고 있어, 서 서방."

"제가 뭐 도울 건 없을까요?"

"아유, 그런 게 어디 있어. 앉아 있어."

가벼운 엉덩이를 살랑살랑 흔들며 이서정은 주방으로 들어갔다. 콧노래까지 흥얼거리는 엄마를 보면서 지유는 고개를 저었다.

"좋은 분이시네요."

"좋을 때는 한없이 좋죠."

그러다 한번 돌면 아무도 못 말렸다. 즉흥적이고 감정적이고 매사가 감정의 기복이 컸다. 감당하기 힘든 엄마를 피해서 정 없는 아버지에게로 간 것도 있었다.

소파에 앉아 저녁이 되기를 기다리며 지유는 전화 통화를 했고 진후는 멀뚱멀뚱 앉아 있었다. 그러다 한쪽에 놓인 지유의 어릴 적 사진을 발견하고 슬그머니 자리에서 일어났다.

어린 시절의 지유는 지금과 똑같았다. 아이인데도 어딘지 모르게 매섭고 차가웠다. 천진난만함은 찾아보기 힘들었다. 그런데도 사랑스러움은 있었다.

"귀엽네."

진후의 혼잣말에 통화를 끝낸 지유가 옆으로 다가왔다.

"어디가요?"

"전체적인 분위기?"

"애한테 분위기가 어디 있어요."

"어릴 때도 예뻤네요."

인형처럼 예쁘다는 소리는 귀에 딱지가 앉게 많이 들었다. 엄마를 닮아서 그렇다는 말과 함께.

"근데 어릴 때 사진밖에 없네요? 더 커서는 없어요?"

"없어요."

초등학교 이후로 어딘가에서 찍혔을 수는 있어도 엄마와 단둘이 사진을 찍은 기억은 없었다. 지유의 삶은 중학교 때부터 바빴으니까.

"자, 들어오세요."

한껏 들뜬 이서정 여사의 목소리가 주방에서 들려왔다. 먼저 앞장서는 지유를 따라 진후는 사진을 한 번 더 돌아본 후 주방으로 들어갔다.

식탁 위에는 한정식집 부럽지 않은 진수성찬이 차려져 있었다.

집에서 이런 밥상을 받아 본 건 살면서 처음이었다. 적잖이 놀란 진후는 앉는 것도 잊은 채 멍하니 식탁 위만 쳐다봤다.

"얼른 앉아, 서 서방."

"아, 네."

지유는 이미 의자를 끌어당겨 자리를 잡고 앉았다. 맛은 모르겠지만 식탁 위의 음식들은 꽤나 화려했다. 아마도 사람을 불러 하루 종일 준비시켰으리라.

"잘 먹겠습니다, 어머니."

어머니란 소리를 넙죽넙죽 잘도 하는 진후였다.

"많이 먹어."

흡족하게 웃으며 이서정 여사는 진후를 쳐다봤다. 그의 젓가락이 잠시 식탁 위에서 서성였다. 제일 먼저 젓가락이 닿은 곳은 나물이었다.

반찬을 집어 입에 넣고 먹는 그를 이서정 여사는 보고 또 봤다.

이 식탁에서 지유의 남편감과 함께 식사를 할 줄은 몰랐다. 자신을 어머니라고 부르며 맛있게 밥을 먹는 진후가 이서정은 좋았다. 그저 뿌듯하고 감격스러웠다.

"우리 지유가 어느새 커서 결혼을 한다고……."

이서정 여사가 뜬금없이 눈물을 보였다. 당황한 진후와 달리 지유는 먹는 데에만 열중했다.

"어머, 나도 나이 들었나 봐. 아무 때나 눈물이 나고 그러네."

민망함에 서둘러 눈물을 닦으면서 이서정 여사는 반찬들을 진후 앞으로 옮겨 주기 바빴다. 그녀가 얼마나 지유를 사랑하는지 알 것 같았다.

모녀의 진짜 사정까지 알 수 없었지만 아마도 서로를 위한 선택이지 않았을까 진후는 생각했다.

딸과 떨어져서 살았던 이서정 여사도 가엾고 얼음 성 같은 곳에서 하루하루를 버티며 지금껏 살았을 지유도 문득 안쓰럽단 생각이 들었다.

❃❋❃

식사를 마치고 세 사람은 거실로 나와 차를 마셨다. 어린 시절의 지유가 얼마나 예뻤는지 얘기하면서 이서정 여사는 시간 가는 줄 몰랐다.

그걸 들어 주는 사람은 진후밖에 없었다. 또다시 누군가와 통화를 하고 온 지유는 자리에 앉자마자 가자고 진후를 재촉했다.

"벌써?"

"밥 먹었잖아요."

"그래도 차도 마시고 얘기도 더 하고……."

"바빠요."

그 말로 상황은 정리됐다. 이서정 여사는 입을 꾹 다물고 서운함을 뒤로했다.

"어머니가 해 주시는 밥 먹으러 조만간 다시 올게요."

"정말?"

"네."

금세 얼굴이 환해지는 이서정 여사를 보면서 진후도 마주 웃었다. 오늘 유난히 웃음이 헤픈 남자였다.

"가요."

두 사람이 차에 올라 멀어질 때까지 이서정 여사는 안으로 들어

가지 않았다. 흘깃 백미러로 보고 지유는 시선을 돌렸다.

"가로수길 가 봤어요?"

"네?"

"거기 가요."

"바쁘다고 하지 않았어요?"

"없어졌어요."

핸들을 잡고 있는 지유의 옆얼굴에선 아무런 감정도 읽히지 않았다.

"가 봤어요?"

"어디요?"

"가로수길."

"아니요. 가 본 적 없어요."

사는 게 바빠서 그런 데 가 볼 여유가 없었다. 연인과 혹은 친구와 만나 커피를 마시고 맛있는 걸 먹을 시간도 없었다.

요즘처럼 쉬는 날 쉬고 일하는 날 일하면서 지내본 건 처음이었다.

"가 봐요, 우리."

진후는 순간 설레었다. 진짜 데이트를 하는 것처럼 떨렸다. 날씨도 좋았고 시간도 많았고 돈도 있었다. 그 무엇도 구애받지 않았다.

순식간에 찾아온 여유가 진후는 낯설면서도 좋았다. 제대로 즐길 수 있을 것만 같았다. 집에서도 밖에서도 매일이 좋았다.

"지유 씨는 가 봤어요?"

"처음이에요."

"친구들 만나면 어디 가요?"

진후의 물음에 지유가 그를 슬쩍 돌아봤다.

"친구들 만나서 커피 마시고 맛있는 거 먹으러 가고 쇼핑하고. 그런 거 해 본 적 없어요."

"네?"

"그렇게 한가롭게 살지 않았다고요. 이제부터 그건 진후 씨한테도 해당되는 말이에요."

씁쓸하지만 지금까지 그렇게 살지 못한 건 진후도 마찬가지였다.

"나도 그렇게는 못 살았어요."

뒤늦게야 지유는 진후에게 실수했다는 걸 깨달았다.

"미안해요."

"지유 씨가 미안할 일은 아니에요."

살며시 웃는 그를 지유가 돌아봤다. 이 남자는 때때로 너무 순수하게 웃는다. 지금 자신이 하려는 일이 무엇인지 모르는 사람처럼 순박하다.

마치 진짜 사랑에 빠진 남자처럼 행복해하고 즐거워하는 그가 안타깝다.

가로수길, 그 거리를 진후와 지유는 나란히 걸었다. 다른 세상에 와 있는 것처럼 신세계였다.

차를 마시며 여유를 즐기는 사람들과 손에 가득 쇼핑백을 든 사람들, 아이와 산책을 나온 듯 유모차를 밀며 걷는 젊은 부부, 각양각색의 사람들로 거리는 붐볐다. 그 안에서 진후도 얼이 빠진 표정을 숨기려고 꽤나 애쓰고 있었다.

"우리 저기 가 봐요."

지유가 슬며시 진후의 손을 잡았다. 진후의 시선이 잡은 손에 가서 닿기도 전에 그는 지유에 의해 어딘가로 끌려갔다.

"어머, 이거 너무 예쁘다. 진후 씨한테 잘 어울리겠어요."

지유의 표정이 달라졌다. 말이 많아지고 웃음이 많아지고 스킨십이 많아졌다.

많은 사람들 속에 있으니 그녀의 표정에 생기가 감돌았다. 그런 변화가 진후는 싫지 않았다. 보통의 연인들처럼 데이트를 하는 기분이었다.

"저건 지유 씨한테 잘 어울리겠네요."

"정말요?"

두 눈을 응시하며 지유가 미소 지었다. 이마 위로 흘러내린 머리칼이 바람에 살랑살랑 춤을 췄다.

진후는 가만히 머리칼을 집어 지유의 귀 뒤로 넘겨 줬다. 싫지 않은 듯 그녀가 한 번 더 싱긋 웃었다.

"들어가 봐요."

진후는 지유와 함께 옷가게 안으로 들어갔다. 이 옷 저 옷 골라 주는 것마다 입어 봤다. 그중 몇 개는 사서 나오기도 했다.

그렇게 몇 개의 상점을 더 둘러본 후 진후의 손에는 다른 사람들처럼 여러 개의 쇼핑백이 들려 있었다.

"쇼핑도 힘들다."

커피숍에 자리를 잡은 두 사람은 수북하게 쌓인 쇼핑백을 바라봤다. 볕이 좋은 야외에 자리를 잡고 앉아서 시원한 바람이 불어왔다.

"그러게요."

"우리 뭐 마셔요."

나란히 커피를 주문하고 지유는 테이블에 턱을 괴고 진후를 바라봤다. 눈빛이 너무 사랑스러워 진후의 얼굴엔 절로 웃음이 번졌다.

"왜요?"

눈을 동그랗게 뜬 지유가 물었다.

"사랑스러워서요."

"연애 정말 안 해 봤어요?"

"네."

"근데 그런 말은 왜 그렇게 잘해요?"

"어떤 말?"

"사랑스럽다, 예쁘다, 그런 말 너무 아무렇지 않게 하잖아요."

"내가 그래요?"

"네, 진후 씨 그래요."

"정말 지유 씨가 그러니까요. 사랑스럽고 예쁘고. 아까 어머니 집에 있던 사람이랑 다른 사람 같아요."

지유의 얼굴에 찬바람이 스치듯 지나갔다. 주문한 커피가 나오고 지유는 몸을 반듯하게 세워 앉았다. 잘못 봤나 싶게 지유는 다시금 밝은 표정을 하고 있었다.

"좋네요, 이런 여유로움."

테라스 너머로 시선을 넘기며 지유는 행복하게 웃었다. 그녀를 보는 진후의 눈에는 이미 사랑이 옅게 차올랐다.

"뭐 더 사고 싶은 거 없어요? 필요한 거 있으면 말해요."

그 말에 지유를 바라보던 진후의 눈빛이 굳어졌다. 그러고는 뒤늦게 아차, 싶었다. 둘이 하고 있는 게 무엇인지 깨달았다.

낮에 어머니를 뵙고 맛있는 밥을 먹고 또 사람들 붐비는 곳으로 데이트를 나오고.

연애를 하고 있다고 믿었다. 어쩌면 혼자서 이미 연애를 하고 있었는지도 모르겠다.

"잠깐 잊고 있었어요."

지유가 진후를 돌아봤다.

"우리가 진짜 데이트를 하는 줄 착각했어요."

그 말에 지유의 가슴이 쓰렸다. 바늘로 쿡쿡 쑤시는 것처럼 따끔거리기도 했다.

"자존심 상해요?"

"아니요."

자존심은 아니었다. 그런 건 진즉에 갖다 버렸으니까. 그렇다면 이 찝찝한 기분이 드는 건 왜일까.

"그냥 좀…… 씁쓸하네요."

얼음이 가득 든 커피 잔을 들었다. 투명 유리컵 표면에 물방울이 맺혀 도르륵 떨어졌다. 그 차가움에 놓고 있던 정신이 돌아오는 듯했다.

"필요한 거 생각해 볼게요."

진후의 그 말에 이번엔 지유가 서운했다. 그런 감정이 든다는 것 자체가 어이없었다.

대본에 있는 대로 잘 따라와 주고 있는데 왜 그에게 서운한 건지 모르겠다. 연기를 못하는 것도 아니고 리액션이 나쁜 것도 아닌데 왜 굳이.

두 사람은 한동안 말없이 지나는 사람들만 바라보고 있었다. 어색해진 둘 사이의 공기를 누구도 먼저 건드리지 않았다.

"그만 가요."

지유가 먼저 자리에서 일어났다. 그녀를 따라 진후도 일어났다. 두 사람의 데이트는 그렇게 맥없이 끝나 버렸다.

✻✱✻

마무리할 일들로 진후는 아침부터 바빴다.. 커피 한 잔은커녕 점심시간도 20분은 뒤로 밀렸다.

늦은 점심을 해결하고 사무실로 들어오는데 몇몇의 사람들이 그를 보며 수군거렸다. 잘못 들었나 싶어 고개를 갸웃거리며 엘리베이터에 올랐다.

"어이, 남자 신데렐라!"

먼저 타고 있던 동기가 진후를 보며 한 말이었다.

"너 아주 대단한 걸 물었더라?"

"무슨 말이야?"

둘의 대화에 엘리베이터 안 사람들이 귀를 쫑긋 세웠다.

"한턱 쏴."

다 알면서 뭘 그러느냐는 식으로 동기가 진후의 어깨를 툭 쳤다.

"알아듣게 말해."

"뭘 그렇게 정색하고 그래? 오늘 회사에 소문 쫙 퍼졌어. 그만 가식 떨어."

친하지 않은, 평소에도 동기라는 것 말고는 딱히 교차점이 없어서 말을 섞지도 않는 사람이었다.

"그렇게 튼튼한 동아줄을 잡아 놓고 뭘 몰랐다는 표정이야? 청첩장은 줄 거지? 아씨, 나도 재벌 결혼식 가 보게 생겼네. 부럽다, 부러워."

동기는 끝까지 모를 말을 하며 비아냥거리고 엘리베이터에서 내렸다. 기분이 상한 진후는 닫힘 버튼을 눌렀다.

엘리베이터 안의 기운도 어딘지 이상하다. 사람들이 흘깃거리는 것 같고 귓속말도 했다. 그러면서 시선은 진후에게로 향했다.

엘리베이터에서 내려 곧장 사무실로 들어왔다. 여직원들이 한자리에 모여 컴퓨터를 보며 어머, 어머를 연발하고 있었다. 그러다 진후를 발견하고는 그대로 입을 다물었다. 진후가 미간을 좁혔다.

"진후 씨."

궁금한 건 못 참는 윤미정이 진후를 불렀다.

"네."

"이거 진후 씨 맞아요?"

"뭐가요?"

"이 사진이랑 기사."

진후는 컴퓨터 앞으로 걸어갔다. 기사를 읽기도 전에 사진부터 눈에 들어왔다. 지유와 나란히 가로수 길을 걸었던, 잠시나마 행복했던 그 순간이 카메라에 찍혀 기사로 나왔다.

"맞지?"

"네."

진후는 순순히 인정했다. 굳이 숨길 이유도 없었다.

"진짜 사귀는 거야?"

"네."

"기사에서는 결혼도 한다는데?"

"네. 합니다, 결혼."

"명원그룹 이지유랑?"

"말도 안 돼."

"서진후 씨가 명원그룹 사위가 된다고?"

여직원들은 놀라서 입도 다물지 못했다.

그들을 뒤로하고 진후는 자리로 돌아와 컴퓨터 앞에 앉았다. 끊임없이 들려오는 질문들에 그는 귀를 닫아 버렸다. 아무 말도 들리지 않았다. 생각나는 건 단 하나였다.

'다 계획적인 건가?'

그 생각으로 머릿속이 가득 차기 시작했다. 그날의 지유는 유난히 예뻤고 유난히 적극적이었다. 서슴없었고 아무것도 개의치 않는 듯했다.

사람들이 많은 것도 꺼려 하지 않았다. 웃는 얼굴이 예뻐서 그렇게 한참을 보고 또 보고 했었다. 뒤에 정신을 차렸지만 그 전까지는 여느 연인들과 다르지 않았다.

"제길."

낮은 욕설을 뱉어 내고 그는 다시금 일에 몰두했다.

그날 밤, 진후는 오랜만에 택배를 분류해서 차에 싣는 상하차 대리점에 출근했다. 지금의 회사에 출근하고도 얼마 동안은 밤이나 주말에 아르바이트를 하던 곳이었다.

"오랜만에 왔네?"

"그동안 잘 지내셨어요?"

"똑같지 뭐."

가볍게 인사를 나누고 진후는 부지런히 몸을 움직였다. 회사 퇴근 후 밤에 하는 일이고 일이 끝나면 그 자리에서 현금으로 일당을 주기 때문에 제법 벌이가 괜찮았다.

문제는 낮에는 회사 일을 하고 밤에는 몸을 쓰는 일을 해서 체력적으로 많이 힘들다는 것이었다.

"할 수 있겠어?"

옆에 있던 아저씨가 걱정스럽게 물었다.

"그럼요."

진후는 몸이 기억하고 있는 일이라 금세 적응했다. 생각이라는
것도 하지 않고 감정이라는 것도 생기지 않았다. 그저 싣고 내리고
만 반복했다.

"무리해서 하지 마."

"네."

지유에게 묻지는 않았다.

하루 종일 얼굴을 보는 사람마다 기사에 실린 게 사실인지 물었
다. 어쩌다 사귀게 된 건지, 정말 결혼까지 하는 건지. 사람들의
관심은 그저 평범한 서진후가 재벌가 여자 이지유를 어디서 어떻
게 만났는지였다.

그중에는 진후의 집도 그 비슷하게는 잘산다는 둥, 알고 보니
사는 집 아들이었는데 워낙에 검소해서 평소 그렇게 돈을 안 쓴 거
라는 둥, 있지도 않은 사실들이 진짜인 것처럼 퍼져 나갔다.

진후에게도 그런 소문들이 들려왔지만 어차피 떠날 곳이고 일
일이 대꾸하는 것도 귀찮아서 더 바쁜 척 회사 안을 뛰어다녔다.

무거운 택배들을 분류해서 차에 실어 주는 일을 반복적으로 하
면서 그는 머릿속을 정리했다.

새집으로 이사를 하고 남아 있던 지긋지긋한 빚을 갚는 것만으
로 한동안 진후와 가족들은 꿈을 꾸는 것처럼 행복했었다.

주말이면 집에서 늦잠을 자고 가족들과 둘러앉아 밥을 먹고 평
일에는 회사 일에만 집중하면서 보통의 삶을 사는 것만으로도 좋
았다.

처음 제안을 받았을 때는 돈이 생기면 무슨 일이든 다 할 수 있
을 것 같았다. 하지만 집을 사고 빚을 갚고, 그게 다였다. 그것만

해도 좋았다.

　모두 잠드는 시간에 잘 수 있고 배가 고프면 냉장고에서 먹을
걸 꺼내서 먹을 수 있고 내 이름으로 된 내 집에서 내 가족들과 숨
을 쉴 수 있다는 게 행복이었다.

　그래서 잠시 잊고 있었다. 처음 연애를 하는 사람처럼, 마치 첫
사랑에 빠진 것처럼 설레었다.

　"이지유……."

　그의 입에서 지유의 이름이 자연스럽게 흘러나왔다. 배신감이 느
껴졌다. 하지만 그건 어디까지나 진후 혼자만의 감정이었다. 두 사
람 사이에 그런 감정을 느껴도 좋다고 허락한 이는 아무도 없었다.

　이것 역시도 그녀에게는 비즈니스니까. 어떤 계획이 있는지 알
려 주지 않았다는 것, 그래 그걸로는 약간의 서운함을 표할 수 있
겠다.

　"연애 안 해? 한동안 안 보여서 연애하느라 바쁜가 보다 했더니
왜 또 나왔어?"

　아저씨는 허허 웃으며 짐을 날랐다.

　"안 해요."

　그래, 이건 연애가 아니었다. 지금부터라도 노선을 확실히 알아
야 한다.

　이건 비즈니스다. 이지유의 파트너로 정해진 역할을 충실히 이
행하면 되는 거다. 이지유가 원하는 대로, 이지유가 시키는 대로
하면 그만인 거다. 그리고…….

　그다음은 뭐지.

　그다음은 어떻게 되는 거지.

　갑자기 머리를 둔기로 세게 맞은 듯 멍해졌다. 그다음이 있었

다. 둘은 결혼 후 오래오래 행복하게 살았습니다, 로 마무리되는 일은 처음부터 없는 거였다.

그렇다면 결혼 후의 일에 대해서도 미리 계획이 세워져 있는 걸까.

쿵.

다른 생각에 빠져 힘을 덜 준 탓에 택배를 떨어뜨렸다.

"뭐 하는데 정신을 딴 데 팔고 있어?"

옆에 있던 아저씨가 놀라서 얼른 택배를 들어 올렸다.

"죄송합니다."

"머릿속 복잡할 때 몸을 혹사시키는 게 제일 좋은 일이기는 한데 괜히 돈 물어 줄 생각 아니면 이 일은 안 하는 게 좋아."

"네."

다행히 박스 안에 들어 있던 건 깨지는 건 아닌 듯했다. 진후는 한숨을 길게 내쉬고 다시 일에 집중했다. 온몸이 흥건하게 젖을 때까지 다른 생각은 하지 않았다.

❆✿❆

상견례를 앞두고 진후는 어머니에게 고운 한복을 맞춰 드렸다. 비록 지유가 준 돈이지만 그는 당당하게 썼다.

생애 첫 한복을 입으면서 강 여사는 만감이 교차하는 얼굴을 해 보였다. 집에 돌아와서는 한복을 눈에 잘 보이는 곳에 걸어 놓고 보고 또 보고 했다. 손으로 만져 보기도 하면서 애써 심란한 표정을 감췄다.

"준비 다 되셨어요?"

방문을 열어 본 진후는 어머니의 고운 모습에 흐뭇하게 웃었다.

"너무 이상하지?"

"아니에요."

"이렇게 좋은 걸 내가 입어도 되는 건지 모르겠다."

강 여사는 연신 한복 자락을 손으로 쓸어내렸다.

"우와, 우리 엄마 진짜 예쁘다."

뒤늦게 단장을 하고 안방으로 들어온 진희가 호들갑을 떨었다.

"괜찮아?"

"엄마, 진짜 예뻐."

"그래?"

"이 색이 너무 잘 받는다. 고급스럽고 너무 고와요."

진희의 말에 강 여사는 거울 속 자신을 들여다보며 살포시 웃었다. 마음에 들기는 했다. 사실은 너무 떨려서 아이들 모르게 청심환도 먹었다. 오늘 실수나 하지 않을까, 아들 얼굴에 먹칠을 하면 어쩌나, 없어 보인다고 싫어하면 어쩌나, 별의별 걱정이 다 들었다.

"가요, 엄마."

양쪽에 아들과 딸의 팔짱을 끼고 강 여사는 심호흡을 했다.

"가자."

애써 불안한 기색을 숨기며 그녀는 한 걸음 내디뎠다. 부족한 엄마지만 아들 일에 피해가 되는 일은 하고 싶지 않았다.

다른 사람은 몰라도 엄마인 강 여사 눈에는 세상에서 제일 잘난 아들이었다. 그런 아들 기죽지 않게 하고 싶었다.

택시를 타고 상견례 장소로 가는 동안 강 여사는 창밖만 지그시 응시했다. 진후와 진희 역시 말이 없었다. 나름의 생각들로 머리가 복잡했으리라.

"여기야?"

도심 한복판에 자리한 호텔, 그곳이 오늘 진후와 지유의 상견례 장소였다. 차에서 내리는 강 여사를 진희가 부축하며 호텔을 눈으로 훑었다.

진희도 처음 와 보는 곳이었다. 붉은 벽돌이 웅장하게 이어진 건물은 마치 하나의 성 같았다. 메인 홀을 지나 별채처럼 이어진 건물들이 주욱 늘어서 있었다.

"되게…… 좋다."

괜히 건물을 보니 주눅이 들었다. 어디 한정식집에서 해도 좋을 것 같은데 부자들은 상견례도 호텔에서 하는구나, 싶어지니 지유가 문득 낯설게 느껴졌다.

"내가 떨린다."

"들어가자."

담담한 표정으로 진후가 강 여사를 안내했다. 강 여사의 손을 꼭 맞잡고 진희는 슬그머니 입술을 깨물었다.

입구에 나와 있던 직원이 진후를 발견하고는 서둘러 다가왔다.

"어서 오십시오."

정중하게 인사를 하고 안내를 했다. 진후가 앞장섰고 한 걸음 뒤에서 진희와 강 여사가 뒤따랐다. 붉은 벽 사이로 세 사람의 발소리가 심장 소리처럼 크게 쿵쿵 들려왔다.

"손님 도착하셨습니다."

문이 활짝 열렸다. 그리고 안에서 먼저 와서 기다리고 있던 지유가 세 사람을 맞았다.

"어서 오세요, 어머니."

지유를 보자 강 여사는 마음이 좀 놓이는 듯했다. 덥석 지유의 손을 잡으며 반가움을 표했다.

"잘 있었어?"

"네."

"이쪽으로 앉으세요."

직접 자리를 안내하고 의자를 빼 주며 살뜰하게 강 여사를 챙겼다. 그런 지유를 보면서 진후는 애써 설레려는 마음을 외면했다.

"늦은 거 아니죠?"

"네, 제가 먼저 왔어요."

진희와도 인사를 나누고 지유는 반대편에 앉았다. 곱게 차려입은 강 여사를 보고 지유는 너무 우아하다며 반달눈을 해 보였다.

"언니도 예뻐요."

진희가 지유를 칭찬했다. 언제 봐도 예쁜 지유지만 오늘은 유난히 더 예뻤다. 하나로 묶은 머리가 잘 어울렸다.

"오빠?"

"어."

"언니랑 인사 안 해?"

진후는 지유와 눈인사만 했을 뿐 만난 후로 아무런 말이 없었다. 뭔가 차가워진 진후의 눈빛에 지유는 당황했지만 태연하게 굴었다.

"들어오면서 했어요."

"아, 그랬어요?"

진희는 웃으며 강 여사의 옷고름을 매만졌다. 진후는 손목시계를 쳐다보며 시간을 체크했고 지유는 그런 진후를 쳐다봤다. 그의 시선이 지유에게 닿지 않았다.

쳐다보는 걸 알았지만 진후는 일부러 눈을 맞추지 않았다. 다잡았던 마음이 흔들릴 것 같아서였다. 좋아지려던 철없는 마음을 다독이려면 어쩔 수가 없었다.

첫사랑은 그런 법이었다. 대책 없고 순수해서 빠져드는 것도 모르고 빠지는 법이었다. 그걸 알았으니 이제 빠지지 않는 건 진후의 몫이었다.

멋모르는 10대처럼 굴 수는 없었다. 아직 첫사랑이 시작된 건 아니니까 충분히 방어할 수 있었다.

"손님 오셨습니다."

약속 시간이 20여 분 지나서야 닫혔던 문이 열렸다. 강 여사와 진희, 그리고 진후는 의자를 밀며 자리에서 일어났다.

"안녕하세요."

누군지도 모르면서 강 여사는 고개부터 숙였다.

"안녕하세요."

지유의 둘째 오빠 부부, 이도훈과 김세진이 인사를 했다. 자리에 앉는 둘을 본 후 강 여사는 닫힌 문을 어리둥절한 눈빛으로 바라봤다. 하지만 문은 다시 열리지 않았다.

"오늘 일이 생기셔서 아버님, 어머님은 못 오셨어요."

세진이 당연하다는 듯 말했다.

"아……."

실망한 기색이 역력한 표정으로 강 여사는 자리에 앉았다. 진희는 아랫입술을 깨물며 오빠 진후를 쳐다봤다.

진후의 얼굴엔 아무런 표정이 없었다. 마치 알고 있었다는 듯, 아니면 그럴 줄 알았다는 듯 체념한 듯한 그런 표정이었다.

도훈과 세진은 미안함 없이 조금은 귀찮다는 듯한 얼굴을 하고 있었다.

"어머니, 식사부터 하세요."

지유는 마치 도훈 부부를 투명인간 취급하며 직원을 불렀다. 어색하고 불편한 상견례가 그렇게 시작됐다.

식사를 하는 내내 누구도 말을 하는 사람은 없었다. 식탁 위는 침묵만이 부유했다.

진희는 묵묵히 식사만 하는 강 여사를 옆에서 챙겼고 진후는 고개를 들어 지유를 한 번도 쳐다보지 않았다.

맛이 느껴지지 않는 식사였다. 이 정도로 무시할 줄은 몰랐다. 한 입 한 입 목구멍으로 넘길 때마다 지유는 생각했다.

'괜찮아.'

아버지 이 회장은 상견례로 진후와 그의 가족들에게 이 결혼이 그다지 중요하지 않다는 걸 알려 주고 싶었을 거고, 정 여사는 첫째도 아닌 둘째를 내보냄에 따라서 지유가 이 집안에서 얼마나 하찮은 존재인지 각인시켜 주고 싶었을 거다.

아무 욕심도 내지 말라고, 너희들이 가질 수 있는 건 아무것도 없다는 걸 한 번 더 보여 주기 위해서였다. 굳이 보여 주지 않아도 말로 하면 되는 일이었는데 왜 이렇게까지 하는 걸까.

나이프를 쥔 지유의 손에 힘이 들어갔다.

상견례는 무사히라고 할 것도 없이 말없이 조용히 끝이 났다. 청심환을 먹은 게 무색하게 아무런 대화도 없었다.

안녕하세요, 인사하고 안녕히 가세요, 인사하는 게 전부였다. 도훈과 세진이 차를 타고 먼저 떠났다.

"어머니, 조심히 들어가세요."

미리 대기하고 있던 택시가 그들 앞에 와서 섰다. 강 여사는 지유의 손을 꼭 그러쥐었다. 무슨 말을 하고 싶은지 말하지 않아도 알 것 같은 얼굴이었다.

"다음에 집으로 와. 맛있는 밥 해 줄게."

집……. 그 말에 지유의 가슴이 찌르르해졌다. 돌아갈 곳이 있는 것만 같았다. 하루 종일 일에 치이고 사람에 치인 후 그 모든 걸 뒤로하고 돌아가서 쉴 수 있는 곳, 집.

그곳에 가면 왠지 된장찌개가 보글보글 끓고 노릇하게 구운 생선이 있고, 앞치마를 허리에 두른 엄마가 있을 것 같은 그런 곳.

"네, 그럴게요."

인사를 하고 진희는 강 여사와 함께 택시에 올랐다. 택시가 시야에서 사라지자 지유가 진후를 돌아봤다.

"하고 싶은 말 없어요?"

"네, 없습니다."

화가 났다.

"있는 거 같은데?"

택시를 타고 가는 두 사람을 보는데 문득 화가 났다. 하지만 지유 탓은 아니니 그녀에게 화풀이할 수는 없었다.

"없어요."

"차 마실까요?"

"네."

딱딱해진 그가 지유는 신경 쓰였다.

"오늘 같은 일 또 없을 거라고 말 못 해요."

두 사람 앞에 지유의 차가 와서 섰다. 차에 오르자마자 지유는 그렇게 말했다.

"네."

진후는 정면을 응시했다.

"가능하면 어머니까지 겪지 않도록 할게요."

진후보다 그의 어머니가 더 신경 쓰였다. 상처받지는 않았을까 마음이 쓰였다.

"미안해요."

진심 어린 사과. 하는 지유조차 어색했다. 하지만 진심이었다.

"괜찮아요."

진후가 지유를 돌아봤다.

"진후 씨는요?"

그도 상처받은 게 아닐까 신경 쓰였다.

"난 괜찮아요."

"됐어요, 그럼."

더 묻고 싶었지만 지유는 그만뒀다. 그의 본심을 알게 되면 어쩐지 기분이 상할 것 같았다. 지금은 지유도 화가 난 상태였으니까. 이렇게까지 무시를 할 줄은 몰랐으니까. 방심했다.

그렇게 두 사람은 퍼져 나가는 감정을 서로 가까스로 붙잡고 있었다.

"회사는 언제 그만두면 됩니까?"

"마무리 다 됐어요?"

"네."

준비는 끝났다.

"이번 주에 정리하는 걸로 하죠."

지유의 차가 빠르게 호텔을 빠져나갔다.

회사 일은 깔끔하게 마무리를 했고 동기나 선후배들과도 간단히 인사를 나누고 진후는 개인물품을 챙겨서 사무실을 나왔다.

그래도 대학을 나와서 지금까지 줄곧 일했던 곳인데 전혀 미련이 없었다.

처음엔 회사 일을 배우느라 정신없이 바빴고 어느 정도 일이 익숙해지고 난 다음에는 퇴근 후나 주말에 아르바이트를 하느라 개인적인 시간이 없었다. 참 많이 부지런하게도 살았다.

"수고하세요."

마지막으로 회사 건물을 나오며 진후는 경비원에게 고개를 숙여 인사를 했다.

이제 이곳과는 끝이었다. 그리고 아등바등 발버둥 치며 사느라 고생한 서진후도 안녕이다. 지하철을 타기 위해 걸음을 옮기던 진후의 앞에 지유가 나타났다.

"이게 다예요?"

진후가 들고 있는 작은 상자를 보며 지유가 물었다. 몇 년을 일했는데 고작 펜 몇 개와 메모지 그리고 책이 전부였다.

"그러네요."

"타요."

진후는 어떻게 왔는지 묻지 않았다. 멋대로 설레지도 않았다. 시키는 대로 순순히 따를 뿐이었다.

"저녁 먹어요."

"네."

말없이 정면만 응시하고 있는 그를 지유는 이상하다는 듯 힐끔거렸다. 화가 난 것처럼은 보이지 않는데 그의 얼굴이 어두웠다.

이유가 뭘까.

회사를 그만둬서?

그렇게까지 정이 든 회사였나.

예약해 둔 레스토랑으로 가면서 지유는 내내 앞만 보고 있는 진후가 신경에 거슬렸다. 그렇다고 위로하는 법을 아는 것도 아니어서 쉽사리 입이 떼어지지 않았다.

"내가 사과해야 돼요?"

"네?"

"서진후 씨 회사 그만둔 거 나 때문이니까 내가 사과해야 되냐고요."

"아닙니다."

말투도 딱딱해졌다.

"그냥 둘까요?"

"오늘 저녁도 일입니까?"

질문과 상관없는 걸 진후가 물어 왔다.

"네?"

"만약에 그런 거면 다정하게 해야 될 것 같아서요."

진후의 말뜻을 파악하지 못해 지유는 어리둥절할 뿐이었다. 그러다 차가 레스토랑 주차장에 들어설 때 딱, 하고 뇌리를 스치듯 지난번 일이 지나갔다.

"혹시 기사 때문이에요?"

지유는 차를 주차하고 벨트를 풀었다.

"가능하면 어떤 상황인지는 알았으면 합니다."

"아니요, 오늘은 그냥 식사예요."

"아, 네."

차에서 먼저 내린 진후가 운전석 문을 열어 줬다. 다정한 척은 하지 않아도 매너는 좋았다. 레스토랑에 들어와 자리에 앉을 때도 그랬다. 말은 없었고 눈은 마주치지 않았지만 의자는 빼 줬다.

"기분 나빴어요?"

메뉴판을 훑어 내리며 지유가 물었다.

"당혹스러웠습니다."

진후도 메뉴판을 들었다.

"그리고……."

새벽까지 몸이 부서져라 일하면서 머릿속은 명쾌하게 정리됐다. 이 결혼이 무엇을 의미하는지 알았다. 그리고 앞으로 자신이 어떻게 해야 하는지도.

"미안했어요."

"뭐가요?"

"제가 조금 착각을 한 것 같습니다. 앞으로는 그럴 일 없을 테니까 걱정하지 마요."

"아니에요, 잘하고 있어요."

왜 씁쓸한 걸까.

"그럼 다행이고요."

역시 혼자만 신이 나고 혼자만 착각을 한 거였다. 뭐가 있었던 것도 아닌데 착각을 했다는 것도 웃긴다.

"출근은 언제부터 하면 될까요?"

"비공식적이지만 기사가 나갈 거예요. 아마 월요일쯤? 일주일 쉬고 그다음 주부터 출근하는 걸로 해요."

"네, 그렇게 알고 있죠."

지극히 사무적인 대화들이 오고 갔다. 음식을 주문하고 기다리면서도 지유는 앞으로 일정이 어떻게 되는지 알려 줬다. 그것들을 핸드폰에 메모하면서 진후는 마치 상사 앞에 있는 직원처럼 굴었다.

그의 달라진 모습에 지유는 왠지 서운함이 느껴졌지만 내색하지는 않았다.

✽✽✽

태어나 처음 가져 보는 여유였다. 늦게까지 늦잠을 잔 것도 처음이고 할 일이 없어서 멍하니 창밖을 보고 있는 것도 처음이었다.

아침 겸 점심을 먹고 어머니와 시장을 다녀오고도 오후 3시였다. 집에 읽을 만한 책도 없었다. 사실 책을 살 정도로 여유롭지 않았다.

그는 생각난 김에 서점을 가 보자 싶어 옷을 챙겨 입고 나왔다. 동네를 천천히 산책하듯 걷는데 문득 행복하다는 생각이 들었다.

'그래, 이 정도면 성공한 거지.'

언제 이 같은 호사를 누려 보겠나 싶은 생각마저 들었다.

주말이면 느긋하게 일어나 아침을 먹고 슬리퍼 질질 끌고 어머니와 오붓하게 시장도 다녀오고 오후에는 동네를 산책도 하는 이런 일상이 진후에게는 낯설면서도 벅찼다.

세상에 어떤 사람이 이런 행운을 거머쥘 수 있을까. 이건 행운이고 기회였다. 어설픈 감정에 빠져서 허우적거리는 건 10대나 하는 짓이었다. 제대로 된 비즈니스를 보여 주는 건 이제 진후의 몫이었다.

동네를 빠져나오는 데 한참 걸렸지만 나오고 나니 바로 번화가

가 이어졌다. 혼란스럽게 뒤섞인 음악들이 상점마다 흘러나오고 거리는 점점 화려한 불빛으로 옷을 갈아입었다.

조용했던 동네는 이제 끝이었다. 어디로 가야 할지 몰라 잠시 멈춰 서서 주위를 둘러봤다. 그러다 이내 길 건너편에 있는 서점을 발견했다. 진후는 횡단보도를 찾아 길을 건넜다.

Rrrrr.

지유에게서 문자가 왔다.

[내일 오후 2시 영인 미술관.]

문자를 보면서 진후는 미간을 좁혔다. 어제 알려 준 일정에는 없는 거였다.

[네, 알겠습니다.]

답을 보내고 그는 다시 걸음을 옮겼다. 서점을 코앞에 두고 지유에게서 전화가 왔다.

"네."

— 갑자기 잡힌 스케줄이에요.

"네."

— 오전에 데리러 갈게요.

"오후 약속 아니었습니까?"

— 이번에도 잡지에 실릴 거예요.

"네."

— 헤어랑 의상 봐 줄게요.

"아, 네."

— 어디예요?

"밖이요."

진후는 힐긋 서점 간판을 올려다봤다.

– 네.

그 이상의 대답을 원했지만 진후는 알아차리지 못했다.

– 내일 봐요.

"네."

그대로 전화를 끊고 진후는 서점 안으로 들어갔다. 너무 오랜만이라 책 냄새가 훅 하고 코 안으로 들어왔다.

예전엔 어쩌다 시간이 남으면 근처 서점을 찾아 비도 피하고 더위도 피하고 시간도 때우곤 했었다. 그럴 때마다 진후는 책 냄새가 너무 좋아서 여기서 자도 좋겠다 싶었었다. 하루 종일 책만 읽었으면 했던 때도 있었다.

월급을 받으면 서점에 들러서 책을 몇 번이나 들었다 놨다를 반복했었다. 하지만 워낙에 비싼 탓에 번번이 놓고 나오기 일쑤였다.

시간이 날 때마다 들러서 책을 읽는 것도 그에겐 사치였다. 서른 넘은 남자에게는 통하지 않았지만 그에겐 그랬다.

수돗물로 배 채우던 70년대는 아니었지만 초등학생이었던 진후는 점심 급식으로 맛있는 게 나오면 그걸 몰래 챙겨 두었다가 집으로 가져와 동생에게 먹였다.

온종일 집에서 진후가 가지고 오는 맛있는 간식을 목 빠져라 기다리던 진희는 집 앞 계단에 쪼그리고 앉아 있다가 멀리서 뛰어오는 진후를 발견하면 얼굴이 환해져서는 두 팔 벌려 달려왔다.

그러면 집에 들어가지 않고 둘이 나란히 계단에 앉아서 학교에서 챙겨 온 것들을 진희에게 먹여 주며 좋아했었다. 그러다 진희도 학교에 들어갔지만 진후는 그 후에도 간식을 싸 들고 오는 걸 잊지 않았다.

둘만이 간직한 어린 시절의 추억이 떠올라 진후는 설핏 미소를 지었다.

진후는 서점 안을 휘이 둘러보며 그동안 사고 싶었던 책들을 전부 계산대 위에 올려놨다. 처음으로 부려 본 사치였다. 그리고 두 손 무겁게 그것들을 챙겨 들고 택시를 탔다.

집으로 오면서 빠르게 지나가는 불빛들에 묘하게 가슴이 떨려 왔다. 돈이 있다는 것, 그건 두려울 게 없다는 거였다. 이제부터 시작이었다.

"거스름돈은 됐습니다."

4천 원 넘게 남는 돈이었지만 아깝지 않았다. 진후는 산 책들을 들고 내리며 혼자 코웃음을 쳤다.

❋✽❋

10시쯤 집으로 데리러 온 지유는 진후를 태우고 제일 먼저 청담 동으로 향했다. 준비된 의상들을 입어 보고 그중 괜찮았던 것으로 세 벌을 골라 차에 실었다. 그리고 두 사람은 근처에 있는 헤어숍에 들렀다.

"오랜만에 오셨네요."

원장 서태린이 직접 두 사람을 맞았다.

"안녕하셨어요?"

"덕분에요."

태린은 직원에게 눈짓을 보냈고 대기하고 있던 직원은 두 사람을 안내했다.

"결혼하실 분?"

"네."

"안녕하세요, 서태린이에요."

"서진후입니다."

두 사람은 간단히 고개를 숙여 인사를 나눴다.

"지난번 파티에서 윤이태 씨는 봤어요."

"얘기하더라고요."

"같이 왔으면 좋았을 텐데요."

자연스럽게 대화를 이어 가며 세 사람은 자리로 이동했다.

"제가 워낙에 그런 자리를 안 좋아해서요."

"하긴 재미가 없긴 하죠."

"네."

어쩐지 둘이 잘 맞는 듯했다. 손님인 지유에게 태린은 절대 굽실거리지 않았다. 꽤나 자존심 있고 강단 있었다.

"그래도 왔으면 좋았을 텐데요."

"지유 씨 오는 줄 알았으면 갔죠."

차가 준비됐고 진후는 머리를 하기 위해 샴푸실로 이동했다.

"굉장한 미남이신데요?"

"윤이태 씨만큼?"

"뭐 그 정도는 아니죠."

"아무튼 너무 솔직해요, 서 원장은."

두 여자의 웃음소리가 진후에게까지 들려왔다. 가식 없는, 정말 즐거울 때 나는 웃음소리였다.

"오늘 인터뷰 하신다고요?"

"네."

"어디서요?"

"미술관요."

알았다는 듯 태린은 고개를 끄덕였다. 지적이고 댄디한 이미지가 필요했다. 딱히 크게 손볼 건 없었다. 스타일링만 조금 하면 될 듯했다.

차가운 지유와는 반대로 따뜻함이 느껴지는 선한 눈을 가진 남자였다. 지유의 차가움을 녹여 줄 수 있는 사람일 것 같아 태린은 반가웠다.

"잘 어울려요."

"네?"

"두 분 잘 어울린다고요."

태린은 싱긋 웃었다. 그녀의 잘 어울린다는 말이 왠지 빈말은 아닌 것 같아 지유는 기분이 좋았다.

경기도에 위치한 미술관에 두 사람은 정해진 시간보다 일찍 도착했다.

"안에 둘러볼래요?"

"그러죠."

지유의 설명을 들으며 진후는 작품을 관람했다. 처음 듣는 작가의 처음 보는 작품이었다. 지유는 그런 진후를 위해 알아듣기 쉽게 설명했다.

"내가 좋아하는 작품이에요."

한 그림 앞에서 지유는 차분히 말했다. 그녀의 얼굴이 평온해 보였다. 그녀를 따라 진후는 찬찬히 작품을 감상했다.

요하네스 베르메르의 진주 귀걸이를 한 소녀라는 작품이었다. 진주 귀걸이를 한 게 포인트겠지만 진후의 눈에는 그보다 터번을 쓴 게 더 눈에 띄었다.

"보고 있으면 꼭 나 같거든요."

진주 귀걸이가 어울리지 않는, 지유의 눈에는 그랬다. 다른 건 보이지 않고 그것만 보였다.

그녀의 처연해 보이는 눈동자가 마음에 걸렸고 그녀가 하고 있는 귀걸이가 눈에 걸렸다. 그녀의 눈을 보고 있으면 무언가 말을 하는 것만 같았다.

"이지유 씨가 더 예뻐요."

지유가 진후를 돌아봤다. 그는 그저 그림을 쳐다보고 있었다.

그의 변화가 이상했지만 그녀는 굳이 캐묻지 않기로 했다. 혼자만의 착각인지 아니면 사실인지는 중요하지 않았다. 지금 그런 감정 놀이에 빠져 허우적거릴 때는 아니었다.

"빈말이라도 고맙네요. 이제 가죠."

지유는 시간을 체크하고 진후와 함께 인터뷰가 준비된 곳으로 걸음을 옮겼다. 인터뷰 장소로 들어서기 전 지유는 진후의 팔에 팔짱을 꼈다. 그러고는 살며시 웃었다. 선하고 사랑스러운 미소였다.

"첫 인터뷰예요."

"네."

"이제 공식적인 이지유 남자라고요."

"그렇네요."

이지유의 남자로 세상에 나설 차례였다. 그들이 사는 세상에서는 그게 중요할 테니까.

"떨려요?"

"아니요."

의외로 진후는 담담했다.

"들어가죠."

지유와 손을 맞잡고 진후는 문을 열었다. 기다리고 있던 기자가 안으로 들어오는 두 사람을 보고 자리에서 일어났다.

"안녕하세요, 데일리선의 김미진입니다."

"안녕하세요, 서진후입니다."

김 기자의 명함을 받아 들고 진후는 인사를 했다.

"전 아직 드릴 명함이 없네요."

"반갑습니다."

지유와 인사를 나누며 김 기자는 뜻 모를 웃음을 흘렸다. 둘의 눈빛이 초면이 아닌 듯했다.

"바로 진행할까요?"

"그러죠. 일단 사진부터 먼저 찍을게요."

지유는 진후를 리드했다. 창가 앞에서 자연스럽게 서로를 마주하거나 자리에 앉아서 같은 곳을 보는 장면, 또는 진후가 지유의 머리칼을 쓸어 올려 주는 장면 등을 찍었다. 처음부터 끝까지 전부 연출이었지만 지유는 꽤나 자연스러웠다.

"인터뷰 시작할게요."

서진후가 다른 세상으로 첫발을 내딛는 공식적인 순간이었다. 이제 돌이킬 수 없었다. 이지유의 남자였다.

"안녕하세요."

"네, 안녕하세요."

진후의 담백한 목소리가 조용한 실내를 가득 메웠다. 옆에서 지유가 진후를 사랑스러운 눈길로 돌아봤다. 그리고 진후 역시 그런 지유를 애정 듬뿍 담긴 시선으로 마주했다.

둘의 연극이 본격적으로 시작됐다.

인터뷰 기사가 나가고 진후는 명원그룹의 사위로 삽시간에 사람들에게 알려졌다.

진후에 대해서 포장은 하지 않았다. 찢어지게 가난한 집안의 장남으로 좋은 대학을 나와 명원과는 라이벌에 있는 회사에 입사한 전도유망한 남자였다.

하지만 만남에 있어서는 연출이 필요했다. 두 사람은 심야영화를 보다 옆자리에 앉았던 진후에게 지유가 팝콘을 쏟은 걸 계기로 만났고 첫눈에 반해 서로의 신분에 대해 전혀 모른 채로 연애를 하다가 최근에 결혼까지 약속한 걸로 했다.

너무 차이 나는 집안 때문에 양가에서 반대는 있었지만 똑똑하고 반듯한 진후의 성품에 명원에서 먼저 허락을 했고 그 후에 진후 네서도 받아들인 걸로 기사가 났다.

기사 이후 진후는 이 시대의 남자판 신데렐라라는 별명이 생겼다. 듣기 거북했지만 사실이라 딱히 반박할 수는 없었다.

여러 곳에서 인터뷰 요청이 왔고 그중 선별해서 몇몇 곳과 인터뷰를 진행했다. 그럴 때마다 두 사람의 헤어스타일부터 옷 그리고 신발까지 전부 이슈화됐다.

지유의 의도대로 재벌이지만 보통의 사람들과 다를 바 없다는 친근함이 제대로 어필했다.

"기사 잘 썼다고 사 주는 건가?"

"겸사겸사."

김 기자와 지유가 마주 보며 웃었다.

"축하해."

"그래, 고마워."

미진은 지유에게 집안과 상관없는 유일한 친구였다.

"축하할 일 맞지?"

미진의 물음에 지유는 어깨만 으쓱할 뿐이었다. 언젠가는 결혼
이라는 걸 하게 될 줄 알았지만 이렇게 가진 것 없는 평범한 남자
일 줄은 몰랐다. 무슨 생각인 건지 미진은 지유가 걱정스러웠다.

"시작이야?"

"글쎄."

집안에서 유일한 천덕꾸러기라는 건 미진도 알고 있었다. 하지
만 지금까지 꿋꿋하게 잘 버틴 지유였다.

단 한 번도 힘든 내색을 하지 않던 친구였다. 그건 지금도 마찬
가지였다. 그래서 늘 걱정되고 불안했다.

"어떤 시작인지 몰라도 지지 마."

"어."

미진은 말하지 않아도 알아주는 친구였다. 딱히 바라는 게 있지
도 않았고 간간이 안부를 챙기고 가끔 근처에 취재 나왔다며 이서
정 여사의 집에 찾아가서 밥도 먹는 친구였다. 그래서 첫 인터뷰도
미진의 도움을 받았다.

"너네 집안사람들 재수 없어."

픽, 웃으며 지유는 부정하지 않았다.

"그 집 둘째 며느님은 조만간 사고 좀 칠 것 같더라."

"어떤?"

"갑질로."

커피를 한 모금 마시면서 미진은 고개를 저었다.

"외동딸로 자라서 그런지 너무 안하무인이야."

"뭐 쓸 만한 거 있어?"

"쓸 건 많지. 그걸 다 명원에서 자르니까 문제지."

"조만간 하나 써."

"그래도 돼?"

지유와 미진은 의미심장한 눈길을 보내며 웃었다.

"둘째부터 무너지는 거야?"

"쉬운 쪽부터 해야지."

"하긴 둘째는 너무 쉽긴 하다. 안팎으로 좀 시끄러워야지."

술 문제와 여자 문제, 거기다 갑질까지 다양하게 시끄러웠다. 그걸 회사 차원에서 막아 주는 것도 한계가 있다는 걸 모르는 것 같았다.

지유와 진후의 서민적 이미지가 부각될수록 도훈과 세진의 문제가 더 크게 비교될 것이다. 쉬운 상대였지만 지유는 하나하나 살피며 서두르지 않았다.

"난 준비하고 있으면 되는 거지?"

"부탁할게."

"그런 의미에서 오늘 점심은 네가 사."

"어, 점심도 사고 다음엔 저녁도 살게."

본격적인 싸움은 지금부터가 시작이었다.

❋✸❋

두 사람의 미술관 인터뷰가 잡지에 실렸다. 우리나라에서는 이슈로 1위를 달리는 꽤나 유명한 잡지였다.

누구에게나 있을 수 있는 너무도 평범한 만남부터 결혼에 이르기까지 자세하면서도 로맨틱하게 다루면서 사람들은 둘의 연애에 관심을 가지기 시작했다.

거기에 파파라치 컷으로 둘의 가로수길 데이트 사진이 바로 다음 날 인터넷에 올라왔다.

재벌이라고 남들과 다르지 않다는 걸 보여 주면서 사람들은 자신도 진후처럼 될 수 있다는 환상에 빠지기 시작했고 점점 두 사람은 사람들 사이에 이슈가 되었다.

그야말로 삽시간에 벌어진 일이었다. 둘째의 경영권 승계에 잡음이 들려오기 시작할 때라 지유의 행보와 비교됐고 새로운 명원의 경영진으로는 아들보다는 딸과 사위가 좋겠다는 소리까지 흘러나왔다.

예비 사위인 진후의 배경에도 관심이 쏠리면서 가난하지만 성실하고 바른 심성을 가진 사람이라며 그를 추켜세웠다. 진후는 가난한 것 외에는 흠잡을 게 없었다.

"제대로 골랐구나."

점심시간, 지유는 이 회장으로부터 같이 점심을 하자는 호출을 받았다.

처음 있는 일이었다. 미리 예상하고 있었다는 듯 지유는 커리어우먼처럼 보이는 의상으로 깔끔하게 차려입고 약속 장소로 나갔다.

"아버지가 골라 주셨잖아요."

지유는 제 엄마의 미모를 고스란히 물려받았고 머리는 자신을 많이 닮은 아이였다. 명석했고 영리했다. 사리분별을 할 줄 알았다.

"그래도 최종 선택은 네가 했잖니."

"좋은 사람이에요."

조용한 한정식집 넓은 방에 지유와 이 회장의 나긋나긋한 담소

131

만이 잔잔히 들려왔다. 일단은 일상적인 것들로 아버지와의 공감대를 형성했다.

"그래, 준비는 잘 돼 가고?"

"네."

"필요한 거 있으면 어머니한테 말하거라."

"말하기 전에 알아서 해 주고 계세요."

지유는 간간이 정 여사에 대한 애정을 드러내면서 꼬인 게 없음을 어필했다. 이 회장은 흡족하게 웃으며 식사를 이어 갔다.

"다음 주부터 출근한다고?"

"네."

진후에 대한 얘기가 시작됐다. 지유는 속으로 바짝 긴장한 채로 겉으로는 여유 있는 척 대꾸했다.

"경영전략실에서 기대가 크더구나."

"능력 있는 사람이니까 잘할 거예요."

"꽤나 유능하더군."

처음부터 경영의 전반적인 부분을 다루는 부서의 팀장으로 앉힌 건 그의 능력을 높게 산다는 거였다.

그를 경영전략실로 발령 내면서 회사 내에서 잡음이 있었던 것도 지유는 모르지 않았다. 그럼에도 인사를 진행한 건 이 회장의 뜻이었다. 그만큼 진후에 대해서나 지유에 대해서 관심과 기대가 크다는 거였다.

이제 슬슬 지유가 움직일 때였다. 그걸 알기에 이번 인사 발령에 가장 반대한 건 두 오빠들이었다.

"너도 이제 일을 할 때가 된 것 같구나."

지유의 젓가락이 멈췄다.

"놀라기는."

경영학과를 수석으로 졸업하고 지금까지 커리어를 쌓기 위해 봉사활동만 해 온 건 아니라는 걸 이 회장은 알고 있었다.

비공식적으로 그녀는 회사 내의 홍보와 호텔의 유명인을 위한 유치에도 큰 힘을 썼고 지금까지 쉬지 않고 적절한 시기에 회사에 도움이 되는 일을 많이 했다.

티 나지 않게, 그러나 알 만한 사람은 다 알았다. 그리고 항상 미디어에 노출되면서 그녀는 대중에게도 상당히 호의적인 이미지를 갖고 있었다.

거기에 이번의 진후와의 결혼으로 친근하면서도 인간적인, 제대로 된 인성을 가진 재벌가의 딸로 인식됐다.

"우선은 결혼하고요."

"그리고?"

"진후 씨랑 상의해 볼게요."

이 회장은 깨어 있긴 했지만 옛날 사람이었다. 벌써부터 남편을 챙기고 있는 딸의 모습에 그는 마냥 흐뭇해했다.

"그래."

"근데 오빠들이 좋아하지 않을 거예요."

"경영은 능력이다."

"네."

"아무리 자식이라도 못하는 놈은 밀려나는 법이야."

그 첫 번째가 이도훈이었다.

"네."

"아버지가 너희들한테 줄 수 있는 건 남들보다 편하게 출발선에 설 수 있다는 거야. 거기서부터는 이제 너희들의 능력에 따라 결정

될 일이지. 내가 뒤에서 밀어 줄 수도 없고 앞에서 당겨 줄 수도 없어. 딱 거기까지가 내가 너희들의 아버지로 해 줄 수 있는 전부다."

지유는 이미 대중에게 알려진 사람으로 사람들에게는 워너비였다. 얼굴도 예뻤고 머리도 좋았다. 거기에 꾸준히 해 온 봉사활동과 인맥관리로 그녀에 대해 좋지 않게 얘기하는 사람은 거의 없을 정도였다.

자식이지만 객관적인 평가가 얼마나 중요한지 이 회장은 이미 알고 있었다.

"그것만으로도 감사한 일이라는 거 알아요."

"그래, 알아야지."

식사가 마저 이어졌다. 이 회장은 기분이 좋은지 지유가 어렸을 때 얼마나 귀여웠는지를 얘기해 줬고 지유는 생글생글 웃으며 귀를 기울였다.

"아버지."

이 회장이 눈을 들어 지유를 바라봤다. 언뜻 그녀의 생모인 이서정이 떠올랐다. 정말이지 이서정 젊은 시절의 모습과 너무도 닮아 있었다.

"결혼식 전에 엄마 한 번 만나 주세요."

뜻밖의 얘기에 이 회장의 눈이 가늘어졌다.

"무사히 치르고 싶어요."

서서히 이서정은 불안한 모습을 보이기 시작했다. 한밤중에 전화해서 보고 싶다고 울기 시작했다. 결혼식이 다가옴에 따라 자신이 엄마라고 떳떳하게 나설 수 없음에 절망적인 것 같았다.

이럴 때는 다른 거 다 필요 없고 아버지의 말 한마디면 끝이었다.

"알았다."

냉정해야 할 때 냉정할 수 있는 것도 자신을 꼭 빼닮았다. 사업가로서 딱이었다.

이 회장과 헤어진 후 지유는 진후와 만났다. 멀리서 걸어오는 진후를 발견하고 저도 모르게 손을 들어 지유는 당황스러웠다.

그가 보기 전에 재빨리 손을 내려서 민망한 상황은 넘길 수 있었지만 내내 제 감정이 혼란스러웠다. 아마도 오늘 이 회장과의 독대로 기분이 좋아서일 거라고 스스로를 다독였다.

"이걸 다 삽니까?"

출근 전 정장 몇 벌과 그에 맞는 넥타이, 셔츠, 구두까지 지유는 끊임없이 사고 또 샀다.

"갖고 있는 건 다 버렸으면 좋겠어요."

진후가 대답 대신 지유를 똑바로 응시했다.

"왜요?"

"추억도?"

"네?"

"추억도 다 버리라는 겁니까?"

"추억이 있는 게 있어요?"

"네."

"그럼 그건 간직해요."

"그러죠."

"나한테 뭐 불만 있어요?"

"없습니다."

"말투가 딱딱해진 거 알아요?"

"그랬나요?"

"네."

핑퐁처럼 말을 주고받았지만 결론은 같은 자리였다.

"서진후 씨가 달라졌다고 느끼는 게 나만의 착각이었으면 좋겠네요. 나는 왜 그게 화로 느껴질까요?"

"화가 아니라 확실하게 선을 긋는 겁니다."

"어떤?"

"파트너. 어쩌면 피고용인."

스스로를 피고용인으로 부르면서 진후는 입안이 썼다. 처음부터 알고 시작한 일이기에 더 이상의 망상은 그만이었다.

"피고용인?"

"돈을 줬고 나는 받았으니까 피고용인인 게 맞겠네요."

자신을 피고용인이라 칭하는 진후에게 지유는 못내 서운했다.

"걱정 마요, 잘할 테니까."

진후는 자신의 역할이 무엇인지, 자신의 위치가 어디인지 이제는 헷갈리지 않고 알았다.

그동안은 무언가에 취한 것처럼 정신을 차릴 수가 없었다. 갑자기 생긴 여유와 부, 그리고 지유까지 전부 자신의 노력으로 얻은 걸로 착각했다.

하지만 그 모든 건 앞으로 해야 할 일들에 대한 소소한 보상이었다. 가져야 할 건 더 많았고 해야 할 건 더 어려웠다. 그중 지유는 포함되지 않았다.

"네, 걱정 안 해요."

둘 사이에 흐르는 미묘한 신경전에 주변 공기마저 싸늘해졌다.

"차 키 주시면 갖다 놓겠습니다."

직원의 말에 진후가 고개를 저었다.

"아니에요. 제가 할게요. 감사합니다."

지유에게서 차 키를 받아 들고 진후는 산 물건들을 가지고 나갔다. 나가는 그의 뒷모습을 보면서 지유는 한숨을 길게 내쉬었다.

차로 이동하면서도 지유는 진후가 신경 쓰였다. 더 이상 달콤하지 않은 것도 차갑게 구는 것도 마음에 들지 않았다.

하지만 그렇다고 대놓고 말할 수는 없었다. 이 결혼의 의미를 이제야 제대로 알고 있는 그에게 전처럼 다정하게 굴어 달라고 요구할 수는 없었다. 그런데 왜 자꾸 그에게 기대고 싶은 걸까.

"내가 어떻게 해야 합니까?"

딴생각에 빠져 있던 지유는 진후의 말을 듣지 못했다.

"이지유 씨?"

"네?"

"무슨 생각을 그렇게 해요?"

"미안해요. 뭐라고 했어요?"

"내가 알아야 하는 게 있느냐고요."

"아니요. 그냥 다정한 모습만 보이면 돼요."

사람들 앞에 진후와 처음으로 나서는 자리였다. 그와의 결혼이 발표되고 이렇다 할 움직임이 없었다. 궁금해하는 사람들을 위해서 환우를 돕는 자선바자회에서 오늘 한 번에 눈도장을 찍을 계획이었다.

"네."

정장이지만 조금은 캐주얼한 세미 정장을 단정하게 차려입은 진후는 사람들 앞에 나서는 게 처음이라 조금은 긴장됐다.

"배고프지 않아요?"

지유의 물음에 진후는 길게 호흡을 내뱉었다.

"긴장했어요?"

"약간."

어쨌든 사람들 앞에 이지유의 남자로 처음 인사하는 자리니까 떨리지 않을 수가 없었다. 말로는 자선바자회라고 했지만 오가는 돈이 그가 상상하는 정도를 넘어설 거라는 건 대충 짐작하고 있었다.

"지유 씨 집에서 옵니까?"

"글쎄요."

서로의 스케줄을 공유할 만큼 친하지 않아 공적인 자리에서 종종 만날 때도 있었다.

"햄버거 어때요?"

진후가 손가락으로 앞에 보이는 햄버거 체인점을 가리켰다. 곱게 화장을 하고 옷을 챙겨 입었으니 냄새 나는 삼겹살은 생각도 하지 않았을 테고 그렇다고 한정식집에 가기에는 시간이 빠듯했다.

"냄새도 안 나고 빨리 먹을 수 있고."

하지만 진후 앞에서 입을 쩌억 벌리고 햄버거를 먹는 건 상상하기 싫었다.

"별로."

"그럼 감자튀김 간단하게 먹는 걸로 하죠."

"그러죠."

두 사람은 곧장 차를 세우고 안으로 들어갔다. 음료와 감자튀김만 주문하고 자리를 찾아 앉는데 여기저기서 수군대는 움직임이 보이기 시작했다. 지유가 주변을 두리번거렸다.

"왜 다들 우리를 보는 거 같죠?"

"이지유 씨 덕에 내가 유명인이 됐거든요."

진후의 말에 어쩐지 가시가 느껴졌다.

"바라던 거 아니에요?"

"뭐가요?"

"사람들 앞에서 소박하면서도 다정하게 보이는 거."

"맞아요."

말이 끝나기 무섭게 지유가 진후의 팔에 팔짱을 끼며 웃었다. 두 사람은 나란히 자리를 잡고 앉았다.

사람들의 시선은 신경 쓰지 않는 듯한 사랑에 빠진 남녀의 모습이었다. 그 모습을 사람들은 몰래 카메라에 담기 바빴다.

"이제 감자튀김 하나도 눈치 보면서 먹어야 하네요, 누구 덕에."

"감수해야죠."

지유가 살포시 어깨를 으쓱했다.

"내일이면 당신은 더 유명해져 있을 거예요."

주문한 감자튀김이 나오고 가지러 가는 그를 지유는 잠시도 눈을 떼지 않고 바라봤다.

감자튀김을 갖고 자리로 돌아온 진후는 자리에 앉자마자 감자튀김 하나를 집어 지유의 입에 넣어 줬다. 그걸 받아먹으며 지유는 사랑스럽게 눈웃음을 지었다.

그 모습 또한 카메라에 찍혔다. 모든 게 연출이었지만 그 안에는 두 사람의 말하지 못한 감정이 뒤섞여 있었다. 하지만 그것마저도 두 사람은 알지 못했다.

바자회는 제법 규모가 컸다. 많은 사람들로 누가 누구인지 혼란스러울 정도였다.

그림자처럼 옆에 붙어서 지유가 한 명 한 명에게 진후를 소개했다. 진후는 그럴 때마다 젠틀한 미소를 지으며 인사를 했고 그 후에는 오로지 지유에게 집중했다.

그 모습은 누가 봐도 사랑에 빠진 모습이었다.

멀리서 다른 사람과 대화를 하고 있는 누군가를 발견하고 지유는 그쪽으로 걸음을 옮겼다. 어깨까지 오는 단발은 굵게 웨이브를 줬고 화장은 그다지 짙지 않았으며 키는 꽤 큰 편이었다.

"오랜만이네요, 언니."

지유가 언니라고 부르는 사람, 명원그룹의 맏며느리이자 Y&D그룹의 둘째 딸 유지현이었다.

"그러게요, 잘 지냈어요?"

우아한 목소리로 유지현이 인사했다. 집안에서 유일하게 지유를 그림자로 대하지 않는 사람이었다. 그렇다고 다정하거나 하지는 않았지만 그녀는 없는 말을 지어내서 떠벌릴 정도로 바닥은 아니었다.

결혼이 코앞인데 공개적인 자리에서 처음 본다고 하면 또 말이 나올 게 뻔했다. 둘 다 그 정도의 눈치는 있었다.

"준비는 잘돼 가고 있어요?"

"네."

"다행이네요."

여자 형제가 있었다면 유지현 같은 사람이 언니가 돼도 좋겠다고 생각했던 적이 있었다.

언젠가 둘째인 김세진이 공개적인 자리에서 지유를 난처하게 했을 때 유지현은 지유의 손을 잡으며 말했었다.

'기죽지 마요. 기죽을 필요 없어요. 아가씨가 예뻐서 샘나서 저러는 거예요.'

그 말이 꽤나 위로가 됐었다. 지금보다 덜 단단했을 때라 상처를 받았지만 그 위로에 금세 차오른 눈물을 이 악물고 넘길 수 있었다.

"언제 밥 한 번 먹어요."

"네."

지현은 고개를 까딱해 보이고 자리를 떴다.

"다르네요."

지현이 자리에서 멀어지자 진후는 그렇게 말했다.

"뭐가요?"

"그냥 느낌이…… 좀 달라요."

무시하는 눈빛도 하대하는 말투도 아니었다. 친근함은 없었지만 그것만으로도 지금까지 봤던 지유의 집안사람들과는 달랐다.

"나쁜 사람은 아니에요."

"그런 것 같군요."

"그렇다고 우리 편도 아니에요."

"우리 편?"

"정도에서 벗어나지 않는 사람이라는 뜻이에요."

"가족을 내 편 남의 편으로 가른다는 게 사실 적응은 안 되네요."

진후의 집은 그랬다. 네 편 내 편 없이 그저 다 우리였다.

"우리는 그래요."

씁쓸하게 말하며 지유는 진후의 팔짱을 꼈다. 다시 연극을 해야 하는 시간이었다. 지유의 손에 이끌려 어딘가로 가면서 진후는 내

141

내 속으로 생각했다.

'나는 과연 이 사람의 편일까. 이 사람은 내 편이 맞는 걸까. 우리는 진정 한편일까.'

필요가 없어지면 버려지는 소모품에 불과한 건 아닐지 쓴 약을 한 움큼 집어삼킨 것처럼 입안이 썼다.

지유를 보고 한 커플이 빠르게 다가왔다. 그들을 발견한 지유는 팔짱 낀 손에 힘을 줬다. 직감적으로 두 사람이 지유에게는 그리 반갑지 않은 인물임을 알 수 있었다.

"어머, 이게 누구야!"

여자가 호들갑스럽게도 알은척을 했다.

"오랜만이다."

지유는 평온한 투로 인사를 했다.

"인사해, 이쪽은 서진후 씨."

"안녕하세요, 서진후입니다."

"안녕하세요, 윤희예요. 이쪽은 제 피앙세 이명우 씨."

남자들은 서로 악수를 하며 인사를 나눴다.

윤희의 약혼자 이명우는 강남에서는 유명한 성형외과 의사였다. 들리는 말에 의하면 그녀의 얼굴을 고쳐 주다 눈이 맞았다는, 뭐 그런 우스운 소문이 있었다.

그렇게 네 사람의 통성명이 끝나고 윤희는 본격적으로 캐묻기 시작했다.

"무슨 결혼을 이렇게 급하게 해? 설마 너 사고 친 거야?"

말이 거침없었다.

"급하게 아니야, 네가 소식이 늦은 거지."

"그래? 선보고 거의 바로던데?"

"아직 한 것도 아닌데 바로는 무슨."

"그건 그렇고 너 요즘 유명하더라?"

"좋은 쪽이었으면 좋겠다."

전혀 당황하지 않고 지유는 맞받아쳤다. 그런 지유 옆에서 진후는 손을 꼭 잡은 채로 흔들림 없이 서 있었다. 그렇게 손을 잡아 주는 것만으로도 지유에게는 얼마나 큰 힘이 되는지 그는 잘 몰랐다.

"두 사람 연애에 아주 대한민국이 떠들썩하다니까."

"설마 그 정도까지."

"나 결혼한다고 할 때는 조용하더니, 역시 엄마가 알려진 사람이라 그런가?"

이때까지도 진후는 윤희가 그저 말하기 좋아하는 시끄러운 친구인가 보다, 정도로 생각했었다.

"안녕하시지?"

"그럼."

지유는 대수롭지 않다는 듯 반응했다.

"그래, 건강하셔야지. 나이 들어서 혼자 살면 초라하더라."

"고맙다, 우리 엄마까지 걱정해 줘서."

꼿꼿하게 대꾸하는 지유를 진후는 돌아봤다. 그러자 지유도 진후를 쳐다보고는 싱긋 웃었다.

"어머, 너무 우리끼리 떠들었다. 죄송해요, 오랜만에 만나서."

"괜찮습니다."

"명원으로 옮기신다고요?"

윤희라는 여자는 이미 지유는 물론이고 진후에 대해서도 다 알고 있었다. 알면서도 확인하듯 묻는 그녀의 속내가 훤히 보이는 듯했다. 그때부터 진후는 윤희라는 여자에 대해 경계하기 시작했다.

"네."

"초고속 승진인데, 기분이 어때요?"

"초고속인가요?"

"명원그룹에 들어가자마자 팀장이 됐는데 초고속이죠."

"그렇군요. 기분이 어떨지는 가 봐야 알 것 같습니다."

진후의 당당함에 윤희는 기분이 나빴다. 사진으로 볼 때보다 인물이 좋았다. 거기에 머리도 좋단다. 지유와 나란히 있으니 연예인을 보는 것처럼 눈이 돌아갈 지경이었다.

키 작고 배 나오고 얼굴에 여드름이 잔뜩 난 아저씨와 결혼할 줄 알았는데 그렇지 않다는 걸 눈으로 확인하니 배가 아팠다. 기분이 더러웠다.

"그럼 다음에 다시 만나서 기분이 어땠는지 다시 물어야겠네요."

"기회가 된다면요."

진후의 눈빛도 마음에 들지 않았다. 지유를 볼 때와 자신을 볼 때의 눈빛이 확연히 달랐다. 가난한 집에서 데리고 왔다던데 마치 진심인 것 같았다. 진짜 사랑에 빠진 것 같은 그런 눈빛이었다.

"인사할 사람 많지 않아요?"

이번엔 진후가 지유에게 다른 곳으로 가자고 은근히 재촉했다.

"오늘은 여기 있는 사람 대부분한테 인사만 해야 할 거예요."

"그럼 얼른 하고 데이트 갑시다."

진후가 지유의 손에 깍지를 꼈다. 마주 보며 웃는 두 사람을 보면서 윤희는 얼굴을 일그러뜨렸다. 그러고는 재빨리 이명우의 팔짱을 꼈다.

"우리도 인사할 사람 많아요, 부지런히 움직여요."

윤희 커플이 먼저 인사를 하고 자리를 떴다. 만날 때마다 기분이 좋지 않았지만 이번엔 조용히 넘어갔다. 사실 묘하게 기분이 좋았다.

"고마워요."

자리를 옮기며 지유가 진후에게 짧게 인사했다.

"뭐가 말입니까?"

"이거요."

꽉 잡고 있는 손을 들어 보이며 지유가 웃었다. 바람 한 점 들어갈 수 없게 둘은 손을 꼬옥 맞잡고 있었다.

"따뜻하네요."

지유의 말에 진후는 더 세게 손을 움켜잡았다. 그리고 그가 웃었다.

그 순간 이상하게도 진후에게 의지가 됐다. 이 안에 있는 그 어떤 사람이 공격을 해 와도 버틸 수 있을 것만 같았다. 마음의 빗장이 스르륵 풀어지는 느낌이었다.

"얼른 끝냅시다."

진후는 결연에 찬 눈빛으로 고개를 끄덕이며 지유를 찾는 이들에게로 걸음을 옮겼다.

외롭지 않았다. 든든했다. 겨우 손을 잡았을 뿐인데 마음까지 그 온기가 전달됐다. 그 따뜻함에 지유는 발걸음이 가벼워졌다.

진후와 나란히 걷는 이 순간이 좋았다. 진짜 내 편이 생긴 것 같아서 마냥 들떴다.

❋✽❋

두 사람의 일상은 거의 대부분이 기사화됐다. 연예인 부럽지 않은 관심을 받기 시작했다. 여전히 적응이 안 되고 있었지만 진후는 내색하지 않았다. 어느 순간부터는 사진이 찍히고 있다는 것도 잊었다.

"안녕하세요, 서진후라고 합니다."

첫 출근 날, 사람들은 깍듯했다. 그를 보통의 팀장으로 대하지 않는다는 걸 그는 첫날 알아 버렸다.

"앞으로 잘 부탁합니다."

이미 진후는 이 병원의 일원이었다. 그것도 가족의 일원. 누구도 그를 편하게 대하지 못했다. 그 경계가 싫지 않았다.

"새로 진행하는 홍콩 프로젝트 한번 봅시다."

진후의 말에 직원들은 재빨리 움직였다. 체계가 잘 잡혀 있었다. 첫날부터 쉴 틈이 없었다.

그는 유하지 않았으나 그렇다고 숨통을 조이는 상사는 아니었다. 업무 파악이 우선이라 농담을 주고받을 여유가 없을 뿐이었다.

Rrrrr.

[첫날부터 너무 무리하지 마요.]

예상하지 못했던 지유의 문자에 진후는 한참을 핸드폰만 들여다봤다. 진짜 아내처럼 굴었다.

[네.]

짧은 답장을 보냈다. 헷갈리고 싶지 않았다.

"회의합시다."

마음을 다잡고 그는 첫 번째 회의를 주도했다.

출근 첫날은 오로지 회의의 연속이었다. 빠른 업무 파악이 필요했다. 회사의 전반적인 분위기도 알고 싶었다. 인사를 가지 않으면 누가 먼저 그를 부를까도 궁금했다.

4.

첫 키스

결혼식을 앞두고 유지현은 지유와 진후, 그리고 둘째네까지 같이 식사 자리를 마련했다. 꼭 가야 하나며 탐탁지 않아 하는 세진에게 지현은 제법 단호하게 가족이 결혼 전에 처음으로 모이는 자리라며 올 것을 권했다. 툴툴거리면서도 세진은 숍에 들러 화장까지 하는 수고를 마다하지 않았다.

"축하해요, 아가씨."

여섯 개의 와인 잔이 조명 아래서 반짝였다.

"고마워요."

인사를 주고받고 식사가 이어졌다. 식사를 하는 내내 식탁 위에는 심장을 끊어 놓을 듯한 긴장감이 부유했다. 지유에게는 늘 있는 일이었지만 진후에게는 갑갑함 그 자체였다. 하지만 그는 전혀 얼굴에 드러내지 않았다. 이제는 이 정도의 불편함은 감출 수 있었다.

"소화 안 되겠다."

세진이 기어이 한 소리를 했다. 지현은 못 들은 척하며 허리를 곧게 세운 채 식사에 열중했다.

"근데 뭐가 그렇게 시끄러워요?"

아무도 대꾸를 하지 않자 세진은 제가 묻고 제가 대답하는 지경에 이르렀다.

"좀 조용히 결혼할 수는 없어요? 우리가 무슨 연예인 집안도 아니고 전부 다 노출되니까 너무 찜찜해요. 아가씨 연예인 할 거예요?"

"설마요."

"하긴 생모 닮았으면 그쪽으로 끼는 있겠네요."

지유를 건드리기 제일 좋은 게 바로 생모 얘기였다. 세진은 오늘도 어김없이 지유의 생모를 입에 올리며 분위기를 껄끄럽게 유도했다.

"그럴 수도 있겠네요."

하지만 쉽게 감정을 드러내지 않는 지유는 번번이 세진을 실망시켰다.

"서진후 씨가 싫어하려나?"

"호칭 좀 제대로 하죠."

지유가 고개를 들었다.

"아직 결혼한 것도 아닌데 무슨 호칭이요?"

"곧 결혼할 건데 배운 것 없이 막 자란 사람처럼 이름 부르고 그러는 건 아니지 않아요?"

세진의 입술이 앙다물어졌다. 잠깐이지만 식탁 위는 다시 고요해졌다. 남자들은 마치 자리에 없는 듯 조용히 식사만 했다.

"일은 어때?"

침묵을 깬 건 의외로 큰오빠 경훈이었다. 인사를 나눈 이후로 처음으로 묻는 거였다.

"아직은 업무 파악 중에 있습니다."

"처음부터 너무 큰일을 맡기셨어."

둘째 도훈이 비아냥거리듯 말했다.

"그것도 꽤나 중요한 자리로."

못마땅한 기색을 여과 없이 드러내며 도훈은 진후를 향해 으르렁거렸다.

"네, 그래서 열심히 하고 있습니다."

"열심히만 한다고 될 일인가?"

비꼬는 도훈에게 진후는 일일이 대답하지 않았다. 기복 없이 틈틈이 지유를 챙기며 식사에 열중했다.

"뭘 그렇게 챙겨요, 다 아는 사이끼리."

세진이 재미있다는 듯 웃으며 두 사람을 쳐다봤다. 한 손에 와인 잔을 든 세진은 몸을 비스듬히 하고 둘을 구경하듯 바라봤다.

"힘들진 않아요?"

"네?"

"연기하는 거, 그거 힘들 거 같아서요."

"동서."

지현이 세진을 제지했다.

"왜요, 형님. 궁금하잖아요. 어때요, 낯간지럽지 않아요? 나 같으면 죽어도 못 할 거 같거든요."

"왜 낯간지럽죠?"

진후는 전혀 모르겠다는 얼굴을 하고 세진에게 물었다.

"몰라서 물어요?"

"죄송하지만 네, 몰라서 묻는 겁니다."

홋, 세진이 콧방귀를 뀌었다.

"연기는 우리 아가씨 전문인 줄 알았는데 만만치 않네요."

"사랑까지는 아니어도 좋아합니다, 이 사람."

진후가 지유를 돌아보며 말했다. 나이프로 작게 고기 조각을 잘라 입으로 가져가던 지유는 잠시 멈칫했다.

"서로 호감이 있어서 만나고 있고 또 결혼까지 하기로 한 겁니다."

"호감이라?"

"예쁘잖아요. 돈도 많고."

진후의 솔직한 발언에 지현이 보이지 않게 웃었다. 꽤 재미있는 사람이었다. 그리고 지유의 반응도 흥미로웠다.

"되게 솔직하시네요."

"반하지 않을 이유가 없는 사람이죠."

지유의 입술이 씰룩거렸다. 거짓말이라고 해도 기분이 나쁘지는 않았다. 세진의 얼굴이 굳어지는 걸 보는 것도 괜찮았다. 이 남자 정말이지 여러모로 쓸모가 많다.

"남자 꼬이는 데는 타고났겠지. 그럼, 누구 딸인데."

둘째 도훈의 말에 일순간 식탁 위는 불안하게 조용했다. 신사인 척하는 것도 지겨웠다. 가식 떨고 있는 형과 형수도 우스웠다.

"그래도 너무 없는 사람을 골랐어. 아니다, 주제에 딱 맞는 사람인가?"

도훈의 옆에서 세진이 큭큭 웃음을 참았다.

"왜 가진 게 없다고 생각해?"

잠자코 있던 지유가 입을 열었다.

"그럼 뭐가 있는데? 아, 봐줄 만한 얼굴?"

"오빠가 없어서 모르나 본데 그것도 꽤 중요한 거야."

어려서부터 그랬다. 지유가 가지려는 건 뭐든지 뺏었고 갖고 있는 건 망가뜨려야 속이 후련했다.

집에 들어온 날부터 겁먹은 눈빛 대신 당돌함을 갖고 있었다. 그래서 밤마다 그녀의 방문 손잡이를 돌려 대며 무서움에 떨게 했다.

잠을 자지 못하도록, 지금 들어온 곳이 어떤 곳인지 알도록, 더는 버티지 못하도록. 하지만 지유는 아침이면 푹 잔 얼굴로 웃으면서 인사했다. 그러고는 아침을 든든하게 먹고 학교를 갔다.

그녀의 뻔뻔함이 도훈은 미치도록 싫었다. 기죽어서 눈도 제대로 못 맞추고 밤이면 흐느껴 울기를 바랐는데 한 번도 그런 적이 없었다.

"사실 여자는 비주얼 좋으면 끝나거든."

지유는 진후를 돌아보며 생글생글 웃었다.

"그리고 이 사람 꽤 능력 있어. 그러니까 오빠보다 더 좋은 위치에서 시작하는 거 아니겠어?"

"야, 이지유."

도훈의 얼굴이 붉어졌다. 그는 당장이라도 의자를 밀고 일어날 것처럼 몸을 움찔했다.

"조용히 식사하자."

둘 사이를 막아선 건 첫째 경훈이었다. 시끄러워질 걸 예상해서 룸을 잡았지만 어디서든 누군가가 엿들을 수 있었다. 집안일이 밖으로 새어 나가는 건 모두가 원치 않았다.

숨이 막힐 듯한 식사 자리가 끝났다. 밖에서의 식사는 아마 이번으로 끝일 것이다.

"어땠어요?"

차에 올라 도로 위를 달리고 있을 때 지유가 처음으로 입을 열었다. 대리 기사가 백미러로 슬쩍 뒤를 돌아봤다.

"맛있었어요."

예상했던 답이 아니었다. 그래서 지유는 저도 모르게 피식 웃어 버렸다.

"아마 두 번은 없을 거예요."

"네."

"하지만 집에서의 식사는 종종 있을 거예요."

"네."

"잘하고 있어요."

부끄럽지 않게, 부족하지 않게 진후는 제자리에서 제 역할을 다 하고 있었다.

"다행이네요."

집안사람들에 대한 파악은 이미 끝났다. 누구도 지유에게 그리고 자신에게 호의적인 사람은 없었다. 첫째인 경훈과 지현도 마찬가지였다.

일정한 선을 긋고 그 안으로 들어오지 않았다. 철저히 중립의 입장을 고수하지만 실상은 외부인이었다. 자신들에게 아무런 위협이 되지 않는 외부인. 그러니 경계할 게 없었다.

오늘 식사 자리에서 진후는 그걸 느꼈다. 소리가 밖으로 새어 나갈 정도가 돼서야 도훈을 조용히 시켰다. 그런 말을 하지 못하도록 막지는 않았다. 어쩌면 경훈 부부가 더 위험한 사람일지도 모르겠다.

"저는 지하철 역 앞에서 내릴게요."

"집까지 가요."

"아니에요, 내릴게요."

더 많은 얘기를 나누고 싶었지만 지유는 진후를 붙잡지 않았다. 아니, 붙잡을 수가 없었다.

임무가 끝난 그가 그만 퇴근하고 싶다고 하는데 붙잡을 명분이 없었다. 이상하게도 점점 그에게서 거리감이 느껴졌다.

"오늘 고생했어요."

"지유 씨도요. 들어가서 쉬어요."

지하철 역 앞에 차가 정차했다. 진후가 차에서 내렸다. 그리고 멀어지는 지유의 차를 한동안 보고 있다가 걸음을 옮겼다. 라면이 너무 먹고 싶은 밤이었다. 주위를 돌아보다 분식집을 발견하고 그는 망설임 없이 들어갔다.

"여기 라면 하나 주세요."

허기진 배로 자리에 앉기도 전에 주문부터 했다. 금세 매콤한 라면 냄새가 식당에 퍼졌다. 냄새만으로도 살 것 같았다. 이제야 비로소 퇴근이었다.

얼마 지나지 않아 주문한 라면이 진후 앞에 놓였다. 그는 젓가락을 들어 후루룩 소리까지 내며 먹었다.

그러다 문득 앞에 앉은 지유를 상상했다. 미간을 좁히고 자신을 쳐다보고 있을 지유의 모습에 설핏 웃음이 새어 나왔다.

"비싼 고기 먹고 라면이라……."

자신이 생각해도 우스웠다. 그래도 얼큰한 라면을 먹으니 살 것 같았다. 태생은 어쩔 수 없나 보다.

❀✽❀

본가가 아닌 신혼집을 찾은 지유는 정리가 끝난 집 안을 조용히 둘러봤다. 마치 꿈처럼 그 안에 있을 진후와 자신의 모습이 눈앞에 그려졌다.

모든 걸 다 내려놓고 사람들이 원하는 대로 그림처럼 살아 볼까, 하는 마음이 들었다.

서진후의 아내로, 명원의 수치로, 아버지의 흠으로.

그중에서 가장 마음에 드는 건 서진후의 아내였다.

불현듯 집에서 그를 위해 맛있는 찌개를 끓이고 나물을 무치며 퇴근하고 돌아올 그를 기다리는 이지유로 살아가고 싶어졌다. 그렇게 살아도 좋을 것 같았다.

서진후가 벌어 온 돈으로 살림을 하고 공과금을 내고 저축을 하면서 남들처럼 평범하게 살아도 나쁘지 않을 것 같았다.

지금의 싸움이 외로워졌다. 누굴 위해서인지, 무엇을 위해서인지 모르겠다.

"후우."

한숨을 늘어지게 쉬면서 지유는 소파를 손으로 쓸었다. 보드랍다. 집 안에 놓이니 민트의 색감이 훨씬 좋다.

전체적으로 심플한 느낌의 화이트인 거실에서 민트는 제법 튀지 않게 조화를 이뤘다. 낯설지만 따뜻한 느낌이 아늑하고 괜찮았다.

그리고 한쪽 벽에 커다랗게 자리를 차지하고 있는 민영은 화백의 작품이 포인트를 줬다.

거실에서 주방까지 대부분이 화이트 계열이라 전체적 느낌이 넓고 심플했다. 거기에 포인트로 주방 가전과 소파, 그림에 컬러가 들어가면서 세련되고 젊은 감각이 돋보였다.

전문가의 손길을 거친 집 안은 생각보다 훨씬 더 괜찮았다. 드디어 나만의 집이 생긴 거였다. 처음으로 받은 아버지로부터의 눈에 보이는 선물이었다.

지유는 걸음을 옮겨 방 안으로 들어갔다. 커다란 침대가 제일 먼저 눈에 들어왔다. 방 안엔 침대와 창 앞에 놓인 소파가 전부였다. 그리고 역시나 침대 맞은편 벽에 걸린 작품 하나. 심플, 그 자체였다.

방에서 길게 이어진 복도를 따라가면 그곳엔 지유를 위한 공간과 진후만의 공간으로 나뉘었다. 드레스 룸도 제법 센스 있게 해놨다.

진후의 드레스 룸에는 앞으로 그가 입을 옷들과 착용할 액세서리들이 준비돼 있었다. 아마도 그는 마음에 들어 하지 않을 수도 있었다. 하지만 진후와 함께 일할 사람들에겐 중요했다.

그의 옷차림 하나하나, 넥타이 하나까지 전부 그들에겐 이야깃거리가 되고 평가가 됐다. 이 집에 발을 들이는 순간부터 이제 서진후는 달라져야 했다.

그가 그걸 어디까지 이해하고 있는지 지유는 궁금했다. 제대로 마음의 준비를 하고 있는 건지, 이 현실을 여전히 환상으로 받아들이고 있는 건 아닌지 걱정도 됐다.

지유는 방에서 나와 거실을 지나 다른 방들을 둘러봤다. 1층은 침실과 거실, 주방 그리고 방 하나가 더 있었고 2층엔 게스트 룸 두 개와 서재가 있었다.

다섯 개의 방 모두가 공사를 마쳤다. 그곳들을 하나하나 둘러보며 지유는 그곳에서 진후와 함께할 날을 상상했다. 그러다 환영처럼 그를 바라보며 웃고 있는 제 모습이 떠올라 흠칫 놀랐다.

마치 그런 모습을 바라고 있는 것처럼, 순간이지만 너무 행복해 보여서 소스라치게 놀랐다. 서둘러 아래층으로 내려와 소파에 털썩 앉았다.

하루의 피로가 순식간에 몰려왔다. 그리고 스르르 눈을 감았다. 잠깐만, 아주 잠깐만 이대로 있고 싶었다. 아무도 없는 나만의 공간에서 마음껏 숨 쉬면서 쉬고 싶었다.

여기서라면 잠깐이라도 잠을 푹 잘 수 있을 것만 같았다. 문을 걸어 잠그지 않아도, 수면제를 먹지 않아도 아침까지 잘 수 있을 것 같았다.

얼마나 잔 걸까, 지유는 갑자기 몸이 붕 뜨는 걸 느끼고 놀라서 잠이 깼다.

"깼어요?"

진후였다.

"뭐예요?"

진후에게 안긴 채로 지유가 물었다.

"잠귀 엄청 밝네요."

라면을 먹고 집으로 가는 버스를 기다리다 진후는 신혼집으로 오는 버스를 봤고 망설임 없이 그 버스에 올라탔다.

가 보고 싶었다. 뭔가를 바라고 온 건 아니었다. 특히나 잠들어 있을 지유를 상상한 건 아니었다.

짙게 어둠이 내려앉은 정원을 휘이 둘러보면서 가만히 미소를 짓다가 천천히 집 안으로 들어왔다. 그리고 거실의 불을 밝히기도 전에 소파에 기댄 채 잠든 지유를 발견했다.

못 본 것처럼 돌아갈까 아니면 가서 깨울까를 잠시 고민했다. 하지만 가까이서 본 지유는 아이처럼 새근새근 숨소리까지 내면서 깊게 잠이 들어 있었다.

차마 깨울 수가, 아니 깨우고 싶지가 않았다. 한참을 잠든 지유를 바라보다 그는 가만히 그녀를 들어 올렸다. 하지만 몇 발짝을 떼기도 전에 그녀가 눈을 떴다.

"침대에 눕혀 주려고요."

"괜찮아요."

"이제 시작이에요, 밤은."

진후는 지유를 안은 채로 그대로 다시 걸음을 옮겼다. 어둠 속에서 지유는 진후의 얼굴을 올려다봤다. 유난히 각이 지고 마른 얼굴이었다. 살이 좀 쪄도 괜찮을 것 같았다.

"배고파요."

진후가 걸음을 멈추고 지유를 내려다봤다. 뽀얀 피부가 어둠 속에서도 빛났다. 그녀의 커다란 눈은 아이처럼 맑았다. 아무런 생각을 하지 않고, 아무런 셈을 하지 않는 순수한 밤이었다.

"먹을 게 있는지 찾아봅시다."

그래서 진후는 서둘러 생각의 찰나를 잘라 버렸다.

"내가 지금 여기서 키스하면……."

잘라진 생각을 지유가 다시금 붙잡았다.

"아니요, 못 할 겁니다."

"어째서?"

그 말과 동시에 진후는 지유를 바닥에 내려놨다. 여전히 두 사람은 서로를 놓치지 않고 바라봤다. 그러고는 진후가 가만히 지유의 손을 잡았다.

"생각이 너무 많아서."

진후는 그렇게 말하고 살며시 웃었다. 웃는 그의 얼굴 위로 달빛이 스며들듯 일렁였다.

"지금 나 거부당한 거예요?"

"아마도."

순간에 취해 감정을 무시하고 싶지 않았다. 지금 이지유를 향해 흐르고 있는 감정이 무엇인지 파악하지 못한 채로 그녀를 안고 싶지 않았다.

촌스럽다고 해도 좋았다. 진후에게는 지유가 처음이었다. 그리고 그건 지유도 마찬가지였다.

"매운 게 당기네요."

지유는 아무렇지 않은 듯 주방으로 향했다. 양념과 상하지 않는 인스턴트 음식들이 펜트리 공간에 가득했다.

"전쟁이 나도 살겠네요."

진후는 그렇게 말하고 라면 하나를 집어 들었다.

"끓여 줄게요."

라면을 들고 그는 주방으로 가 냄비를 찾았다. 그의 모습을 지유는 그저 식탁에 앉아서 지켜봤다. 금세 보글보글 소리를 내며 라면이 끓기 시작했다.

"김치는…… 없네요."

냉장고 문을 열고 진후는 그럴 줄 알았다는 듯이 얘기했다.

"오늘은 김치 없이 먹어야겠네요. 괜찮죠?"

진후의 말에 지유는 고개를 끄덕였다. 사실 지유는 라면과 김치를 이 시간에 먹어 본 적이 없었다. 가만히 따져 보니 라면을 먹은 것도 초등학생 이후 처음이었다.

아버지 집에 들어가기 전에는 가끔 먹었었다. 엄마가 늦는 날이나 엄마가 늦게까지 잠을 자는 주말에는 혼자서 끓여 먹곤 했었다.

사실 그때는 혼자 끓여 먹는 라면이 제일 맛있었다. 잘 익은 김치가 없어도 좋았고 계란을 넣지 않아도 좋았다. 엄마 몰래 먹는 게 그렇게 꿀맛일 수 없었다. 매번 사다 먹는 반찬보다 더 훌륭했다.

"계란도 없겠죠?"

진후가 아쉽다는 듯 고개를 저었다.

"다 됐어요."

싱크대 서랍을 열어 냄비 받침과 젓가락을 찾아서 식탁에 올려 주고 라면 냄비를 갖고 와 지유 앞에 내려놨다.

"어떻게 그렇게 잘 알아요?"

"뭘 말입니까?"

"어디에 뭐가 있는지."

지유는 젓가락을 들고 먹을 준비를 했다.

"주방에 들어와 본 적 없죠?"

"중학교 이후로는."

"그래도 들어와 보기는 했네요?"

지유는 어깨를 으쓱하며 젓가락으로 라면을 들어 올렸다. 그러고는 후후 불어 입으로 가져갔다.

꼬들하게 잘 익은 면발이 후루룩 입안으로 들어갔다. 짠맛이 강하게 퍼져 나가면서 그녀의 눈이 커다래졌다.

"어때요?"

대답도 하지 않고 연달아 두 번이나 라면을 흡입하는 지유였다. 잘 먹는 모습을 보니 진후는 뿌듯했다.

그리고 처음으로 이지유가 인간적으로 보였다. 성에 사는 공주님이 아니라 지상으로 내려온 아가씨 같았다.

그는 냉장고에서 물을 꺼내 컵에 따라서 지유 앞에 놔 줬다. 그러고는 흘러내린 지유의 머리칼을 귀 뒤로 꽂아 줬다.

"유혹하지 마요."

맞은편에 앉는 진후를 향해 지유는 무덤덤하게 말했다. 라면을 한 입 더 후루룩 소리를 내며 먹었다.

"참고 있는 겁니다."

진후가 나직하게 말했다.

"비즈니스라고 말한 건 이지유 씨니까."

그렇지 않았다면 이미 지유에게 반했을 테니까. 이미 충분히 그럴 기회는 넘치게 많았으니까.

"넘어올 마음은 있었어요?"

"네."

진후는 거짓말을 하지 않았다.

"솔직하네요."

"지유 씨도 그랬는지는 묻지 않을게요."

그렇지 않았다고 대답한다면 실망할 테고 그랬다고 대답한다면…… 여러모로 위험한 밤이었다.

"네, 묻지 마요."

지유는 마지막 국물까지 말끔히 비워 내고서야 젓가락을 내려놨다. 몇 년 만에 처음으로 배불리 먹은 저녁이었다.

진후는 설거지까지 끝내고서야 집 구경을 했다. 지유는 이미 했지만 진후를 따라 다니면서 한 번 더 집 안을 둘러봤다.

✳✱✳

새로운 곳에서의 일은 눈코 뜰 새 없이 바빴고 지유도 그에 맞춰서 본격적으로 결혼 준비를 하기 시작했다.

그녀의 결혼 준비는 남들과 달랐다. 여느 예비 신부와 다르게 드레스를 가봉하고 신혼여행지를 고르고 피부 마사지를 받는 건 해야 할 일이 아니었다. 무기가 없는 그녀에겐 언론과의 인터뷰가 제일 중요하고 컸다.

파파라치 컷으로 찍힌 사진은 있어도 정식 인터뷰는 몇 건 하지 않은 그녀는 결혼을 앞두고 여러 매체와 인터뷰를 했다.

그녀의 해박한 지식과 뛰어난 패션 감각, 거기에 손 하나 대지 않은 자연 미인이라는 타이틀이 붙으면서 금세 젊은 사람들의 워너비가 되었고 두 사람의 결혼은 큰 관심을 일으켰다.

"바쁘겠네?"

점심시간을 이용해 지유는 미진과 식사를 하기로 했다.

"조금."

"계획대로 되고 있는 거야?"

"어."

"그럼 일은 결혼 후에?"

"그게 제일 보기 좋으니까."

"앞으로 얼굴 보기 힘들어지겠네."

지금까지는 회사 밖에서 그저 누구의 딸로만 유명세를 치렀다면 이제부터는 경영에 참여함으로써 그녀의 능력을 보여 줄 때였다.

그동안 끊임없이 공부했고 쉬지 않고 노력했다. 회사의 전반적인 업무에 대해 누구보다 잘 알고 있었다. 지금 당장 업무를 맡는다고 해도 어려울 게 없었다.

하지만 편이 없는 지유에게는 회사에 들어가는 것만으로도 힘겨운 싸움이었다. 그저 회사 오너의 가족이라 쉽게 들어왔다는 평가는 듣고 싶지 않았다.

"넌 잘할 거야."

"잘해야지."

"그런 의미에서 오늘 점심은 내가 쏜다."

"신세 진 것도 있는데 내가 사야지."

"나도 너 사 줄 만큼은 벌어. 걱정하지 말고 먹고 싶은 거 다 시켜."

"진짜 다 시킨다."

지유는 신중하게 메뉴판을 들여다봤다. 그 모습을 보면서 미진은 키득키득 웃었다. 지유가 고개를 들었다.

"왜?"

"그냥. 넌 먹을 때 꼭 쓸데없이 진지하더라."

"그랬나?"

"어."

많이 먹지도 못하면서 메뉴를 고를 때는 진지했다. 그게 자신 앞에서만 보일 수 있는 감정이라는 걸 미진은 알고 있었다. 그래서 한없이 안쓰럽다가도 또 짠했다.

부잣집에 살면 모두 행복할 줄 알았는데 그렇지 않은 사람도 있구나, 하는 걸 지유를 보면서 처음 알았다.

기댈 곳이 필요한 지유에게 잠깐이라도 어깨를 빌려주고 싶었고 힘들 때면 떠오르는 친구였으면 했다. 그래도 이지유는 제 속을 전부 다 보여 주지는 않을 테지만.

"아직 별다른 건 없지?"

메뉴판을 훑으며 지유가 넌지시 물었다.

"글쎄."

미진은 팔짱을 끼며 고개를 끄덕였다. 지유가 고개를 들었다.

"뭐 걸리는 거 있어?"

"그쪽에서도 잠자코 있지는 않을 테니까."

"뭔가를 준비하겠지."

"그게 뭘까?"

미진은 그 일로 지유가 다칠까 걱정됐다. 하지만 지유는 크게 염두에 두지 않는 듯했다.

"뭐든 상관없어."

"네가 다칠 수도 있어."

"알아."

지유는 메뉴를 고른 듯 손을 들어 직원을 불렀다.

"지킬 게 없으면 겁날 것도 없어."

그렇게 말하며 지유는 싱긋 웃었다.

진후의 이름을 말하려다 미진은 이내 입을 다물었다.

아직 지유에게 진후는 지켜야만 하는 존재가 아닌 것 같았다. 하지만 마음은 알아차리면 이미 커질 대로 커져서 늦는다는 걸 지유는 모르는 듯했다.

둘의 결혼이 정략인 게 다행이면서도 한편으로는 그가 지유의 온전한 편이 돼 주길 바랐다. 그래서 지유가 가진 게 서진후였으면 했다.

❄✱❄

결혼식이 다가오고 있었다. 누구 하나 분주한 이도 없었고 누구 하나 가슴 떨려 하는 이도 없는 평범하지 않은 결혼식이었다. 하지만 진후의 어머니 강 여사는 조금 달랐다.

"둘이 살기에는 많이 크구나."

공사가 끝난 새집을 둘러보면서 강 여사는 심란한 감정을 감추지 못했다.

마냥 좋아할 수 없는 큰아들의 결혼식에 그녀는 어떤 표정을 지어야 할지 몰라 난감했다. 중간중간 새어 나오는 한숨을 들키지 않으려는 듯 그녀는 눈을 질끈 감았다.

"좋다."

그건 진희도 마찬가지였다. 하지만 진희는 강 여사보다는 긍정적이었다.

진후와 지유는 누가 봐도 잘 어울리는 한 쌍이었다. 둘 사이에 그 어떤 거래가 있었는지 정확히는 알지 못해도 분명 감정이라는 게 싹틀 거라는 걸 그녀는 철석같이 믿고 있었다. 그럴 수밖에 없는 커플이었다.

"근데 너무 넓긴 하다."

"네 오빠는 언제 온대?"

"지금 언니랑 오고 있대요."

퇴근해서 오는 진후를 지유가 기다렸다가 데리고 오는 중이었다.

굳이 냉장고에 반찬을 채워 넣겠다며 강 여사가 고집을 부리는 통에 얼떨결에 신혼집을 구경하게 됐다. 아마도 어떤 집에서 아들이 살게 되는지 당신 눈으로 보고 싶었던 모양이다.

"엄마는 안 좋아?"

"뭐가?"

"오빠 결혼하는 거."

진후가 왜 이런 결혼을 선택했는지 서로 말하지 않아도 다 알고 있었다. 하지만 말릴 수도 없었다.

가진 게 없는 부모라서, 해 줄 수 있는 게 아무것도 없는 부모라서. 뜻대로 했지만 마음 다치는 것까지는 지켜볼 자신이 없었다.

"진후가 좋아야지."

그래도 지유를 보니 마음이 놓이기는 했다. 얼굴에 그늘이 있지만 마음이 예쁜 아가씨였다. 둘이 서로에게 의지하면서 잘 살았으면 좋겠다.

"좋아할 거야."

"너 뭐 아는 거 있어?"

"아니."

"그럼?"

"그냥 그런 느낌이 들어."

바람일 수도 있었다.

"엄마, 우리 오늘 여기서 저녁 먹고 가자."

"주인도 없는 집에서 무슨 저녁을 먹어?"

"여기 오빠 집이야. 그러니까 엄마가 와서 밥해도 아무도 뭐라고 안 해."

"쓸데없는 소리 하지 마."

강 여사는 가져온 것들을 냉장고에 넣기 시작했다. 그 옆에서 진희는 한숨을 푸욱 쉬다가 싱크대를 열어 냄비 하나를 꺼냈다.

"오빠 좋아하는 된장찌개 끓인다."

"하지 말래도."

강 여사가 말렸지만 진희는 들은 척도 안 하고 물을 받았다. 하지 말라고 했지만 강 여사는 오는 길에 찌갯거리도 장을 봐 왔다.

너무 커다랗고 고급스러운 집에 된장찌개가 어울리지 않아 사

온 걸 차마 냉장고에 넣어 두지 못했다. 진희는 그것들을 주섬주섬 꺼내 찌개를 끓이기 시작했다.

"다 사람 사는 집이야. 여기 엄마 아들이 살 집이라고. 냄새 배도 누구 하나 뭐라고 할 사람 없어. 눈치 보지 마, 엄마."

진희는 호박을 도마 위에 놓고 칼질을 시작했다. 어깨너머로 배웠지만 진희도 제법 맛을 낼 줄 알았다.

"비켜, 뭘 할 줄 안다고."

은근슬쩍 강 여사가 진희를 밀어내고 칼을 넘겨받았다. 뚝딱뚝딱 찌개 재료를 썰어 냄비에 넣었다. 그리고 동시에 밥도 하고 나물도 무쳤다. 안 된다고 하더니 이것저것 잘도 만들어 내는 강 여사였다.

그 모습을 식탁에 앉아 지켜보던 진희는 씁쓸하게 웃었다. 엄마의 속이 어떨지 묻지 않아도 알 것 같았다.

이 좋은 집에서 아들 먹일 밥을 하면서 엄마는 속으로 울고 있으리라. 가난을 물려줄 수밖에 없었던 무능한 자신을 탓하며 피눈물을 흘리고 있으리라.

"저희 왔어요."

집이 넓어서 그런지 진후가 들어오는 소리도 듣지 못했다. 나란히 들어오는 두 사람을 발견하고 진희는 서둘러 표정을 바꿨다.

"왔어요?"

마치 집주인처럼 두 사람을 맞는 진희를 지유는 웃으면서 맞았다.

"안녕하세요, 어머니."

"그래. 내가 주인도 없는 주방에서 저녁을 좀 하고 있었어. 미안하다."

강 여사가 겸연쩍게 웃었다.

"무슨 그런 말씀을 하세요."

지유가 서둘러 강 여사를 안심시켰다.

"나가서 먹으면 되는데 뭘 하고 계세요."

괜히 진후가 강 여사 뒤로 끓고 있는 된장찌개를 흘깃 쳐다보면서 퉁명스럽게 말했다. 지유는 말없이 다가가 맛을 봤다.

"맛있어요, 어머니."

호들갑스럽지는 않지만 지유가 웃으면서 말했다. 그 미소에 강 여사는 마음이 조금은 풀리는 듯했다.

"배고프다, 우리 얼른 저녁 먹어요."

지유는 손을 씻는다며 욕실로 들어갔다. 셋이 남은 주방에서 진후는 강 여사에게 수고했다고 말하며 애틋한 눈길을 보냈다.

"오늘도 수고했어."

강 여사의 그 말이 진후에게 얼마나 큰 힘이 되는지 어머니는 몰랐다. 속이 쓰리고 온몸이 녹초가 돼도 집에 돌아와 어머니가 끓여 주는 된장찌개면 하루의 피로가 다 풀리는 듯했다.

잠든 아들의 머리맡에서 얼굴을 가만히 들여다보며 '오늘 하루도 고생했다, 내 새끼'라고 말하는 어머니 때문에 지금까지 버틸 수 있었다.

가슴에 헤아릴 수 없는 많은 것들을 품고 있는 어머니라는 걸 진후는 알고 있었다. 그런 어머니에게 또 하나의 상처를 드리고 싶지 않았다.

물질적으로 풍족하게 해 드리고 싶었다. 더는 고생스럽지 않게 지켜 드리고 싶었다.

"냄새가 좋은데요?"

다정하게 말해 주는 아들이 강 여사는 고마웠다. 얼마나 많은 걸 떠안아야 하는 아들인지 잘 알고 있었다. 얼마나 큰 짐을 짊어지고 가야 하는 아들인지 잘 알고 있었다.

안쓰럽고 한없이 애처로웠다. 도움이 될 수 없음에 밤마다 소리 없이 눈물을 쏟기도 했었다.

"배고프지? 많이 먹어."

밥을 한 그릇 듬뿍 퍼서 진후 앞에 놔 줬다. 그리고 지유의 밥도 그득하게 담았다. 상 차리는 걸 돕던 진희도 모자라지 않게 밥을 펐다. 새집에서 넷이 둘러앉아 먹는 첫 밥이었다.

"어서들 먹어."

"잘 먹겠습니다."

진희가 큰 소리로 인사를 했다. 그녀의 넉살에 진후와 지유가 살포시 웃었다. 마음은 무겁지만 아무도 내색하지 않았다. 그저 즐겁고 맛있게 소박한 저녁 식사를 즐겼다.

저녁 식사가 끝나고 굳이 모셔다 드린다는 지유의 손을 뿌리치고 강 여사는 서둘러 집으로 돌아갔다. 같이 가려는 진후까지도 더 있다가 오라면서 진희만 데리고 가 버렸다.

택시가 시야에서 사라질 때까지 바라보고 있던 두 사람은 동시에 한숨을 쉬었다.

"하아."

서로가 서로를 마주 봤다.

"어떤 한숨이에요?"

"안쓰러움."

진후의 답에 지유는 가만히 고개를 끄덕이며 걸음을 뗐다. 대문을 열고 두 사람은 안으로 들어왔다.

"지유 씨는요?"

"안타까움."

"무엇에 대한?"

"당신 집에 운전을 할 줄 아는 사람이 한 명도 없다는 것에 대한."

그렇게 말하며 지유는 피식 웃었다.

"고마워요."

정원에 올라서서 잔디를 밟으며 걷는데 지유가 숨을 쉬듯 자연스럽게 말했다. 바람을 따라 그녀의 숨소리가 가볍게 흩날렸다.

"맛이 있는 밥이었어요."

집에서 먹는, 그것도 내 집에서 먹는 첫 밥이었다. 사 먹는 것도 아니고 일하는 분이 해 준 것도 아니고 내 자식 먹이겠다고 바리바라 싸 와서 해 주는 맛있는 집 밥이었다.

본가에서 먹는 밥은 늘 아무런 맛이 느껴지지 않았다. 어쩌다 엄마의 집에서 먹는 밥도 그랬다. 밥을 맛있게 먹은 기억이 지유에게는 없었다. 하지만 오늘은 잊지 못할 것 같다.

"맛있게 먹어 줘서 고마워요."

진후의 말에 지유는 걸음을 멈추고 그를 돌아봤다.

"나 진심인데?"

"알아요."

"맛있었어요."

넓었던 집이 가득 찬 느낌이었다. 이렇게 넷이 살아도 재미있겠다, 잠깐 생각했었다. 그저 맛있는 거 먹으면서 소소하게 사는 것도 괜찮겠다고 생각했었다. 그냥 이 남자랑 있으면 자꾸 그런 생각이 든다.

"당신 되게 재미없는 사람이에요."

"재미있는 사람 원했습니까?"

무엇에 화가 난 건지 알고 있었다. 그럼에도 풀어 주려고 하지 않는 건 화난 채로 있는 게 그에게 더 낫기 때문이다. 그리고 앞으로도 서진후를 화나게 할 일은 많을 테니까.

"아니요, 지금이 좋아요."

하지만 서운한 마음이 드는 건 어쩔 수가 없다. 여러 갈래로 엉켜 버린 마음을 푸는 건 지유의 몫이었다.

"지금의 어떤 게?"

진후가 지유를 응시하며 물었다.

"감정 없이 대하는 서진후 씨."

"감정 없이 대하는?"

"네."

앞으로 단둘이 매일 얼굴을 부딪치며 살게 되면 어떨지 몰라도 지금은 당장 그랬다. 차라리 화가 난 서진후가 좋았다.

"내가 감정이 없어 보입니까?"

"아니요."

화가 나고 서운하고 못마땅해 보였다.

"하지만 그건 어디까지나 서진후 씨 감정이니까 혼자서 해결해요. 내가 그것까지 풀어 줄 수는 없어요."

참 모질고 잔인하게 말하는 지유였다. 표정 하나 흐트러짐 없이 그녀는 잘도 거짓말을 하고 있었다.

"이지유 씨는 어떤데요?"

"뭐가요?"

"지금 감정이 어떠냐고요."

"그게 중요해요?"

"네, 중요해요."

잠시 뜸을 들이다 지유가 말했다.

"다 놓고 싶어요."

속삭이듯이 지유는 제 감정을 털어놨다. 아무도 듣고 있지 않은 것처럼 그렇게 혼잣말을 했다.

"귀찮고 성가시고……."

진후가 한 발짝 가까이 섰다. 코앞까지 다가온 그를 지유는 놀란 듯 쳐다봤다. 그의 얼굴이 너무 가까웠다.

"이렇게 다가오면 솔직해지고 싶잖아요."

키스하고 싶다. 남자와의 입맞춤이 어떤 건지 알지 못하지만 왠지 그러고 싶어졌다.

심장이 빠르게 뛰고 발바닥이 간지러웠다. 당장이라도 그의 목에 매달리고 싶었다. 그저 본능에만 충실하고 싶었다.

"어떻게?"

호흡을 내뱉을 수 없을 정도로 진후가 가까이 다가왔다. 뒤로 도망칠 수도 없었다. 진후의 손이 이미 그녀의 허리를 붙잡고 있었다.

이 상황에서 벗어나야 했다. 하지만 아무것도 말을 듣지 않았다. 그대로 몸이 얼어붙었다.

"나는 지금 하고 싶은 게 딱 하나 있습니다."

그게 무엇인지 묻고 싶지 않았다. 묻지 않아도 알 것 같았다. 그리고 말하면 그대로 무시하지 못할 것 같았다. 고개를 돌리려 했지만…….

"알아서 해결하라고 한 건 이지유 씨입니다."

그렇게 말하고 진후의 입술은 그대로 지유에게로 내려왔다. 막아 낼 틈이 없었다. 벌어진 입술 사이로 들어온 건 뜨거운 진후의 혀와 공기였다.

허리에 대고 있던 진후의 손이 등을 받쳤다. 적극적이었다. 잠시라도 떨어지지 않겠다는 듯이 그는 절박하게 입을 맞췄다.

등을 부여잡고 있는 손길에 몸을 맡긴 채로 지유는 아찔한 기분에 사로잡혔다. 입안을 헤집고 다니는 남자의 혀에서 묘한 짜릿함을 느꼈다.

5.

둘만의 신혼여행

햇살이 유난히 좋은 날이었다. 눈이 부시게 푸르른 하늘과 청량
감이 넘치는 시원한 바람, 그리고 잔잔하게 허공을 가르는 음악 소
리까지. 야외 결혼식을 하기에 완벽한 날이 아닐 수 없었다.

"언니 너무 예뻐요."

지유에게 다정하게 말해 주는 사람은 진희밖에 없었다. 신부 대
기실을 찾은 유일한 사람이었다.

"고마워요."

"정말이에요. 내가 지금까지 살면서 본 사람 중에 제일 예뻐요."

진희는 지유보다 나이가 많았지만 만날 때마다 꼬박꼬박 언니
라고 불렀다. 단 한 번도 눈을 흘긴 적도 없고 그녀의 진심을 의심
한 적도 없었다. 이런 관계로 만나지 않았더라면 좋은 언니로 잘
따랐을 것 같다.

"진희 씨도 예뻐요."

단정하게 머리를 묶고 깔끔하면서도 세련된 투피스를 입은 진희는 제 모습이 어색한 듯 손으로 치맛자락을 쓸어내렸다.

"이상하지 않아요? 이렇게 좋은 옷은 처음이라 영 거북하고 내 옷 아닌 것 같고 그러네요."

"잘 어울려요."

　결혼식이 있기 며칠 전 지유는 진희를 위해 직접 옷을 골라 집으로 보내 줬다. 보내온 몇 벌의 의상 중 선택된 게 무난한 푸른색 계열의 투피스였다. 아마도 신랑 쪽임을 나타나는 색이라 고르지 않았을까 싶다.

"참, 다른 옷은 환불할게요."

"아니에요. 내가 선물한 거예요."

"그래도 너무 비싸요."

"선물하고 싶어요. 입어 줘요."

"좋은 사람인 거 알아요?"

　지유의 눈이 의심스럽게 커졌다.

"좋은 사람이에요, 새언니는."

"그런 말 처음이에요."

"옷 사 줘서 하는 말이에요."

"네?"

"내 사이즈 알고 나한테 잘 맞는 컬러도 알고 내 콤플렉스도 알고. 그럴 수 있다는 건 내 말에 귀 기울이고 내 행동을 눈여겨봤다는 거잖아요. 가족이니까, 나를 가족으로 받아들였으니까 그럴 수 있다고 생각해요. 새언니 입장에서 그렇게 한다는 게 쉽지 않다는 거 대충은 알 것 같아요. 우리 집에서 엄마가 해 주는 밥을 맛있게 먹어 줘서 고마워요. 가진 게 없는 우리 오빠 좋아해 줘서 고마워요."

커졌던 지유의 눈이 원래대로 돌아왔다. 그러고는 살포시 웃었다.

"사람 되게 미안하게 하네요. 앞으로 더 좋아해 보도록 노력할게요."

"아니요. 안 해도 돼요."

진희의 눈이 반짝였다.

"그런 건 노력한다고 되는 게 아니더라고요."

"그런가요?"

"아마 그럴 거예요."

부케를 들고 다소곳이 앉아 있는 지유는 정말 예뻤다. 그 모습을 얼른 오빠 진후가 봐 주길 바랐다.

"잘 살아요."

"네."

장담할 수는 없지만 그러고 싶었다.

"우리 오빠, 잘 부탁할게요."

두 사람이 서로에 대한 마음을 오롯이 키우길 바랐다. 주변에 있는 어떠한 것들도 방해가 되지 않도록 서로만 보면서 키워졌음했다. 비록 시작은 불순했더라도 점점 서로를 바라보면서 서로에게만 집중하길 바랐다.

"고마워요."

진희는 지유의 손을 가만히 잡았다.

'이 집 사람들은 전부 손이 따뜻하구나.'

지유는 속으로 그렇게 생각하며 조용히 웃었다. 그때 대기실 문이 열리며 턱시도를 입은 진후가 나타났다.

"가서 어머니 좀 챙겨 드려."

"어, 그럴게."

지유에게 눈인사를 한 번 더 하고 진희는 자리를 떠났다. 단둘이 남게 된 대기실은 고요했다.

"멋있네요."

묵직한 침묵을 깨고 지유가 먼저 입을 열었다. 제 모습을 아래로 쭈욱 훑으며 진후는 웃었다.

"지유 씨 덕에 너무 과하게 입은 게 아닌가 싶네요."

"잘 어울려요."

"고마워요."

그때서야 진후는 지유를 똑바로 쳐다봤다. 새하얀 웨딩드레스를 입고 있는 지유는 천사처럼 고왔다. 그녀의 뒤에 있는 꽃들이 보이지 않을 정도였다.

아름답다는 말밖에는 표현할 말이 없었다. 너무 예뻐서 눈을 바라볼 수가 없었다. 누구라도 첫눈에 반할 지경이었다.

그래서 대기실 앞을 지키며 남자들은 들어가지 못하도록 했다. 그렇게 한 자신이 우스웠지만 어쩔 수 없었다. 다가오는 남자가 있으면 자신도 모르게 절로 문 앞을 막아섰다.

"그리고요?"

지유가 놀리듯 되물었다.

"네?"

"그다음에 할 말이 더 있지 않아요?"

"그런가요?"

"네."

진후는 망설이다 피식 웃었다.

"아름다워요."

"그리고?"

"반할 만큼."

진심이었다. 아니, 거짓말이다. 이미 반했다.

"이제 좀 떨리네요."

"이제?"

"네, 이제. 이제 진짜 결혼식을 하는 거 같아요."

사랑하는 사람과 만나 하나가 되는 것, 그걸 지금 하는 것 같았다. 정략이 아닌, 서로에게 서로가 필요해서가 아니라 진짜로.

"오늘은 그 말이 좀 씁쓸하게 들리네요."

진후의 찰나의 어두워진 표정에 지유는 순간 속이 상했다. 현실을 자각한 두 사람은 한동안 말이 없었다.

그저 지금 이 순간을 즐기고 싶었다. 서로의 아름다움과 근사함에 반하고 싶었다. 하지만 그것조차 할 수 없는 두 사람이었다.

"그럼 그냥 보통의 부부처럼 할까요?"

먼저 침묵을 깬 건 지유였다.

"보통의 부부?"

"일주일 동안은 이것저것 다 생각하지 않고 진후 씨랑 나만 생각하고 다른 사람 눈치 보지 않고 하고 싶은 거 하면서 즐기고."

"그럴 수 있어요?"

"네. 해 보죠, 뭐."

한 번도 생각하지 않고 산 적이 없었다. 밥을 먹을 때도 심지어 화장실에 가서도 생각이라는 걸 하고 살았다. 하지만 오늘은, 그리고 그와 함께하는 일주일은 그러고 싶지 않았다. 그냥 충동적이었다.

"우리 그렇게 해요."

"한번 해 보죠."

지유는 진후에게 악수를 청했다. 하지만 진후는 그럴 마음이 없었다.

"이렇게 해야죠."

지유가 내민 손을 진후는 바짝 당겨 버렸다. 그 바람에 드레스를 입은 채로 지유가 진후의 품으로 들어왔다.

"이미 시작했습니다."

입술이 번질까 봐 진후는 지유의 볼에 가만히 입술을 갖다 댔다. 델 듯 뜨거운 열기가 귓불을 타고 전신으로 퍼져 나갔다. 좀처럼 떨어지지 않는 그의 열기에 지유는 눈을 감았다.

그러다 왈칵 눈물이 나려고 했다. 이를 악물며 눈물을 참아 냈다. 일주일은 이지유로 살아도 된다. 서진후의 아내 이지유로 마음껏 살아도 된다. 하고 싶은 거 하면서, 즐기고 싶은 거 즐기면서 다른 건 생각하지 않아도 되는 시간.

"즐겨 봅시다, 우리."

일주일은 이지유가 사는 세상과 철저히 분리해야겠다. 일주일이면 충분했다. 그 시간이면 앞으로의 시간도 견딜 수 있을 것 같았다. 생각 따위 하지 않고 그저 주어진 시간을 즐기면서 보내야겠다.

지유와 함께라면 착각일지라도 빠져들 만했다. 이 감정이 무엇인지 곱씹지 않고, 헷갈리지 않고, 계산하지 않고 그대로 빠져들 수 있을 것 같았다. 이지유와 함께라면 할 수 있을 것 같았다.

❄✿❄

결혼식은 조용히 치러졌다. 진후의 집에서 온 손님은 별로 없었다. 가족 몇 명이 전부였다. 한동네에 살던 이웃에게는 따로 감사

178

인사를 전하기로 하고 초대하지 않았다.

"네, 괜찮아요. 어머니도 들어가서 쉬세요. 지인들은 따로 대접하시고요."

― 그래, 즐겁게 보내다 와.

"네."

― 진후야.

"네."

― 잘 살아야 한다.

네, 라는 대답이 선뜻 나오지 않았다.

― 지유 많이 아끼면서 지유 편이 돼서 그렇게 살면 돼.

"네, 그럴게요."

그건 자신 있었다. 어떤 것에도 다치지 않게 보호할 자신은 있었다. 그냥 그러고 싶었다. 그래 주고 싶었다.

― 그래, 그 마음이면 돼.

통화를 끝내고 진후는 가만히 지유를 바라봤다. 결혼식이 끝나고 직접 운전해서 가는 신부, 이 상황이 못내 미안하면서도 우스웠다.

"왜 웃어요?"

"미안하고 웃겨서요."

"뭐가요?"

"운전하는 새 신부."

아까부터 지유도 제 모습이 재미있기는 했었다. 그래도 누군가가 운전하는 차를 타고 집으로 가고 싶지는 않았다. 결혼식을 할 때부터 일주일간 주어진 시간만 생각했었다. 그동안 못 해 본 거하면서 실컷 즐길 생각만 했었다.

"나 라면 먹을래요."

결혼식 직전에 신혼여행을 따로 가지 않기로 한 두 사람이었다. 아무도 모르게 집에서 단둘이 보내기로 했다.

"끓여 줄게요."

"두 개 먹을래요."

"알았어요, 두 개 끓여 줄게요."

"그리고 누워서 영화도 볼래요."

"네."

"오늘은 종일 영화만 볼 거예요. 그리고 배고프면 또 라면 먹고."

"저녁은 자장면 시켜 먹는 게 어때요?"

"우리 집까지 와요?"

"아마도."

지유의 입가에 미소가 번졌다. 자꾸만 웃음이 새어 나왔다.

"안 오면 나가서 사 오지 뭐."

"아이스크림도."

아이처럼 좋아하는 지유를 보고 있자니 진후는 가슴이 뛰었다. 별거 아닌 일상이 지유에게는 꽤나 특별했다.

알면서도 하지 못했던 그런 여유가 진후에게도 특별하긴 마찬가지였다. 몰라서 하지 못했던 지유와 알면서 할 수 없었던 진후의 신혼여행이었다.

"또 하고 싶은 거 없어요?"

지유는 눈을 이리저리 굴리며 고심했다.

"동대문 새벽시장도 가 보고 싶어요."

"가요."

"그리고 남산도 가 보고."

"거기도 가요."

생각나는 걸 줄줄이 읊어 대는 지유를 진후는 그저 맞장구치며 물끄러미 바라봤다.

"클럽도 가 보고 싶어요."

"거긴 안 돼요."

"왜요?"

"결혼한 여자가 가기에 적당하지 않은 곳이에요."

지유의 입술이 샐쭉해졌다.

"그럼……."

제법 수다스러웠다. 하고 싶었던 것들을 일일이 나열하며 그녀는 신이 났다.

그 모습은 마치 어린아이 같았다. 스물다섯의 어린아이, 딱 제 나이로 보였다. 좋으면 좋다고 말하고 하고 싶은 건 거침없이 할 수 있는 스물다섯. 지금의 지유는 행복해 보였다.

Rrrrrrrrr.

핸드폰에 뜬 엄마라는 글자에 지유의 수다가 멈췄다.

"네."

– 넌 결혼식이 끝났으면 엄마한테 제일 먼저 전화를 해야지. 집에서 기다리는 엄마 생각은 안 하지?

다다다다. 이서정 여사의 서운함에 폭발했다. 익숙한 듯 지유는 차분히 이서정 여사를 달래기 시작했다.

"미안해요. 정신이 없었어."

– 잘 끝났어? 잘 끝나겠지 뭐. 우리 딸 얼마나 예뻤을까?

술을 마셨는지 이서정 여사는 횡설수설했다.

– 나 닮아서 눈이 부시게 예뻤을 거야.

"어, 엄마 닮아서 많이 예뻤어."

딸의 결혼식에 오지 못하고 혼자 술을 마셨을 엄마 생각에 지유는 가슴이 아팠다. 하지만 그것도 엄마의 선택이었다.

함께 울어 줄 수는 있어도 미안하다 사과할 수는 없는 일이었다. 그렇게밖에 살 수 없었던 엄마의 선택. 이해하지만 공감하지는 못했다.

– 신혼여행은 어디로 가?

"몰디브."

– 좋겠다. 거기 엄청 좋아.

"엄마도 가 봤어?"

– 예전에 가 봤지. 너희 아빠랑.

그래도 아빠와 많은 것을 해 본 엄마였다. 그 추억으로 평생을 살고 있는 엄마가 같은 여자로서 애잔했다.

– 거기 정말 좋았지. 호텔은 어디로 잡았어? 프라이빗한 데 있는데 거기 이름이 뭐였더라…….

빛바랜 기억을 끄집어내면서 이서정 여사는 금세 톤이 밝아졌다. 지유는 진후와 함께 엄마의 수다를 스피커폰으로 묵묵히 들어주고 있었다. 이제 진후에게는 부끄러울 게 없었다.

"엄마 공항에 다 왔어, 내가 다녀와서 연락할게요."

차가 단지 안으로 진입했다.

– 어, 그래. 잘 다녀와.

또다시 침울해지는 목소리에 지유는 서둘러 통화를 끝냈다. 그러고는 핸드폰 전원을 꺼 버렸다. 진후도 핸드폰 전원을 껐다.

차고에 차를 주차하고 두 사람은 손을 맞잡은 채로 집 안으로 들어갔다. 이로써 둘만의 완벽한 신혼여행이 시작됐다.

배가 고프다던 지유는 잠이 더 고픈 모양이었다. 집에 도착하자마자 옷을 갈아입고 샤워를 한 후 침대 속을 파고들었다. 그러고는 내리 3시간을 자는 중이었다.

지유를 기다리면서 진후는 조용히 밖에 나가서 아이스크림을 사다 냉동실에 넣어 놓고 라면도 넉넉하게 사다 놨다.

밑반찬은 어머니가 해다 주신 걸로 일주일을 충분히 버틸 수 있을 것 같았고 틈틈이 먹을 냉동식품들도 보이는 대로 사다 냉동실에 넣어 놨다.

들어오는 길게 과일도 종류별도 사 왔다. 그러는 사이에도 지유는 세상모르고 자고 있었다.

지유가 깰까 봐 진후는 발소리까지 죽여 가며 주방을 오갔다. 수박을 먹기 좋게 잘라서 통에 담고 체리도 깨끗하게 씻어 놨다.

그러는 사이, 밖은 어둠으로 물들어 갔다. 소파에 기댄 채 지유가 깨기를 기다리던 진후는 설핏 잠이 들었다.

"진후 씨."

지유가 진후의 어깨를 조심스럽게 흔들었다.

"들어가서 자……."

진후의 손이 지유의 팔을 잡아당겼다. 그 바람에 지유는 진후의 품으로 쓰러지듯 안겼다.

"잠꾸러기 신부네."

"안 잤어요?"

"잤어요."

눈도 뜨지 않고 진후는 자그마한 지유의 몸을 두 팔로 끌어안았다.

"지금부터 우리는 신혼여행 중이니까."

그걸로 둘의 스킨십은 정당성을 가졌다. 지유도 거부하지 않았다. 안긴 채로 숨죽이고 있을 뿐이었다.
"보통의 부부는 다 이러니까."
"보통의 부부……."
지유가 낮게 읊조렸다. 사랑스러운 눈길로 바라보는 진후를 지유는 가만히 올려다봤다. 지금 이 순간이 영원처럼 느껴졌다.
아등바등 살았던 지난날은 떠오르지 않았다. 그저 자신을 바라보는 한 남자의 진심만이 전부였다.
떨렸다. 그 어떤 것에도 두려움이 없었는데 낯설었다. 두렵다기보다는 그냥 떨렸다. 끈적이게 바라보는 눈길도, 가슴에 닿을 듯 말 듯 한 손길도, 입술 근처에 내려앉는 그의 숨결도 전부 떨렸다.
"키스……해도 돼요."
입술이 닫히기 전에 진후의 입술이 내려왔다. 달큰한 향기가 입안 가득 메워졌다. 지유와의 키스에 정신은 아득해졌다. 이성을 놓지 않으려고 그는 안간힘을 썼다. 하지만 점점 뜨거워졌다.

❀✿❀

밤늦게까지 영화를 보고 새벽이 다 돼서 잠든 두 사람은 점심시간이 훌쩍 지나서야 눈을 떴다.
"굿모닝."
먼저 잠에서 깬 진후가 품 안에서 꼬물거리는 지유에게 인사를 건넸다.
"아침 맞아요?"
"아니, 점심."
"더 자고 싶다."

살면서 지금처럼 푹 잔 건 처음이었다. 자도 자도 잠이 쏟아졌다. 기분 좋은 노곤함에서 깨고 싶지 않을 정도였다.

"더 자도 돼요."

등을 쓸어 주는 손길과 이마 위로 떨어지는 따스한 숨결이 자장가 같았다. 그 무엇도 건드릴 수 없다고 단단히 보호막을 치는 느낌이었다. 진후의 품 안에서라면 일주일을 자도 좋을 것 같았다. 이런 온전한 포근함은 처음이었다.

"그래도 우리 신혼여행인데……."

"쉬이……."

진후는 가만히 지유의 등을 토닥였다. 스르르, 금세 지유는 잠에 빠져들었다.

그녀의 얼굴을 조용히 들여다보고 있는 지금 이 순간이 그에게는 힐링이었다. 시간이 가는 것도 몰랐다. 무슨 꿈을 꾸는지 간간이 얼굴을 늘어뜨리며 웃는 지유는 귀여웠다. 딱 제 나이로 보였다.

그녀가 어떤 시간을 버티며 살았을지 짐작도 가지 않았다. 돈이 있다는 건 없는 것보다 더 불행해 보였다. 가진 걸 지키기 위해 가족에게 칼을 겨누는. 어쩌면 지유에게는 가족이 없는 걸지도 모르겠다.

불현듯 그녀를 지키고 싶어졌다. 싸우지 않을 때는 이렇게 천진한 얼굴을 하고 있는데 지금의 이 모습을 오래도록 보고 싶어졌다. 품 안에서 새근새근 소리를 내며 잠든 스물다섯 살의 이지유가 좋았다.

스물다섯 살이면 한창 외모를 꾸미고 친구들과 놀러 다니고 할 나이였다. 조건을 걸고 정략결혼을 할 나이가 아니었다. 아버지에게 애교를 부리며 용돈을 받아 내고 오빠들에게 사랑을 받을 그런 나이였다.

"잘 자네."

고단했을 지유의 삶이 애처로웠다. 애정 없는 집에서 홀로 싸웠을 지유가 가여웠다. 남보다 못한 사람들을 가족이라고 불러야 하는 그녀의 삶이 안타까웠다.

얼마나 힘들었을까.

얼마나 외로웠을까.

그런데 지유에 비하면 자신은 행복한 거였다고 할 수 있을까. 돈이 없어서 굶어야 했고 코피가 나도 코를 틀어막고 일을 해야 했던 그 순간들이 전부 추억인 것처럼 포장될 수 있을까.

그건 못 할 것 같다. 버는 족족 밑 빠진 독에 물 붓기를 하는 것처럼 흔적도 없이 사라질 때의 허탈함은 말로 설명하기 힘들었다.

발톱이 빠져도 밴드를 대충 붙이고 구두 속에 발을 집어넣어야 했을 때는 끔찍한 고통에 소리 없는 비명을 지르기도 했었다.

늦은 시간까지 이어진 회사 일에 젖은 솜처럼 늘어진 몸을 억지로 일으켜 또다시 아르바이트를 하러 갈 때의 참담함은…….

하긴 그때는 그런 감정을 느끼는 것조차 사치였다. 새벽까지 이어진 일이 끝난 후 비로소 녹초가 된 몸을 이끌고 반지하 빌라 문을 열고 들어갈 때에야 스멀스멀 느껴지곤 했었다.

그렇게 2시간도 안 되는 시간 동안 눈을 붙이고 회사로 출근을 하는 일이 일상이었다. 힘들다는 내색을 할 틈도 없이 같은 일상이 반복됐었다.

돈을 벌면 빚을 갚느라 만져 보지도 못하고 떠나보내야 했었다. 매일이 반복이고 매일을 로봇처럼 일만 했었다. 그래도 빚은 보이지 않았다. 까마득하기만 했었다.

마찬가지로 피곤에 지쳐서 잠든 어머니와 동생을 보면 화가 울컥 치솟았다. 왜 이렇게밖에 살지 못하는지, 왜 이렇게만 살아야 하는지 이미 돌아가신 아버지를 원망할 기운도 남아 있지 않았다.

하나를 갚으면 두 개가 터져 나왔다. 처음엔 어이가 없고 화가 났지만 나중엔 그냥 그러려니 했었던 것 같다. 같은 자리를 맴도는 상황임에도 쉬지 않고 달렸다.

그러다 행운처럼 지유를 만났고 결혼을 하게 됐다. 이 모든 게 아직까지도 꿈처럼 믿기지 않았다.

품에서 잠든 지유를 보는데 그녀가 환상 같았다. 보고만 있어도 좋았다. 이렇게 안고만 있어도 세상을 다 가진 것처럼 든든했다. 이 감정이 대체 무엇일까.

"이지유……."

지유의 이름을 낮게 불러 봤다. 그러자 그녀가 보기 좋은 미소를 지으며 품 안을 더욱 파고들었다. 꿈이 아니었다. 환상도 아니었다.

"으음……."

아이처럼 소리를 내는 지유를 품에 꼭 안았다. 그리고 그대로 진후는 잠이 들었다. 오래도록 깨지 않을 단잠에 빠져들었다.

꼬박 24시간을 내리 잠만 잔 두 사람은 누가 먼저랄 것도 없이 잠에서 깨어났다. 눈을 뜨니 새벽이었다.

뭘 할까 고민하다 둘은 일단 샤워를 하고 밖으로 나갔다. 아직 잠들지 않은 서울이 둘은 마냥 신기했다.

"이 시간에 문 연 곳이…… 많네요."

동네를 벗어나자 큰 도로를 경계로 반대쪽은 아직 잠들지 않은 한낮과도 같은 밝음을 뿜어내고 있었다.

"그러게요."

두 사람은 자연스레 손을 맞잡고 불빛 속으로 천천히 걸어 들어갔다.

술에 취해서 비틀대며 걷는 사람들도 있었고 여전히 술집에서 술잔을 기울이는 사람들도 있었다. 잠들지 않는 도시를 바라볼 때의 충격은 사실 상상 이상이었다.

"신기해요."

"뭐가요?"

"이 시간까지 즐기는 거요."

진후의 손을 잡고 걸어가면서도 지유는 마치 딴 세상에 와 있는 것처럼 주위를 두리번거렸다.

"나만 재미없게 살았나 봐요."

"나도 있어요."

진후의 말에 지유는 그를 돌아보며 마주 웃었다. 인생을 즐기지 못한 두 사람이 서로에게 의지한 채 사람들 속으로 걸어가고 있었다.

"배고프다."

"뭐라도 먹을까요?"

진후는 주위를 둘러봤다. 제일 먼저 눈에 띈 게 삼겹살집이었다.

"고기 먹을래요?"

"좋아요."

두 사람은 다정하게 삼겹살집으로 들어갔다. 자리를 잡고 앉아 주문을 하고 지유는 진후 집에서 먹었던 삼겹살이 맛있었다고 얘기했다.

이런저런 수다를 떠는 것도 둘에겐 낯선 일이었다. 얼굴을 마주

하고 앉아서 아무 생각 없이 느끼는 대로 말할 수 있는 시간이 마냥 좋았다. 웃기면 웃고 기분 나쁘면 인상을 쓰면서 즐길 수 있는 지금이야말로 진정 신혼여행이었다.

"소주도 마실래요?"

진후의 말에 지유는 고개를 끄덕였다.

"여기 소주 한 병 주세요!"

주문을 하고 두 사람은 비장한 표정으로 서로를 바라봤다. 그러다,

"두 병 주세요!"

진후의 주문에 지유는 그때서야 흡족하게 웃었다.

"뻥기 없기요."

"지유 씨 뻥으면 내가 업고 갈게요, 걱정 말고 마셔요."

"진짜죠?"

"네."

"무겁다고 버리고 가기 없어요."

"침대까지 무사히 데리고 가서 얌전히 눕혀 놓을게요."

"얌전히?"

말을 해 놓고 정작 지유의 얼굴이 붉어졌다. 그 모습이 귀여워서 진후는 지유의 볼을 아프지 않게 꼬집었다.

영락없는 연인이었다. 서로를 바라보는 눈길이 뜨거웠다. 그저 육체적 쾌락에서 온 건지 감정적 교류에서 온 건지는 두 사람만 헷갈렸다. 어쩌면 알면서도 짐짓 모른 척 외면하고 있는 건지도 모른다.

"우와."

주문한 삼겹살과 반찬들이 한 상 차려졌다. 그때서야 배가 고팠다. 잘 때는 몰랐던 허기가 몰려왔다. 진후는 삼겹살을 노릇노릇 구워 쌈을 쌌다.

"먹어 봐요."

진후가 건네는 쌈을 입을 커다랗게 벌려 지유가 받아먹었다. 오물오물 눈까지 크게 뜨고 먹는 지유를 보고 있자니 절로 배가 불렀다.

"맛있어요."

"많이 먹어요."

"진후 씨도 먹어요."

지유는 상추에 쌈장 찍은 고기를 얹고 그 위에 김치도 올려 쌈을 쌌다. 그러고는 수줍게 진후에게 내밀었다.

"먹어 봐요."

지유와 눈을 맞추며 진후는 입을 벌렸다. 익어 가는 삼겹살만큼이나 둘 사이가 노릇해지고 있었다.

"근데 진후 씨 집에서 먹던 게 더 맛있다."

"삼겹살은 모름지기 신문지 위에서 먹어야 맛있어요."

"그런가 봐요."

말을 하면서도 지유는 연신 쌈을 싸서 입에 넣느라 바빴다. 지금까지 본 모습 중 가장 전투적으로 잘 먹었다.

"천천히 먹어요."

눈이 보이지 않게 웃으며 먹는 모습이 아이처럼 천진했다.

"진짜 맛있어요."

두 사람은 잔에 술을 채웠다. 짠, 소리가 나게 잔을 부딪치며 소주도 시원하게 들이켰다. 쓴맛에 지유가 있는 대로 얼굴을 구겼다.

"아으, 쓰다."

그러면서도 금세 또 한 잔을 비워 냈다. 오늘은 아무 생각 없이 취해도 되는 날이었다. 그리고 취하고 싶은 날이었다.

어떻게 집에 왔는지 기억나지 않았다. 자다 눈을 떠 보니 옆에서 달큰한 숨소리를 내며 잠든 진후가 있었다. 그의 품은 따스했고 안전했다.

커튼 사이로 햇살이 비집고 나오는 걸 보면 낮인 것 같았다. 몇 시인지 며칠인지도 모른 채 그저 잠만 잤다. 시간 가는 게 아쉬울 정도였다. 일주일이 아니라 한 달이라도 이러고 있으라면 있을 수 있을 것 같았다. 이 사람과 함께라면 할 수 있을 것 같았다. 포기도, 타협도 할 수 있을 것 같았다.

'그러고 싶다.'

사랑해서가 아니었다. 아직 사랑은 아니었다. 먹고, 자고, 즐기고, 일상의 소중함이었다.

현실과 일상 사이에 너무 큰 갭이 존재하기 때문이었다. 즐길 수 있는 한정된 시간이 주어지니 착각을 일으키는 거였다.

"언제 깼어요?"

진후가 눈을 떴다.

"조금 전에."

"더 자요."

"시간이 아까워요."

"그럼 우리 놀까요?"

"뭐 하고?"

"이지유 하고 싶은 거."

침대에 누워서 이렇게 꽁냥꽁냥 수다를 떠는 것도 좋았다.

"음……."

지유는 눈을 굴렸다.

"놀이공원 가요."

"좋아요."

"바다도 보러 가요."

"그래요."

"가서 회도 먹어요."

"또?"

"음……."

지유가 생각을 할 때 눈을 굴리며 음, 소리를 내는 것도 진후는 귀여웠다. 그녀의 버릇들을 하나씩 알아 가는 재미도 나름 괜찮았다.

"노을이 지는 것도 보고 해가 뜨는 것도 봐요."

지유는 하나씩 하고 싶은 것들을 즉흥적으로 나열했고 진후는 그런 지유를 물끄러미 바라보며 맞장구를 쳐 줬다.

"근데 우리 뭐 하고 싶은지 벌써 1시간째 말하고 있는 거 알아요?"

"그랬나요? 내가 아니라 지유 씨만 말하고 있었던 것 같은데?"

지유의 눈이 샐쭉하게 늘어졌다. 진후는 키득키득 웃으며 그런 지유를 품에 안았다.

"신혼여행이라는 거 참 좋은 거였네요."

회사 얘기, 집안 얘기는 한 번도 하지 않았다. 그것만으로도 너무 좋았다. 전혀 다른 곳에 살고 있는 것처럼 완벽히 분리된 시간이었다.

암묵적으로 두 사람은 그 시간을 즐기고 있었다. 누구도 먼저 처해 있는 상황에 대해 말하는 사람은 없었다. 세상과 완전히 차단된 곳에서 둘만의 스토리를 이어 가는 중이었다.

핸드폰도 꺼 두고 전화기 코드도 빼 놨다. 혹시라도 방해가 될 만한 것들은 미리 차단했다. 견고한 둘만의 성에서 즐기는 신혼여행, 그것이 둘이 꿈꿨던 일주일의 시간이었다.

"나 좀 단순해진 거 같아요."

"왜요?"

"배고파요."

"배고플 시간이에요."

"어제 그렇게 삼겹살을 먹었는데?"

"사람은 원래 하루에 세 끼를 먹어요."

"그럼 먹어요, 우리."

지유는 이불을 박차고 일어났다. 안방을 나가 주방으로 들어선 그녀는 냉장고 문부터 열었다. 안에 음식을 해 먹을 수 있는 재료들이 가득했다.

하지만 뭘 해야 할지 몰라서 지유는 그저 문만 열고 한참을 노려보고 있었다. 어느새 따라 나온 진후가 식탁에 앉아 그런 지유를 말없이 쳐다보고 있었다.

"라면…… 먹을래요?"

후훗, 진후가 고개를 숙여 웃었다.

"자존심 상해서 안 되겠어요."

"아, 미안."

지유가 갑자기 소매를 걷어붙였다. 그러고는 진후의 어머니가 넣어 둔 김치 통을 호기롭게 꺼냈다.

"김치볶음밥 해 줄게요."

"진짜요?"

"네."

"난 그냥 기대만 하면 돼요?"

"네, 잔뜩 해도 돼요."

"진짜 안 도와줘요."

흘깃, 진후를 한 번 노려보고 지유는 김치를 도마 위에 꺼내 올려놨다. 칼을 찾아 먹기 좋은 크기로 썰고 프라이팬을 찾았다.

"지유 씨."

"왜요?"

"밥은 안 해요?"

"아, 맞다."

이번엔 쌀을 찾아서 움직이기 시작했다. 진후가 슬쩍 눈짓으로 쌀이 있는 곳을 알려 줬다. 밥솥에 쌀을 담고 그다음에 무엇을 해야 할지 머리를 굴렸다.

멈칫해서 눈을 굴리는 지유가 사랑스러워 진후는 그저 감상만 했다. 뭘 해 줘도 맛있을 것 같았다.

"됐다."

우여곡절 끝에 밥을 안치고 그다음엔 프라이팬 앞에 섰다. 밥을 다 하고 김치를 볶아야 하는 건지 아니면 김치를 먼저 볶은 다음에 밥을 넣어야 하는 건지 고민했다. 김치를 볶을 때는 기름을 넣어야 하는 건지, 그냥 프라이팬에 볶아도 되는 건지도 생각했다.

그래서 일단은 뜨겁게 달아오른 프라이팬에 김치를 쏟아부었다. 치이익, 소리를 내며 김치 국물이 사방으로 튀었다. 언제 옆으로 왔는지 진후가 지유를 한 팔로 등 뒤로 세우고 다른 손으로 불을 조절했다.

"안 다쳤어요?"

"네."

"그럼 됐어요."

불을 끄고 그는 프라이팬에 기름을 휘이 둘렀다. 지글지글 소리를 내던 프라이팬이 고요해졌다. 진후는 능숙하게 김치를 볶았다.

여전히 그의 등 뒤에서 지유는 겁먹은 눈길을 하고 있었다. 그저 등을 내주고 있는 진후가 든든했다.

"남편이 있다는 건 좋은 거네요."

"특히 이런 남편이 있다는 게 좋은 거죠."

"겸손은 안 배웠죠?"

"거짓말을 안 배웠죠."

원래 이렇게 말을 잘하는 남자였나 싶게 진후는 능글맞았다. 가만히 진후의 등 뒤에서 지유는 웃음을 터트렸다.

"진짜 안 다친 거죠?"

김치를 다 볶고 그때서야 진후는 지유를 돌아봤다.

"여기가 조금?"

지유는 김치가 튀었던 손가락을 슬쩍 들어 보였다. 진후가 굳어진 얼굴로 그녀의 손가락을 들여다봤다.

"앞으로 요리는 하지 마요."

"평생?"

"평생."

붉어진 손가락을 입 가까이 대고 후후 불어 주는 진후를 지유는 소리 없이 들여다봤다. 꽤나 심각해 보이는 얼굴에 절로 웃음이 터졌다.

"별거 아니에요."

"그래도 앞으로는 다치지 마요."

그 말이 진심으로 느껴졌다.

"여기도, 그리고 마음도."

눈을 들어 지유를 바라봤다. 그녀의 눈동자가 흔들렸다. 이 여리고 여린 여자를 도와주고 싶다. 누구에게도, 무엇에게도 다치지 않도록 보호해 주고 싶다.

"그럴게요."

"이거 먹고 우리 나갑시다."

"어디를요?"

"놀이공원."

진후가 씨익 웃었다. 그런 진후를 보며 지유도 따라 웃었다.

"난 놀 준비가 됐는데."

"나도요."

"잠도 충분히 잤어요, 난."

"그건 아직……."

지유가 말끝을 흐렸다.

"기다릴게요."

"일단 오늘 놀아 보고 말해 줄게요."

그만 자도 될 것 같긴 했다. 흘러가는 시간이 아쉬워지기 시작했다. 하지만 진후에게는 속내를 말하지 않았다. 얼마 남지 않은 시간을 되새기지 않았다. 그저 주어진 이 시간을 즐기기로 했다.

"어? 밥 다 됐다."

밥이 다 됐음을 알리는 소리가 나고 진후는 능숙하게 밥을 퍼서 프라이팬으로 옮겼다. 그 모습을 지유가 지켜봤다. 옆에서 우와, 하는 추임새와 감탄사를 섞어 가며.

어느새 두 사람 사이에 먼 훗날 꺼내 볼 일상이 주는 소소한 추억이 새록새록 생겨나고 있었다. 같이 밥을 먹은 것만으로도 기억될 만한 좋은 추억이었다. 현실 앞에 부딪쳤을 때 기억만으로도 휴식이 될 수 있는, 둘에겐 곧 힘이었다.

6.

조금씩, 서서히

현실로 돌아올 시간이었다. 꿈같았던 시간은 잠시 접어 두고 끔찍하지만 돌아오지 않을 수 없는 시간이 돌아왔다.

진후는 신혼여행 후 회사 오너의 가족으로 첫 출근을 했다. 처리해야 할 일들이 산더미였고 인사를 해야 할 곳도 여러 곳이었다.

당장 시작되는 프로젝트는 이미 진후가 없는 사이 진행이 되고 있었다. 누군가가 일부러 벌인 일이었지만 그는 묵묵히 제가 할 일을 했다.

늦은 시간까지 사무실에 남아서 업무 진행을 알아 갔고 그 덕에 집에는 새벽이 다 돼서야 들어갈 수 있었다.

"신혼인데 회사에서 너무 긴 시간을 보내는 거 아니야? 한 번뿐인 신혼인데 즐길 건 즐겨야지."

퇴근길에 사무실을 찾은 도훈이 빈정거리듯 말했다.

"괜찮습니다."

감정 없이 대답하는 진후에게 도훈은 은근히 부아가 났다. 제 감정을 드러내지 않는 게 지유와 닮았다. 어디서 이렇게 똑 닮은 남자를 찾았나 싶어서 소름이 돋았다.

그래서일까, 처음 보는 순간부터 서진후가 싫었다. 갖고 있는 모든 걸, 앞으로 가질 수 있는 모든 걸 뺏고 싶었다. 하나도 갖지 못하게 하고 싶었다.

"퇴근 안 하십니까?"

"이렇게 회사에 몸 바쳐 일하는 직원이 있는데 혼자 퇴근하려니 미안하네."

비아냥거리며 도훈은 자리에서 일어났다.

"먼저 들어갈게."

"네."

진후는 안녕히 가시라는 인사를 하지 않았다. 어느새 진후는 지유의 편이 돼 가고 있었다. 그녀를 업신여기는 사람한테는 똑같이 반응해 주고 싶었다.

"인사하는 법부터 배워야겠네."

끝내 도훈이 까칠하게 나왔다. 진후는 하는 수 없이 자리에서 일어나 고개를 숙였다.

"뭐 못 배워서 그런 건데 앞으로 가르치면 되겠지."

혼잣말처럼 한숨까지 푸욱 쉬면서 중얼거리고 도훈은 진후의 사무실을 나갔다. 등 뒤로 고개를 숙이고 있는 진후를 도훈은 여전히 무시했다. 사무실을 나가며 그는 핸드폰을 꺼내 들었다.

"어떻게 됐어?"

누군가에게 전화를 하는 그의 목소리가 꽤나 즐거워 보였다.

— 아직 알아낸 게 없습니다.

"깨끗하다?"

엘리베이터 버튼을 누르면서 도훈은 입술을 비틀었다.

─ 죄송합니다.

"그럼 만들어."

─ 네?

"요즘 못 만드는 게 있나?"

엘리베이터에 오른 도훈은 지하로 내려가는 버튼을 누르고 거울을 스윽 둘러봤다.

"없으면 만들고 안 되면 만들고 부족하면 만들고."

─ 아. 네.

만족스럽다는 듯 통화를 끝내며 그는 거울 속 모습을 들여다보면서 휘파람을 불었다. 휘이, 하고 도훈의 두툼한 입술 사이로 명쾌한 휘파람 소리가 흘러나왔다.

Rrrrrrrr.

핸드폰 벨소리에 도훈은 발신인을 보지도 않고 전화를 받았다.

"네."

─ 어디야?

앙칼진 세진의 목소리에 도훈의 입술이 틀어졌다.

"회사."

─ 아직도? 당신이 왜 아직도 회사야?

"바빠. 왜?"

─ 아빠가 오래.

"지금?"

도훈은 벌써부터 신경이 곤두섰다. 어딘가 자신을 무시하는 듯한 장인의 눈빛에 만나는 게 달갑지 않았다. 하지만 든든한 뒷배경이 돼 주니 오라면 가야 하는 처지였다.

– 바로 출발해요. 우리 아빠 기다리는 거 싫어하시는 거 알지?

전화를 끊으며 그는 턱을 비틀었다.

처가에 도착한 도훈은 꽤나 장인의 비위를 잘 맞췄다.

"세진이 잘하고 있지?"

"네?"

서너 잔쯤 비우고 난 후 김석진 의원은 본론을 꺼내기 전, 워밍업으로 딸인 세진의 얘기부터 했다.

"워낙에 곱게 자라서 세상 무서운 줄 모르는 아이야."

"네, 알고 있습니다."

어떤 의미에서 알고 있다는 건지 김 의원은 도훈을 넘겨봤다. 건성으로 대답했던 도훈이 김 의원과 눈이 마주치자 서둘러 자세를 바로잡았다.

"내가 하는 일에 자네가 힘이 돼야지, 흠이 돼서는 안 돼."

"네."

몇 달에 한 번씩 김 의원은 도훈을 불러 단속을 했다. 세진처럼 영 못 미덥고 불안한 사위였다.

첫째인 경훈과 맺어 주고 싶었지만 그러기엔 세진이 말이 많았다. 워낙에 자기중심이라 어디로 튈지 몰랐고 그때그때 감정적으로 대처하는 아이였다.

마음에 차지는 않았지만 어쨌든 명원그룹의 아들이니까 도훈밖에는 선택할 수가 없었다. 중요한 일이 있을 때마다 손을 벌릴 수 있는 가장 확실한 돈줄이었다.

"새로 들어온 사람은 지켜만 봐도 되나?"

진후에 대해 이미 뒷조사를 한 김 의원은 넌지시 도훈에게 물었다. 딱히 걸릴 게 없어서 더 신경 쓰이는 존재였다.

"네, 아버님까지 신경 쓰실 일은 없습니다."

"가진 게 없더군."

"네."

김 의원이 빈 잔을 들었다. 잽싸게 도훈이 그의 잔에 넘치지 않도록 술을 따랐다. 찰랑이는 호박빛의 술을 물끄러미 내려다보며 김 의원이 말했다.

"가진 게 없다는 건 잃을 게 없다는 뜻도 되지. 그런데 세상에 그런 사람은 없어."

아무것도 가진 게 없는 사람은 없었다. 목숨이 그가 가진 전부라면, 그래서 그게 걸림돌이 된다면 그것마저도 없애야 했다.

"원래 가진 게 적을수록 발버둥은 더 크게 하는 법이니까."

"네."

"처음부터 싹을 잘라 버리는 게 좋지."

목으로 술을 넘기며 김 의원은 대수롭지 않게 말했다. 사람들 앞에서는 세상 선한 이미지의 국회의원이었지만 도훈에게는 전혀 그렇지 않았다. 결혼을 하기도 전부터 김 의원은 본색을 드러냈다. 자신이 얼마나 무서운 사람인지, 어디까지 할 수 있는지, 그리고 어디까지 갈 생각인지에 대해 명확하게 알려 줬다.

"네."

도훈은 마른침을 삼키며 대답했다.

"들지."

김 의원은 술잔을 들어 보인 후 깨끗하게 비워 냈다. 그를 따라 도훈도 고개를 옆으로 돌려 술을 마셨다.

"둘이 무슨 얘기 해?"

여전히 철없는 외동딸인 세진이 노크도 없이 서재 문을 벌컥 열었다.

김 의원은 못마땅하다는 듯 헛기침을 했다. 조금만 더 똑똑하면 좋겠는데 세진은 그런 쪽으로는 관심이 없었다. 제 엄마를 닮아 욕심만 많았다.

"아빠."

세진이 김 의원 옆에 걸터앉으며 애교스럽게 눈을 떴다.

"왜?"

"나 차 바꾸면 안 돼?"

"또?"

"벌써 1년은 탔어. 지겹단 말이야."

돈을 물 쓰듯이 펑펑 쓴다는 게 가장 문제였다. 결혼을 해서도 그 버릇을 고치지 못한 게 김 의원은 여간 마음에 들지 않았다.

하지만 하나뿐인 자식이라 드러눕기라도 하면 천하의 김 의원도 어쩔 수가 없었다.

"으흠."

김 의원의 심기가 불편한 걸 느낀 도훈은 서둘러 아내를 단속했다.

"집에 가서 나랑 얘기하자."

"도훈 씨가 바꿔 줄 거야? 바꿔 줄 거 아니면 괜히 나서지 마."

세진의 면박에 도훈은 얼굴이 일그러졌다.

집안에서 흡족해한 신붓감이라 결혼을 하는 데 있어서 큰 불만은 없었다. 집안도 좋았고 학벌도 괜찮았다. 그리고 무엇보다 미모가 꽤나 훌륭했다. 부부동반으로 공식석상에 섰을 때 누구에도 꿀리지 않게 한다.

결혼 전에는 그게 전부인 줄 알았다. 하지만 성격이 문제였다. 살면 살수록 맞지 않았다. 사치가 심하고 생각 없이 즉흥적으로 행동하는 게 영 마음에 들지 않았다. 욕심도 많았다. 무엇이든 다른 사람이 자신보다 먼저 갖는 걸 용납하지 못했고 많이 갖는 것도 받아들이지 못했다. 그건 장모님과 똑 닮았다.

"아빠."

"나가 있어."

"왜? 내가 들으면 안 되는 애기라도 해?"

"어허."

세진의 눈이 삐죽해졌다. 도훈을 흘깃 바라봤지만 그는 어깨만 들썩일 뿐이었다. 장인과 독대를 하는 중인데 무슨 힘이 있겠는가.

"알았어요."

서재를 나가는 세진의 뒷모습에 신경질이 잔뜩 묻어났다.

"자중시켜."

"네."

"자네가 할 일은 세진이 단속하는 일이야. 괜히 다른 일 하려고 하지 마."

자신을 과소평가하는 김 의원에 도훈은 자존심이 상했다.

"네."

하지만 대들 수 있는 존재가 아니었다. 언젠가 명원의 주인이 되면 그때는 달라진 모습을 보이겠지. 아니, 보여야만 할 거다.

도훈과 세진은 각자 약속으로 처가 앞에서 헤어졌다. 도훈은 청담동에 있는 고급 술집을 찾았다. 그가 생각하는 모든 비즈니스의 시작은 술이었다.

"아, 미안. 내가 좀 늦었지?"

먼저 와서 기다리고 있던 성훈에게 도훈은 악수를 청하며 덧붙였다. 주식회사 성도의 이사로 있는 성훈은 부실한 기업을 사들이는 기업 사냥꾼으로 그의 든든한 돈줄은 아버지 박 회장과 홍콩이었다.

일단 결혼을 홍콩의 갑부로 알려진 여자와 하면서 사업을 점점 확장하기 시작했고 장사꾼에 불과했지만 누구도 그를 함부로 하지는 못했다.

뒤에서는 처가의 충실한 개라고 수군덕거렸지만 앞에서는 머리를 조아렸다.

"그러게 좀 늦었네?"

성훈은 앉은 채로 도훈이 내민 손을 맞잡았다. 도훈은 비위가 상했지만 겉으로는 드러내지 않았다. 포커페이스를 유지하는 면에서는 도훈도 철저한 비즈니스맨이었다. 하지만 번번이 흐름을 제대로 파악하지 못한다는 게 문제였다.

"청담동은 늘 길이 막혀서 문제야. 저녁은?"

"먹었지."

"한잔하자."

가볍게 술잔을 채우는 걸로 둘은 시작했다. 마음 편하게 속 얘기를 나눌 수 있는 친구가 아니라 한시도 긴장을 늦추면 안 되는 사이였지만 겉으로는 그렇지 않은 척 둘 다 연기를 하고 있었다.

"회사는 어때?"

성훈이 먼저 술을 따르며 물었다.

"늘 똑같지 뭐."

"사업하는 사람한테는 제일 좋은 거지."

탐색하듯이 서로의 안부를 챙기며 술잔을 기울였다. 누구도 먼저 쉽사리 빈틈을 드러내지 않았다. 이런 자리는 끝나고 나면 한번에 긴장이 풀리면서 피곤했지만 그래도 무언가 손에 쥐는 건 꼭 있었다. 그게 작든 크든 간에 얻었다는 게 중요했다.

"새로 들어온 사람은 어때?"

"누구?"

물었다가 도훈은 그게 진후라는 걸 깨달았다. 성훈이 진후에게 관심을 갖는 게 의아했지만 일상적인 얘기라 생각했다.

"업무 파악하느라 정신없지 뭐."

"꽤나 능력 있다고 하던데?"

"그래?"

금시초문이라는 듯한 도훈의 반응에 성훈은 눈썹을 샐쭉거렸다.

"누구 편인지, 알아두면 좋잖아?"

"그런가?"

잔에 담긴 술을 마시며 도훈은 사무실에 앉아 있던 진후를 떠올렸다. 어딘지 건방진 그의 눈빛에 문득 속이 거북해졌다.

"원래 없이 산 애들이 뭐든지 열심히는 하지."

언젠가는 내 것이 될 거라는 헛된 희망을 안고 시키지 않은 일도 열심히 하는, 진후는 왠지 그럴 것 같았다. 어쨌든 결혼하고 이제 막 시작이니까.

"워낙에 유명해서 조금만 해도 티가 나더라고."

"유명해?"

"장모 말이야."

"아."

"그 엄마에 그 딸이라고 인물은 빠지지 않으니까. 툭하면 워너비네 뭐네 하는데 각자의 자리라는 게 있으니까."

"예쁘긴 하지."

"빠지진 않지."

동생 지유를 생각하며 도훈은 피식 웃음을 터트렸다. 어릴 때부터 독하고 모질었던 지유는 집에 들어온 첫날부터 아버지의 관심을 독차지 했었다.

어린아이라면 무서울 법한 장난에도 얼굴색 하나 안 변했고 누구의 장난인지 묻지도 않았다.

"사랑스러운 동생이지."

도훈은 누가 들어도 믿지 않을 것 같은 말을 하며 픕, 웃었다. 그런 도훈을 성훈은 술잔 너머로 찬찬히 훑어봤다. 진짜 경계해야 할 상대가 누군지 도훈은 알지 못하는 듯했다.

"그건 그렇고 제수씨는 안녕하시지?"

본격적인 사업 얘기를 하기 전, 도훈은 성훈의 가족을 살뜰히 챙기는 척했다. 그의 속내를 모르는 척 성훈도 떠벌리듯이 이야기를 시작했다.

❀✿❀

늦은 시간에 퇴근해 집으로 돌아온 진후는 거실에 앉아 책을 읽고 있는 지유를 보고 반가움에 절로 미소가 지어졌다.

"안 잤어요?"

"왔어요?"

신혼여행 후, 둘 사이는 이상하게도 더 어색해져 버렸다. 분명 마주 보며 웃고 떠들고 했는데 무슨 일이 있었던 것처럼 그랬다.

"퇴근이 늦었네요?"

"파악해야 할 일들이 많아서요."

"전에 다 한 거 아니었어요?"

"신혼여행 다녀오니 새로운 일들이 있더라고요."

대충 알겠다는 듯 지유는 고개를 끄덕였다.

"안 자요?"

"자야죠."

"씻고 나올게요."

진후가 방으로 들어가고 지유는 보던 책을 덮었다. 신혼여행이 끝난 후 둘은 각방을 쓰고 있었다. 이유는 말하지 않았지만 진후도 동의했다. 여행과 일상은 확연히 달랐다. 하지만 그것에 불만을 품지도 않았고 의문 사항을 일일이 묻지도 않는 진후가 지유는 고마웠다. 그러면서도 은근 섭섭했다.

"맥주 한잔 할래요?"

언제 나왔는지 진후는 편한 옷으로 갈아입고 있었다.

"씻는다면서요?"

"이따가 씻죠 뭐. 나 막 더럽고 그러지 않아요."

농담을 하면서 진후는 싱긋 웃어 보였다. 웃는 얼굴이 참 예쁜 남자였다.

"하긴 회사에 에어컨이 아주 빵빵하죠?"

진후의 농담에 우스갯소리를 하며 지유는 경계심을 풀었다. 잠시나마 며칠 전으로 돌아간 느낌이었다.

결혼 후 회사에 첫 출근을 한 후로 지유는 매정할 정도로 예전으로 돌아가 있었다. 그럴 거라고 예상은 했지만 현실로 받아들이기는 쉽지 않았다. 그래서 더 일에 매달렸고 회사에 머무는 시간이 많았다.

지유처럼 단단해지려면 아직은 먼 것 같았다. 대체 그녀는 얼마나 많이 참고 겪어 왔기에 이렇게까지 무뎌질 수 있는 걸까.

"와인으로 할래요?"

주방으로 들어선 진후는 냉장고를 열기 전 지유에게 물었다.

"아니에요, 맥주 줘요."

진후는 맥주 두 개를 꺼내 거실로 나왔다. 나란히 앉아 맥주 캔을 따고 한 모금을 마실 때까지도 둘 사이에 대화는 없었다.

하고 싶은 말들이 많지만 하면 안 될 것 같은, 참고 있는 것 같은 기분이었다. 그래도 같이 술을 마시는 지금의 시간이 진후는 마냥 좋았다. 긴장이 풀어지고 느슨해졌다. 집에 돌아왔구나, 오늘 하루도 잘 보냈구나, 하는 안도감이 들었다. 지유와 함께하는 집은 이미 그에게 그런 존재였다.

"어때요?"

먼저 말문을 연 건 지유였다.

"뭐가요?"

"회사요."

"아직까지는 정신없어요."

"아마 다음 달부터 출근할 거예요."

진후가 맥주를 마시다 말고 지유를 돌아봤다.

"예상했던 일 아니에요?"

"그래도 생각보다는 빠르네요."

"홍보 쪽 일을 맡을 거예요."

"그리고?"

"그다음은…… 뭘까요?"

그건 지유도 모르는 일이었다. 목표와 계획은 정해졌지만 그걸 이룰 수 있을지는 아무도 몰랐다.

"잘할 거예요, 지유 씨는."

진후가 응원을 보내 줬다. 누군가 믿어 주고 있다는 사실만으로도 힘이 될 수 있다는 걸 알았다. 믿어 주길 바라는 사람, 인정하고 싶지 않지만 그건 진후였다.

❋✳❋

한 달의 시간은 빠르게 지나갔다. 그사이 진후는 업무 파악을 끝냈고 새로운 일에도 빠른 판단력으로 팀원들을 이끌었다.

그의 눈에 띄는 성과에 도훈은 서서히 긴장하기 시작했다. 그리고 지유의 입사가 결정됐다.

이 회장의 지시로 홍보부로 정식 발령이 나자 도훈은 크게 반발했다. 가족 경영으로 손가락질을 받을 거라며 길길이 날뛰었다.

하지만 이미 정식으로 발령이 난 일이었고 결정된 사항이라 번복할 수는 없었다. 그리고 이 회장도 그럴 마음이 전혀 없었다.

"잘 부탁드립니다."

인사를 하는 홍보부장에게 지유는 고개를 숙여 인사했다.

"저도 잘 부탁드립니다."

함부로 대할 수 없는 오너 가족이었다. 부하 직원이었지만 어렵기만 한 상대였다. 박 부장은 고개를 숙이지는 않았지만 꽤나 예의 있게 지유를 대했다.

"열심히 하겠습니다."

까만 눈으로 바라보는 지유는 매력적이었다. 왜 사람들에게 인기가 많은지 순수해 보이는 눈빛만으로도 이해가 되는 듯했다.

"저쪽에 앉으면 돼요."

"네."

자리를 안내받고 지유는 제 책상에 처음으로 앉았다. 빈 책상을 손으로 쓰는데 감회가 새로웠다. 여기까지 오기까지는 어렵지 않았다. 하지만 이제부터는 힘들고 외로운 싸움이 될 거다.

Rrrrr.

핸드백 안에 있던 핸드폰의 진동 소리에 지유는 낮은 한숨을 뱉어 냈다.

[첫 출근 축하해요.]

진후에게서 온 문자였다. 첫 문자는 그에게 받으면 좋겠다고 생각했던 지유는 저도 모르게 입가를 길게 늘어뜨렸다.

[고마워요.]

잠깐 고민하다 그에게 답장을 보내 줬다. 괜스레 설레었다. 고작 문자 하나 보냈을 뿐인데 얼굴이 화르르 붉어졌다. 진짜 이상한 일이다.

[점심 같이할래요?]

그에게서 온 문자에 그녀는 짧게 네, 라고 답했다. 그러고는 서둘러 책상 위를 정리하며 업무 시작할 준비를 했다.

"이거 보도 자료 낼 건데 누가 검토 한 번 하고 넘기도록 하지."

"제가 할게요."

지유가 자리에서 벌떡 일어났다. 놀란 박 부장이 잠시 멀뚱멀뚱 그녀를 바라봤다.

"제가 하겠습니다."

"어? 어, 그럼 이지유 씨가 하는 걸로 하죠."

공식적인 첫 업무를 넘겨받고 지유는 자리로 돌아왔다. 이번에 새로 나오게 될 신상품에 대한 보도 자료였다.

그녀는 꼼꼼하게 살피는 걸로 첫 업무를 시작했다. 모든 일은 홍보과를 거치므로 회사가 현재 어떤 일을 진행하고 있는지 파악하기에 더없이 좋았다. 대신 그녀가 파악했다는 건 이미 결과가 나왔다는 거였다.

두 사람의 점심은 회사 구내식당이었다.

사내 커플답게 다정하게 그러나 공과 사는 구분하는 정도의 친밀감을 보이며 둘은 나란히 식당에 들어섰다. 여기저기서 수군대는 소리가 들렸지만 개의치 않았다.

"많이 먹어요."

"진후 씨도요."

서로를 마주하는 눈빛이 애틋했다. 다가오는 사람에게는 일일이 인사를 하면서 두 사람은 자연스럽게 직원들 사이로 스며들었다.

"성공적인 첫 출근이네요."

"그런가요?"

진후는 고개를 끄덕여 줬다. 연기라고 욕하는 직원들도 분명 있었지만 그렇다고 해도 보통의 직원들과 다르지 않음을 보여 주는 게 중요했다.

"먹어 봐요."

반찬을 젓가락으로 집어 지유의 식판에 놔 주면서 진후는 달달한 신혼임을 보여 줬다. 두 사람의 행동 하나하나에 사람들은 힐끔거리기 바빴다.

그중에는 회사 간부도 있었을 것이고 회사 내에서 말하기 좋아하는 사람도 있었다. 그리고 손님으로 온 사람들도 있었다. 둘의 행보를 소개하기에 구내식당만큼 좋은 자리는 없었다.

"일은 어때요?"

"아직은 뭐 하는 게 없어서…….

"아마 어려워서 그럴 거예요."

회사 오너의 딸, 그것도 이런저런 이유로 유명한 사람이니 왜 어렵지 않겠는가. 그들의 시선도 견뎌 내는 게 지유의 첫 번째 임무였다.

"몇 시에 퇴근해요?"

이번엔 지유가 먼저 진후에게 물었다.

"9시쯤?"

"같이 해요."

"태워 주려고요?"

"네, 태워 주려고요."

운전 못 하는 서른 넘은 남자라니, 우습지만 나름대로 재미는 있었다.

"오늘 버스비 굳었네요."

"버스 타고 다녀요?"

"가끔 택시도 타고 지하철도 타고."

평소에 진후가 어떻게 출근하는지 지유는 알지 못했다.

"그럼 오늘은 내 차 타요."

"네."

회사에서 마주 보고 식사를 한다는 건 이상하게도 떨리는 일이었다. 수많은 사람들이 있었지만 오로지 진후와 단둘이 있는 것 같았다. 시간이 느릿느릿 더디게 가는 것처럼 느껴질 정도였다.

"근데 9시까지 뭐 하려고요?"

"일."

"출근 첫날부터 무리하는 거 아니에요?"

"볼 게 꽤 많더라고요."

간간이 대화를 나누며 둘만의 점심을 즐기는 두 사람이었다. 비록 주위 사람들은 두 사람을 힐끔거리느라 제대로 식사에 열중하지 못했지만 지유와 진후는 주변의 시선에 크게 개의치 않았다.

처음으로 함께하는 회사 내에서의 식사가 생각보다 훨씬 괜찮았다. 생각보다 주변이 크게 의식되지 않았다.

"나쁘지 않네요."

지유가 흡족한 미소를 지으며 말했다.

"뭐가요?"

"여기서 밥 먹는 거요."

"여기 밥 맛있어요."

"그래서 집에 와서 밥을 안 먹는 거였네요?"

"나도 살아야죠."

진후의 농담에 지유는 눈을 흘겼다. 그 모습이 예뻐 보여서 진후는 또 저도 모르게 피식 웃어 버렸다. 두 사람을 지켜보는 이들에게는 알콩달콩 더없이 행복한 신혼부부의 모습이었다.

지유는 비로소 숨통이 좀 트이는 것 같았다. 그래도 공식적인 첫 출근인데 긴장을 하지 않을 수가 없었다. 회사 내에 진후가 있다는 게 이렇게 든든할 줄은 몰랐다.

"앞으로는 더 주목받을 거예요."

"네."

금세 진후의 표정이 진지해졌다.

"그렇게 긴장할 건 없어요."

"걱정은 해도 됩니까?"

"무슨 걱정?"

"이지유 씨 걱정."

진후를 보는 지유의 눈빛이 미세하게 흔들렸다.

"걱정돼요. 그래도 잘 해낼 거라 믿어요."

"내가 뭘 하려는 줄 알아요?"

"모르죠."

"근데요?"

"그냥 지유 씨는 다 잘할 거 같아요."

히죽, 웃는 진후를 보면서 지유는 가슴이 뜨거워졌다. 믿고 지지해 주는 사람이 이 회사 안에 적어도 한 명은 있다는 게 그녀에게 얼마나 큰 힘이 되는지 진후는 알고 있을까.

"고마워요."

"나는 내 일만 잘하면 되는 거죠?"

"네."

알았다는 듯 진후는 고개를 끄덕였다. 그러고는 말이 없었다. 무슨 일을 하려는 건지, 앞으로 어떤 일이 벌어질지도 묻지 않았다.

모두가 바라보는, 하지만 오롯이 둘만 있는 것 같은 착각 속에서 두 사람은 휴식과도 같은 점심시간을 마무리했다.

회사의 모든 소식을 외부에 알리는 일은 홍보팀을 통해서 이루어졌다. 그리고 지유는 빠른 속도로 업무 파악을 했다.

일반 신입사원과는 달랐다. 그녀가 누군지 알고 있는 홍보팀 직원들에게 굳이 자신을 편하게 대해 달라 부탁하지 않았고 대외적인 인터뷰는 직접 맡아서 진행하기도 했다. 처음부터 회사의 밑바닥부터 일을 배우고자 해서 온 게 아니기 때문이었다.

명원그룹의 마스코트 같은 존재였다. 그렇기 때문에 지유는 회사의 크고 작은 일에 적극적으로 나서며 제 존재를 부각시켰다. 얼마 지나지 않아 일반인들에게는 명원하면 이지유가 떠오를 정도였다.

"출근 축하도 못 했는데 간단하게 커피나 한 잔 할까?"

출근한 지 거의 한 달이 다 돼서야 축하 커피를 마시자는 도훈이었다.

"너무 늦은 거 아니야?"

"너무까지는 아니고 조금 늦은 거지."

그래도 같이 산 세월이 있는데 둘에게는 그런 미세한 정조차 없어 보였다. 내키지 않았지만 지유는 도훈을 따라 그의 사무실로 들어갔다. 처음 와 보는 사무실, 상당히 고급스러웠다.

"생각보다 더 고상한 취미를 가졌네?"

사무실 벽 한쪽에 커다랗게 걸린 그림을 보며 지유가 말했다.

"생각보다?"

"미안. 속으로 해야 되는데."

어려서부터 지유는 상대방의 기분이 상할 말들을 재주 있게도 골라서 했다. 하지만 그게 틀린 말이 아니라서 반박할 수도 없었다.

골탕을 한두 번 먹은 게 아니었다. 바른 말을 똑 부러지게 한다고 이 회장은 지유를 예뻐했었다.

어느 날 갑자기 동생이랍시고 2층을 차지한 지유가 도훈은 너무 싫었다. 아무리 구박하고 대놓고 무시해도 끄떡도 하지 않지 않고 오히려 더 고개를 당당히 들고 다녀서 정말이지 모가지를 비틀고 싶었던 적이 많았다.

"무슨 꿍꿍이야?"

의자에 앉으며 도훈이 대놓고 물었다.

"꿍꿍이면 말하면 안 되지."

"나도 대답을 듣자고 물은 건 아니었어. 그저 네가 하고 있는 꿍꿍이를 내가 아주 관심 있게 지켜보고 있다는 걸 알려 주려고."

지유는 도훈의 맞은편 의자를 당겨 앉았다.

"마셔."

도훈은 설탕이 듬뿍 들어간 커피를 지유에게 권했다. 지유가 커피 잔을 들어 한 모금 마셨다. 단맛이 입안으로 퍼져 나갔다.

"단 거 좋아하는 거 같아서."

"싫어하는데."

"그래? 좋아하는 줄 알았는데."

음흉하게 꿈틀거리는 도훈의 눈빛을 지유는 여유 있게 받아 냈다. 반쪽이라도 피를 나눈 형제였지만 단 한 번도 그걸 느껴 본 적이 없었다. 틈을 보이면 당장이라도 달려들어 목을 비틀 것만 같았다.

어려서 본 그는 살기 가득한 그런 눈빛을 하고 있었다.

무서웠다. 하지만 지고 싶지 않았다. 그래서 더 똑바로 쳐다보고 시선을 피하지 않았다. 이제 도훈이 어떤 짓을 한다고 해도 겁나지 않았다.

"회사 일이라는 게 마냥 달콤할 거 같지?"

"아직까지는."

"하긴 벌써 쓴맛을 보기에는 이르긴 하지. 그럼 결혼 생활은 어때?"

도훈은 고개를 비스듬히 기울여 지유의 반응을 떠봤다. 하지만 그녀에게서는 그 어떤 감정도 읽히지 않았다.

"지킬 게 많아졌지?"

"내가 지켜야 하는 건가?"

그래서 더 아무런 감정을 갖지 않으려 한 거였다. 진후도, 그의 가족들도. 마음에 두는 순간 버리는 건 쉽지 않았다. 만약 그런 사태가 온다면 미련 없이, 미안함 없이 버릴 수 있어야 했다. 하지만……

"네가 지켜야지, 누가 지키겠어. 가진 게 없어서 너만 바라볼 텐데. 안 그래?"

여전히 표정이 읽히지 않는 지유였다. 그래도 만약 그녀를 흔들어야만 할 때가 온다면 그건 진후밖에 없었다.

"가진 게 없는지도 잘 모르겠네. 워낙 관심이 없어서 말이야."

도훈이 어떤 의도를 가지고 묻는 건지 잘 알고 있었다.

"이거 너무 달아서 더는 못 마시겠다."

지유는 커피 잔을 슬쩍 앞으로 밀어냈다.

"아! 새언니 차 바꾼 것 같더라?"

"뭐?"

"처가가 가진 게 많아서 좋겠다."

도훈의 안색이 변했다. 아마도 차를 바꿨다는 사실을 몰랐던 모양이다. 역시 사고 치는 데는 세진이 한 수 위였다. 도훈에게 최고의 뒷배이자 흠이었다.

"아, 맞다. 가진 게 많으면 잃을 것도 많은데."

지유는 의자를 밀며 자리에서 일어났다.

"커피 잘 마셨어."

싱긋 웃으며 지유가 사무실을 나갔다. 도훈은 곧장 세진에게 전화를 걸었다. 하지만 받지 않았다.

"뭐 하고 돌아다니는 거야!"

핸드폰을 냅다 소파가 있는 쪽으로 집어 던졌다.

최근 회사에서 내세운 기업 이미지 광고에서 명원은 [다 함께 사는 세상]이란 슬로건을 걸었다. 그건 지유의 아이디어였고 세진은 그와 반대되는 행보를 한 셈이었다.

❀✱❀

일주일의 절반은 친정엄마인 경은주 여사와 시간을 보내는 세진은 도훈에게서 전화가 온 것도 모르고 신나게 쇼핑을 즐기고 있었다.

이미 백화점 내에서는 유명한 모녀였다. 한 번 다녀가면 그 매장은 하루 매출을 넘긴다는 소문이 파다할 정도로 씀씀이가 남달랐다. 그리고 무엇보다 모녀의 갑질이 사람들을 진저리 치게 만들었다.

"그 옆에 걸로 들어 봐."

이번에 새로 나온 가방을 경 여사가 추천하자 세진은 눈을 반짝이며 손을 뻗었다. 새하얀 면장갑을 낀 직원이 들어 주려 했지만 세진이 한발 빨랐다. 조심해서 다뤄야 했지만 세진에게는 통하지 않았다. 지난번에도 그 일로 세진에게 모욕을 당한 후라 직원은 그저 상사와 손님의 눈치만 살필 뿐이었다.

"좀 무거운데?"

"나쁘진 않네."

"컬러는?"

"지금 들고 계시는 화이트 외에 블랙과 브라운이 있습니다. 현재 매장에는 화이트와 블랙만 입고된 상태입니다."

세진은 가방을 들고 이리저리 거울 속 비친 제 모습을 감상했다.

"블랙도."

긴장한 채 서 있던 직원이 황급히 몸을 돌렸다. 매장 안으로 들어가 물건을 갖고 나오는 동안 세진은 다른 가방을 둘러봤다.

"여기 있습니다."

한 번 스윽 보고는 세진은 그대로 고개를 돌렸다. 이미 살 마음은 없었다. 그리고 그때 매장 안으로 들어온 젊은 여자가 직원이 들고 있는 검은색 가방을 보여 달라고 했다.

"이번에 새로 나온 건가 봐요?"

"네. 저희 매장에는 화이트와 블랙, 딱 두 점 입고됐습니다."

여자가 가방을 건네받으려는 찰나, 세진이 다가와 그것을 낚아 채듯 빼앗았다.

"뭐 하는 거야?"

"네?"

"왜 남의 물건을 함부로 돌려?"

"그게 그러니까……."

당황한 직원은 세진과 가방, 그리고 새로 온 젊은 손님을 번갈아 쳐다봤다.

"사실 거예요?"

젊은 여자가 물었다.

"산 거예요."

코웃음을 치며 세진은 여자를 위에서 아래로 훑어 내렸다. 지극히 평범한 옷차림의, 이런 값비싼 가방을 살 수 있는 능력의 여자로는 전혀 보이지 않았다.

"살래요?"

그러더니 여자에게 물었다.

"네?"

"못 살 거 같은데?"

무시하는 듯한 세진의 말투와 표정에 젊은 여자의 얼굴이 굳어졌다.

"하여간 요즘은 개나 소나 다 명품이라면 환장을 한다니까."

혼잣말을 매장 안 모두가 듣도록 세진은 거침없이 떠들었다. 세진의 말에 손님으로 온 젊은 여자와 직원 모두의 얼굴이 붉어졌다.

"저기요."

기분이 상한 젊은 여자가 세진을 불렀다.

"나요?"

"네."

"왜?"

"아직 계산 안 했잖아요. 그럼 그쪽 가방 아니지 않아요? 그리고 내가 살지 안 살지 당신이 어떻게 알아요?"

흥분한 여자의 말끝이 심하게 떨렸다.

"하긴 그렇네."

세진은 직원에게서 가방을 뺏어 들고는 여자에게 내밀었다.

"해요, 계산."

"저기요!"

"네."

세진이 여자에게로 한 걸음 가까이 다가왔다.

"내가 양보할 테니까 사라고요."

비웃음이 가득 걸린 세진의 입술 끝이 꿈틀거렸다. 세진이 준

220

모욕에 자존심이 상한 여자는 기어이 눈물까지 글썽였다.

"나가요."

아무런 말도 하지 못하고 있는 여자에게 세진이 말했다.

"그쪽이랑 이 가방 너무 안 어울리니까 그냥 가라고요."

"그만해라."

경 여사가 귀찮다는 듯이 자리에서 일어났다. 세진은 들고 있던 가방을 던지듯 직원에게 건네줬다.

"손님 관리 좀 똑바로 해."

허벅지 옆에 주먹을 불끈 쥔 채로 부들부들 떨고 있는 여자를 지나쳐 가면서 세진은 한 번 더 그녀를 흘겨봤다. 매장을 나가는 모녀의 등 뒤로 결국 터져 버린 여자의 울음소리가 들려왔다.

❄✸❄

지유는 미진의 전화를 받고 고맙다는 인사를 한 번 더 건넸다. 그리고 곧바로 진후에게 전화를 걸었다.

"오늘 늦어요?"

신호음이 울리고 그의 목소리가 들릴 때까지 이상하게 긴장이 됐다. 기다려지는, 왠지 설레는 기분이었다.

– 한 8시쯤? 왜요?

"동대문 시장 갈래요?"

마치 데이트 신청을 하듯이, 하지만 목소리가 마냥 들뜨지는 않았다.

– 갑자기?

"네."

– 뭐 살 거 있어요?

"가 보고 싶어서요."

진후는 잠시 뜸을 들였다.

– 가야 하는 거죠?

"네."

진후는 직감적으로 단순히 가고 싶어서가 아니라는 걸 알았다.

– 그래요, 그럼 넉넉하게 8시 반에 회사 로비에서 만나요.

통화를 끝내고 지유는 문자로 미진에게 퇴근 후의 일정에 대해 알려 줬다. 본격적으로 움직여야 할 때였다.

사소한 일이 때로는 대의를 결정하는 아주 중요한 일이 될 수도 있었다. 지금 지유의 위치가 큰일을 터트릴 만한 위치가 아니어서 일단은 아주 소소한 것부터 터트려 볼 작정이었다.

대형쇼핑몰 지하에 차를 주차하고 두 사람은 밖으로 나왔다. 생각했던 것보다 더 화려하고 활기찼다. 다소 놀란 듯한 지유의 표정에 진후는 대수롭지 않게 그녀의 손을 잡았다.

"어디로 가야 합니까?"

묻는 진후에게 지유는 잠깐 멍하게 그를 쳐다볼 뿐이었다.

"밤 데이트를 즐기러 나온 신혼부부예요, 우리."

진짜 데이트가 아니란 건 알고 있었다. 어딘가에서 두 사람의 사진을 누군가 찍고 있을 거고 그건 내일이나 모레쯤, 아니면 언젠가 필요할 때 기사로 나갈 거다.

이제 공과 사는 확실히 구별할 수 있었다. 지유의 눈빛에서 목소리에서 그게 느껴졌다.

"동대문 처음이죠?"

"네."

"특별히 내가 해야 할 게 있습니까?"

"아니요. 그냥 쇼핑만 하면 돼요."

진후는 가만히 고개를 끄덕였다.

"그럼 내가 리드할게요. 여긴 내가 꽉 잡고 있어요."

대학을 다니던 시절에 바로 이곳 동대문에서 대신 물건을 사는 사입 일을 아르바이트로 했던 진후였다. 별 천지인 이곳을 누구보다 잘 알았다.

"갑시다."

진후가 이끄는 대로 지유는 걸음을 옮겼다. 진후는 왠지 신이 나 보였다. 피곤한 기색은 찾아볼 수 없었다. 퇴근 후 이런 곳까지 끌고 온 게 미안해서 은근히 마음에 걸렸는데 그게 무색해졌다. 그는 지금 이 순간을 누구보다 즐기고 있었다.

"되게 신나 보이는 거 알아요?"

"신나요."

"안 피곤해요?"

"피곤했는데 여기 오니까 안 피곤해졌어요."

두 사람은 북적이는 사람들 틈을 손을 맞잡은 채 걸어가며 도란도란 얘기를 나눴다.

"대학 때 여기서 아르바이트했어요."

"어떤?"

"대신 물건을 사 주기도 하고 반품도 하고 뭐 그런 일요."

그때는 몸으로 먹고사는 게 너무 힘들던 시절이었다. 죽어라 일해도 손에 쥐는 건 얼마 없었다. 다시 돌아가라면 절대 가지 않고 뒷걸음질을 쳐서 멀리 도망가고 싶은 그런 시간이었다.

"배고픈 것도 잊으려고 아무 생각도 하지 않고 그저 몸만 죽어라 움직이던 때예요."

"아."

"이해 안 되죠?"

"네."

진후는 옛 기억을 떠올리며 옅게 웃었다.

"여기 들어가 볼래요?"

"네."

물건을 사는 사람들과 파는 사람들로 안은 이미 정신이 없었다. 그곳에서 진후는 지유의 손을 꼭 잡고 있었다. 오로지 진후의 손만 의지한 채 지유는 아무 생각도 하지 않고 그를 따라다녔다.

진후가 골라 주는 옷을 대 보기도 하고 진후에게 옷을 골라 주기도 했다. 진후와 있으면 알지 못했던 세상을 참 많이도 구경한다는 사실에 지유는 웃음이 났다.

즐거웠다. 잠시나마 숨을 고를 수 있었다. 머릿속이 맑아졌다. 그와 있으면 그냥 이지유로 살아 있는 것 같았다.

"힘들죠?"

"아니요, 괜찮아요."

힐을 신어 다리가 퉁퉁 부었지만 괜찮았다.

"뭐 먹을래요?"

"어디서요?"

진후가 쇼핑몰 앞에 즐비하게 늘어선 포장마차를 손으로 가리켰다. 망설이는 지유를 잡아끈 건 역시나 진후였다. 못 이기는 척 그를 따라 한 포장마차로 들어섰다.

"뭐 먹을 수 있어요?"

"네?"

"못 먹는 거 있잖아요."

그의 물음에 웃음이 났다. 왠지 곱게 사랑받으며 자란 사람 같았다.

"뭐 맛있어요? 먹어 볼게요."

진후는 지유와 눈을 맞추며 웃어 줬다. 그러고는 이것저것 주문했다. 어느새 테이블 위에 음식이 한가득 차려졌다.

"이걸 다 먹어요?"

"네."

지유는 미간을 좁혔다. 나무젓가락을 반으로 갈라 주며 진후는 짐짓 무섭게 말했다.

"다 먹어야 돼요. 하나도 남기지 말고."

회사에 출근을 하면서 지유의 제대로 된 식사는 점심 한 끼라는 걸 알고 있었다. 간혹 그것마저도 챙겨 먹지 못했다.

"먹어 봐요."

하얗게 볶은 순대볶음 접시를 지유 앞으로 밀어 줬다. 그리고 김밥과 어묵, 파전까지 전부 다 지유 앞으로 가져다 놨다. 추가로 주문한 비빔밥은 진후가 가져가서 야무지게 비볐다.

"설마 그것도 나 줄 건 아니죠?"

"맞는데요."

지유는 어이없어서 고개를 저으면서도 새빨갛게 비벼지고 있는 비빔밥에서 시선을 떼지 못했다.

"침 나오죠?"

"네."

다 비빈 비빔밥을 지유 앞에 놔 주고 진후는 그녀가 한 입 먹을 때까지 기다렸다.

"어때요?"

"맛있어요."

"그게 다예요?"

"그럼요?"

진후는 크게 한입 떠서 제 입에 넣고는 손가락을 들어 보였다.

"죽여요."

"네?"

"맛있는 거 먹을 때는 이렇게 말하는 거라고요."

상상하지 못했던 모습, 진후는 어린아이 같았다. 어느덧 그와 있는 시간이 편안했다. 그리고 기다려지기도 했다. 퇴근을 해서 진후와 집으로 돌아가는 시간도, 아침에 같이 출근하는 시간도 전부 기다려졌다.

이 정도는, 이런 감정까지는 느껴도 되는 게 아닐까.

조건으로 만났어도 어쨌든 부부니까. 끝이 정해지지 않은 부부니까. 이 사람과 끝까지 갈 수도 있는 거니까.

"어때요?"

"죽여요."

만족스럽게 웃는 진후를 보면서 지유는 욕심이 생겨났다. 그를, 그리고 그의 세상을 갖고 싶어졌다.

7.

흔들림 없는, 그러나 흔들리는

지유는 점점 친숙하면서도 닮고 싶은 사람으로 대중들에게 꽤나 핫한 인물로 자리 잡고 있었다.

빼어난 미모와 선량한 마음, 그리고 능력을 갖고 있어 젊은 사람들 사이에서는 웬만한 연예인보다 인기가 뜨거웠다. 그로 인해 회사의 이미지가 좋아져서 매출에도 상당한 영향을 끼쳤다.

지유의 인지도가 올라갈수록 회사의 중요한 미팅에 참석하는 일이 많아졌고, 회장님의 옆을 지키며 얼굴 마담 역할을 톡톡히 해냈다.

더구나 진후의 배경까지 사람들 입에 오르내리면서 둘의 결혼이 흔히 재벌들이 하는 정략에 의한 것이 아니라 진정한 사랑으로 포장됐다. 모든 게 지유의 계획대로 움직이고 있었다.

"요즘 좀 시끄럽던데?"

이 회장의 부름으로 다 같이 본가에 모여 저녁을 먹은 지유는 저녁 식사 후 전화 통화를 하기 위해 정원으로 나온 도훈을 따라 나왔다.

통화를 끝낸 도훈이 심기 불편한 얼굴로 지유를 넘겨봤다.

"적당히 좀 해."

"걱정하는 거야?"

"아니, 충고하는 거야. 단속을 좀 해야 하지 않겠어? 나야 지켜보는 재미가 쏠쏠하지만 여기서 더 나아가면 그때는 내 재미뿐만 아니라 전 국민이 즐거워할 거 같거든."

도훈의 턱이 단단하게 굳어졌다.

"지금도 살짝 넘어선 거 같기는 하지만."

지유는 틀어지는 도훈의 얼굴을 보는 것만으로도 꽤나 재미있었다. 하지만 이 정도 비아냥으로 끝날 일은 아니었다.

"너 설마 계획적이었던 거야?"

도훈의 눈에 섬광과도 같은 빛이 어렸다.

"맞구나."

대화의 흐름을 바꿔 버리는 도훈이었다. 지유는 일단 변화 없는 표정으로 그의 다음 말을 기다렸다.

"설마 그 자식이 저 위까지 올라갈 수 있다고 믿는 건 아니지?"

도훈은 어이없다는 듯이 코웃음을 치며 웃어 젖혔다.

"안 될까?"

지유는 말간 얼굴로 되물었다.

"안 될까? 진짜 그렇게 믿나 보네?"

맹랑한 생각을 하는 지유가 도훈은 처음으로 안타까웠다.

"네가 할 수 있는 일은 지금처럼 아버지 옆에서 얼굴 마담이나 하는 거야. 그리고 서진후가 올라갈 수 있는 곳은 딱 내 밑이야.

거기까지 올라오는 데도 십 수 년이 걸리겠지만 큰 사고를 치지 않고 죽어라 회사 일만 하다 보면 거기까지는 올라갈 수 있게 해 주시지 않겠어? 오빠로서 걱정돼서 해 주는 충고니까 너무 서운하게 듣지는 마라."

우스워서 눈물이 나게 웃어 주고 싶었지만 지유는 참았다.

"잘 모르나 본데 내가 올라갈 수 있는 곳은 적어도 오빠보다는 위일 거야."

"훗, 그래?"

도훈의 입가에 비웃음이 걸렸다.

"진짜 모르는구나, 오빠의 능력을."

도훈이 했던 그대로 지유는 비꼬기 시작했다.

"오빠 되게 무능력해."

"뭐?"

"아버지 잘 둔 덕에 그나마 회사에서 그 자리 지키고 있는 건 줄이나 알아."

대놓고 깔아뭉개는 지유를 도훈은 한 대 치고 싶었다. 목을 부러뜨리고 싶은 것도 벌써 여러 번이었다. 하지만 그럴 수가 없었다. 아버지에게는 자신과 지유의 위치가 같을 테니까.

"그건 너도 마찬가지야. 네 주제에 이 회사까지 들어와서 일다운 일을 하니까 그게 네 능력인 걸로 착각돼?"

도훈은 지유에게로 좀 더 가까이 다가왔다. 그러고는 음흉한 웃음을 흘리며 말을 이어 나갔다.

"착각하지 마. 넌 딱 여기까지야."

도훈의 미소를 곧바로 받아치며 지유도 따라 웃었다.

"그래? 난 지금보다 좀 더 올라갈 수 있을 것 같은데?"

아버지의 사랑을 독차지하는 건 도훈이었다. 어느 날 갑자기 자그마한 계집아이가 나타나면서 그 자리를 뺏기고 말았다. 도훈의 입장에서는 날강도를 당한 일과 같았다.

단 한 번도 동생으로 느껴 본 적이 없었다. 2층 방을 차지하고 난 뒤부터 지유의 눈빛은 달라졌다.

어린 도훈의 눈에도 그게 보였다. 사랑만을 갈구하는 게 아니었다. 무언가를 도둑질하러 온 것처럼 눈이 빛났다.

도훈은 그게 무서웠다. 무섭지 않은 척, 겁먹지 않은 척하려고 더 놀리고 괴롭혔다.

하지만 그건 지유를 더 자극하는 일이었다. 그게 자극이었다는 걸 너무 늦게 알아 버렸다.

"서진후가 있어서 그런가?"

"그런가?"

"욕심도 부릴 줄 알고 많이 컸네, 내 동생."

도훈은 핸드폰을 들여다본 후 주머니에 넣으며 히죽 웃었다. 그의 느릿하면서도 노골적인 행동이 지유는 싫었다. 능글맞고 징그러웠다.

"그러다 다쳐."

"그래?"

"사랑하는 사람을 지켜야지 다치게 하면 쓰겠어?"

"사랑하는 사람이라……."

혼잣말하듯 되풀이하며 지유는 짧게 웃었다.

"너 설마……."

가진 게 없고 잘난 게 없는 사람이었다. 결국은 사랑에 빠졌구나 싶었다. 간간이 보고받는 사진들은 마주 보며 웃고 있는 거였다. 수줍은 듯하면서도 행복해 보이는 얼굴이었다. 분명 사랑에 빠진 거라고 믿었다.

"우리 오빠 순진하네."

도훈은 둔기로 한 대 맞은 것처럼 멍해졌다. 그런데 그렇게 감쪽같이 속였으면서 이제 와서 밝히는 이유는 뭘까.

"깜박 속았네."

"오빠가 판 벌려 놓고 모르고 있었다는 게 난 더 놀랍네."

진후를 찾아내서 결혼 상대자로 들이민 건 도훈이었다. 그의 놀라는 모습에 지유는 흡족했다.

"사랑으로 하는 결혼 없다는 거 알려 준 사람이 그렇게 놀라면 안 되는 거 아닌가?"

"내가 그랬나?"

여전히 능글맞게 웃으며 되묻는 도훈이었다.

"철저히 계획하에 결혼을 했다?"

"모두가 원했으니까."

"모두?"

"큰어머니와 오빠, 그리고 나. 어쨌든 그 사람과의 결혼을 모두 원한 거 아니었어?"

목적은 달랐겠지만 선택은 같았다.

"오빠랑 나의 차이가 뭔지 알아?"

이번엔 지유가 도훈에게 한 발 가까이 다가갔다.

"나한테는 있고, 오빠한테는 없는 거."

"그런 게 있었나?"

"있어, 적어도 하나는."

"알려 줘 봐, 너한테만 있는 거."

도훈의 눈매가 날카롭게 올라갔다. 입가에 미소를 머금은 채 그는 지유를 똑바로 응시하고 있었다.

"재능."

"뭐?"

"난 엄마한테 그걸 물려받았거든."

웃음으로, 눈물로 상대방을 움직일 수 있는 뛰어난 연기력. 무대에서는 한 번도 발휘된 적이 없지만 이서정 여사는 그걸 타고난 사람이었다. 그리고 지유가 그대로 물려받았다. 감정을 숨기고 자유자재로 표정을 바꿀 수 있었다. 그러니 지독한 큰어머니 밑에서 버티며 살 수 있었다.

"여기서 뭐 해요?"

안에 있던 진후가 나왔다. 혹시 조금 전까지 도훈과 한 말들을 그가 전부 들은 게 아닐까 슬그머니 걱정이 됐다.

"집이 넓어서 한참 찾았네요."

천천히 걸어 가까이 다가오는 진후를 보는데 지유는 저도 모르게 마음이 놓였다. 그의 눈이 유하게 휘어져 있었다.

"그랬어요? 오빠랑 잠깐 밤공기 좀 마셨어요."

"오빠?"

도훈이 코웃음을 쳤다.

"아저씨라고 부를 수는 없잖아?"

나직하게 속삭이고 지유는 진후에게로 걸어갔다.

"회장님이, 아니 아버님이 찾으세요."

옆으로 다가온 지유의 손을 진후가 잡아 줬다. 온기가 온몸으로 퍼졌다. 놀란 지유가 고개를 들었다.

"들어가요."

슬그머니 진후의 눈꼬리가 내려왔다. 그가 웃고 있었다. 너무도 다정하고 너무도 따뜻하게. 그래서 가슴이 철렁하도록. 괜히 미안해지도록.

지유가 회사로 출근을 하고 하는 일이 점점 늘어나면서 진후는 집에서조차 지유의 얼굴을 보는 게 힘들었다. 항상 진후보다 먼저 출근하고 늦게 퇴근했다.

주말에도 나가서 일을 하거나 외부 스케줄을 소화했다. 바쁘게 일하는 지유가 진후는 안쓰럽기까지 했다.

"회사 일이 바빠?"

토요일 오후, 진후는 진희와 만나 늦은 점심을 먹게 됐다.

"어."

"근데 오빠는 왜 한가해?"

"나도 바빠."

주문한 음식들이 나오고 진후는 자세를 고쳐 앉았다. 푸짐하면서도 뭔가 고급스러워 보이는 음식들에 선뜻 포크를 들지 못했다.

"우리가 마주 앉아서 이런 거 먹으니까 이상하긴 하다."

진후의 마음을 읽었는지 진희가 얼굴을 구기며 한마디 했다.

"그러게."

기껏해야 해장국이나 자장면이 외식의 전부였는데 미국 가정식이라니, 적응이 안 되는 건 진후도 마찬가지였다.

"그래도 먹어 봐, 내 친구가 만든 거야."

"친구?"

음식을 포크로 가져가며 진후가 눈을 들어 진희를 쳐다봤다.

"친구가 직접 만든 건 아니고."

"그럼?"

"친구네 가게야."

눈을 찡그리며 진후는 가게를 다시금 둘러봤다. 작긴 했지만 이 곳에 이런 가게를 내는 게 쉬운 일은 아니었다. 진희한테 친구가 있다는 것도, 이런 부자 친구가 있다는 것도 새삼 놀라웠다.

"되게 부자야."

"그런 것 같다."

"좋은 친구야."

"왜 그렇게 설명이 길어?"

"내가 그랬나?"

멋쩍게 웃으며 진희는 음식을 먹기 시작했다.

"오빠."

"왜?"

"나 결혼할까?"

"할 사람은 있고?"

"하고 싶은 사람은 있어."

진후는 다시 한 번 진희를 똑바로 쳐다봤다.

"누구?"

"이 가게 사장의 오빠."

"어?"

아무래도 오늘 점심을 먹자고 한 이유가 있었나 보다. 뜬금없는 말에 진후는 포크를 내려놓고 진희의 말에 집중했다.

"좋은 사람인 것 같아."

"얼마나 만났는데?"

"한 달."

진중한 아이고 사려 깊은 아이였다. 그러니 한 달이라는 짧은 시간은 진희에게 중요하지 않았다. 하지만 한 달이라는 답에는 미간을 찌푸릴 수밖에 없었다.

"아직 한다 아니고 할까면 좀 더 만나 봐."

훗, 짧게 웃으며 진희는 고개를 끄덕였다. 입 밖으로 냈다는 건 이미 고민을 시작하고 있다는 뜻이었다.

"안녕하세요."

젊은 여자가 진후가 앉은 테이블로 웃으며 다가왔다. 먼저 인사를 건네는 여자에게 진후도 인사를 했다. 진희는 옆으로 비켜 앉으며 여자에게 자리를 내줬다. 아무래도 이곳의 사장인 것 같았다.

"입에 맞으세요?"

"네."

진희와는 많이 달랐다. 차분하고 수수한 옷차림을 좋아하는 진희에 비해 많이 화려했다.

"최윤서예요."

"서진후입니다."

가볍게 통성명을 하고 진후는 마저 식사를 했다. 앞에서 바라보고 있는 게 신경 쓰였지만 내색하지 않았다.

"어떻게 알게 됐는지 물어도 됩니까?"

식사를 어느 정도 마쳤을 때 진후가 먼저 입을 열었다. 기다렸다는 듯이 윤서가 대답했다.

"친구 소개로 만났어요."

"미정이 알지? 미정이 때문에 만났어."

"미정이한테는 미안하지만 요즘은 우리 둘이 더 자주 만나요."

친구가 많지 않은 진희가 자주 만나는 사람이라면 꽤 괜찮은 사람이라는 뜻이었다. 사람을 골라서 사귀기도 하지만 깊게 사귀지도 않는 진희였다.

Rrrrrrrr.

그때 진희의 전화가 울리고 그녀는 통화를 하기 위해 잠깐 자리를 비웠다.

"혹시 진희랑 저희 오빠랑 만나는 거 아세요?"

"네, 조금 전에 들었습니다."

"반대는 안 하시죠?"

"반대해야 할 이유가 있습니까?"

망설이다 윤서는 이내 어렵게 입을 열었다.

"오빠한테 아이가 있어요."

"네?"

다 큰 성인이고 이미 마음이 움직였다면 되돌릴 방법이 없겠지만 오빠로서 충격이 아닐 수 없었다.

"진희가 많이 힘들어해요. 오빠를 여기 데리고 왔다는 건 자신이 없어서일 거예요."

"어떤 자신 말입니까?"

"도망가고 싶을 거예요."

평범한 남자 만나서 평범하게 사랑하고 평범하게 결혼하길 바랐다. 사실 그럴 거라고 생각했었다. 그런데 이미 힘든 사랑을 시작해 버렸다. 머리가 지끈거리기 시작했다.

"그런데 도망가지 못하니까 오빠가 말려 주길 바라서 데리고 온 걸 거예요. 그런데 오빠도 좋은 분이니까……. 저 되게 이기적이죠?"

윤서는 쓸쓸하게 웃었다. 그러고는 가게 밖에서 행복한 미소를 지으며 통화하고 있는 진희를 슬쩍 넘겨다봤다.

"진희를 생각하면 말리는 게 맞는데 우리 오빠를 생각하면 말리고 싶지가 않아요."

"다 큰 성인이니까……."

말리지는 못할 것 같았다. 자신은 더한 결혼을 선택했는데 무슨 권리로 동생의 사랑을 잘라 낼 수 있을까. 그래도 진희는 사랑이라는 걸 하고 있는 건데…….

그날 밤, 집으로 돌아온 진후는 내내 머리가 복잡했다. 어머니를 생각하면 진희가 이쯤에서 정리를 해 줬으면 좋겠고 진희를 생각하면…….

"안 자요?"

집에 돌아오니 지유는 이미 들어와서 샤워를 끝내고 책을 보고 있었다. 일찍 잠자리에 들었던 지유가 다시금 주방으로 나온 건 11시가 넘어서였다.

"안 잤어요?"

지유는 물 한 잔을 떠서 진후에게 들어 보였다.

"고민 있어요?"

지유의 말에 진후는 고개를 저었다.

"그런 거 없어요."

진후가 슬그머니 웃어 보였다. 묻고 싶었지만 지유는 입을 다물었다. 왠지 듣고 싶지 않은 말이 나올 것 같아서 덜컥 겁이 났다. 아직은 때가 아니었다. 지금은 그럴 때가 아니었다.

"혹시……."

그래서 다른 말을 꺼냈다. 속 좁은 여자인 것처럼 해 버렸다.

237

"누군가를 만나더라도 당신이 지금 어디에 있는지는 생각해 줘요."

"네?"

"우리가 결혼했다는 것, 잊지 말고요."

결국은 해 버리고 말았다. 아무렇지 않은 척 말했지만 속은 그렇지 않았다.

못났다, 이지유.

"잘 자요."

홀연히 방으로 들어가는 지유를 진후는 고개를 갸웃거리며 지켜봤다.

지유는 방으로 들어와 방문을 닫고 한동안 그 앞에 우두커니 서 있었다. 참 바보 같았다. 그냥 돌려 말하지 말고 본 걸 그대로 말하면 되는 건데 왜 엉뚱한 상상을 하는 건지 모르겠다. 낮에 같이 있었던 여자는 누구냐고, 누군데 단둘이 점심을 먹느냐고, 누군데 그렇게 다정하게 웃으며 바라봤던 거냐고 물으면 되는 건데.

"하아."

지유는 입술을 질끈 깨물었다. 오후 내내 있었던 두통이 또다시 도지고 말았다. 아무래도 진후 때문이었던 것 같다.

기분이 묘하다. 진후가 다른 여자와 있는 게, 아니 모르는 여자와 웃고 있는 게 여간 보기 싫던 게 아니었다. 그게 단지 사람들 눈에 띌까 봐인지, 아니면…….

"대체 뭘 어쨌다고."

아무것도 하지 않았다. 고작 식당에 마주 앉아서 무언가를 웃으며 떠들고 있었을 뿐이다. 그런데 기분이 왜 이렇게 찝찝한 걸까.

지유는 기대 있던 몸을 일으켜 다시 문을 열고 나갔다. 진후는 역시나 같은 자리에서 같은 표정으로 생각에 빠져 있었다.

"잠이 안 오네요."

딴생각을 하고 있던 진후가 뒤늦게야 지유가 나온 걸 알았다.

"네?"

머리를 가볍게 흔들며 진후는 곧 평소의 얼굴로 돌아왔다.

"뭐 필요한 거 있어요?"

"아니요, 이거면 돼요."

냉장고에서 생수를 하나 꺼내 든 지유가 싱긋 웃으며 뚜껑을 땄다. 벌컥벌컥, 물을 마시는 지유를 진후는 미간을 좁히며 쳐다봤다.

"저녁 짜게 먹었습니까?"

"안 먹었어요."

"지금 이 시간까지 저녁을 안 먹었다고요?"

먹히지가 않았다. 그런데 굳이 서진후에게 그걸 보고할 필요가 있었을까. 투정 부리듯 나온 말에 지유는 속으로 꽤나 놀랐다.

"네."

짧게 대답하고 주방을 나가려는데 진후가 지유를 잡았다.

"라면 먹을래요?"

물으면서 진후는 이미 냄비를 꺼내 물을 받고 있었다. 대답을 할 필요 없는 거였다. 지유는 입술을 삐죽거리다 식탁에 자리를 잡고 앉았다.

어느새 익숙해진 주방 안에서 진후는 자연스럽게 라면을 찾았고 냉장고에서 김치를 꺼내 그릇에 담아냈다. 그것들을 지켜보며 지유는 잠시 평화로운 생각들을 이어 나갔다. 지금처럼 이렇게 이 사람과 당장 오늘만을 위해서 살면 어떨까, 하는 그런 생각들.

지금까지 이지유는 그렇게 살아 본 적이 없었다. 내일이 아니라

1년 후, 10년 후를 그리며 살아왔었다.

그런데 문득 서진후와 그렇게 살아 보는 것도 나쁘지 않을 것 같다는 생각이 들었다. 그렇게 살아 보고 싶어졌다.

"라면은 면발이 생명인 거 알아요?"

"네?"

마치 엄청난 가문의 비법을 알려 주듯이 진후는 의기양양한 표정을 지으며 면발을 들었다 내렸다 했다.

"이렇게 해야 꼬들꼬들하니 맛있어요."

퇴근하고 돌아와 저녁을 먹고 하루 동안 있었던 일을 얘기하고 그러다 놓친 드라마를 챙겨 보고 잠자리에 들려고 누웠다가 약간의 허기짐으로 다시 일어나 라면을 끓여 먹고. 먹고 노는 게 일이지만 그럼에도 사람들이 그런 것들을 일상이라고 한다는 것은 그게 가장 평범하고 사람답게 사는 거라 그런 게 아닐까 싶다.

"매일 이렇게 할 수 있어요?"

"뭘요?"

"퇴근하고 돌아와서 이렇게 라면 끓이는 거요."

지유는 장난처럼, 그러나 진지하게 물었다.

"매일 이 시간에 이렇게 먹으면 금방 살찔 텐데?"

보글보글 소리까지 내며 맛있게 끓인 라면을 진후는 냄비째 들고 와 식탁 위에 턱하니 올려놨다. 그러고는 지유의 눈을 바라보며 말했다.

"그래도 이런 게 행복이라면, 까짓것 매일 하죠 뭐."

마치 이렇게 살아요, 라고 말하는 것 같았다. 그래서 하마터면 지유는 배시시 웃으며 그래요, 라고 답할 뻔했다.

"먹어 봐요."

진후가 지유에게 젓가락을 건넸다. 아무런 말 없이 지유는 젓가락을 받아 들고 라면을 한 젓가락 떠서 입으로 가져갔다. 뜨겁고 얼큰한 국물이 식도를 타고 내려가자 잠자던 세포들이 일제히 발악을 하며 일어났다. 눈물이 찔끔 나게 맛있었다.

"어때요?"

"죽여요."

"네?"

지유의 날것 같은 표현에 진후는 그야말로 빵 터졌다. 그의 호탕한 웃음소리가 적막했던 집 안에 가득 울려 퍼졌다. 목젖이 보이도록 환하게 웃는 진후를 지유는 찬찬히 감상하듯 바라봤다.

웃을 때면 눈이 반달 모양으로 휘었다. 눈가에 잔주름도 꽤나 생겼다. 웃음소리는 묵직하면서 깨끗했다.

솔직한 웃음이었다. 연기도 과장도 하지 않은 서진후의 웃음소리였다. 그가 이렇게 웃을 수 있는 사람이라는 걸 지금까지 몰랐다.

"그렇게도 웃을 수 있네요."

"아, 미안요. 내가 너무 웃었죠?"

억지로 입술을 굳게 다물며 진후가 사과했다. 여전히 그의 입가엔 웃음이 삐죽삐죽 비집고 나오려 했다.

"보기 좋아요."

"응?"

"그러니까 다른 데서는 그렇게 웃지 마요."

라면을 입으로 가져가며 들릴 듯 말 듯 지유가 말했다. 면발을 입으로 가득 빨아들이고 고개를 들었는데 진후의 얼굴이 너무 가까이 다가와 있었다.

흠칫 놀란 지유가 오물거리던 면발을 꿀꺽 삼켜 버렸다. 곧이어 매운 맛이 식도를 타고 올라와 지유는 콜록콜록 기침을 해 댔다.

"얼른 마셔요."

어느새 옆으로 다가온 진후가 물컵을 내밀며 한 손으로는 지유의 등을 토닥이고 있었다. 손길이 너무 부드러워 하마터면 그대로 눈을 감을 뻔했다.

"괜찮아요?"

"아니요."

남아 있는 기침을 모조리 뱉어 내고 지유는 겨우 숨을 골랐다.

"아파요?"

"네."

"이렇게 해 봐요."

순식간이었다. 진후가 지유의 몸을 자신을 바라볼 수 있도록 돌려 앉았다. 눈을 맞추며 그가 크게 숨을 들이마셨다가 내뱉었다.

가만히 그가 하는 걸 지켜보다가 지유도 그를 따라 숨을 들이마셨다. 그렇게 천천히 두 사람은 서로의 호흡을 맞춰 가고 있었다.

"후우."

진후의 숨결이 지유에게로 들어왔다. 훅, 하고 들어온 그의 숨결에 지유는 정신이 아찔해졌다.

하지만 차마 눈을 감을 수는 없었다. 똑바로 그의 눈동자에 비친 제 모습을 더 보고 싶었다. 마치 그가 자신을 가둔 것처럼 오래도록 끈질기게 그를 바라봤다.

"되게 위험한 거였네요."

심호흡을 해 주던 진후가 피식 웃으며 읊조렸다.

"뭐가요?"

"이렇게 가만히 지유 씨 눈을 들여다보면서 호흡하는 거요."

지유가 여자로 보였다. 마냥 예쁘고 여리고 사랑스러운 그런 여자로 보였다.

제 안에서 웃고 울고 하는, 보호해야만 하는, 그래서 만지고 싶어졌다. 지유를 안고 싶어졌다. 겨우 붙잡고 있는 이성이 안 된다고 강하게 만류했다.

지유와 있으면 자꾸 무언가를 원하게 된다. 그녀가 다른 건 다 제쳐 두고 자신만 보면 좋겠다고 생각했던 적도 있었다.

혼자서 외로운 싸움을 하는 그녀가 너무 안쓰러워서 두 팔을 벌려 그만 기대라고 말하고 싶기도 했었다.

이 싸움에서 지유는 어쩌면 아무것도 원하지 않을지도 모른다는 생각을 했었다. 그저 인정해 주기를 바라는 것 같았다.

무엇이 되지 않아도 아버지의 딸로, 오빠들의 동생으로 있을 수 있다고 말해 주길 바라는 걸지도 모른다고 생각했다.

겨우 그거면 되는데 아무도 지유에게 먼저 손을 내밀어 주는 사람이 없었다. 그래서 지유를 보면 안아 주고 싶다.

"괜찮죠?"

모든 것으로부터의 함축적 의미를 담은 물음이었다.

"네."

하지만 지유는 거짓으로 대답했다. 그러면 다시 모든 건 원점이다.

"천천히 먹어요."

"같이 안 먹어요?"

희미하게 웃어 보이며 진후도 젓가락을 들었다. 앞이 아닌 지유의 옆에서.

❋✶❋

"어, 중원 선배? 오랜만이에요."

바쁘게 서류를 검토하고 있는 중에 진후는 오랜만에 학교 선배 중원으로부터 전화를 받았다. 졸업하고 회사에 들어와 일하며 하루하루를 바쁘게 사느라, 거기다 결혼까지 했으니 변명이라면 변명이겠지만 연락할 틈이 없었다.

― 그래도 살아는 있네.

"죄송해요. 선배는 언제 한국 들어왔어요?"

잠시 숨을 고르듯 진후는 통화를 이어 나갔다.

― 며칠 됐어. 우리 좀 보자.

"봐야죠. 언제 볼까요?"

― 시간 괜찮으면 난 오늘이라도 좋지.

언제나 시원시원한 성격의 선배였다. 진후는 스케줄을 확인한 후 시간과 장소를 정했다.

"혹시 뭐 할 말 있어서 보자는 겁니까?"

중원의 뉘앙스가 무언가 할 말이 있는 듯싶었다.

― 일단 만나서 얘기하자고.

"긴장해야 하는 겁니까?"

― 어쩌면.

미간을 좁히며 진후는 생각을 되짚었다. 중원 선배가 할 말이 있다면 그게 과연 뭘까.

신중한 사람이고 가볍지 않은 사람이었다. 학교 다닐 때 꽤나 도움을 많이 받았고 술도 여러 번 얻어 마셨다. 선배들 중 진후가 가장 좋아했었다.

학교 공부와 아르바이트만 죽어라 하던 진후에게 다 지나간다고, 이 순간이 너에게 꽤나 값진 순간이 될 거라며 어깨를 두드려 준 유일한 사람이었다.

깔보지 않고 무시하지 않는 것만으로도 고마웠다. 진후의 미래에 무한한 응원을 해 준 사람, 그게 바로 중원이었다.

"무슨 얘기를 할지는 몰라도 오늘 술은 제가 삽니다."

— 그래. 나도 후배가 사는 술 한번 얻어 마셔 보자.

가슴 깊숙이 간직하고 있던 그 시절의 고마움이 되살아났다. 언젠가는 갚아야지 했는데 너무 시간이 지나 버렸다.

"오랜만에 선배 목소리 들으니까 좋네요."

— 그러게. 우리 참 오랜만이다.

"네."

잠깐이나마 대학생 시절로 돌아간 듯이 진후는 그 시절의 추억들이 새록새록 떠올랐다. 밤새도록 아르바이트를 하면서도 강의 시간이면 눈이 반짝였다.

꼭 성공할 거라는 희망이 있었고 하루하루가 지날 때마다 그 희망에 가까이 다가서는 것 같았다. 그래서였을까, 힘들었지만 버틸 만 했었다. 어쩌다 술이라도 한잔 얻어 마실 기회가 생기면 그날은 또 그렇게 설레기도 했었다.

아르바이트 때문에 친구들과의 약속은 꿈도 꿀 수 없었던 진후에게 뜻하지 않게 아르바이트가 펑크가 나서 시간이 비게 되면 어김없이 중원 선배가 술을 사 주곤 했었다.

자주 있는 일은 아니었지만 그런 날이면 대패 삼겹살에 소주를 마시면서 그동안 묵은 스트레스를 한 번에 날릴 수 있었다. 펑크 난 아르바이트를 무엇으로 메울까 하는 걱정은 잠시나마 잊을 수 있었다.

– 오늘은 네가 사 주는 술이니까 나 코가 삐뚤어지게 마실 거다. 각오하고 나오는 게 좋을 거야.

"네, 걱정 말고 드세요."

대학생 시절의 일들은 모조리 잊고 살았었다. 오랜만에 걸려 온 전화 한 통에 곱씹어 보니 추억할 것들이 꽤나 많았다.

항상 공부와 일만 하느라 추억이라고는 없는 줄 알았는데 그래도 나름 기억할 것들이 있기는 있었나 보다.

– 이따 보자.

"네."

통화를 끝내는 진후의 입가에 미소가 번졌다.

회사 일을 일찍 끝내고 진후는 약속 장소로 향했다. 먼저 와서 기다리고 있던 중원이 두 팔을 벌려 진후를 끌어안았다. 몇 년 만의 만남에 반가움이 왈칵 밀려왔다.

"좋아 보인다."

"선배도요."

어떻게 지냈는지 자세히 말하지 않아도 알 것 같았다. 진후가 명원의 사위가 됐다는 말을 들었을 때 제일 먼저 든 생각은 진후는 괜찮을까, 였었다. 그를 만나서 어떻게 된 일인지 묻지 않아도 감이 왔다.

결혼에 이르게 된 과정까지야 세세히 알지 못해도 그가 꽤나 힘들었겠구나 했었다. 그래도 좋은 여자일 거라고, 좋은 여자였으면 좋겠다고 마음으로 빌었다.

"어때?"

"뭐가요?"

"결혼 생활 어떠냐고."

진후는 입꼬리를 올리며 웃었다. 중원은 팔꿈치로 진후의 팔을 툭 쳤다.

"행복해?"

"그러려고 노력 중이죠."

나쁘지 않은 대답이었다. 노력을 한다는 건 희망이 있다는 거니까.

"한잔해."

두 사람은 술잔을 기울이며 그동안 어떻게 지냈는지 서로의 안부부터 챙겼다.

제법 부유한 집안에서 자란 중원은 가진 게 많은 만큼 베풀 줄도 아는 사람이었다. 그래서였을까, 그의 곁에는 사람이 많았다.

대학을 졸업하고 회사에 들어간 그는 곧 미국으로 떠났고 그 후 사업을 시작했다고 들었다. 간간이 소식이 들리기는 했지만 서로 바쁘다 보니 자연스럽게 소원해졌다.

"네가 명원 사람이 될 줄은 몰랐어."

"솔직히 저도 몰랐습니다."

"일은?"

"배워 가고 있는 중이에요."

"시키는 일만 하는 거, 별로지?"

뭔가를 알고 있다는 듯이 중원이 물었다.

"네?"

중원은 술잔을 손끝으로 돌리며 조용히 말했다.

"거기가 텃새가 좀 심한 데라."

직접적으로 알지는 못했지만 그 언저리에서 살아온 탓에 그 바닥 생리를 대충은 알고 있었다. 비슷한 집안의 사람이 들어온다고 해도 절대 제 밥그릇을 나눠 줄 사람들이 아니었다. 하물며 진후는 말하지 않아도 빤했다.

　　"갑갑하지 않아?"

　　"그냥 하고 싶은 말 해요."

　　눈치 빠른 진후가 중원을 놀리듯 말했다.

　　"나랑 일하자."

　　"네?"

　　"사업이 꽤 규모가 커졌어. 외국 기업이랑 합병했는데, 사실 먹혔다고 봐야지. 어쨌든 한국 쪽 일을 맡아 줄 사람이 필요해."

　　"너무 갑작스러운 제안 아닙니까?"

　　여전히 농담처럼 진후는 웃으며 말을 넘겼다. 중원은 진지한 얼굴로 진후는 보며 한 번 더 말했다.

　　"하자."

　　"선배님."

　　"너 내가 전부터 찜했었어."

　　장난이 아니었다.

　　"솔직히 명원에서 얼마 주는지 몰라도 서운하지 않게 챙겨 줄게."

　　"진지하게 말하는 겁니까?"

　　"너 때문에 한국 들어온 거야. 나 아주 바쁜 사람이야."

　　"갑자기 이러니까 제가 무슨 말을 해야 할지……."

　　"생각해 볼 시간 줄게."

　　중원과 같이 일하면 최소한 지유 앞에서 당당할 수는 있을 것 같단 생각이 들었다. 지유의 집에 속한, 지유의 소유물처럼 느껴질 때가 있었다. 어쩌면 그게 당연한 건지도 모른다. 당연히 알고 한 결혼이었다.

"하지만 무조건 긍정적으로 생각해 줘."

"이런 제안을 하는 이유가 뭔지 물어도 됩니까?"

"아까워서."

중원이 진후의 잔에 술을 따랐다.

"너 거기 있기엔 너무 아까운 인재거든."

"그렇게 말하면 제 대답에 영향을 끼친다는 거 알고 하는 거죠?"

지유에게 감정이 생길 줄은 몰랐다. 아니, 어쩌면 처음 본 순간부터 직감적으로 느끼고 있었던 건지도 모르겠다.

그녀 앞에서 당당한 남자이고 싶어졌다. 명원처럼은 될 수 없겠지만 그 언저리까지는 올라갈 수 있지 않을까. 적어도 지유 앞에서는 남자가 될 수 있지 않을까.

"명원이랑 아예 상관없는 일이라고는 못 하지만 적어도 네가 할 수 있는 게 명원보다는 많을 거다."

내 사업을 하고 싶다는 생각을 해 본 적은 있었다. 하지만 명원에서는 그게 불가능했다. 누군가의 조력자로, 누군가의 그림자로 살아야 하는 게 명원에서 살아남는 법이었다.

"생각해 보겠습니다."

"그래, 부탁한다."

명원을 떠난다면 그건 지유를 떠나는 것과 같은 말이었다. 아니면 지유에게 진짜로 가기 위한 유일한 방법일지도 모르겠다.

세진은 엄마 경은주와 함께 늘 그렇듯이 점심을 먹고 쇼핑에 나섰다. 주문해 뒀던 물건이 들어왔다는 백화점 측의 연락을 받고 움직인 터였다.

두 사람은 VIP 엘리베이터를 타고 곧장 매장으로 들어올 수 있었다. 두 사람이 도착하자마자 매니저는 봐주던 손님을 다른 직원에게 맡기고 분주하게 움직였다. 세진이 미처 소파에 앉기도 전에 매니저가 주문했던 가방을 들고 나왔다.

"블랙이에요?"

"네."

"다른 걸로 주문할 걸 그랬나?"

가방을 열어 보며 세진은 이내 고개를 갸웃거렸다.

"괜찮은데 왜."

은주는 귀찮다는 듯 대충 대답했다. 오늘은 점심만 먹고 들어가서 쉴 작정이었지만 세진에게 이끌려 백화점까지 온 게 영 마땅치 않았다. 머리도 개운하지 않고 컨디션이 제로였다.

"어때?"

"예쁘네."

시큰둥하게 대답하는 엄마가 못 미더웠는지 세진은 입술을 삐죽거리며 거울 앞에서 이리저리 둘러봤다.

"다른 건?"

"네?"

"컬러."

"레드 있습니다."

잠시 생각하는 듯하더니 세진은 가지고 오라는 듯 매니저에게 손짓했다. 매니저는 재빨리 몸을 움직였다.

"여기 있습니다."

두 개를 나눠 들고 여전히 고민하는 세진을 은주는 힐긋 넘겨다 볼 뿐이었다.

차고 넘치는 게 가방이지만 세진은 유난히 가방에 집착했다. 남이 갖지 않은 것, 남이 갖고 있는 것까지 전부 가져야 속이 후련해지는 아이였다.

어려서부터 욕심이 많았다. 자신을 항상 최고라고 추켜세우는 엄마 밑에서 자란 탓도 있겠지만 천성이 그랬다.

"어떤 게 나아?"

은주는 고개를 옆으로 기울이며 유심히 바라봤다. 그러다 턱 끝을 들어 말했다.

"레드."

"그렇지? 이게 낫지?"

그때서야 세진은 블랙을 내팽개치듯 매니저에게 던져 놓고 레드를 들고 거울 앞에 섰다.

"그냥 두 개 다 할까?"

"하나만 해. 조만간 새 디자인 나오니까 일단 그거 보고 사."

"새 디자인?"

영문을 모르겠다는 듯 세진이 눈을 크게 뜨며 되물었다. 은주는 주위를 슬쩍 돌아본 후 짧게 말했다.

"더제이."

"아. 언제 나오는데?"

"조만간."

"요즘 많이 들더라."

"그럼, 홍보에 들이는 돈이 얼만데."

무언가 비밀스러운 얘기를 주고받듯이 두 사람은 고개를 끄덕이며 말했다.

"그건 그거고 이거 두 개 다 살래."

세진은 거울 속 제 엄마를 쳐다보며 눈을 동그랗게 떴다.

"왜?"

한숨을 길게 내쉬며 은주가 눈을 들어 세진을 쳐다봤다. 그걸 모르냐는 눈빛이었다.

"두 개 다 할래."

세진의 오기가 발동했다.

"김세진."

"두 개 다 주세요."

"저기……."

매니저가 난처하다는 듯 머뭇거렸다.

"뭐 해요?"

"레드 컬러는 이미 주문하신 분이 계셔서요."

"네?"

"고르시는 동안 하나가 이미 팔려서 여유분이 없을 것 같습니다. 원하시면 기다리셨다가……."

세진의 얼굴이 신경질적으로 굳어졌다.

"아니에요, 하나만 할게요."

"두 개 다 한다고."

눈을 질끈 감았다 뜨면서 세진은 가까스로 숨을 골랐다. 이미 기분은 상한 후였다. 쇼핑을 할 때마다 번번이 은주가 그녀를 막아서고 있었다.

결혼 후 그게 더 심해졌다. 결혼을 하면서 마음대로 할 수 있는 게 하나도 없었다. 슬슬 그게 짜증나던 참이었다.

"정말 죄송합니다."

"죄송하다고 하지 말고 두 개 다 줘."

세진의 억지가 시작됐다. 한번 떼를 쓰기 시작하면 아무도 말리지 못했다. 그녀를 예뻐했던 할머니와 할아버지도 그랬다. 어려서부터 집안에서 세진에게 안 돼, 라고 말할 수 있는 사람은 없었다.

"제가 최대한 빨리 받아 볼 수 있도록……."

"두 개 다 달라고."

"김세진."

은주가 세진의 이름을 두 번째 불렀다. 이번엔 좀 더 단호했다. 하지만 그렇다고 들을 세진이 아니었다.

"블랙만 포장해 줘요."

은주가 잡지를 덮으며 말했다. 가방에서 지갑을 꺼내고 매니저에게 카드를 건넬 때까지도 세진은 거울 앞에서 입을 다문 채 가만히 있었다. 지금의 모든 상황이 짜증났다. 시댁의 눈치를 봐야 하고 남편의 상황을 고려해야 하는 게 미치도록 신경질 났다. 어제 우연히 만났던 친구가 새로 차를 뽑은 것도 그녀를 화나게 했다.

"엄마."

매니저가 가방을 포장하러 간 사이 세진은 거울 속 제 모습을 들여다봤다.

"이혼할까?"

머리카락을 귀에 꽂으며 세진은 제 모습을 가만히 들여다봤다. 예뻤다.

"다음에 사 줄게."

"할래."

"세진아."

"하고 싶어."

"어린애처럼 굴지 마."

대꾸할 가치도 없다는 듯이 은주가 계산을 하기 위해 자리에서 일어났다.

"내가 하면 어떻게 돼?"

"뭐가?"

"나를 제외한 나머지 사람들."

그 안에는 물론 시댁도 포함이었다.

"같이 망하나?"

"그렇게 단순한 일 아니야."

"그럼 어떤 게 단순한 일인데?"

세진은 작정하고 꼬기 시작했다. 마음에 들지 않는 일이 있으면 세진은 늘 그런 식이었다. 원하는 걸 들어줄 때까지 어깃장을 놨다.

"난 지금 저 가방 두 개가 갖고 싶어. 이게 그렇게 복잡한 일이야?"

"고집부리지 마."

"부리고 싶어졌어."

"세진아."

"이렇게 막무가내로 키운 건 엄마야. 원하는 걸 다 들어줄 게 아니었으면 이렇게 키우지 말았어야지."

이미 그 어떤 말도 듣지 않기로 작정한 뒤였다. 논리도 통하지 않았고 설득도 먹히지 않았다. 가방 두 개가 갖고 싶어서도 아니었다. 하고 싶은 걸 하지 못하게 하는 게 그냥 싫은 거였다.

"두 개 다 포장해요."

난감한 표정으로 매니저가 은주를 쳐다봤다. 하지만 은주도 어쩔 도리가 없었다. 한번 엇나가기로 마음먹으면 누구도 세진을 말릴 수가 없었다.

"줘요."

"사모님 정말 죄송합니다. 이건 예약된 분이 계셔서⋯⋯."

"누구?"

"그건 말씀드리기가 곤란합니다."

"그럼 처음부터 보여 주지 말았어야지. 지금 나 갖고 놀아요?"

세진이 또각또각 걸어 매니저에게 다가갔다. 그리고 그때,

"안녕하세요."

등 뒤에서 낯익은 목소리가 들려왔다.

"오랜만에 뵙네요."

유지현이었다. 명원그룹의 맏며느리이자 세진의 동서인 지현은 우아한 걸음걸이로 은주에게 걸어왔다.

"어머, 오랜만이네요."

"네, 건강하시죠?"

지현의 안부에 은주는 고개를 끄덕이며 여유로운 웃음을 잃지 않았다.

"동서 자주 보네."

"그러게요, 참 자주 보네요."

매니저도 지현을 알아보고 고개를 숙였다. 지현의 눈이 가방에 닿았다. 아무래도 레드 컬러의 주인공은 지현인 것 같았다.

"설마 형님이 이거 사려는 건 아니죠?"

"맞는데?"

언제나 사람을 깔보듯이 눈을 내리깔고, 말하지 않은 것까지 전

부 알고 있다는 듯이 꾸물거리는 웃음을 짓는 지현이 세진은 싫었다. 그게 보통은 거슬리지 않았는데 오늘은 아니었다. 심하게 세진의 신경을 건드렸다.

"형님한테 안 어울리는데?"

"그래?"

"형님은 브라운이죠."

"어째서?"

"뭐랄까, 이런 강렬한 색은 형님보다는 나한테 어울리죠."

"잘 어울릴 것 같은데……."

가방을 들고 지현은 거울 앞으로 가서 섰다.

"이거 비싼 건데?"

세진이 노골적으로 지현을 건드리기 시작했다. 은주는 들리지 않게 한숨을 내쉬었고 매니저는 긴장되는 상황에서 숨도 제대로 쉬지 못하고 있었다.

"요즘 Y&D 어렵지 않아요? 이런 거 살 형편이 아닌 것 같던데."

하지만 지현은 얼굴색 하나 변하지 않고 되받아쳤다.

"이거 살 형편을 왜 거기에 갖다 대?"

일부러 건드리려고 그러는 걸 지현은 알고 있었다. 세진은 솔직한 게 매력이기도 했지만 흠이기도 했다. 꼬인 것 없이 제 속을 다 보이다가도 있는 대로 꼬여서 여러 사람을 불편하게 만들곤 했다. 철이 덜 든 어린애였다.

"독립 좀 그만 해야지?"

세진의 얼굴이 일그러졌다.

"주세요."

"형님."

"응?"

세진을 돌아보며 지현은 다부지게 웃어 보였다.

"나 저거 선물로 사 줘요."

"뭐라고?"

"생각해 보니까 형님한테는 생일 선물 한 번 못 받아 본 것 같아서요. 저거 갖고 싶어요. 사 줘요."

생떼를 쓰는 어린아이 같았다. 그 모습이 귀엽기도 하고 우습기도 해서 지현은 그대로 웃음을 터트렸다.

"동서 정말 귀엽다."

둘의 모습을 지켜보던 은주는 끓어오르던 화를 겨우 참아 내고 있다.

"우리 사이에 생일 선물 챙기는 거 너무 우습지 않아?"

"우리가 어떤 사인데요?"

"말해 줘?"

"네."

지현은 세진에게로 한 발 가까이 다가섰다. 그러고는 그녀의 귀에 속삭였다.

"남보다 못한 사이."

쿨하게 돌아서서 지현은 가방을 결제하고 은주에게 깍듯하게 인사까지 하고 매장을 나왔다. 멀어지는 지현을 보면서 세진은 바들바들 온 몸을 떨어 댔다.

"레드 컬러 주문해 줘요."

은주가 서둘러 다른 색상을 주문했다.

"네."

매니저는 그저 이 상황이 불안할 뿐이었다. 하루 종일 써야 할 체력을 모두 다 소진한 기분이었다.

"안 해."

그 말을 하고 세진은 그대로 매장을 나가 버렸다. 사고라도 칠 것 같은 딸의 뒷모습을 보면서 은주는 두통이 밀려오는 듯했다.

"결제……할까요?"

"못 들었어요? 안 한다잖아요."

매니저가 들고 있던 카드를 낚아채듯 확 **뺏어** 들고 은주는 매장을 나왔다.

백화점을 나온 세진은 차를 몰고 곧장 청담동으로 향했다. 가는 길에 전화를 걸어 둔 덕에 입구에는 이미 직원이 나와서 기다리고 있었다. 그에게 차 키를 던져 주고 세진은 매장 안으로 들어갔다.

"어서 오세요."

"가방은요?"

"지금 오고 있어요. 어쩜 연락드리려고 했는데 딱 맞춰서 오세요."

따끈따끈한 신상이었다. 아직 매체에 공개도 되지 않아서 먼저 들고 나온 연예인도 없는 그야말로 신상.

"사모님도 같이 오시는 줄 알았는데요."

"다음에요. 차 한 잔 줘요."

"네."

혼자 온 게 뒤늦게야 마음에 걸린 세진은 엄마에게 전화를 걸었다.

- 기분 좀 나아졌어?

"아직."

– 엄마는 집에 들어가는 중이야.

"난 가방 사러 왔어."

– 어디로?

"더제이."

잠시 은주는 침묵했다가 묵직하고도 낮은 어조로 말했다.

– 아빠 일에 방해되는 짓은 하지 마.

"어떤 게 그런 짓인데?"

가방을 들고 나오는 직원을 발견하고 세진은 입술 끝을 올렸다.

"그냥 난 내 마음에 드는 컬러를 전부 사서 갈 생각이야. 내일 봐, 엄마."

통화를 끝내고 세진은 자리에서 일어났다. 황홀한 눈으로 가방을 바라보며 세진은 그 어느 때보다 밝게 웃었다.

누구보다 처음으로 드는 거였다. 그 어떤 유명하고 높은 자리에 있는 사람보다 김세진이 처음이었다. 그것만으로도 세진은 이미 기분이 좋아지고 있었다.

1시간 정도가 지나고 매장을 나오는 세진의 손에는 이번에 새롭게 나온 레드 컬러의 신상 가방이 들려 있었다. 그리고 그 뒤로 직원이 두 개의 가방을 더 들고 나와 세진의 차에 실어 줬다.

그 모습을 기자가 건너편에서 부지런히 셔터를 누르며 사진을 찍어 대고 있었다.

"내일부터 개나 소나 다 들겠네."

"드는 순간 자신은 특별하다고 착각하게 하는 뭔가가 있는 모양이네요."

사진기자가 어이없다는 듯 고개를 저었다. 그 옆에서 맞장구를 치며 미진은 카메라에 찍힌 사진들을 들여다봤다.

"저딴 게 뭐라고 특별해져?"

"저딴 게 하나에 오백이 넘거든요."

"뭐?"

사진기자는 눈에 대고 있던 카메라를 치울 정도로 놀라서는 입을 떠억 벌리고 있었다.

"이 일 처음 하는 것처럼 뭘 그렇게 놀라요?"

"이야, 이 일은 처음이나 지금이나 여전히 놀랍다. 진짜 세상엔 비싼 것들이 너무 많다. 아니면 내가 너무 싸구려인가?"

쯧쯧, 혀를 차며 놀라 하는 기자의 어깨를 미진이 토닥이며 위로했다.

"돈으로 나뉘는 엿 같은 세상이다."

"돈으로 스스로의 가치를 평가하는 치사한 세상이죠."

"이런 건 꼭 돈 없는 우리 같은 사람만 하는 말인 거지?"

"그렇겠죠?"

찰칵, 찰칵, 비좁은 차 안에서 연신 울리는 셔터 소리에 미진은 묘한 쾌감을 느꼈다.

비싼 가방을 드는 것보다 비싼 가방을 들고 있는 사람들을 찍어서 기사로 내는 게 미진은 더 좋았다. 은근히 그들의 무분별한 소비를 꼬집으면서 보는 이들로 하여금 대리만족을 느끼게 하는 게 차라리 더 좋았다.

지금은 비록 유명인과 연예인의 뒤꽁무니만 쫓는 보잘것없는 기자지만 언젠가는 제대로 그들을 휘청거리게 만들겠다는 각오로 오늘도 미진은 부지런히 기삿거리를 머릿속으로 생각해 냈다.

그리고 오늘 사진은 조만간 세상을 바꾸는 일에 일조할 거라는 나름의 신념 같은 게 있었다. 세상이 정한 잣대가 아닌 스스로가 만족하는 기준에서 꽤나 스릴 넘치는 일이었다. 세진이 차를 타고 매장을 떠난 후 미진은 어딘가로 전화를 걸었다.

"밥 먹자."

– 언제?

"저녁에."

– 내가 갈까, 네가 올래?

"내가 갈게."

미진은 방금 사진을 찍은 기자에게 고갯짓을 한 후 차 안에서 노트북을 열었다.

"네 올케한테 고맙다고 해야 하는 건가?"

– 뭘?

"밥 얻어먹는 거."

– 오늘이야?

"그런 거 같아."

– 그래, 오늘은 내가 살게.

두 사람은 핸드폰을 사이에 두고 풉, 웃음을 터트렸다. 통화를 끝내고 미진은 손가락 깍지를 껴서 두두둑 소리가 나게 했다.

빠르게 사진과 기사가 그녀의 손끝에서 써지고 있었다. 별다를 것 없는 유명인의 의상과 가방에 관한 흔한 기사였다.

"1시간 후에 시작해요."

미진은 어딘가에 전화를 걸어 업무를 지시했다. 그리고 데스크에 전화해 사진과 기사를 보냈다. 내용은 간단하고 특별할 것 없었다. 하지만 그 후폭풍은 꽤나 특별해질 듯했다.

늦은 저녁, 지유는 미진과 만나 오붓하게 저녁을 먹었다.

"진후 씨는?"

"일."

"회사 일 진후 씨가 혼자 다 하니?"

미진의 말에 지유는 어깨를 들썩였다.

"어때?"

"뭐가?"

"서진후 씨랑 같이 사는 거."

지유는 미간을 찡그리며 미진의 다음 말을 기다렸다.

"아니, 남자랑 사는 건 처음이잖아."

"누가 들으면 내가 동거라도 하는 줄 알겠다."

"동거지. 합법적 동거."

감정이 섞이지 않은, 서로의 필요에 의해 같은 공간에서 머무는 것이 동거라면 둘 관계는 더없이 좋았다.

그런데 요즘은 껄끄러웠다. 그가 신경 쓰이기 시작했다. 밥은 먹었는지, 오늘은 누구와 만났는지, 요즘은 무슨 생각을 하는지, 궁금해졌다.

"그 표정은 뭘까?"

"뭐가?"

"굉장히 복잡하지만 복잡하지 않은 척 넘기려는 표정."

미진은 뭔가를 발견한 사람처럼 팔짱까지 끼며 상당히 의욕에 차서 지유를 쳐다봤다.

"그렇게 거창하게 돌리지 않아도 말할 만한 뭔가는 없어."

"난 왜 있다는 것처럼 들리지?"

기자라 그런가 뭔가가 없는데도 더 있는 것처럼 파고들 때마다 미진이 섬뜩하긴 하다. 그러면 뭔가를 끄집어내서 말해야 할 것만 같다.

"말해."

"그런 거 없다니까."

"너 방금 눈썹이 삐죽해졌어."

"어?"

"몰라? 너 걸리는 거 있을 때면 눈썹이 이렇게 삐죽해져."

미진은 손가락을 들어 눈썹 위에 댔다.

"그런 건 어떻게 알아?"

"네가 속을 다 터놓지는 않아도 우리 꽤 오래된 사이야."

꺼내 놓는 법을 몰라서 그런 거라고 미진은 지유를 이해했다. 혼자서 앓고 혼자서 생각해야 했던 지유의 어린 시절을 생각하면 그럴 수밖에 없었다.

지금까지 지유와 만나면서 손에 꼽을 정도로 제 속을 내보인 친구지만 그럴 때마다 굉장한 용기와 상대에 대한 믿음이 필요했겠구나 싶었다. 그래서 미진은 지유에게 속을 내보이라고 요구하지 않았다. 그저 묵묵히 그 곁을 지킬 뿐이었다.

"여자를 만나더라."

"어?"

"근데 신경 쓰여."

"누가?"

"서진후."

미진은 잠시 말을 하지 않았다. 대신 지유의 표정이 변하는 걸 가만히 들여다보고 있었다.

"잡음 생기지 않게 조심하라고 경고하면 되는데 이상하게 그 말이 안 나오더라."

지유가 흔들리고 있었다. 누군가를 신경 쓰고 그 사람의 감정을 상하지 않게 하려고 노력한다는 건 흔들리고 있다는 거였다.

"어이없기도 하고 기분 나쁘기도 하고…… 신경에 거슬려."

"마음이 움직이는구나."

"그런 건가?"

진즉부터 느끼고 있었다. 하지만 인정할 수 없었다. 마음이 흔들리는 순간, 그리고 그걸 인정해 버리는 순간 이 싸움은 지는 거였다. 지켜야 할 무언가가 있는 사람이 된다는 건 약자가 된다는 뜻이었다.

"움직이면 안 되는 건가?"

"알면서."

"그 사람도 네가 지켜야 한다고 생각해?"

"아니."

"그럼?"

"난 나 지키기도 벅차. 그 사람까지 지킬 수 없어. 내가 다가가지 않는 게 그 사람한테 해 줄 수 있는 최선이야."

"서진후 씨가 다가오면?"

생각해 보지 않았다는 듯 지유의 눈빛이 흔들렸다.

"움직이는 순간 마음은, 이미 내 통제를 벗어난 거야."

지유는 입을 다문 채 여전히 쉽게 말을 잇지 못했다. 머릿속이 뒤죽박죽으로 엉켜 버렸다. 그 사람과 뭘 했다고…….

서진후가 뭘 했다고…….

"지유야."

미진이 가만히 지유의 이름을 불렀다.

"마음이 움직이는 대로 한번 살아 봐. 그렇게 어려운 일 아니야. 너 한 번도 그렇게 살아 본 적 없잖아."

"난 머리가 움직이는 대로 사는 게 편해."

"그것도 마음이 시키지 않으면 못 하는 거야."

"그런가?"

지유는 씁쓸하게 웃었다.

"그 여자 누군지 오늘 가서 물어봐. 그래서 바람이면 죽여 버려."

미진은 이를 갈며 강하게 말했다. 그 모습이 우스워서 지유는 웃어 버렸다.

이렇게 친구와 만나 수다 떨고 맛있는 거 먹고, 그러다 시간 되면 집에 들어가서 사랑하는 사람과 나란히 앉아 영화를 보는 그런 일상도 나쁘지 않을 것 같다. 아무래도 서진후에 대한 마음이 자신도 모른 채 이미 저만큼 달아나고 있는 모양이다.

건전하게 수다만 떨다가 헤어진 지유는 주차장에 차를 주차하고 계단을 올라 정원으로 들어왔다. 그리고 자신보다 먼저 도착해 그 한가운데 서 있는 진후를 발견했다.

"뭐 해요?"

진후가 지유를 돌아봤다. 반가움이 그의 눈동자에 스쳤다.

"별 구경이요."

지유는 흘깃 하늘을 올려다봤다.

"아무것도 없는데?"

"이리 와 봐요."

진후는 자연스럽게 손을 내밀었다. 너무 자연스러워서 하마터면 생각 없이 그가 내민 손을 잡을 뻔했다.

"피곤해요."

"잠깐이면 돼요."

진후가 손을 뻗어 지유의 손을 잡아당겼다. 그의 뜨거운 손에 지유는 깜짝 놀랐다. 하지만 하늘로 고개를 치켜들고 있는 진후는 미처 지유가 놀라는 걸 보지 못했다.

"봐요, 까맣죠?"

놀란 가슴을 진정하며 지유는 고개를 들었다.

"그냥 까맣기만 하네요."

별은 없었다. 노랗고 둥근 달만이 까만 밤하늘을 빛내 주고 있었다.

"별은 없네요."

"계속 보면 보여요."

하늘을 올려다보는 진후를 지유가 돌아봤다. 그의 입가에 미소가 번져 있었다.

"나 말고 하늘 봐요."

지유의 시선을 느낀 진후가 낮게 말했다.

"그렇게 보면 나도 지유 씨 보고 싶으니까 그만 봐요."

쿵, 하고 심장이 내려앉는 듯했다. 지유는 고개를 돌렸다. 하늘에 있는 별 따위 신경 쓰이지 않았다.

"며칠 전에 여자랑 같이 있는 거 봤어요."

"여자?"

"어떤 여자랑 점심 먹고 있더라고요."

지유의 말에 진후는 가만히 기억을 돌이켜 봤다. 그러다 진희와 함께 했던 점심이 떠올랐다. 그리고 진희의 친구도.

"신경 쓰여요."

"뭐예요?"

"뭐가요?"

진후는 고개를 내려 지유를 돌아봤다.

"이지유로 신경 쓰는 거예요. 아내 이지유로 신경 쓰는 거예요?"

선뜻 말하지 못하고 지유는 가만히 진후의 반응을 기다렸다.

"난 이지유였으면 좋겠는데."

진후가 먼저 말을 해 버렸다.

"아마 이지유일 거 같네요."

"어째서요?"

"아내 이지유였으면 지금까지 전전긍긍하며 말하지 않을 이유가 없었겠죠."

"전전긍긍?"

스윽 올라가는 진후의 입술 끝을 보며 지유는 눈을 흘겼다. 속을 들킨 것 같지만 기분이 나쁘지는 않았다.

"진희 친구예요."

진후는 괜히 지유를 떠보듯이 더 이상 짓궂게 굴지 않았다.

"좀 복잡한 일이 생겼어요."

"어떤?"

"진희가 그 친구 오빠랑 사귄대요."

"그건 좋은 일 아니에요?"

"그런데 그 친구 오빠가 아이가 있대요."

"아."

더 이상 말하지 않아도 안다는 듯 지유가 짧은 탄식과도 같은 말을 내뱉었다. 그러고는 둘이 동시에 후, 하고 한숨을 내쉬었다.

"어쩌죠?"

"그러게요."

남의 일이었으면 다 큰 성인인데 그걸 왜 제3자가 고민하느냐 입바른 소리를 했겠지만 당사자가 되니 그렇게 쉽게 말할 수 있는 게 아니었다. 가장 먼저 떠오른 건 어머니의 얼굴이었다.

"쉬운 일이 아니네요."

"큰일이죠."

새로운 고민거리를 떠안았지만 마음 한편이 후련해지는 지유였다. 그저 지금 당장은 그걸로 충분했다.

❉❉❉

새벽, 인터넷 포털엔 김세진의 이름이 올라갔다. 처음엔 그저 유명인의 흔한 사진이었다. 하지만 그녀가 든 가방이 댓글에 거론되면서 하나둘 댓글이 많아지고 있었다.

<저 가방 너무 예쁘다.>

<어디 꺼임?>

<지분이라도 있나? 매일 저것만 드는 듯.>

사소한 의문으로 달린 댓글에 누군가 가방의 이름을 거론했고 누군가는 그 가방으로 정치자금을 만드는 게 아니냐는 우스갯소리를 했다.

하지만 그게 단순히 우스갯소리가 아니라는 게 금세 드러났다. 김세진의 이름 다음으로는 '더제이'가 올라오면서 순식간에 얘기의 흐름은 정치계 쪽으로 뒤바뀌었다.

누군가 툭, 하고 더제이에서 김세진의 부친인 김석진을 거론했고 '더제이'의 가방을 든 정치계 인사들의 리스트를 만들어 올리면서 일을 삽시간에 키워 버렸다.

이상하게도 '더제이'의 가방을 든 사람은 전부 김석진 의원과 친분이 있는 사람들이었다. 사실 이름도 몰랐던 가방 브랜드가 김석진 의원을 중심으로 갑자기 커져 버린 것도 의문점 중 하나였다.

해외 유명 브랜드도 아닌 대한민국의 이름 모를 디자이너가 출시한 순수 국내 브랜드였다. 문제는 그 디자이너가 누군지 알려진 바가 없다는 거였다. 철저히 마케팅만으로 커진 회사였다.

새벽에 시작된 일은 날이 밝으면서 사람들의 시선을 집중시켰고 발 빠른 기자들은 오랜만에 찾은 괜찮은 소스에 흥분해서 날뛰었다.

거기다 인터넷에선 세진의 갑질까지도 주목을 받았다. 여기저기서 그녀의 갑질을 목격했다며 그녀에 대한 좋지 않은 기사들이 줄을 이뤘다. 아버지인 김석진을 비롯해 명원그룹의 얘기까지도 올라왔다.

"제대로 터질 것 같네."

– 우리는 그저 팝콘이나 준비하자고.

"난 좀 바빠질 것 같다."

– 나 혼자 준비하지 뭐.

"수고해."

통화를 끝내고 지유는 책상 위에 팔꿈치를 세웠다. 그녀의 시선이 도훈의 사무실이 있는 쪽을 향했다.

Rrrrrrrr.

지유의 책상 위 전화기 울렸다.

"네, 이지유입니다."

– 회장님께서 찾으십니다.

비서실의 연락에 지유는 느긋하게 자리에서 일어났다. 옷매무새를 가다듬으며 슬쩍 입술 끝을 올렸다. 아무래도 오늘은 바쁜 날이 될 것 같았다.

회장실에는 이미 도훈이 앉아 있었다. 무표정한 이 회장과 달리 도훈은 잔뜩 긴장하고 있었다. 분명 새벽에 보고를 받았을 거고 이 일의 파장이 얼마나 클지에 대해서는 누구보다 잘 알고 있으니 입 밖으로 내지 않아도 앞으로 벌어질 일에 대해서는 감이 잡힐 거였다.

"죄송합니다."

도훈은 알아서 고개를 숙였다.

"제가 알아서 처리하겠습니다."

지유는 말없이 둘을 지켜보고 있었다.

"명원 이름부터 지워."

"네."

"너도 당분간은 회사 일에서 손 떼."

"네?"

도훈은 영문을 모르겠다는 듯이 이 회장의 얼굴만 빤히 쳐다보고 있었다. 그런 도훈을 지유는 재미있다는 듯이 쳐다봤다. 그러고는 얼른 표정을 지우고 그에게 말했다.

"당분간 모습을 드러내지 않는 게 좋을 것 같습니다."

"뭐?"

"인터넷에서 지운다고 해도 명원의 이름이 사람들 입에 거론되는 것까지 막을 수는 없습니다."

"그래서 나보고 쥐 죽은 듯이 가만히 숨어 있으라고?"

도훈의 목소리가 커졌다. 지유는 아랑곳하지 않고 말을 이었다.

"수습해야죠. 더는 명원이 엮이지 않도록."

"이번 일은 네가 맡아서 처리해."

이 회장이 지유를 보면서 지시했다.

"일시적인 것뿐이에요. 이러다 금방 잠잠해진다고요."

"너도 그렇게 생각하니?"

이 회장이 지유에게 물었다.

"터질 게 터진 거라고 생각합니다. 지금은 비록 이름이 거론됐을 뿐이지만 파고들면 화살은 명원으로 향하게 돼 있습니다. 이번 기회에 썩은 가지는 쳐내시는 게 좋을 듯합니다."

"썩은 가지?"

헛웃음을 치며 도훈은 지유를 잡아먹을 듯이 노려봤다. 꼿꼿하게 허리를 세우고 앉아 있는 지유는 그의 살기가 느껴지는 눈빛에도 아랑곳하지 않았다.

"지금 내 처가가 썩은 가지라는 거야?"

"현실을 똑바로 봐. 명원과 김석진 의원이 어떤 사이인지는 대한민국이 다 알아. 얘기가 나온 이상 그 관계를 파헤치는 건 시간문제야. 사람들이 그동안 몰라서 안 했다고 생각해? 그럴 만한 이슈가 없었기 때문이야. 이번에 제대로 새언니가 나서서 이슈가 돼 줬는데 그때도 가만히 있을까?"

"고작 그런 걸로 흔들릴 명원 아니야. 단순한 해프닝에 불과하다고."

"해프닝?"

지유는 고개를 저으며 실소를 터트렸다.

"그 가방은 해프닝으로 끝나지 않아. 제대로 된 기폭제가 될 뿐이지."

"뭐?"

"연관된 거 있으시면 지금이라도 정리하세요."

지유는 허벅지 옆에 내려놓고 있던 결재서류를 이 회장 앞에 내려놨다. 이 회장은 가만히 그걸 내려다봤다.

"아침에 검색어에 오르자마자 알아봤습니다."

이 회장도 가방의 실체에 대해 알고 있는 눈치였다. 아마 알고만 있는 건 아닐 거다.

"제가 단 몇 시간 안에 알아냈다는 건 마음먹으면 몇 분 만에 알아낼 수 있다는 겁니다."

"그렇구나."

"이미 기자들로부터 확인 전화가 오고 있습니다."

"흐음."

"그들에겐 새로운 기삿거리를 제공할 생각입니다."

"어떤?"

흥미로운 눈길로 이 회장은 지유를 쳐다봤다. 지유는 자신감 넘치는 표정으로 말을 이어 나갔다.

"저요."

"네가 무슨 대단한 기삿거리야?"

도훈의 비아냥거림에도 지유는 이 회장을 똑바로 쳐다보며 제할 말을 했다.

"홍보팀장으로서 인터뷰 하겠습니다."

"홍보팀장? 네가 무슨……."

"그래라."

이 회장의 대답에 도훈은 눈이 커다래졌다.

"그 사람도 함께하겠습니다."

집안일을 집안일로 덮겠다는 말이었다. 그게 과연 먹힐지에 대

272

해서는 도훈만 비웃고 있었다. 하지만 이 회장은 지유의 뜻을 완전히 파악했다. 일 처리 능력을 보여 줌과 동시에 새로운 가능성도 보여 주고 있었다.

"회장님, 이게 말이 된다고 보세요? 고작 재 따위가 무슨 관심을 끈다고 그러세요?"

"진행해."

"네."

두 사람은 도훈을 아예 투명인간 취급했다.

"제법이구나."

가방을 통해 얻었던 것들을 가방으로 인해 전부 잃을 수도 있는 상황이었다. 외적으로 보이는 것보다 훨씬 더 큰일이고 여러 사람이 엮인 일이었다.

그리고 지유는 그걸 제대로 알아봤다. 명원의 입장에서는 위기 상황이랄 것까지는 없었지만 충분히 시끄러울 수 있는 일이었고 지유는 생각보다 그걸 파악하는 데 오래 걸리지 않았다.

"한번 보자꾸나."

"네."

"아버지!"

도훈의 목소리가 커졌다. 하지만 이내 칼날같이 노려보는 이 회장의 눈빛에 도훈은 고개를 숙였다.

지유의 예상은 빗나가지 않았다. 어차피 알 만한 사람은 전부 알고 있는 사실이라 기자들은 그보다 대중에게 먹힐 것 같은 기삿거리에 흥미를 보였다.

그리고 처음부터 명원을 상대로 싸울 기자는 대한민국에 없었다. 꽤나 길고 힘든 싸움이 될 테니까. 있다고 해도 아직은 모습을 드러낼 타이밍이 아니라는 걸 알고 있었다.

명원이 흔들린다는 건 대한민국이 흔들리는 것일 테니까 터트리더라도 시기가 중요했다. 그 때가 아직은 아니라는 걸 지유도 그리고 명원과 기자들도 알고 있었다. 다만 모두에게 경고를 하는 거였다.

"뭐 하자는 거야!"

도훈이 큰 소리를 내며 홍보실로 들어왔다. 사무실 직원들이 눈치를 살피며 슬금슬금 자리에서 일어났다.

"먼저 식사들 하세요."

지유의 인사에 직원들은 서둘러 사무실을 나갔다.

"역시 피는 못 속이는구나?"

"내일부터는 출근 안 해도 돼."

지유는 책상에 앉은 채로 서류를 들여다보며 말했다.

"네가 이긴 거 같지?"

"새언니도 당분간 조용히 지내라고 하고."

도훈은 웃음기를 거두고 차가워진 표정으로 지유의 책상 위에 날름 올라앉았다.

"이번엔 제대로 잔머리 좀 굴렸네. 근데 넌 딱 여기까지야."

지유가 고개를 들었다.

"내가 할 수 있는 게 뭘까, 내가 어디까지 할 수 있을까."

지유는 비스듬히 고개를 기울였다.

"근데 내가 할 수 있는 건 이런 거더라고."

바닥부터 차근차근 밟고 올라서는 거, 이게 이지유가 할 수 있는 거였다.

"더럽고 치사하겠지만 어쩌겠어, 할 수 있는 것부터 해야지. 그러게 적당히 해 드셨어야지. 꼬리가 길면 밟히는 법인데 길어도 너무 길었어."

가방의 존재에 대해 지유는 정확히 파악하고 있었다. 어디까지 연결된 건지 알기 위해 그동안 참고 있었던 거였다.

"과연 밟힌 걸까?"

"움찔했잖아."

도훈은 반박하지 못했다.

"난 그거면 됐거든."

시작부터 거창한 걸 바라지는 않았다. 그저 이지유란 사람이 있다는 걸, 함부로 얕잡아 보면 안 된다는 정도만 알려 주면 되는 거였다.

"근데 여기서 이러고 있을 시간 없는 거 아니야? 처갓집 가 봐야지."

도훈의 눈이 붉게 충혈됐다.

"그래, 이번엔 네가 이겼어. 실컷 즐겨, 조만간 끝날 테니까."

어깨를 으쓱하며 도훈이 사무실에서 나가는 걸 지켜봤다. 그리고 조용히 혼자 읊조리듯 말했다.

"아니, 이제 시작이야."

그 어떤 감정도 읽히지 않는 얼굴로 지유는 그렇게 말하고 있었다.

점심 식사를 하기 위해 구내식당으로 향하던 진후는 지유가 사무실에 혼자 남았다는 다른 직원의 말을 듣고 회사 근처 샌드위치 가게를 들렀다.

"다 먹고살자고 하는 일인데 먹으면서 합시다."

진후의 말에 지유가 고개를 돌렸다. 그는 샌드위치가 든 종이봉투를 들어 보이며 씨익 웃었다.

"여기 되게 맛집이래요."

진후는 지유 옆에 있는 의자를 끌어당기며 자신만만한 표정으로 말했다.

"누가요?"

"여직원들이요."

"그때 그 샌드위치인가요?"

"아니요, 이건 다른 데예요."

진후는 고개를 저었다.

"아, 다른 데구나."

묘한 뉘앙스로 말하면서 지유는 가느다란 눈초리로 짐짓 흘겨보듯이 말했다.

"질투하는 겁니까?"

"은근 주위에 여자들이 많네요."

"은근 괜찮네요."

샌드위치 포장을 벗기며 두 사람은 제법 끊이지 않고 대화를 이어 나갔다.

"뭐가요?"

"지유 씨가 질투하는 거요."

"질투 아닌데?"

"그거 질투 맞는데?"

"그렇다고 해 두죠."

사실 지유 자신도 질투인지 아닌지 제 감정을 정확히 읽을 수가 없었다. 지난번 진희 친구와의 일로 내내 가슴이 답답했던 걸 보면 질투가 맞을지도 모르겠다.

"참, 진희 씨 일은 어떻게 됐어요?"

가만히 어깨를 들썩이며 진후는 샌드위치를 크게 한입 베어 물었다.

"아직 어머니는 모르세요?"

"아직은."

사실 진희의 일은 잊고 있었다. 그것보다는 선배의 제안으로 머릿속이 조금 복잡해지기 시작했다.

"정리하길 기다리는 거예요?"

"그렇기도 하고."

지유는 어느새 진후의 가족이 되어 그들과 함께 걱정하고 있었다.

"정리가 될 것 같지는 않아요."

"왜요?"

"먹고살기 바빠서 연애하는 거에 관심도 없었어요. 그랬던 서진희가 연애를 한다는 건 아마 그다음까지 생각하고 만나는 걸 거예요."

"아."

지유는 샌드위치를 입에 넣으면서 고개를 주억거렸다. 둘이 머리를 맞댄다고 해서 뾰족한 해결책이 나오지는 않겠지만 그럼에도 두 사람은 꽤나 진지했다.

"어때요?"

"뭐가요?"

"샌드위치."

"맛있어요."

"뭘 좋아하는지 몰라서 제일 비싼 걸로만 넣어 달라고 했어요."

진후의 말에 지유는 피식 웃음을 터트렸다.

"나 아보카도 좋아해요."

"또?"

"음······ 연어도 좋아하고."

"그리고?"

"삼겹살."

"네?"

"좋아하게 됐어요. 맛있더라고요."

진후의 집에서 신문지를 깔고 바닥에 둘러앉아 지글지글 소리
나게 구워 먹었던 삼겹살을 지유는 잊을 수 없었다. 그날의 분위기
와 같이했던 사람들, 모두가 기억에 남는 맛이었고 멋이었다.

"주말에 먹어요."

주말 약속이 생겨 버렸다. 그것도 같이 사는 남편과. 데이트 약
속을 한 것처럼 벌써부터 가슴이 두근두근 뛰었다.

전쟁 같은 이 회사 안에서 진후와 이런 시간을 가질 수 있다는
게 믿기지 않았다. 휴식처럼 편안했다. 그리고 설레었다.

❋❋❋

흐름은 지유가 원하던 대로, 그리고 계획했던 대로 흘러갔다.
덕분에 도훈은 하루아침에 회사 내에서 거의 그림자 같은 존재로
전락했다.

하지만 그렇다고 처가에 대놓고 싫은 소리를 할 수도 없었다.
모두가 자신과는 연관 없는 듯 태연하게, 그러나 조용하게 지낼 뿐
이었다.

그러니 도훈은 그저 세진을 건드리면서 그녀의 입을 통해 얘기가 처가로 전달되길 바랄 뿐이었다.

"지겹지도 않아? 그만 좀 해."

"하루 종일 나랑 같이 이 집에 있는 게 지겨운 거 아니야?"

"그것도 지겨워."

"그럼 처신을 잘했어야지."

세진은 먹던 밥숟가락을 식탁에 탁, 소리가 나도록 내려놨다.

"미안해."

갑작스러운 세진의 사과에 밥그릇에 고개를 묻고 있던 도훈이 얼굴을 들었다. 그러고는 의심스러운 눈길로 세진을 쳐다봤다.

"쇼핑한 것도 미안하고 사진 찍힌 것도 미안해."

"그리고?"

"안 그래도 능력 없어서 회사에 겨우 붙어 있었는데 나 때문에 보기 좋게 밀려나서 그것도 미안해."

"뭐?"

"짜증나."

세진은 그대로 일어나 주방에서 나가 버렸다. 화풀이 대상이 필요했던 도훈은 세진의 도발에 있는 대로 화가 나서 그대로 밥그릇을 벽을 향해 집어 던졌다.

주방에서 들리는 날카로운 소리에도 세진은 개의치 않고 방으로 들어가 버렸다.

세진은 곧장 핸드폰을 집어 들고 엄마에게 전화를 걸었다.

"언제까지 이러고 있어야 돼?"

전화를 받자마자 신경질적으로 말하는 세진에게 은주는 일단 화를 누르며 타이르듯 다독였다.

― 네 시댁에서 부지런히 이슈 만들고 있으니까 조금만 참아.

"그러니까 언제까지!"

기어이 세진이 폭발해 버렸다. 겨우 사진 하나 찍혔을 뿐인데 양쪽 집안에서 세진을 단속하고 나섰다.

쇼핑도 안 되고 파티도 안 됐다. 그저 조신하게 집에 있으라는 게 집안의 명령이었다. 단 하루도 가만히 있지 못하는 세진에게는 가장 가혹한 벌이었다.

"나 진짜 돌 거 같아. 그러니까 엄마가 어떻게 좀 해 보라고."

― 철없는 애도 아니고 돌아가는 흐름 정도는 알고 있어야지. 엄마가 언제까지 일일이 알려 줘야 해?

은주도 더 이상은 참을 수가 없었다. 안 그래도 집에서 남편의 성화에 살얼음판을 걷는 것 같은 숨 막힘을 견디고 있는데 아침부터 세진까지 전화해서 달달 볶아 대니 미쳐 버릴 것 같았다.

"몰라, 난 그런 거 모르고 관심도 없어. 내가 정치하는 것도 아닌데 왜 나까지 사람들 비위를 맞춰야 하는 건데?"

― 그래 봤자 이제 이틀 지났어.

아빠에게 아무것도 하지 말라는 말을 듣는 순간부터 세진은 숨통이 조여 왔다.

"그래서 언제까지 이래야 하는 건데?"

― 잠잠해질 때까지.

"그게 언제냐고."

― 김세진.

"난 이렇게 못 살아. 엄마도 알잖아. 진짜 미쳐 버릴 것 같단 말이야."

― 세진아, 아빠 큰일 하실 분이야. 당장 지금만 생각하지 말고 앞으로를

생각하라고.

세진은 입술을 깨물었다.

– 이 서방이랑 여행이나 좀 다녀오든지.

코웃음을 치며 화장대 앞에 앉은 세진은 여전히 주방에 있는 도
훈을 향해 눈을 흘겼다.

– 어쨌든 조용히 지내.

"끊어."

퉁명스럽게 통화를 끝내고 거울 속에 비친 제 모습을 물끄러미
바라봤다.

이틀 사이에 피부가 엉망진창이 됐다. 그리고 다른 사람은 아무
렇지 않은데 자신들만 죄인인 것처럼 몸을 사리고 있는 게 도무지
이해되지 않았다. 모두가 다 알면서 마치 아닌 척 발을 뺀 것도 우
스웠고 어이가 없었다.

"엿 같네, 진짜."

거울 속 세진의 입술 끝이 틀어졌다. 그녀는 핸드폰을 들어 어
딘가로 전화를 했다. 그사이 도훈이 방으로 들어왔다.

"여행이나 가요."

도훈이 어이없다는 듯 웃었다.

"어차피 여기 있어도 할 것도 없는데 여행이나 가자고요."

"한가한 소리 한다."

"한가한 거 맞잖아."

출근을 하지 않아도 찾는 사람이 없었고 하루 종일 핸드폰도 울
리지 않았다. 사람들은 현재 도훈과 거리를 두고 있었다. 당분간
은 세진의 말처럼 무척이나 한가할 것 같았다.

"파리 어때?"

"장모님은 뭐라셔?"

"당신이랑 같이 여행이나 다녀오래."

선을 긋는 건 처가도 마찬가지였다. 괜스레 구설수에 오르지 않는 게 좋겠다는 판단에서였다. 그건 도훈도 알고 있었지만 어쩐지 기분은 썩 좋지 않았다.

잠잠해지고 있고 대중의 관심사를 다른 쪽으로 돌리고 있는 중이었다. 거기에 가장 큰 역할을 한 게 지유라는 것도 알고 있었다. 그런데 왠지 이번 일을 꾸민 게 이지유가 아닐까 하는 의심이 들었다. 물증은 없고 그저 심증이었다.

"파리 어떠냐고."

"다음에 가."

"아니, 난 지금 가고 싶어."

무슨 생각을 하는 건지 세진은 고집을 부렸다.

"월요일 가는 걸로 비행기 알아보라 했어."

"벌써?"

"언제는 계획하고 움직였나?"

화장을 하는 세진의 손놀림이 빨라졌다.

"어디 가?"

"답답해."

새빨간 립스틱을 바르며 세진은 제 얼굴을 꼼꼼히 들여다봤다.

✿✸✿

지유는 진후와 함께 서울 모처의 한 커피숍에서 인터뷰를 준비 중이었다. 모처럼 대외적인 스케줄에도 그녀는 스타일리스트의 도움을 전혀 받지 않았다.

"직접 하시나 봐요?"

인터뷰를 맡은 기자가 의아스럽다는 듯이 물었다.

"네."

"대부분의 연예인들이 친구 결혼식 갈 때도 숍에서 메이크업 받는 게 자연스러운 건데 안 그러셔서 좀 놀랍네요."

"전 연예인이 아니니까요."

"연예인보다 더 연예인스럽죠."

인터뷰는 명원 측에서 지정했다. 여러 곳 중 가장 우호적이면서 명원의 스폰을 가장 많이 받고 있는 곳으로.

"제가요?"

"모르셨어요? 이지유 씨 따라 하고 싶어 하는 사람들 아주 많아요."

지유는 짧게 입술을 늘이며 웃었다. 나이가 젊은데도 그녀에게 선 기품이 느껴졌다. 꾸미지 않아도 절로 흘러나오는 아우라가 있었다.

그녀의 뒤에 꼬리표처럼 따라붙는 첩의 딸이라는 말은 그녀 앞에서는 고개도 못 내밀었다.

"다 됐어요?"

그때 진후가 메이크업을 마치고 지유의 곁으로 다가왔다.

차마 남자의 얼굴까지는 만질 엄두가 나지 않아 지유는 진후를 위한 메이크업 전문가를 따로 불렀다. 그래 봤자 피부 톤과 눈썹 정리를 하는 게 다였지만 메이크업을 끝내고 나온 진후는 훨씬 더 멋있었다.

"이상하지 않아요?"

지유도 받지 않은 메이크업을 남자인 자신이 받는 게 진후는 못내 어색하기만 했다.

"자연스럽고 좋은데요?"

기자의 눈에는 지유와 진후가 서로를 바라보는 눈길이 애틋했다. 사랑에 빠진 젊은 커플의 모습이었다.

"이제 인터뷰 진행할까요?"

"네."

만나게 된 일부터 신혼 생활까지, 두 사람의 일거수일투족에 대한 인터뷰가 진행됐다.

물론 사전에 조율한 질문들이었지만 지유와 진후는 간간이 서로의 눈을 맞추며 그리고 웃어 가며 순조롭게 인터뷰를 이끌어 갔다.

가식적이기는 해도 재벌가의 생활에 대해 한 번씩 기사가 나갈 때면 사람들은 꽤나 흥미롭게 관심을 가졌다.

그중에는 믿지 않는 사람도 물론 있었지만 호의적이지 않은 사람들의 관심을 끌었다는 것만으로도 이번 인터뷰는 성공적일 것이다.

이슈가 되는 것, 그건 재벌가 사람들의 숙명이었으니까. 그 이슈를 긍정적으로 만드는 것도 이들이 해야 할 숙제였다.

"고생하셨습니다."

인터뷰가 끝나고 지유는 시간을 체크했다.

"곧 있으면 식사 시간인데 근처에 준비해 뒀어요. 식사하고 가세요."

"어머, 감사합니다."

진후는 지유의 의자를 빼 주며 살갑게 웃었다.

"같이 안 드세요?"

"오랜만에 나왔는데 저희는 데이트해야죠."

진후의 말에 지유가 눈을 둥글게 말아 웃었다.

"참, 제가 눈치가 없었네요. 오늘 인터뷰 감사했습니다."

"고생하셨어요."

진후가 지유의 손을 잡았다. 두 사람은 눈을 맞추며 싱긋 웃었다. 잠깐이지만 둘 사이로 햇살이 내려온 듯한 착각이 들 정도로 둘에게서는 빛이 났다. 손을 잡고 나가는 진후와 지유는 그저 보통의 평범한 연인이었다. 두 사람을 보면서 기자는 흐뭇하게 웃었다.

커피숍을 나와서 거리를 걷는 동안에도 진후는 지유의 손을 놓지 않았다. 지유가 한 번 슬쩍 빼내려고 했지만 그는 일부러 놔주지 않았다. 그렇게 손을 맞잡고 두 사람은 여유롭게 사람들 사이를 즐기듯 걸었다.

한낮의 햇살이 뜨겁게 정수리를 달궜지만 잡고 있는 손은 그저 따뜻했다. 손바닥에 심장을 쥐고 있는 것처럼 뛰었다. 그 진동이 다시금 가슴으로 전달됐다.

좋으면서 설레었고 설레면서 떨렸다. 이런 감정을 가져도 되는 건지, 단순히 날이 좋아서 드는 착각과도 같은 감정인 건지 확신할 수가 없었다.

그럼에도 두 사람은 온전히 서로에게 하루를 선물하기로 했다. 그저 말없이, 아무 걱정 없이 오늘의 하루를 오롯이 즐기기로 했다.

"배고파요?"

"조금."

진후는 잠시 고민하는 듯하더니 지유에게 물었다.

"매운 거 좋아해요?"

"어떤 매운 거?"

도란도란 대화를 나누며 손을 맞잡고 걷는 순간이 마치 꿈을 꾸고 있는 것처럼 몽환적이었다.

"아주 매운 거. 너무 매워서 눈물, 콧물 다 쏟는 그런 매운 거요."

"그런 걸 왜 먹어요?"

"먹고 나면 개운하거든요."

"되게 가학적으로 들리는데요?"

"그런가?"

"그럼에도 불구하고 한번 도전해 보고 싶은 욕구가 막 생기네요."

지유의 말에 진후는 씨익 웃었다. 마치 장난꾸러기 같은 표정이었다.

"먹고 아이스크림 사 줄게요."

"근데 그 눈물, 콧물 다 쏟는 매운 게 뭔데요?"

"떡볶이."

지유의 눈이 커다래졌다. 문득문득 그립던 음식이었다. 가학적으로 매운 건 아니었지만 떡볶이 하면 어린 시절의 추억이 있는 것처럼 묘하게 아련해졌다.

"가요."

진후의 발걸음이 빨라졌다. 그와 보폭을 맞추며 지유도 신이 나서 걸었다.

둘 다 떡볶이를 먹을 옷차림은 아니었지만 그런 건 개의치 않았다. 불편하게 높은 하이힐도 목을 조이는 답답한 넥타이도 거슬리지 않았다. 지금 이 순간을 함께하고 있다는 것만이 즐거울 뿐이었다.

"여기예요."

생각보다 허름하지 않았다.

"들어가요."

자리에 앉을 때까지도 진후는 손을 놓지 않았다. 좁은 식탁에 마주 앉은 두 사람은 기대에 부풀어 주문했다. 그리고 떡볶이가 나올 때까지 또 끊이지 않고 대화를 이어 나갔다.

둘에 대한 것보다는 대개가 다른 사람들의 상황과 지금 눈에 보이는 것들에 대한 이야기였지만 즐거웠다.

"우와."

주문한 떡볶이가 나오고 둘 다 동시에 감탄사를 내뱉었다. 일단 양이 어마어마하게 많았다. 그리고 그야말로 시뻘겠다. 지유를 위해 진후가 먼저 젓가락을 들어 맛을 봤다.

"어때요?"

"으음."

신중하게 맛을 보는 진후를 지유는 눈을 말똥말똥 뜨고 지켜봤다.

"막 맵지는 않은 것 같아요."

진후의 말에 지유도 호기롭게 젓가락을 들어 떡볶이를 맛봤다. 한입 입에 넣자 매콤하면서도 달달한 맛이 입안을 빠르게 퍼져 나갔다.

"맛있다."

지유의 말에 진후는 안심했다. 사실 인터뷰 장소를 알고 미리 근처에 있는 맛집을 검색해 둔 거였다.

비싸고 고급스러운 건 사 줄 수도 없고, 또 지유가 언제든지 먹을 수 있다고 생각해서 그녀와 가장 어울리지 않는, 그러면서도 가장 어울렸으면 하는 음식으로 골랐다.

"별로 안 매운 것 같은……."

매운 맛이 늦게 올라왔다. 금세 진후는 얼굴이 붉어지고 눈까지

287

빨갛게 충혈됐다. 너무 매워서 말을 할 수 없었다.

　연신 물을 들이켜는 진후를 위해 지유는 음료를 주문했다. 그러고는 계속 매워서 어쩔 줄 몰라 하는 진후를 구경하듯 키득거리면서 떡볶이를 먹었다.

　"안 매워요?"

　"매워요."

　"근데 왜 그렇게 잘 먹어요?"

　어느 정도 매운 맛이 진정됐는지 진후는 벌게진 얼굴로 물었다.

　"맛있어요."

　"매운 거 잘 먹으면 독하다던데."

　물 한 잔을 더 마시며 진후는 혼잣말처럼 구시렁거렸다.

　"이 정도로 뭘 그렇게 난리를 쳐요?"

　"난리?"

　"남자가 이것도 못 먹고."

　품, 지유가 해맑게 웃었다. 그 모습이 너무 사랑스러웠다. 지금처럼 농담도 하면서 맛있는 것도 먹으면서 살고 싶었다.

　이 여자가 심각해지는 게 싫었다. 맛없는 요리 먹으면서 안 예쁘게 말하는 것도 싫었다. 언제부터였을까, 이지유는 웃을 때가 제일 예뻤다.

　"지유 씨 다 먹어요. 난 더는 못 먹겠어요."

　"다음 코스는 뭐예요?"

　진후는 눈을 크게 떴다.

　"검색한 거 아니에요?"

　"알고 있었어요?"

　어젯밤 식탁에 올려진 진후의 핸드폰에 떡볶이집이 검색돼 있었다. 못 본 척 지나쳤지만 내내 우스웠다. 그리고 설레었다. 설렌 건 아마도 어제부터였던 것 같다.

"롤러 탈 줄 알아요?"

"그게 뭐예요?"

짐짓 장난스러운 표정을 지으며 진후는 팔짱을 껴서 앉았다.

마치 80년대로 타임캡슐을 타고 돌아간 것 같은 분위기에 지유는 입구에서 입을 떠억 벌리고 서 있었다. 그런 지유를 진후가 손을 잡아 이끌었다.

"어때요?"

"그래서 옷을 바꿔 입었군요."

이제야 이해가 간다는 표정으로 지유는 고개를 끄덕였다.

떡볶이집을 나와 진후는 지유를 데리고 근처 옷가게로 들어갔다. 가벼운 후드 티와 청바지를 사 주고 자신도 비슷한 옷을 사 입었다.

옷가게에서 나오는데 일부러 커플룩을 맞춰 입은 것 같아 낯이 뜨거웠다. 하지만 그럴 틈도 없이 곧장 신발 가게로 달려가 운동화를 신겨 줬다. 발이 편해지니 날아갈 것 같았다.

진후는 지유의 발 사이즈를 말하고 롤러스케이트를 받아 들었다. 의자에 가만히 지유를 앉히고 그녀의 신발을 벗겼다.

"내가 할게요."

그녀의 만류에도 진후는 롤러스케이트를 신겨 줬다. 끈을 하나하나 신경 써서 조이고 묶었다.

그의 정수리를 지유는 말없이 내려다봤다. 왈칵 눈물이 날 것만 같았다. 따뜻하고 다정한 그가 좋았다.

이렇게 잘해 주면 웃어 주고 싶었다. 같이 밥을 먹고 같이 얘기를 하고 같이 웃고 싶었다. 해야 할 일들을 모두 제쳐 두고 그러고 싶었다.

이 사람과 함께 있으면 자꾸만 해야 할 일들을 잊었다. 그리고 착해지고 싶었다. 눈꼬리가 내려가고 입술 끝이 올라가려고 했다. 변하고 싶어서 발버둥 치는 이지유를 발견하곤 했다.

"됐어요."

작은 그녀의 발에서 운동화를 벗겨 내고 롤러스케이트를 신기는데 이상하게도 가슴이 뛰었다. 이 작은 발로 얼마나 많은 가시밭길을 걸었을까, 안쓰러웠다.

홀로 서 있는 그 좁은 땅 위에서 쓰러지지 않기 위해서 그녀는 얼마나 많은 사람들과 싸우며 얼마나 많은 상처를 받았을까.

가슴이 아렸다. 잠깐이라도 쉬게 해 주고 싶었다. 인터뷰를 핑계로 벗어나게 해 주고 싶었다. 그래서 밤새 검색을 했다. 그 시간마저도 진후는 설레고 좋았다.

"못 일어날 것 같아요."

"기다려요. 내가 잡아 줄게요."

지유의 옆에서 진후는 꼼꼼히 롤러스케이트를 신었다. 그러고는 지유의 손을 잡고 자리에서 일어났다. 지유가 휘청거리며 팔을 휘저었다.

진후는 웃으며 그녀의 손을, 그리고 그녀의 허리를 감싸 안았다. 진후에게 의지한 채로 지유는 서서히 앞으로 나아갔다.

"운동 신경 좋은데요?"

"내가 인라인은 좀 타거든요."

자신만만한 표정으로 말했지만 진후를 꼭 잡고 있는 손은 절대

놓지 않았다.

"근데 왜 이렇게 잘 타요?"

"어릴 때 주인집 형이 이걸 갖고 있었거든요. 그 형이 새 거 사면서 줬어요. 그래서 진짜 매일 탔어요."

"새 거 갖고 싶었겠다."

"아니요, 나한테는 충분했어요."

매일 집에서도 신고 다닐 정도였다. 밤에 신고 자면 어머니는 그걸 몰래 벗겨서 머리맡에 놓아두었다. 너무 좋아서 학교 갈 때 도둑이라도 들어서 가져갈까 봐 옷장에 넣어 두고 가곤 했었다.

훔쳐 갈 것도 없어서 도둑도 들지 않는 집이었지만 어린 진후에게는 세상에서 가장 귀하고 소중한 거였다.

발이 커져서 스케이트가 작아졌는데도 학교만 끝나고 오면 매일 동네를 누비고 다녔다. 그리고 저녁이면 깨끗하게 닦아서 옷장에 넣어 두는 게 습관이 됐다. 너무 닦아서 나중엔 천이 너덜너덜해졌지만 진후는 그때도 롤러스케이트를 떠나보내지 못했다.

하지만 어머니가 새 걸 사 주려고 돈을 모으는 걸 알게 된 후 스스로 품에서 떠나보냈다. 그러고는 다시는 타지 않았다.

"발이 에이 자가 되게 해 봐요."

차근차근, 진후는 지유에게 친절하게 타는 법을 알려 줬다. 둘 사이에 또 하나의 추억이 생겨 버린 날이었다.

저녁은 삼겹살을 사서 진후의 집으로 찾아갔다. 아들 내외가 온다는 소식에 어머니는 이것저것 하느라 분주하기만 했다.

"삼겹살 사 온다니까 뭘 준비하셨어요."

진후는 괜히 어머니가 고생하신 것 같아 말이 곱지 않게 나갔다.

"그래도 오랜만에 오는데 엄마가 해 주는 밥 먹고 싶을 거 아니야."

고생 그만하시라고, 좋은 집에서 좋은 것만 드시면서 편히 사시라고 한 결혼이었다. 하지만 어머니는 하나도 즐기지 못하셨다.

좋은 집에 살지만 쓰는 방은 정해져 있었다. 2층 방은 청소할 때를 제외하고는 올라가지를 않으셨다. 매일 반질반질하게 청소만 하셨다. 아무도 사용하지 않는 방인데도 먼지 하나 없이 깨끗했다.

"배고프지? 얼른 차려 줄게."

"차릴까요?"

"아니야, 내가 할게. 넌 저기 가서 앉아 있어."

귀하고 귀한 며느리 아까워서 시키지도 않으셨다.

틈틈이 집으로 고기를 보내 주는 지유의 살뜰함에 강 여사는 점차 마음이 열렸다. 팔려 가듯이 장가간 아들이 한없이 가엾고 불쌍했는데 옆에서 지켜보니 팔려 온 건 아들뿐이 아닌 듯했다.

하지만 둘이 의지하며 잘 맞추고 사는 것 같아 마음이 놓이기도 했다. 그저 감사하고 어여쁘기만 했다. 둘 사이에 어떤 거래를 했든 이제 중요하지 않았다. 아들과 살고 있는 그저 착하고 예쁜 며느리일 뿐이었다.

"저 잘해요."

거실 한가운데 깔린 신문지 위로 지유는 알아서 반찬들을 옮겼다. 하나둘씩 음식들이 차려졌다. 한참 몸을 움직이고 온 터라 둘다 배가 고팠다.

"진희는요?"

"들어온다고 전화 왔어."

진후와 지유는 잠깐이지만 무언의 눈빛을 주고받았다. 아무래도 데이트를 하러 나간 모양이었다.

"남자가 생겼는지 요즘 주말마다 나가더라."

"아, 네."

"뭐 아는 거 없어?"

은근슬쩍 어머니가 진후에게 물었다.

"네."

진후는 대충 말을 얼버무리며 진희의 일에 대한 언급을 꺼렸다. 알아서 말하기를 기다리는 게 나을 것 같았다.

사실은 그 전에 헤어져 주기를 바랐다. 누구도 상처받지 않는 평화로운 지금이 이기적이지만 좋았다.

"이건 뭐예요, 어머니?"

지유의 어머니 소리가 강 여사는 듣기 좋았다. 입매를 부드럽게 늘어뜨리며 강 여사가 말했다.

"호박 말린 거. 밥하고 먹으면 맛있어. 이런 거 안 먹어 봤지?"

"네."

"입맛에 맞을지 모르겠다."

"맛있어 보여요."

"그래, 많이 먹어."

신문지 위로 저녁 밥상이 차려지고 외출을 했던 진희도 돌아왔다. 손을 씻고 나와서 금세 합류했다.

잠깐이지만 진후와 지유의 눈치를 살피는 듯하던 진희는 아무 일도 없는 것처럼 밝은 표정으로 밥을 먹기 시작했다.

그동안의 밀린 얘기를 하고 오늘 롤러스케이트장을 다녀온 얘기도 하면서 네 사람은 소소하지만 즐거운 저녁 식사를 할 수 있었다.

"이것도 먹어 봐."

강 여사는 연신 지유의 밥 위에 반찬을 놔 주느라 바빴다. 그러면 지유는 얼른 한입 먹고 맛있다며 반달눈을 해 보였다. 제법 이집과 지유가 잘 어울렸다. 가족의 모습이 돼 가고 있었다.

저녁을 먹고 진후는 진희와 잠시 얘기를 하기 위해 밖으로 나왔다. 풀벌레 소리가 듣기 좋은 평화로운 저녁이었다.

"어떻게 할 생각이야?"

한동안 말이 없던 진후가 어렵게 입을 뗐다.

"하고 싶어, 결혼."

신발 끝을 내려다보면서 진희는 나직이, 그러나 강한 어조로 말했다. 말끝을 흐리지도 않았고 진후의 눈치를 살피지도 않았다. 이미 마음속으로 결혼을 하기로 결정을 한 듯싶었다.

"상대방도 같은 생각이야?"

"아니."

"그럼?"

"하고 싶지 않대. 그래서 열심히 설득 중이야."

어이가 없었다. 아이까지 있는 사람이 버티고 있는 중이라니. 하지만 양심은 있는 사람이구나 싶어서 오빠로서 안심은 됐다.

"어머니는?"

"그 사람 먼저 설득한 다음에."

"그다음에 어머니도 설득한다고?"

"어."

아무런 반대 없이 그렇게 해, 라고 말해 주면 좋겠지만 그러지 않을 거라는 걸 알기에 진희는 마음이 무거웠다.

분명 어머니는 크게 반대를 하지도 않을 거다. 하지만 밤마다 보이지 않는 곳에서 눈물을 흘리며 제 가슴을 칠 거다. 그래서 더 죄송하고 입이 떨어지지 않았다.

"나는?"

"오빠는 오빠가 알아서 해."

"나는 아예 걱정도 안 하는구나."

"오빠한테는 새언니가 있잖아."

지지까지는 아니더라도 반대는 하지 말았으면 하는 게 진희의 솔직한 심정이었다. 그냥 묵묵히 있어 주기를 바랐다. 뜯어말리고 싶겠지만 그러지 않았으면 했다.

"그 사람이 고집을 꺾지 않았으면 좋겠다."

"꺾을 거야."

"그렇겠지."

나름대로 끝까지 최선을 다했다는 걸 말하고 싶겠지. 하지만 어머니 입장에서는 그런 건 아무짝에도 소용없는 일이었다.

나가서 기죽지 말라고 없는 살림에 빚내서 키우지는 않았어도 늘 자랑스러운 자식이었다. 그저 평범하게 남들 사는 것처럼만 살아 주기를 바랐을 거다.

"우리는 왜 이 모양이냐."

"우리라고 하지 마. 오빠는 성공한 결혼이야."

"내가?"

"내가 보기엔 그래."

처음엔 당연히 걱정이 앞섰다. 하지만 지유에 대한 오빠 마음이 어떻게 변화됐는지 어림짐작할 수 있었다. 전보다 더 다정했고 애틋했다. 그건 지유도 같은 것 같았다. 둘 사이가 제법 편안해졌다.

"그리고 나도 그럴 거야."

진희는 파르르 떨리는 입술을 앙 물었다.

"힘들면……."

진후는 한숨을 크게 내쉬었다.

"성공하길 바랄게."

동생이 아프지 않기를 바란다. 욕심 한 번 낸 적 없는 아이였다. 소풍 갈 때 새 옷 한 번 입은 적도 없었다. 하지만 단 한 번도 싫은 내색 한 적이 없었다. 늘 밝았고 늘 씩씩했다.

"들어간다."

먼저 자리를 뜨면서 진후는 진희에게 들리지 않도록 한 번 더 한숨을 내쉬었다. 결혼이 마치 인생의 마지막 도전인 듯했다. 이번 도전을 멋지게 끝내고 나면 그다음은 무조건 행복인 것처럼 그렇게 착각을 하고 있다.

그게 무모한 착각이라고 해도, 단발성에 지나지 않다고 해도 제발 진희의 결혼이 성공적이었으면 한다. 제 선택이 옳았음을 멀지 않은 미래에 깨닫고 환하게 웃었으면 좋겠다.

지금은 조금만, 아주 조금만 아팠으면 좋겠다. 힘들지 않기를 한숨과 함께 진심을 토해 냈다.

✲✲✲

꿈 같은 주말을 보내고 지유는 이른 시간 회사로 출근했다. 주말 동안 기사가 나감으로써 회사에 쏠렸던 여론의 관심은 의도적으로 지유의 사생활로 바뀌고 있었다. 거기에 연예계 가십도 크게 한몫했다.

보통은 이런 경우를 대비해서 터트리지 않고 갖고 있는 연예 기사가 잡지나 신문사마다 한두 개씩은 있는 편이었다. 긴박하지 않은 사항이면 그건 협상 테이블 위에 좋은 먹잇감으로 등장한다.

그걸로 그룹에서는 막고 싶은 것들을 아주 비싼 값에 사들이고 잡지사는 짭짤할 뒷돈으로 쓰는, 서로 윈윈하는 거였다.

이번에도 제대로 큰일이 터지기 전에 지유가 발 빠르게 움직여 막을 수 있었다. 파면 더 깊고 견고한 뿌리가 나온다는 걸 다들 알고 있었지만 다 같이 결속해서 입을 다물기로 암묵적 사인을 주고받은 거였다. 다치는 건 명원만이 아니라는 걸 알고 있으니까.

그걸로 지유를 얻고 도훈을 잠시 잃는 건 회사로서도, 그리고 아버지 이 회장으로서도 나쁘지 않은 조건이었다. 하지만 도훈과 세진은 결코 그렇지 않았다.

"아침부터 왜 이렇게 바빠요?"

불쑥 사무실로 들어온 세진을 보고 지유는 미간을 좁혔다.

"여기 아무나 들어오는 데 아닌데?"

"어머, 그래요? 미안해요. 난 아가씨 보고 반가워서 내가 아무나인 줄은 몰랐네요."

세진은 의자를 끌어당겨 지유의 옆에 앉았다. 사무실을 휘이 둘러보며 그녀는 입술을 삐죽 내밀었다.

"너무 좁다."

"아침부터 무슨 일이에요?"

"우리 아가씨가 일하기에는."

지유의 말은 귓등으로도 안 듣고 세진은 여전히 사무실을 둘러보며 제 할 말만 했다. 지유는 손목시계를 보며 직원들이 출근할 시간을 체크했다.

"이참에 사무실 하나 달라고 해요."

"10분 드릴게요."

지유를 돌아보는 세진의 표정이 바뀌었다.

"내가 어떻게 하면 갚을 수 있을까요?"

분해서 잠이 오지 않았다. 당장이라도 뺨을 휘갈기고 싶었지만 그럴 명분도, 또 그렇게 소란을 피우는 게 전혀 도움이 되지 않는다는 것도 알고 있었다.

하지만 그렇다고 분풀이를 하지 않고는 넘길 수 없었다. 제일 만만하고, 제일 손쉽고, 제일 우스운 게 지유였다.

"아무것도 하지 마세요."

"아무것도?"

"좋아하는 여행이나 좀 다녀오든지."

지유의 감정 없이 말간 얼굴이 세진은 싫었다. 모든 걸 다 알고 있다는 듯 사람을 내려다보는 눈빛도 마음에 들지 않았다. 가진 게 아무것도 없으면서 왜 그렇게 당당한 건지 알 수가 없었다.

"그거야 가야지, 얼마 만에 생긴 시간인데."

"잘 다녀와요."

"아가씨."

"네."

"아침은 먹고 다녀요?"

자리에서 일어날 준비를 하며 세진이 걱정하듯이 물었다. 대꾸할 필요가 없음에 지유는 그저 다음 말을 기다렸다.

"속이 든든해야 잘 버티지. 가서 아침이라도 먹고 와요."

세진은 핸드백을 열어 그 안에 지갑에서 만 원짜리 지폐 한 장을 꺼내 책상 위에 올려놨다. 책상 위를 내려다봤던 지유의 시선이 세진에게로 올라오자 그녀는 붉게 칠한 입술을 끌어 올려 웃었다.

"나 다녀올게요."

인사까지 하고 세진은 사무실을 나갔다. 찝찝함에 지유는 곧장 컴퓨터 화면을 켰다. 그리고 실시간 검색어에 오른 자신의 이름을 발견했다.

주말에 진행한 인터뷰 때문이었다. 하지만 검색어에는 줄줄이 진후의 이름과 내연녀, 혹은 정략결혼이라는 지저분한 것들이 따라붙었다. 그중 맨 아래에 있는 진후의 이름을 클릭했다.

<서진후>

진후와 관련된 기사를 클릭하는 지유의 손끝이 미세하게 떨렸다.

<현대판 남자 신데렐라!

국내 굴지의 그룹인 명원의 유일한 사위이자 명원의 외동딸 이지유의 남편으로 요즘 세간의 관심을 한 몸에 받고 있는 남자, 서진후.>

기사는 자극적이면서도 친화적이었다. 그 밑으로 진후의 신상에 대한 것들이 까발려지듯 나왔다. 그건 어디까지나 예상했던 것들이었다. 총알받이로 쓰는 게 미안했지만 명원의 사위로 진후가 치러야만 하는 대가였다.

<서진후 내연녀>

지유는 그 다음으로 진후의 이름보다 더 높은 순위에 오른 검색어를 클릭했다. 이건 사전에 합의되지 않은 거였다.

<명원그룹 사위의 숨겨진 여자?>

자극적인 제목의 기사가 제일 눈에 띄었다. 그리고 지유는 거침없이 그 기사를 클릭했다. 모자이크 처리됐지만 진후와 어떤 여자가 서로 마주 보고 있는, 꽤나 가까운 거리에서 찍힌 사진이

있었다.

　사진 아래로 달린 기사는 사실이 아닌 추측성 보도에 지나지 않았다. 지유가 아닌 알 수 없는 여인과 은밀하게 낮 데이트를 즐긴다는 내용의 기사였다.

　정확하게 진후의 내연녀라는 말은 기사 어디에도 없었다. 그저 그걸 읽은 사람들로 하여금 그 여자의 존재가 과연 누구일까 하는 의구심을 들게 만들었다.

　기사 대부분에 똑같은 사진이 실렸고 내용은 하나같이 사실이라고 말하지 않고 과연 대낮에 서진후가 만나고 있는 여자는 누구일까 의심으로 끝을 냈다.

　누군가 진후와 어떤 여자가 만나고 있는 사진을 찍어 돌렸다는 뜻이었다. 그리고 그게 누구인지는 굳이 확인하지 않아도 알 것 같았다.

　Rrrrrrrrr.

　세진에게서 걸려 온 전화였다. 지유는 모니터에 시선을 둔 채로 세진의 전화를 받았다.

　"네."

　- 아가씨 괜찮아요?

　잔뜩 말투가 신이 나 있었다.

　"뭐가요?"

　아무렇지 않은 척 지유가 차분하게 말했다.

　- 지금쯤 기사 봤을 텐데 아닌 척하기는.

　역시나 세진이었다.

　- 그냥 가려니까 아가씨가 너무 마음에 걸리더라고요. 난 그렇게 큰 걸 받았는데 난 뭘 해야 할까 고민 좀 했지. 내가 워낙에 가진 게 많아서 주위

사람들의 시샘을 많이 받았거든. 그래서 갚는 법을 좀 알아.

"비행기 시간 안 늦었어요?"

— 아직 시간 있어요.

통화를 하면서 지유는 다음 검색어를 클릭했다.

— 다음에는 이도훈만 건드려요. 괜히 나까지 피해 봤잖아요.

"그러죠."

— 또 건드리겠다는 거네?

"사람 일은 모르는 거니까."

워낙에 주위에 적도 없고 사생활도 깔끔해서 진후에 대한 기사는 거의 다 추측성에 불과했다. 하지만 그 추측성 기사로 진후는, 그리고 지유는 이미지 타격을 꽤나 크게 입었다.

"그래도 새언니 덕에 이번 일은 이대로 무마될 것 같네요."

기사 어디에도 명원과 가방을 연결 짓는 기사는 없었다. 우려했던 일은 역시나 일어나지 않았다. 대신 지유와 진후의 기사로 도배가 되어 있었다.

— 수습하려면 바쁘겠어요.

"수습할 필요가 있을까요?

— 뭐 상관없으면 안 해도 되고.

"신경 써 줘서 고마워요. 그럼 여행 잘하고 돌아와요."

통화를 끝내고 지유는 그대로 모니터에 켜 두었던 화면을 모조리 닫아 버렸다. 곧이어 진후에게서 전화가 걸려 왔다.

"네."

— 어떻게 된 거예요?

"뭐가요?"

그냥 별일 아니라고 넘기면 되는데 진후의 목소리를 듣는 순간 기분이 상해 버렸다.

　－기사 뜬 거요. 당신이 의도한 겁니까?

　"그런 건 아니지만 어쨌든 결과적으로는 나쁘지 않네요."

　무슨 감정인지 알 수가 없었다. 사실이 아니라는 걸 알면서도 기분은 좋지 않았다. 괜스레 말이 곱지 않게 나갔다.

　－그렇군요.

　"이런 일 종종 있을 거예요."

　－알면서도 기분이 좋지 않은 건 어쩔 수 없네요. 당신한테 해명해야 하는 겁니까?

　해 보라고 하고 싶었다. 그 여자가 누군지, 왜 그런 사진이 찍힌 건지 따져 묻고 싶었다.

　"아니요, 괜찮아요."

　－하긴 이미 알고 있겠네요.

　"이미?"

　－진희 일로 만난 사람이잖아요.

　이제야 기억이 났다. 그러고 보니 레스토랑도 낯이 익었다. 뒤늦게 뒤통수를 얻어맞은 듯했다. 괜한 짜증이 몰려왔다.

　"당신이 명원 사위라는 건 잊지 않았으면 좋겠네요. 누구를 만나든 사람들은 관심 없어요. 그저 만났다는 것만으로도 이미 관심을 끌고 있으니까."

　－그러게요, 자꾸 잊네요.

　지유는 눈을 질끈 감았다. 진후에게 짜증을 낼 일이 아니었다. 그럼에도 그가 잘못한 것처럼 화가 났다.

　－일해요, 그럼.

　"진후 씨."

낮은 음성으로 지유가 진후의 이름을 불렀다. 이름만 불렀을 뿐인데도 가슴이 일렁였다.

"미안해요."

– 뭐가 말입니까?

그 말에 지유는 멍해졌다. 뭐가 미안한 걸까. 이러기 위해 한 결혼인데. 대체 그에게 뭐가 미안한 걸까.

– 난 다른 말이 듣고 싶은데.

"네?"

– 오늘 같이 저녁 먹을 수 있어요?

"글쎄요."

– 난 8시면 대충 정리될 것 같은데.

"저녁이 너무 늦는 거 아니에요?"

– 그럼 야식 먹죠, 뭐.

야식 먹자는 말에 가슴이 또 뛰었다. 퇴근 후에 개인적으로 무언가 할 일이 있다는 건 은근히 설레는 일이었다. 하루에도 감정이 몇 번이나 뒤바뀌는 자신이 이해되지는 않았지만 어쨌든 지금은 다시 기분이 좋아지고 있었다.

"그래요. 맞춰 볼게요."

통화를 끝내고 지유는 고개를 이리저리 돌리며 뭉친 근육을 풀었다. 하루가 피곤할 것 같은 느낌이 전해졌다.

진후와 관련된 추측성 보도에 대해서는 별다른 대응을 하지 않았다. 회사로 걸려 오는 전화들도 일절 상대하지 않았다.

오전도 지나지 않아 금세 다른 기사들로 인터넷이 도배되면서 진후의 이름은 검색하지 않으면 찾아보기 어려웠다.

수습을 하지 않는 게 수습이었다. 도훈은 공식적으로는 해외 지사들 방문을 목적으로 출국한 걸로 됐고 명원은 평소와 다름없이 바쁘게 돌아갔다.

일이 끝난 지유를 진후가 데리러 왔다.

"끝났어요?"

"이것만 정리하면 돼요."

진후는 뒤에 가만히 서서 지유를 바라보고 있었다.

"그렇게 보고 있지 말고 앉아요."

"팀장 되니까 어때요?"

"똑같아요. 난 처음부터 단순한 직원이 아니었으니까."

호칭만 이 팀장으로 바뀌었을 뿐이다. 지유를 대하는 직원들은 여전히 그녀를 어려워했고 눈치를 살폈다.

"하긴 그렇겠네요."

팔짱을 끼고 일하는 지유의 뒷모습을 빤히 쳐다보고 있던 진후는 그녀의 작은 어깨를 보며 안쓰럽다는 생각을 했다. 스스로 어깨 위에 수많은 돌들을 올려놓고 혼자서 짊어지고 가려는 듯해서 마냥 가여웠다.

이렇게 한발 물러서서 보면 그저 스물다섯밖에 안 된 앳된 여자일 뿐이었다.

회사에 나와서 팀장이란 자리를 차지하고 앉아 감당하기 힘든 것들을 모조리 버티며 지내기보다는 또래의 친구들과 어울려 쇼핑도 하고 여행도 다니고 남자도 만나면서 놀 나이였다.

스물다섯이 아니라 서른다섯으로도 하기 힘든 것들을 해내고 있는 지유가 진후는 안타까울 뿐이었다.

"하고 싶은 거 없어요?"

진후의 뜬금없는 질문에 지유는 고개를 돌렸다.

"지금 하고 싶은 거 없냐고요."

"없어요."

"먹고 싶은 거나 가고 싶은 데나 하고 싶은 거, 아무거나 하나 생각해 봐요. 내가 같이 해 줄게요."

진후의 말에 지유는 고개를 돌려 하던 일을 마저 끝냈다. 그러면서 문득문득 머릿속으로 떠오르는 게 하나 있었다.

"자는 거."

일을 끝내고 자리에서 일어나며 지유는 혼잣말하듯 조용히 그렇게 말했다.

"겨우?"

"서진후 씨랑."

태연하게 밥 먹자고 하는 것처럼 자자고 말하는 지유였다. 진후는 잘못 들었나 싶어서 고개를 갸웃거렸다.

"집에 가서 자요, 우리."

지유가 가방을 들었다. 그리고 앞장서서 걸어갔다.

"안 가요?"

그때까지도 멍하게 서 있던 진후는 서둘러 지유를 따라나섰다. 엘리베이터 앞에서도, 그리고 아무도 없는 텅 빈 엘리베이터 안에서도 두 사람은 말이 없었다.

지유는 정면을 보고 있었고 진후는 그런 지유를 뚫어져라 쳐다봤다. 솜털이 보송보송 난 것 같은 말간 지유의 얼굴이 오늘따라 유난히 고와 보였다.

당장이라도 안고 싶은, 하지만 조심히 다뤄야만 할 것 같은 생각이 들었다. 깨질 것 같고 부서질 것 같아서 조심스러웠다.

샤워를 하고 나온 진후는 소파에 앉아 지유를 기다렸다. 이렇게 기다리고 있어도 되는 건지, 정말 그녀를 안아도 되는 건지, 그러면 누구 방으로 가야 하는 건지, 오만 가지 생각들로 머릿속이 뒤엉켰다.

샤워를 끝낸 지유가 거실로 나왔다. 주방으로 들어가 냉수 한 잔을 마시고 그녀는 진후를 쳐다봤다.

"재워 줘요."

지유가 덜 마른 머리카락을 손으로 쓸어내리며 말했다. 진후가 자리에서 일어났다. 그러고는 그녀를 따라 방으로 들어갔다.

이불을 걷고 지유가 먼저 자리에 누웠다. 진후는 가만히 그녀의 곁으로 가서 누웠다. 달빛처럼 보드라운 이불의 감촉이 피부에 닿았다.

진후의 팔을 빼서 제 머리 뒤를 받치게 한 다음 품 안으로 쏘옥 들어갔다. 낯선 지유의 행동에 진후는 당황스러웠지만 좋았다.

"그냥 이렇게 팔베개해서 잠들고 싶었어요."

"이렇게만?"

"네."

품, 하고 지유가 낮게 웃음을 터트렸다.

"하고 싶은 거 생각해 보라면서요."

"그게 이거였어요?"

지유는 대답 대신 진후의 허리에 팔을 둘렀다. 그러고는 얼마 지나지 않아 금세 새근새근 잠이 들었다.

"진짜 자네."

혼잣말을 해도 반응하지 않았다. 허탈하면서도 우스웠다. 이 여자가 놀린 건가 싶다가도 피식 웃음이 터졌다. 하고 싶은 게 겨우 집에서 자는 거라니, 참 소박하다.

"잘 자요."

잠든 지유에게 인사를 하고 그녀의 머리에 살며시 입을 맞췄다. 그것마저도 떨리는 일이었다.

잠이 깰까 봐, 싫어할까 봐.

속을 알 수 없는 여자였다. 이제 가까워졌구나 하면 멀게 느껴졌고, 마음을 여는구나 하면 또 누구보다 견고하게 벽을 쌓아 버렸다.

처음으로 데이트를 했고 처음으로 같이 잤고 처음으로 결혼이란 것도 해 봤다. 그 처음이 전부 이지유와 함께였다. 지유에게 마음이 열리는 건 어쩌면 당연한 거였다.

아무리 철저하게 마음을 다잡고 결혼이라는 걸 했지만 감정은 좀처럼 마음대로 되지 않았다. 하지만 그게 혼자만의 감정인 것 같아 번번이 상처를 받았다.

사랑은 서툴러서 진후도 어쩔 수가 없었다. 다른 일에는 감정 없이 대하는 게 가능했지만 지유 일에는 그게 되지 않았다. 이렇게 아이처럼 품에 안겨 잠든 여자를 어떻게 사랑하지 않을 수 있을까.

그녀는 마음이 이렇게 흘러가고 있는 걸 알까.

이대로 흘러가도 괜찮은 걸까.

내 편이 없는 집에서 지금까지 홀로 싸웠을 지유가 유난히 안쓰러운 밤이었다. 잠든 지유를 보면서 진후는 제 감정을 되짚어 보기 시작했다.

잠은 오지 않을 것 같은 밤이었다. 이대로 지유가 깨지 않고 푹 잤으면 좋겠다는 생각만 들었다.

얼마나 잤을까, 지유가 뒤척이기 시작했다. 진후는 가만히 손으로 그녀의 등을 쓸어내렸다. 하지만 이내 잠이 깬 지유가 눈을 떴다.

"잤어요?"

진후는 고개를 저었다.

"하나도?"

"네."

"나 때문에?"

의미심장한 표정으로 진후는 고개를 끄덕였다. 팔이 저려 와서도 그랬지만 그것보다는 이대로 안고만 자는 게 건장한 성인 남자에게 얼마나 큰 고역인지 지유는 아마도 모를 거다.

"미안해요. 얼른 자요."

지유가 진후의 품에서 벗어나려 했다. 진후는 지유의 허리를 바짝 끌어당겨 안았다.

"계속 자요."

"다 잤어요."

"아직 밤이에요."

자정을 넘어서 이미 새벽이었지만 날이 밝으려면 한참이나 남은 시간이었다.

"몇 시예요?"

"아마 2시쯤?"

"지금 이 시간에 배고프다고 하면 정상일까요?"

"배고파요?"

"우리 저녁도 안 먹었잖아요."

"라면 먹고 잘래요?"

지유는 후훗, 웃으며 고개를 끄덕였다. 짧은 시간이었지만 충분했다. 깊이 잤고 달게 잤다. 아무래도 진후 때문인 것 같았다. 등을 쓸어 주는 그의 손길에 머리 위로 떨어지는 그의 숨결에 달큰하게 잘 잘 수 있었다.

내내 좋은 꿈을 꾼 것 같기도 하다. 무슨 꿈을 꿨는지 기억나지는 않지만 눈을 떴을 때 기분이 좋았다. 아마도 눈을 떴을 때 제일 먼저 본 사람이 진후라서 그럴 거라고 어렴풋이 생각했다.

그의 살 냄새에 절로 설레었다. 다른 건 생각나지 않았다. 그저 참 좋구나, 하는 생각밖에는 들지 않았다. 편안했고 편안했다. 그리고 설레고…… 설레었다.

❈✻❈

차근차근 걸음을 내딛고 있는 지유를 보면서 도훈은 위기감을 느꼈다. 회사로 돌아오고 문제는 일단락됐지만 며칠 사이 지유에 대한 그룹 내의 평가가 달라진 듯했다.

형인 경훈은 진즉부터 차기 회장감으로 인정을 받아 오고 난 뒤였고 도훈은 서열로 치면 그 아래였다. 그룹 회장은 아니더라도 돈의 흐름이 좋은 곳 두 군 데 정도는 자신이 맡을 거라 철석같이 믿고 있었던 터였다.

그런데 갑자기 지유가 결혼 후 다른 행보를 보이고 있는 거였다. 그러면서 그룹 내에서도 도훈보다는 지유 밑으로 줄을 대는 사람들이 늘기 시작했다. 치열한 2인자의 싸움이었다.

"서진후 팀장 좀 내 방으로 오라고 해."

도훈은 손에 들고 있던 서류들을 넘기며 머릿속을 정리했다. 가진 게 없는 만큼 뒤를 캘 무언가도 없었다. 그저 없는 집에서 태어나 죽어라 공부하고 일하고, 그게 서진후가 지금까지 살아온 전부였다.

지유와 결혼시킬 때 봤던 것에서 어느 하나 달라진 게 없었다. 깨끗해도 너무 깨끗했다. 그렇다면 재미있는 것 하나 정도는 만들어 줘야 할 것 같았다.

똑똑똑.

노크 소리에 도훈은 보던 서류를 덮었다.

"들어와."

진후는 문을 열고 들어오면서 깍듯하게 고개를 숙여 인사했다.

"부르셨습니까."

"앉아."

도훈은 소파로 자리를 옮기며 사람 좋은 미소를 지었다. 그저 윗사람이 아랫사람을 격려하기 위해 부른 듯한 그런 분위기였다.

"일은 할 만하고?"

"네."

지유의 집에서, 그리고 이 회사에서 가장 조심해야 할 사람이 이도훈이었다. 탐욕스럽고 이기적이고 또 어떤 면에서는 상당히 냉철한 사람이기도 했다.

자신이 무엇을 가졌는지, 자신의 능력이 어디까지인지 정확히 알고 있는 듯했다.

형인 이경훈의 자리를 탐하지 않는 대신에 그다음은 무조건 자신 거라고 생각하고 있었다. 그리고 최근 지유에게서 그 자리를 뺏길 수도 있다는 위험 신호를 직감한 듯했다.

"다행이군. 신혼 재미는 어때?"

"네, 좋습니다."

말을 아끼는 진후를 도훈은 뚫어져라 보면서 표정을 살폈다.

"회사 일 때문에 제대로 신혼을 못 즐기는 거 아니야?"

"아닙니다."

"지유는 어때?"

"네?"

도훈은 자세를 바꿔 가며 대화의 흐름을 자연스럽게 바꿨다.

"갑자기 팀장 달고 소홀해진 거 같아서 오빠로서 걱정이 되더라고."

"뭐에 말입니까?"

"뭐긴 당연히 서진후지."

도훈의 입가에 비릿하게 걸린 미소를 진후는 모른 척했다.

"저는 괜찮습니다."

일부러 자신을 자극하기 위해 그런다는 걸 진후는 알고 있었다. 괜히 도훈의 시비에 말려들고 싶지 않았다.

"그래? 그럼 다행이고."

쉽게 속을 드러내지 않는 진후가 도훈은 못내 답답했다. 야망이 없는 것 같으면서도 일을 할 때 보면 꼭 그렇지도 않았다. 그저 주어진 일에 최선을 다하는, 그런 모범생 캐릭터가 진짜 모습일까 궁금했다.

"언제 밥 한 번 먹지, 신혼집도 제대로 못 봤는데."

밖에서가 아니라 집에서 밥을 먹자는 도훈의 말에 진후는 잠시 생각을 정리했다.

"지유 씨랑 상의해 보겠습니다."

"그런 걸 뭘 상의까지 하고 그래?"

"아시다시피 지유 씨가 일하는 사람이라서요."

"그러든지."

보이지 않게 도훈은 픽, 비웃었다. 하지만 진후가 그걸 놓칠 리 없었다.

도훈이 자신을 어떻게 생각하는지 이미 알고 있었다. 지유의 상대로 자신을 고른 사람이 도훈이라는 것도, 왜 자신을 골랐는지도.

아마 가진 게 없어서 돈만 쥐여 주면 마음대로 부릴 수 있을 거라는 계산이 있었을 거다. 그건 진후 자신도 마찬가지였으니까.

결혼과 동시에 진후는 지유의 편으로 자리 잡았다.

누구를 위할지 정확히 계산했고 그에 맞게 행동하고 있었다. 결혼을 한 사람은 지유였으니까. 이지유의 남편으로 그녀와 함께하고 있는 거니까. 그리고 이제 마음이…….

"사돈어른은 건강하시지?"

뜬금없는 안부 인사에 진후는 긴장했다.

"네."

"동생도 잘 있고?"

똑똑똑, 밖에서 비서가 문을 노크했다. 커피가 테이블에 놓이는 동안 둘 사이의 대화가 잠시 중단됐다. 비서가 나간 후 커피 잔을 들며 진후가 점잖게 물었다.

"하시고 싶은 말씀 하시죠."

도훈은 씨익 웃으며 테이블 가까이 몸을 숙여 왔다.

"두루두루 평안한지 안부 묻는 거지."

진후의 아킬레스건은 역시나 가족이었다. 가진 게 없다고 생각하지만 지켜야 할 누군가가 있다면 그건 제일 큰 약점이 되는 법이었다.

"동생은 곧 결혼을 할 것 같던데, 어머님도 아시나?"

내가 이미 디테일한 것까지 파악하고 있다고 도훈이 친절하게
도 진후에게 알려 줬다. 하지만 진후는 전혀 당황해하는 기색이 보
이지 않았다.

"때가 되면 아시겠죠."

"충격이 크실 텐데."

역시나 도훈은 모든 걸 알고 있었다.

"제3자한테 듣는 것보단 본인한테 듣는 게 낫겠지?"

"그걸 얘기할 제3자가 있을지 의문이네요. 어디까지나 집안일
이고 제 동생의 개인적인 일인데요."

"때로는 그런 걸 즐기는 사람도 있으니까."

"하긴 세상엔 워낙에 별의별 미친놈이 많으니까요."

"미친놈?"

도훈의 한쪽 눈썹이 찡긋 치솟듯이 올라갔다.

"제 동생 일까지 신경 써 주시고 감사합니다."

진후가 말을 딱 잘랐다. 남은 커피를 한 모금 더 마시고 진후는
테이블에 내려놨다.

"제가 하던 일이 있어서요. 혹시 더 하실 말씀 없으시면 나가 보
겠습니다."

"아 참."

나가려던 진후를 도훈이 다시금 붙잡았다.

"이번 프로젝트에서 자네는 빠져야겠어."

"네?"

"뭐 그렇게 중요한 일도 아니잖아?"

거의 마무리 단계였다. 회사에 들어와 처음 맡은 일이었고 팀원
들과도 손발이 맞아 가는 중이었다. 그런데 갑자기 빠지라니 진후

는 기가 막혔다.

"이유가 뭡니까?"

"딱 거기까지."

도훈은 소파에서 일어나 책상으로 돌아가며 비웃음 실린 목소리로 말했다.

"자네는 뭐든 시작만 제대로 하면 돼. 마무리는 내가 하고."

한마디로 모든 공은 도훈이 가져가겠다는 거였다.

"이따가 보고서 올려. 진행이 어떻게 된 건지 내가 파악은 하고 있어야 하지 않겠어?"

뻔뻔함을 넘어 치사하기까지 했다.

"제가 이 회사에서 할 수 있는 일은…….."

"없어."

책상에 앉은 도훈은 잔뜩 힘이 실린 눈빛으로 진후를 응시했다.

"여기서 할 수 있는 건 전혀 없어. 그저 지금처럼 하라면 하고 내가 그만두라면 두 손 들고 그만하면 되는 거야."

팀장이라는 자리는 그저 허울 좋은 자리였다. 처음부터 그럴 계획은 아니었을 거다. 그랬다면 팀장 자리에 앉힌다고 했을 때 도훈이 그렇게까지 반대했을 리가 없다.

"네, 알겠습니다."

진후가 할 수 있는 건 당장 아무것도 없었다. 그는 순순히 대답하고 고개 숙여 인사를 했다. 도훈의 사무실을 나오는 진후의 얼굴이 잠시 일그러졌다.

도훈의 속내를 알 것도 같았다. 만약 자신이 뜻대로 움직여 주지 않는다면 지유를 건드리겠다는 선전포고 같은 셈이었다. 그러니 할 수 있는 게 전혀, 아무것도 없었다.

이렇다 할 설명 없이 진후는 팀원들에게 마무리를 부탁했고 보고는 도훈에게 하라고 전달했다. 팀원들은 의아해했지만 누구 한 명 나서서 왜냐고 묻지 않았다.

"이런 곳도 있었네."

자판기 커피 한 잔을 빼 들고 진후는 직원들의 휴게 쉼터로 올라왔다. 일에서 배제되니 졸지에 백수가 된 기분이었다.

"흐음."

목을 타고 내려가는 커피가 오늘은 제법 썼다. 그런데 쓴 커피보다 더 쓴 소주가 생각났다. 하지만 같이 마셔 줄 친구가 주위에 아무도 없었다.

사는 게 바쁘고 힘들어서 소주 한 잔 기울이는 것도 힘들었다. 상사에게 깨진 날도, 금요일 퇴근 후에도, 늦은 시간까지 야근을 한 날에도 진후는 늘 다른 일로 바빴다. 혼자 갖는 지금의 여유로운 시간조차도 아직은 낯설기만 했다.

"뭐 하나."

핸드폰을 꺼내 시간을 확인하고 진후는 한참을 들여다봤다. 지금 이 순간 생각나는 사람은 딱 한 사람이었다. 남편으로서, 그녀의 편으로서 지금 할 수 있는 건 가만히 그림자처럼 뒤에서 지켜봐 주는 것밖에는 없었다.

왠지 스스로가 무능력하게 느껴졌다. 할 수 있는 게 없다는 것, 무언가를 하기 위해 허락을 구해야 한다는 것, 전부가 다 그랬다.

처음부터 그럴 줄 알고 시작한 일이지만 사람 마음이 참 간사하게도 그걸 깨닫게 되는 순간, 자존심이 고개를 삐죽 들고 만다.

좀 더 나은 집에서 태어났더라면 어땠을까.

지금보다 좀 더 많은 걸 가진 사람이라면 어땠을까.

그랬다면 과연 지유를 만날 수 있었을까.

아마 그런 일은 일어나지 않았을 거다. 평범한 집안의 여자와 연애하고 결혼하고 아이 낳고 남들처럼 그렇게 소소한 행복을 누리면서 살고 있었을 거다. 지유는 그저 잡지나 TV에서 보며 아 저런 사람도 있구나, 하면서 연예인 보듯이 했겠지.

Rrrrrrrr.

핸드폰 액정에 선명하게 찍힌 지유의 이름에 진후는 화들짝 놀랐다. 그의 입꼬리가 스윽 올라갔다.

"네."

– 어디예요?

"옥상."

– 회사 옥상?

"네."

– 거기서 뭐 해요?

"빈둥빈둥 농땡이 치고 있어요."

품, 하고 지유의 짧은 웃음소리가 어렴풋이 들렸다.

"나 찾았습니까?"

– 갈게요.

온다는 말에 진후는 심장이 빠르게 뛰었다. 겨우 갈게요, 한 마디에 이렇게나 심장이 빠르게 뛰는데, 이미 시작돼 버렸는데 이 관계를 끝내는 날이 온다면 그때는 과연 받아들일 수 있을까.

"점심 안 먹어요?"

등 뒤에서 지유의 음성이 들렸다.

"벌써 점심시간이에요?"

"점심시간인 것도 모르고 놀았으면 좀 심각한데?"

옆으로 다가온 지유를 진후는 미소를 가득 머금은 얼굴로 돌아봤다. 잠시 지유가 당황한 듯 눈을 굴렸다.

"먹었어요?"

"뭘요?"

"점심."

"같이 먹으려고 안 먹었어요."

진후는 오래도록 말없이 지유를 바라봤다. 그녀의 선한 눈매가 그를 지그시 응시했다. 이렇게 바라만 봐도 좋았다. 그녀가 가진 것들이 욕심나지 않았다. 행복하게만 살고 싶었다.

세 여자, 이제 진희는 다른 남자의 여자가 될 테니 두 여자를 챙기면서 웃으며 맛있는 거 먹으며 그렇게 사람처럼 살고 싶었다.

"나랑 살래요?"

그래서 물었다. 이지유라는 여자와 사랑하면서 제대로 살아 보고 싶었다. 그래서 마음이 기울었는지도 모르겠다.

"우리 같이 사는 거 아니었어요?"

"지금처럼 말고."

"그럼?"

"연애하듯이."

무슨 뜻인지 모르겠다는 듯 지유의 커다란 눈이 더 동그랗게 커졌다.

"내가 벌어 오는 쥐꼬리만 한 돈으로 쪼개고 쪼개서 살고, 평일 퇴근하고는 밖에서 만나 장도 보고 영화도 보고 맛있는 것도 먹고. 그러다 주말이면 도시락 싸서 근처 아무 데나 가서 돗자리 펴고 하

317

루 종일 놀기도 하고."

그렇게 살기까지 좀 돌아가야 하겠지만 그럼에도 하고 싶어졌다.

"낭만적으로 들리네요."

지유는 진후의 시선을 피해 건물 밖을 바라봤다.

"근데 쥐꼬리가 얼마만 한지는 몰라도 그거 다 하려면 진후 씨는 아마 잠자는 건 포기해야 할 거예요."

"나 꽤 잘 버는데?"

"진후 씨가 생각하는 맛있는 것과 내가 생각하는 맛있는 건 다를 테니까."

그걸 생각하지 못했다. 자신의 입장에서만 생각하면 얼마든지 가능한 일이었지만 지유는 그렇지 않다는 걸 간과했다.

"그렇네요."

씁쓸함에 진후도 지유를 따라 시선을 멀리 어딘가로 던져두었다. 진후는 좁혀질 수 없는 거리에 다리에 힘이 쫘악 빠지는 걸 느꼈다.

손을 내밀면 잡을 수 있을 줄 알았다. 지유는 여전히 높은 곳에서 자신을 내려다보며 내려올 생각조차 하지 않고 있었다. 그렇다고 진후가 올라갈 수도 없었다. 너무 높아서 감히 올라갈 상상도 하지 못했다.

그리고 아직 지유의 마음은 그대로인 듯했다. 혼자만의 착각이고 혼자만의 사랑이었다. 서른넷에 한 첫사랑이 짝사랑이라니.

"오늘은 구내식당 말고 W 호텔 중식당으로 가요. 갑자기 거기 음식이 먹고 싶어졌어요."

그곳에 중식당이 있다는 것도, 점심으로 그런 곳을 갈 수 있다는 것도 진후는 처음 알았다. 어쩌면 이제 그만 현실을 깨달으라는 뜻인 것 같았다.

퇴근 시간이 다 돼서 진후는 진희로부터 전화를 받았다. 그리고 그길로 진후는 퇴근을 했다. 어차피 자리만 지키고 있는 팀장이라 이른 퇴근을 해도 누구 하나 뭐라고 할 사람이 없었다.

업무를 지시하고 보고받고 있었지만 그다음은 전부 도훈에게로 향했다. 직원들 보기 좋으라고 중간에서 다리 역할만 하고 있는 중이었다.

"어떻게 된 거야?"

집이 아닌 병실로 도착했을 때 어머니는 의식이 없는 상태였다. 그리고 그 옆에서 진희는 아이처럼 서럽게 울고 있었다.

"괜찮았어. 내가 말했을 때도 괜찮았다고."

진후는 흐느껴 우는 진희를 달랬다.

"일단 진정해."

"나 때문이야. 내가 엄마를 쓰러뜨렸어."

진희는 진정이 되지 않았다. 진희의 들썩이는 어깨를 감싸 쥐고 진후는 어머니를 내려다봤다.

너무 말랐다. 이제 돈 걱정 안 하고 드시고 싶은 거 드시면서 편히 살아도 되는데 지금 보니 어머니는 너무도 앙상했다.

"진짜 아무렇지 않았단 말이야. 화를 내지도 않고 울지도 않고…… 아무렇지도 않았다고."

참고 참고 또 참아 내고 있던 거였다. 그저 속으로만 삭이면서 버티고 있었던 거였다. 입버릇처럼 해 준 게 없는 엄마라서 이번에도 참은 거였다. 하지만 더는 담아 둘 수가 없었을 거다. 그래서 차곡차곡 눌러 담았던 것들이 터져 버린 거겠지.

"하아."

진후는 한숨을 쉬며 고개를 떨어뜨렸다. 눈물이 차올랐다. 이러려고 한 게 아니었다. 행복하려고 그런 거였다. 가족 모두가 웃으면서 살 수 있을 거라 믿어서 그런 거였다. 갑자기 모든 게 엉망진창이 돼 버렸다.

"엄마……."

진희는 여전히 눈물범벅이 된 얼굴로 어깨를 들썩였다. 정신을 차려야 했다. 이대로 손 놓고 있을 수는 없었다. 아들로, 오빠로 어떻게든 정신을 바짝 차려야 했다.

"잘 지키고 있어."

진희를 놓고 진후는 잠시 병실 밖으로 나왔다. 들어올 때 본 남자가 역시나 같은 자리에서 같은 표정으로 서 있었다.

"진희 오빠입니다."

진후는 손을 내밀었다. 남자가 진후의 손을 잡았다.

"죄송합니다. 최윤혁이라고 합니다."

윤혁은 고개를 숙였다. 둘은 악수를 나눈 후 한참이나 말이 없었다. 그러다 병원 밖으로 나왔다.

"담배 피우십니까?"

윤혁이 물었다.

"괜찮습니다."

주머니 안쪽에 있던 담배를 차마 꺼내지 못하고 윤혁은 다시 이를 악물었다.

"죄송합니다."

다른 말은 할 수가 없었다. 쓰러질 것처럼 엄마를 부르며 우는 진희 때문에, 힘없이 축 늘어진 진희의 어머니 때문에 가슴이 터질 듯 아팠다. 처음부터 잡지 말 걸 그랬다. 처음부터 그녀를 보면서 웃지 말 걸 그랬다.

"기대를 했던 게 사실입니다."

윤혁은 천천히 제 얘기를 꺼내 놓기 시작했다. 그래 주길 바랐다. 진후는 윤혁에게 다그쳐 물을 것 같아서 차마 입을 열 수가 없었다.

"셋이서…… 저한테 아이가 있습니다."

"들었습니다."

"그렇게 셋이서 행복할 줄 알았습니다. 진희 씨와 함께하면 내 인생도 빛이 날 줄 알았습니다."

윤혁은 씁쓸하게 웃었다.

"제가 이기적이었다는 걸 알면서도 굳이 모른 척 외면하면서 진희 씨를 놔주지 않았습니다. 그래서 결국……."

"아마 진희가 매달렸겠죠."

"그래 주길 바랐죠."

윤혁은 긴 한숨을 토해 냈다. 차마 같이 들어가지 못하고 집 앞까지 진희를 데려다준 후 윤혁은 밖에서 한참을 서성이듯 기다리고 있었다.

무엇을 기다린 건 아니었다. 그저 불이 켜지고 고요함이 찾아오길 바랐다. 얘기가 잘 끝났구나, 하는 안도감 같은 걸 기다린 건지도 모른다. 하지만 서성이던 발길을 돌리려고 했을 때 진희의 울부짖는 소리가 들렸다.

"어머니가 충격이 크신 것 같습니다."

"충격은 크시지만 일어나실 겁니다. 그리고 진희 때문만은 아닐 겁니다."

평생 고생만 하신 분이었다. 하루를 꼬박 굶으면서도 자식들 입에는 뭐라도 넣어 주시던 분이었다.

철이 없을 때는 어머니가 날씬해서 좋았다. 날씬한 게 아니라 마른 거라는 걸 안 후로는 하루에 한 끼를 먹어도 감사하며 먹었다. 어머니를 위한답시고 한 선택이 결국엔 어머니를 쓰러지게 한 거였다.

얼마나 속이 문드러지셨을까.

모진 말 한 번 못 하고 얼마나 속으로 참으셨을까.

"진희 좀 데리고 들어가 주세요."

윤혁에게 진희를 부탁하고 진후는 다시 병실로 돌아왔다. 가지 않겠다고 고집을 부리는 진희에게 어머니 물건들을 챙겨서 오라고 겨우 설득해서 집으로 보냈다.

병실을 나가자마자 진희가 쓰러지지 않도록 두 손으로 진희를 잡아 주는 윤혁을 보면서 진후는 마음을 온전히 비워 냈다.

의식 없이 누워 있는 어머니의 얼굴을 물수건을 닦아 내며 진후는 참았던 눈물을 쏟아 냈다.

힘없이 늘어진 어머니의 손을 잡고 그는 처음으로 펑펑 소리 내서 울었다. 한번 터진 눈물은 걷잡을 수 없었다. 그동안의 설움이 북받치듯 쏟아져 나왔다.

와르르 무너졌다. 다섯 살 어린아이처럼 진후는 엄마의 손을 붙잡고 부들부들 떨며 울었다.

"엄마……."

어머니가 잘못될 수도 있을 거란 생각은 단 한 번도 해 본 적이 없었다. 늘 같은 자리에서 같은 모습으로 있어 줄 줄 알았다. 이런 모습은 상상해 본 적이 없었다. 어머니만 옆에 있으면 버텨 낼 자신이 있었다.

　새벽이 다 돼서야 집으로 돌아온 지유는 제 방으로 들어가 씻고 아침에 일어날 시간을 맞춰 놓은 후 그대로 잠이 들었다.
　"출근을 안 했다고요?"
　진후가 집에 없다는 것도 알지 못했다. 남들보다 이른 출근을 한 탓에 진후가 밤새 집에 들어오지 않았다는 것도 몰랐다. 결혼 후 자주 있었던 일이었다.
　"네, 오늘 출근 못 하신다고……."
　"알겠습니다."
　지유는 곧바로 진후에게 전화를 걸었다. 신호가 이어졌지만 받지 않았다. 걱정이 되긴 했지만 해결해야 할 일들이 산더미였다.
　"바쁜가 봐?"
　도훈이 지유를 찾아왔다. 뭔가 재미있는 일이 있는 듯 그의 얼굴이 제법 신나 보였다.
　"무슨 일이십니까?"
　지켜보는 사람들이 많았다. 지유는 최대한 예의를 갖춰 자리에서 일어나며 말했다.
　"내 동생 보고 싶어서 왔지."
　그는 넉살 좋게 실실 웃으며 말했다.
　"커피나 한 잔 하자."
　손목을 들어 시간을 확인하고 지유는 도훈을 따라나섰다. 두 사람은 회사 옥상에 있는 휴게 쉼터로 향했다.
　"여기가 커피 맛이 좋아."
　"이런 데서 커피도 마시고, 신선하네."

"서진후만큼은 안 어울리지?"

지유가 도훈을 돌아봤다. 이렇게 가까이서 얼굴을 마주하고 있는 것도 처음이었다.

"둘이 오붓해 보이기에 방해 안 했지."

며칠 전 둘이 함께 있는 모습을 보고 도훈은 가소롭다는 듯이 웃었던 적이 있었다.

그 후 둘이 과연 뭘 봤을까 싶어 올라왔었다. 그들이 보고 있던 건 그저 희뿌옇게 내려앉은 서울의 미세먼지가 전부였다. 아무것도 보이지 않았다. 그럼에도 두 사람은 꽤나 행복해 보였다. 왜 그랬을까.

"넌 안 가 봐?"

"어디를?"

역시 지유는 아직 모르고 있었다.

"그래도 아플 때는 옆에서 힘이 돼줘야지."

"무슨 말이야?"

지유의 미간이 좁아졌다.

"서진후 어머니 쓰러지신 것 같던데, 설마 몰랐어?"

도훈이 천천히 지유를 돌아봤다. 그러나 지유의 표정은 전혀 변함이 없었다.

"검사 받으러 가신 거야."

"그래?"

"나한테 관심이 생각보다 너무 많네."

"하나밖에 없는 동생인데 이 정도는 당연한 거지."

"부담스러운데 그 관심 다른 곳으로 돌려 줘."

"요즘 딱히 재미있는 일이 없어서."

"난 여전히 재미있던데?"

이번엔 지유가 도훈을 툭, 건드렸다.

"뭐가 그렇게 재미있을까?"

"지금처럼 나한테만 관심 갖고 있으면 금방 알게 되겠지."

지유는 다시금 손목시계를 확인했다.

"남매 놀이는 이쯤에서 그만하는 걸로 하자. 오늘 너무 넘치게 많이 했다. 10분도 안 됐는데 벌써 피곤하다."

지유의 말에 도훈은 코웃음을 쳤다.

"참, 커피 못 마셔서 미안. 혼자 두 잔 마시고 내려와, 딱히 할 일도 없을 텐데."

지유는 끝까지 평정심을 잃지 않고 휴게실을 나왔다. 멀어지는 지유의 뒷모습을 보면서 도훈은 비열한 미소를 날렸다.

"어디예요?"

진후가 드디어 전화를 받았다.

─ 병원이요.

목소리가 가라앉아 있었다.

"심각해요?"

─ 글쎄요.

오늘 인터뷰도 있었고 보도기사 나갈 것도 있었다. 팀장인 지유가 자리를 비우면 안 되는 날이었다. 미안했지만 어쩔 수 없었다.

"그래요. 괜찮아지시면 연락해요."

─ 그러죠.

감정이 실리지 않은 그의 목소리에 전화를 끊는 게 망설여졌지만 지금 지유가 할 수 있는 건 아무것도 없었다. 일을 모두 내팽개치고 병원으로 달려가 어머니 옆을 지킨다고 해도 달라지는 건 없었다.

　이틀째 어머니는 정신을 차리지 못하고 있었다. 지유는 그사이 병원을 한 번도 다녀가지 않았고 진후는 그런 지유를 기다렸다.

　그저 기다리는 것밖에는 할 수 있는 게 없었다. 어머니가 깨어나길, 지유가 병실 문을 열고 들어오길.

　하지만 그런 일은 일어나지 않았다. 어머니는 여전히 단잠에 빠져 있었고 지유는 문을 열고 들어오지 않았다.

　혼자만 지유의 세상에서 빠져나온 느낌이었다. 뭐 하나 흔들림 없이 견고했다. 회사도, 집도 그야말로 잘 굴러갔다.

　"엄마, 참 그렇다."

　어머니의 손을 물수건으로 닦아 내며 진후는 혼잣말을 했다.

　"난 내가 대단한 사람인 줄 알았는데 그들 세상에선 아니었나 봐요. 엄청 큰 착각을 하고 있었네요."

　회사에서 한 번씩 일에 치여 밥도 못 먹는 지유를 위해 일부러 구내식당으로 데리고 가서 밥을 먹고, 밤이면 잘 자는지 한 번씩 방문을 열어 확인하고, 언제나 이지유의 옆에서 그녀의 그림자처럼 든든하게 버티고 있었다.

　그런데 그게 전부 자신만의 착각이었다고 생각하니 쪽팔렸다. 지켜 주지 않아도 되는 사람이었다.

　"그냥 좀 맥이 빠지네."

　아니, 지켜 주지 않아도 되는 사람이 아니었다. 기대는 방법을 몰라서 그런 거라고, 누군가에게 도움받는 법을 몰라서 그런 거라고 잘 알면서 괜한 심술을 부리는 거였다. 알면서도 지유가 참 미웠다.

"이럴 때 옆에 좀 있어 주면 좋잖아요."

"있어 달라고 해."

스르륵, 문을 열고 진희가 들어왔다. 도시락을 싸 들고 온 진희의 얼굴은 밤새 반쪽이 돼 있었다.

"더 자고 오지."

"잠이 오면 진짜 미친년이지."

"그런 욕도 할 줄 알아?"

"미친년이 무슨 욕이야. 더한 것도 할 줄 알아."

도시락을 풀어 놓으며 진희는 생기 없는 목소리로 말을 이었다.

"먹어, 먹어야 힘이 나지."

두 사람은 의자 위에 도시락을 펼쳐 놓고 젓가락을 잡았다. 하지만 둘 다 멍하게 들고만 있을 뿐이었다.

"냉장고에 반찬이 가득하더라. 누가 먹는다고 그렇게 많이 했나 몰라."

강 여사가 쓰러지기 전에 지유 준다고 반찬을 했던 모습이 떠올라 진희는 지유를 원망하기도 했었다.

하지만 결국 어머니를 쓰러뜨린 게 자신이라는 자책에서는 벗어날 수 없었다. 그저 사랑했을 뿐인데, 그저 좋아하는 사람이 생겼을 뿐인데…….

"오빠 여기 있는 건 알아?"

진후는 대답하지 않았다.

"우리 다 있는데도 안 일어나는 거면 새언니 기다리는 거 아닐까, 어이없는데 그런 생각도 들더라."

"안 올 거야."

"알아. 엄마도 알 거고."

두 사람은 동시에 젓가락으로 두부조림을 집었다. 어려서부터 질리게 먹었던 두부조림. 한 모를 사면 나누고 나눠서 된장찌개도 끓여 먹고 조림도 해 먹었다. 거의 일주일을 배부르게 먹을 수 있던 반찬 중 하나였다.

"이건 먹어도 먹어도 맛있더라."

"우리 어머니가 손맛이 좋아."

두 사람은 눈물이 그렁그렁한 눈으로 웃으며 두부조림을 입에 넣었다. 사실 무슨 맛인지도 느껴지지 않았다.

"일어나시겠지?"

"어."

"일어나서도 결혼 안 된다고 하면 어쩌나, 나 잠깐 그 생각 했었어."

꾸역꾸역 참아 내던 눈물이 진희의 볼을 타고 흘러내렸다. 진희는 거칠게 손등으로 닦아 내고 또다시 두부조림을 젓가락으로 가져가 입에 넣었다.

"맛있다."

"너 때문 아니야."

봄이면 꽃구경도 가고 여름에는 가족들 다 같이 피서도 가면서 남들처럼 살기를 바랐을 뿐이다. 많은 걸 바라지도 않았고 할 수 없는 걸 탐하지도 않았다. 이제 겨우 사람처럼 살기 시작했을 뿐이었다.

"일어나실 거야. 걱정하지 마."

"어, 일어나실 거야."

평화로운 얼굴로 잠든 것처럼 눈을 감고 있는 강 여사를 진후는 젖은 눈으로 바라봤다. 푹 주무시고 개운하게 일어나셨으면 좋겠다. 잘 잤다고 기지개를 쭉 펴면서 툭툭 털고 일어나시면 좋겠다.

병실 앞까지 왔던 지유는 차마 안으로 들어가지 못했다.

그 병실로 한 발을 내디디면 다시는 나올 수 없을 것만 같았다. 나오고 싶지 않을 것 같았다. 눈을 질끈 감고 병원을 나와서는 엄마 집으로 차를 몰았다.

딩동.

두 번째 초인종을 눌렀지만 안에서는 아무런 기척도 없었다. 전화를 해 볼까 하다 지유는 가만히 계단에 쪼그리고 앉았다.

머릿속이 아니라 마음이 복잡했다. 결론에 도달하지 않는 문제를 갖고 있는 것만으로도 힘들었다. 누군가 이럴 때는 어떻게 하는 거라고 알려 주면 좋겠다.

하지만 지유는 어려서부터 모든 문제를 혼자 해결했다. 누구한테 물어야 할지, 아니 이 심란한 게 대체 무슨 감정인지도 모르고 있었다. 혼란스럽고 어지러웠다.

"여기서 뭐 해?"

어둠 속에서 엄마가 나타났다. 새삼 반가웠다.

"어디 갔다 왔어?"

"친구 만나러. 너는 이 시간에 여기 왜 있어?"

"엄마 보고 싶어서."

어릴 때도 하지 않던 말이었다. 살갑고 친절하지 않은 딸이었지만 밤마다 엄마가 보고 싶어서 많이도 울었었다. 아침이면 말간 얼굴로 아무렇지 않게 식탁에 앉아 숟가락을 들면서도 엄마는 언제나 보고 싶었다.

"무슨 일 있어?"

"엄마."

나직이 부르는 지유의 엄마 소리, 이서정 여사는 심장이 덜컥 내려앉았다. 조용히 그녀의 옆에 앉으며 그녀는 뛰는 심장을 부여잡았다.

"나 어릴 때는 어땠어?"

"예뻤지."

"지금보다?"

"난 진짜 내가 인형을 낳은 줄 알았다니까."

너무 예뻐서 품에 안는 게 겁이 날 정도였다. 머리카락은 까맣고 눈은 그보다 더 까맣고 빛이 나게 반짝였다. 금방 태어난 아이답지 않게 말끔하고 고왔다. 눈물이 날 정도로…….

"누가 훔쳐 갈까 봐 겁이 나더라."

"그랬어?"

"어. 그래서 네 아빠한테도 보여 주기 싫었어."

하지만 이 회장 곁에서 살 수 있는 방법은 지유밖에 없었다. 남자를 잡기 위해서 지유를 낳았지만 정말 주고 싶지 않았다.

"사랑했어?"

"지금도 해."

"진짜?"

"그럼, 네 아빠가 엄마한테는 유일한 사랑인데."

방식이 다를 뿐이었다. 세상 모든 사랑이 같을 수는 없는 법이니까.

"철없어 보이고 유치해 보여도 엄마는 네 아빠 사랑해. 아마 아빠도 그럴 거야."

"그랬으면 왔어야지."

"아니, 아빠는 못 와."

"왜?"

"지켜야 할 게 많으니까. 그거 다 버리고 나한테 와서 뭐 할 건데?"

"근데 왜 맨날 오라고 했어?"

"그렇게라도 해야 일주일에 한 번은 오지."

지유는 픽, 웃었다.

"남자들은 한 번씩 바가지를 긁어 줘야 돼. 그래야 딴생각을 하다가도 얼른 정신 차리고 그래. 네가 남자를 알기나 해?"

"그러다 정 확 떨어져서 도망가는 거 아니고?"

"네 아빠는 도망갈 데가 여기잖아."

이서정 여사가 어깨를 으쓱했다.

"그 집에서 얼마나 답답했겠어? 여기 오면 예쁜 나도 보고 사랑스러운 너도 보고, 그게 네 아빠가 유일하게 숨통을 트일 수 있는 건데 뭐."

"대단한 자신감이네."

"사랑은 그런 거야."

"나도 사랑이나 하면서 살까?"

이서정 여사가 눈이 커다래져서는 지유를 돌아봤다.

"서 서방 말고?"

어이없어서 지유는 픕, 웃음을 터트렸다.

"넌 너 할 일 해야지. 서 서방이 네 아빠 같은 능력이 없는데 어떻게 사랑만 하면서 살아?"

"그 사람 능력 있어."

"그래 봤자 월급쟁이야. 월급쟁이 아니고 의사나 판사 뭐 그런 거면 더 좋았을 텐데. 그게 조금 아쉽다."

"서 서방, 서 서방 할 때는 언제고?"

"그래야 내 새끼 예뻐해 주지."

내 새끼……. 엄마로부터 위로를 받을 줄은 몰랐다. 무작정 찾아온 곳인데 그래도 여기가 내 집인 것 같아 지유는 희미하게 웃었다.

"네 큰오빠가 있어서 회사를 물려받는 건 어려울 거고 계열사 몇 개는 충분히 받을 수 있을 거야. 그러니까 사고 치지 말고 잘하라고 해."

"도훈 오빠는?"

"걔보다는 서 서방이 훨씬 낫지. 어디 감히 비교를 해?"

"아무튼 엄마도 웃겨."

"꽉 붙어 있어. 뺏기지 말고."

선선한 바람이 지유의 머리칼을 스치듯 지나갔다. 제법 바람이 시원해졌다. 시간은 흐르고 계절은 변하고 있었다. 그리고 감정은 무르익고 있었다.

"나도 집에서 살림이나 할까?"

"뭘 해?"

"살림."

"그건 뭐 아무나 하는 줄 알아? 다 각자 잘하는 걸 갖고 태어난 거야. 그리고 해 주는 사람들 다 있는데 네가 뭐 하러 살림을 해? 사람 부리면서 사는 것도 다 네 복이야. 복을 받았으면 누릴 줄 알아야지."

이서정 여사의 눈빛에 단호함이 깃들었다.

"네 것 확실히 챙겨. 네 것이라고 생각되는 건 하나도 뺏기지 마. 그게 네가 해야 할 일이야."

본래의 탐욕스러운 이서정 여사로 돌아왔다.

"뺏을 수 있으면 뺏고."

"갈래."

지유는 자리에서 일어났다.

"갑자기?"

"갑자기 왔으니까 갈 때도 갑자기 가야지."

"진짜 무슨 일 있어?"

"갈게요."

또각또각, 구두 소리를 내며 지유는 그대로 차에 올랐다.

"계집애, 괜히 와서는 심란하게 하고 있어."

멀어지는 차 뒤꽁무니를 하염없이 보면서 이서정 여사는 아랫입술을 깨물었다.

주말을 보내고 지유와 진후는 회사로 출근을 했다. 지하에서 엘리베이터를 타고 올라오던 지유는 1층에서 문이 열리고 진후가 서 있는 걸 봤다. 두 사람은 어색하게 엘리베이터를 사이에 두고 서로를 바라봤다.

"일찍 출근하네요."

"처리해야 할 게 있어서요."

지유가 옆으로 비켜서고 그 옆에 진후가 탔다.

"어머니는 어때요?"

"그대로세요."

한 번은 와 주길 바랐다. 와 줄 거라고 믿었다. 하지만 지유는 끝내 오지 않았다.

"올 줄 알았어요."

"일이 많았어요."

지유는 무엇을 바라는 걸까. 지금까지 느꼈던 감정들을 과연 혼자만의 착각이었을까. 진후는 혼란스러웠다.

"와 주길 바랐어요."

그래서 한 번 더 확인하고 싶었다.

"심각하세요?"

"심각하면 올 건가요?"

지유는 대답하지 않았다. 그렇다고 해 버리면 진짜 심각해질 것 같아서 차마 할 수가 없었다.

"시간 되면 들를게요."

"시간 되면?"

그 순간 엘리베이터 문이 열렸다. 지유는 허리를 곧게 세우고 진후를 돌아봤다.

"먼저 갈게요."

"지유 씨."

진후가 그런 지유를 잡았다.

"쉼 없이 페달을 밟아서 미친 듯이 달렸는데 어느 순간 갑자기 페달이 뚝 끊긴 느낌이에요. 망연자실해서 바닥에 털썩 주저앉아서는 무심코 하늘을 올려다봤는데 그 하늘이 눈이 시리게 파랗더라고요. 그래서 그냥 아, 쉬어가자. 나도 이제 그만 쉬어 보자, 그런 생각이 든 거죠."

지유의 눈썹이 꿈틀거렸다.

"내가 지금 쉬면, 지유 씨는 어떻게 되는 겁니까?"

"글쎄요."

"같이 쉴 수는 없는 건가요?"

"그런 일은 없어요."

지유의 눈빛이 너무 차가워서 진후는 잡은 손을 놓을 수밖에 없었다. 지유는 엘리베이터에서 내렸고 문은 그대로 닫혀 버렸다.

닫힌 엘리베이터 앞에서 지유는 몸을 돌려 사무실로 걸어갔다. 한 걸음을 내디딜 때마다 가슴이 욱신거렸다. 속에서 뜨거운 게 솟구치듯 올라왔다.

억지로 그걸 삼키면서 지유는 태연한 척 걸었다. 입술을 피가 나도록 깨물면서 버텨 냈다. 지유가 제일 잘하는 게 버티고 참는 거였으니까.

'그런 일은 없어요.'

지유의 마지막 말이 귓가에서 맴돌았다. 혼자 꾼 달콤했던 꿈이 끝나 버렸다. 특별히 뭘 한 건 없는데 많은 걸 한 것 같은 시간이었다. 그녀의 사소한 것까지도 그에게는 추억으로 자리 잡았다. 어느새 그건 사랑이었다.

딴생각에 빠져 있는 동안 엘리베이터는 다시 지하로 내려갔다. 문이 열리고 도훈이 서 있었다.

"출근했어?"

"네."

"안 해도 된다니까."

"월급 받는데 출근은 해야죠."

엘리베이터 문이 닫혔다.

"지유는?"

"먼저 출근했습니다."

알았다는 듯이 도훈은 고개를 끄덕였다. 그러고는 기분 좋은 일이 있는 것처럼 휘파람을 휘휘 불었다.

"오늘도 대충 일 보고 병원으로 가 봐. 그래도 아들이 옆에서 지켜야 얼른 나으시지."

진후는 대답을 하지 않았다. 도훈은 진후의 어깨를 두어 번 툭툭 치고는 엘리베이터에서 먼저 내렸다. 희미하게 도훈의 휘파람 소리가 엘리베이터 안을 떠돌았다.

진후는 사무실로 들어와 제일 먼저 새로 들어간 프로젝트 전반에 대해 훑기 시작했다. 비록 프로젝트에서는 배제됐지만 아직 권한은 있었다.

도훈이 새로 주력하고 있는 건 역시나 공항에 입점하기로 한 면세점 사업이었다. 새로운 상품이나 기술에 대한 연구보다는 편하고 쉽게 가는 길을 택한 거였다.

경영전략실의 고급 인력으로 이 일을 진행하는 게 맞는지는 생각할 필요도 없었다. 그룹의 이익이 되는 일이라면 상관없었을 테니까.

대외적으로는 입점을 원하는 모든 기업에게 동등한 기회를 제공하겠다고 공표했지만 사실상 명원과 제일그룹의 싸움이라는 걸 아는 사람들은 아는 사실이었다.

명원은 재무안정성, 운영능력, 입지 모든 면에서 제일보다는 우월했다. 입점이 거의 확실시돼 있는 일을 새로운 프로젝트로 내세웠다는 건 그저 가만히 앉아서 공을 가져가겠다는 거였다.

어쩌면 도훈이 그리는 그림은 생각했던 것보다 더 거대한 걸지도 모르겠다.

감히 진후는 끼어들 수 없는 싸움이었다. 그런데 과연 지유가 그를 쉬운 상대랍시고 고른 게 맞는 걸까 싶었다. 그래도 명원의 교육을 받고 자란 명원의 아들이었다.

"하아."

지유에게 그 어떤 힘도 돼 줄 수가 없었다. 뒤에서 응원이나 해 줘야 하는데 아마도 그건 지유에게 도움이 되지 않을 거다.

지유는 지금 방패막도, 총알받이가 되어 대신 맞아 줄 수도 없는 싸움을 시작한 거였다.

조금만 더 평범했더라면 좋았을걸.

그래도 공부 하나는 자신 있었던 진후였는데 그것만으로는 역부족이었다. 가족이 되려면 그보다 더 많은 것을 깊이 있게 알아야 했다. 단순히 일을 잘한다고 될 일이 아니었다.

"하아."

스스로 부족함을 느끼며 진후는 한숨을 또 한 번 길게 내쉬었다.

Rrrrrrrrr.

진희로부터 걸려 온 전화에 진후는 서둘러 전화를 받았다.

"어머니 깨어나셨어?"

– 어, 눈뜨셨어.

안도의 숨을 내뱉자 핑 하고 머리가 돌았다. 그동안의 긴장이 풀리는 듯했다.

"알았어, 바로 갈게."

보던 서류를 덮고 진후는 자리에서 일어났다. 이제 막 출근하는 직원들이 진후를 보고는 인사를 했다. 그는 손을 들어 인사를 해 주고 사무실을 나왔다. 뒤에서 직원들이 뭐라고 하는지는 듣지 않아도 알 것 같았다. 하지만 그는 개의치 않았다.

병원으로 가는 택시 안에서 진후는 지유에게 문자를 할까 말까 여러 번 고민했다. 그러는 사이 택시는 병원에 도착했고 그는 우선 지유에게 알리는 걸 잠시 미뤘다. 그 대신,

"선배님."

중원에게 연락했다. 고민은 끝났다. 무엇을 지켜야 하는지, 그러기 위해서 무엇을 해야 하는지도 확실해졌다.

의사들이 다녀가고 강 여사는 그동안 마음고생했을 진희에게 미안하다는 말을 했다. 진희는 또 한 번 목 놓아 울었다. 그런 딸의 등을 쓸어내리며 강 여사는 속으로 눈물을 삼켰다.

그동안 잘 버텼는데 왜 그렇게 맥없이 쓰러졌는지 알 수 없었다. 팽팽하게 붙잡고 있던 끈을 탁, 놔 버렸던 것 같다. 그리고 그 끈은 그대로 끊어져 버렸다.

"어머니."

진후가 병실 문을 열고 들어왔다. 며칠 사이에 진후의 얼굴도 반쪽이 됐다. 강 여사는 손을 내밀었다.

"회사는 어쩌고?"

"괜찮으세요?"

강 여사는 움푹 들어간 눈으로 겨우 웃으며 고개를 끄덕였다.

"의사가 뭐래?"

눈물을 닦아 내고 있던 진희가 잔뜩 잠긴 목소리로 말했다.

"일단은 괜찮대. 이따가 검사 진행한대."

"다행이다."

강 여사의 손을 맞잡으며 진후는 털썩 의자에 주저앉았다. 순식간에 다리에 힘이 풀렸다.

정말 이러다 큰일이 나는 줄 알고 너무 겁이 났었다. 아닌 척했지만 그 생각을 하는 것만으로도 버거울 정도였다.

"일은?"

촉촉하게 젖은 눈가에 주름이 곱게 늘어졌다.

"다 해 놓고 왔어요."

"전화하지 말라니까."

강 여사가 진희에게 눈을 흘겼다. 그리고는 진후의 등 뒤를 힐끔거리며 훑었다. 지유를 찾는 듯했다.

"정신없어서 못 알렸어요."

"바쁜 애한테 뭘 알려? 그냥 둬라. 내 새끼들 괜한 마음고생만 시켰네."

애틋한 눈길로 진후와 진희를 번갈아 보며 강 여사는 가슴이 저려 왔다. 반듯하게만 자라면 되는 줄 알았는데 그게 아니었다.

살면서 부족했던 것들을 보상받으려는 듯이 이 악물고 싸운 아이들이 마냥 애처로웠다. 못난 어미 만나 고생만 시킨 것 같아 한없이 미안했다.

왜 그렇게 가난은 지긋지긋하게 따라다녔는지 모르겠다.

부자가 되기를 바란 적은 없었다. 남들처럼 겨울이면 따뜻한 방에서 지내기를 바랐고 여름이면 선풍기 시원하게 돌리면서 수박이나 쪼개 먹으며 그렇게 살기를 바랐다.

부자들이 넘쳐 나는 요즘 세상에 그것도 과한 욕심인 건지 정말 하늘에 누군가가 있다면 묻고 싶었다.

"어디 불편한 데는 없어요?"

"없어. 푹 자고 일어난 기분이야."

다시 웃는 모습을 보니 그동안의 묵은 걱정들이 전부 사그라지는 기분이었다.

"그럼 됐어요."

"미안하다."

계속 미안하다는 말을 하는 강 여사에게 진희는 투정하듯 말했다.

"미안한 줄 알면 다시는 놀라게 하지 마요. 나 진짜 엄마 어떻게 되는 줄 알고……."

"어떻게 되긴."

진희는 고개를 옆으로 돌려 차오르는 눈물을 손등으로 훔쳤다. 얼마나 가슴을 졸였을까. 며칠 사이에 살이 빠져서 얼굴이 홀쭉해졌다.

"근데 여기 비싼 방 아니야?"

"아니야."

"사람 많은 데로 하지."

"방이 없대."

"그럼 당장 옮겨 달라고 해, 여기 많이 나와."

"그냥 계세요."

"언제 퇴원할 수 있는지 물어봐."

"병원 오신 김에 검사 받고 나가요."

"검사는 무슨."

"제가 하자는 대로 하세요."

단호한 진후의 말에 강 여사는 더는 입을 뻥긋하지 않았다.

"그만 쉬세요. 말씀 많이 하시면 힘들어요."

진후는 이불을 끌어당겨 목 아래까지 덮어 줬다.

보고 있어도 아깝기만 한 아들이었다. 어디 내놔도 부끄럽지 않은 자랑스러운 아들이었다.

돈에 팔려 간다고 했을 때 차마 막지 못한 게 한이 됐다. 그러나 둘이 웃으면서 사는 걸 보니 마음이 놓이기도 했다. 너무 귀한 집 아이라 감히 쳐다보기도 어려웠었다. 하지만 눈을 맞추고 웃고 같이 밥을 먹으면서 그런 걱정은 한켠으로 물러났다.

곱고 예쁜 지유를 보니까 점점 탐이 났다. 어려웠지만 볼 때마다 마음이 가는 아이였다.

"얼른 회사로 들어가 봐."

혼자 전전긍긍 애끓었던 것들이 진희의 일과 맞물리며 한순간에 와르르 무너지고 말았다. 그동안 마음을 너무 졸인 탓이었다.

"알아서 할게요."

"진희도 회사 가고."

"휴가 냈어요, 걱정하지 마."

"에효, 내가 진짜 내 새끼들 고생만 시켰네."

강 여사는 졸린 듯이 하품을 하고는 눈을 감았다. 그리고 그렇게 보이지 않는 피눈물을 흘리며 소리 없이 울어야만 했다. 가난한 게 죄였다. 없는 게, 무능력한 게 정말이지 너무 죄스러웠다.

긴장이 풀려서인지 옆에서 꾸벅꾸벅 조는 진희를 겨우 집으로 들여보내고 강 여사는 까맣게 내려앉은 밤하늘을 비스듬히 누워 바라보며 생각을 정리했다.

진중하고 또래에 비해 철이 일찍 든 진희였다. 그런 진희가 결혼하고 싶다는 사람이라면, 적어도 괜찮은 사람일 거다. 하지만 아이가 있다는 게 여간 걸리는 게 아니었다.

"후우."

짙어진 한숨이 병실을 떠돌았다.

똑똑똑.

늦은 시간 문을 두드리는 소리에 강 여사는 누운 채로 고개를 길게 뺐다.

"누구세요?"

스르륵, 문을 열고 들어온 사람은 지유였다.

"아이고."

누워 있던 강 여사가 이불을 걷고 일어났다.

"누워 계세요."

가까이 다가온 지유가 만류했지만 강 여사는 이미 상체를 일으킨 후였다. 반가워하는 기색이 얼굴 가득이었다.

"몸은 좀 어떠세요?"

"말짱해. 퇴원해도 된다니까 애들이 우겨서는."

"내일 종합검진 예약해 놨어요. 검사 다 받고 가세요."

"내가 괜한 신경을 쓰게 했구나."

잠깐의 침묵이 흐르는 동안 두 사람은 서로를 지그시 바라봤다.

"지유야."

"네."

"너는 꿈이 뭐니?"

감히 내 자식에게는 묻지 못했던 말, 강 여사가 그걸 지유에게 물었다. 왠지 지유에게는 물어도 될 것 같았다.

"글쎄요."

지유는 쉽게 대답하지 못했다.

"꿈이 없어요, 저는."

"어?"

강 여사의 미간에 주름이 자글자글하게 잡혔다. 미심쩍은 듯 그녀는 눈까지 좁히며 지유의 다음 말을 기다렸다.

"그럴 여유가 없었어요."

안쓰러움이 파도처럼 밀려왔다.

아직 어리기만 한 지유였다. 여전히 품에 끼고 바라보고만 있어도 좋은 아이인데 어쩌다 이렇게 큰 아이가 됐을까 싶었다. 아무리 제 배 아파서 낳은 자식 아니라고 해도 얼마나 모질게 대했으면 이럴까.

"지유야."

강 여사가 마른 지유의 손을 잡았다.

"네."

"나는 네가 참 좋다."

처음엔 많이 어려웠던 게 사실이었다. 너무 귀한 집에서 귀하게 자란 사람이라 어떻게 대해야 할지를 몰랐었다.

하지만 볼수록 그냥 마음이 갔다. 내 식구구나 하는 마음까지는 아니어도 그 언저리까지는 가게 만들었다.

"그래서 네가 아주 많이 행복했으면 좋겠어."

지유의 맑은 눈을 바라보고 있자니 왈칵 눈물을 쏟을 것만 같았다. 보고만 있어도 너무 예쁜 아이였다.

"우리 진후랑 같이."

마른 지유의 손등을 두드리며 강 여사는 진심을 전했다.

"내가 너희들은 이제 걱정을 안 한다."

강 여사의 진심에 지유는 죄송한 마음이 들었다.

"밥은 먹었니?"

"네."

"그래, 잘 먹고 다녀야지."

343

아픈 와중에도 자식들 먹을 것부터 걱정하는 어머니였다. 이게 엄마 마음이구나, 하고 지유는 다시금 깨달았다.

"너 보니까 내 마음이 놓이는구나."

지유가 언제나 찾아올까 기다리고 또 기다렸다. 바쁜 걸 알면서도 마음이 그랬다. 이제 내 자식이구나 생각하니 더 그랬다.

"이제 그만 쉬세요."

"그래."

잡고 있던 손을 놓고 강 여사가 편하게 누웠다. 일상적인 것들을 얘기하다 그렇게 강 여사는 까무룩 잠이 들었다.

잠든 강 여사를 한동안 지켜보다 지유는 병실을 나섰다. 안도의 한숨 뒤로 이유를 알 수 없는 불안감이 몰려왔다.

주차장에 차를 주차하고 지유는 한동안 차에서 내리지 않았다. 생각을 하려 하는데 머릿속에 막이 생긴 것처럼 생각이 그저 같은 자리를 맴돌기만 했다.

더 깊이 생각할 수가 없었다. 그런데도 몸은 또 말을 듣지 않았다. 가뿐하게 넘기면 그만인데 마음이 걸렸다.

결혼을 하겠다고 한 순간부터 강 여사는 시한폭탄을 끌어안고 있었던 게 아닐까 싶었다. 결국 자신이 그 시한폭탄이었다는 생각을 떨칠 수가 없었다.

똑똑똑.

차창을 두드리는 소리에 지유가 놀라 고개를 돌렸다. 진후였다.

"안 내려요?"

옅은 미소를 머금고 있는 진후가 오늘따라 근사해 보였다. 지유는 차 문을 열고 내렸다.

"무슨 일 있어요?"

"아니요."

"그럼 왜 안 내리고 있었어요? 아까 들어올 때부터 기다리고 있었는데."

"나 들어오는 거 봤어요?"

"봤죠."

두 사람은 나란히 계단을 올랐다. 바람이 스치듯 둘의 손이 스쳤다. 아슬아슬 비껴가는 손의 감촉이 그리웠다.

"어머니 깨어나셨어요."

"다행이네요."

지유는 굳이 다녀왔다는 말을 하지 않았다. 여전히 덤덤하게 그의 말을 듣고 또 반응할 뿐이었다.

"지유 씨 찾으시던데."

"네."

그게 다였다. 찾아뵙겠다는 말도, 이미 찾아뵀다는 말도 그녀는 하지 않았다.

"피곤해요?"

지유의 어깨가 유난히 무겁게 내려앉았다.

"조금."

"그럼 들어가서 쉬어요."

"네."

집 안으로 들어가는 지유를 진후는 서서 물끄러미 바라봤다. 무슨 생각을 하고 있는지, 지금 뭐 때문에 힘든지 말해 주면 좋을 텐데 그녀는 결코 그러지 않았다.

누군가에게 기대는 방법을 모르는 것 같았다. 조금이라도 힘이 돼 주고 싶은데 뒤로 물러서는 그녀 때문에 차마 다가설 수가 없었다.

"뭐가 그렇게 복잡한 겁니까……."

구름 한 점 없이 까만 밤하늘을 올려다보면서 진후도 마음을 다 잡았다. 서운했던 마음은 이미 흔적도 없이 사라졌다.

버린다고 끝이 아니었다. 모르는 사람으로 돌아가서 남남으로 살 자신이 없었다. 아직 알고 싶은 게 많은 사람이었다. 햇살처럼 반짝이는 두 눈에 오로지 자신만이 담기길 바랐다.

이지유를 웃게 할 수 있는 사람도 자신이길 바랐다.

등 따시고 배부르니까 이제 사랑 타령이냐고 해도 할 수 없었다. 그렇게 돼 버린 걸 어쩌겠는가. 깨지고 부서져도 끝까지 지유 옆에 있고 싶어졌다.

[잘 자요.]

진후는 지유에게 마음을 꾹꾹 눌러 담아 문자를 보냈다. 별것 아닌 문자였지만 분명 마음을 담아 보냈다. 다정하고 따스한 마음이 전달되기를 바랐다.

진후는 신발을 벗어 한쪽에 두고 마당을 맨발로 서성이듯 걷기 시작했다. 가장 괴롭던 문제가 해결되고 나니까 모든 일이 다 쉬워 보였다. 발에 감기는 촉촉한 잔디의 느낌이 아주 좋았다.

Rrrrr.

[네.]

지유에게서 문자가 왔다. 달랑 네, 라는 대답이 끝이었지만 그녀는 분명히 핸드폰을 한참이나 들여다보며 문자를 지웠다 썼다 반복했을 거다. 멋대로 상상하면서 진후는 한 번 더 그녀에게 문자를 보냈다.

[잠만 자요, 꿈도 꾸지 말고.]

이상적이지 않은 부부임에는 분명했다. 하지만 그녀의 하루가 궁금하고 그녀의 잠자리가 궁금하고 그녀가 어떤 꿈을 꾸는지 궁금했다.

지금보다 더 많은 걸 알고 싶었고 그중 가장 알고 싶은 건 그녀의 마음이었다. 채근하지는 않을 생각이다. 이 결혼 생활을 유지하기 위해서는 제대로 된 연애를 해 볼 참이었다.

[네.]

지유가 보낸 두 번째 단답형의 문자에 진후는 피식 웃어 버렸다. 도망가지만 않는다면, 밀어내지만 않는다면 얼마든지 기다리며 다가갈 생각이다.

8.

떨리게, 연애

강 여사는 다행히도 건강상에는 별다른 이상 소견이 없어 며칠 지나지 않아 퇴원을 할 수 있었다.

집에 돌아온 날 그녀는 진후와 진희가 출근을 한 사이 이불을 걷고 일어나 청소부터 했다. 진희가 하기는 했지만 영 성에 차지 않았다. 냉장고는 먹을 게 없이 텅 비어서 당장 장부터 봐야 했다.

Rrrrrrrr.

출근한 지 얼마 지나지 않은 진희가 전화를 걸어 왔다.

"여보세요."

– 이불 걷고 일어났지?

진희는 마치 어딘가에서 보고 있는 것처럼 말했다.

"아니야, 어지러워서 일어나도 못해."

– 답답해도 그냥 좀 누워 있어요.

"안 일어났다니까."

누워만 있으려니 허리도 쑤시고 머리만 더 어지러웠다.

— 엄마 걸레 들고 있는 거 다 보여.

강 여사는 놀라서는 주위를 두리번거렸다.

— 맞네. 내가 퇴근하고 가서 할 테니까 그냥 좀 누워 있으라고요.

"갑갑해. 쉬엄쉬엄 움직이니까 걱정하지 말고 일이나 해."

— 아직 무리하면 안 돼.

"알았어."

긴 한숨이 전화기 너머에서 들려왔다.

"한 번 데리고 와."

— 어?

"결혼하고 싶다며."

— 엄마.

"일단 한번 보게 데리고 와."

진희까지 불행한 결혼을 시킬 수는 없었다. 좋아하는 사람과 살 부비며 사는 게 최고였다. 그러니 진희라도 그렇게 살게 해야지.

"마음만 진실 되면, 그거면 돼."

— 미안해요.

"돈도 필요 없어. 서로 아끼면서 사랑하면서 그렇게 살면 그만이야."

진후에게 해 주지 못했던 엄마로서의 말을 진희에게 하면서 강 여사는 옅게 웃었다.

마음을 조금씩 비워 내면서 강 여사는 스스로 엇나간 일들을 바로잡으려 애쓰고 있었다. 아직 늦지 않았기를 바랄 뿐이었다.

— 엄마, 미안해요. 그리고 고마워.

"일해, 얼른."

진희와 전화를 끊고 강 여사는 한참을 쪼그려 앉은 채 진후에게 문자를 보냈다.

[아들, 밥 먹고 일해.]

겨우 몇 마디 쓰는데 몇 번을 지웠다 썼다를 반복했다. 나름의 큰일을 해내고 강 여사는 뿌듯하게 웃었다.

보내 놓고 답이 오기를 기다렸지만 바쁜지 답장은 없었다. 끙, 소리를 내며 일어난 그녀는 서둘러 냉장고 정리를 시작했다. 역시 몸을 움직일 때가 제일 개운하고 좋았다.

그 시각, 진후는 회사 근처 커피숍에서 정 여사를 만나고 있었다.

"회사 일은 할 만하고?"

"네."

"확실하게 마음을 굳힌 건가?"

"무슨 말씀이신가요?"

커피 잔을 내려놓으며 정 여사는 긴 숨을 쉬었다.

"이번에 꽤 놀라게 했잖아."

짐짓 무슨 말인지 모르겠다는 듯이 진후는 입을 다물고 있었다.

"가만히 있으면 가족 모두가 편하게 살 텐데 말이야."

지유가 도훈을 건드리는데 진후가 아무것도 하지 않고 지켜보고 있었다는 게 불쾌했다. 정 여사도 진후가 지유가 하는 일에 관여할 수 없다는 건 알고 있었다. 그렇다고 아들이 당하는데 가만히 지켜만 볼 수는 없었다.

"지유의 약점은 자네라고 하더군."

"그런가요?"

"아니면 그 반대거나."

의미심장하게 웃는 정 여사를 보면서 진후는 마른침을 삼켰다.

"뭐가 됐든 약점이 생겼다는 게 중요한 거지."

정 여사가 몸을 진후에게로 기울였다.

"내가 자네를 왜 지유의 짝으로 골랐는지 아나?"

"모릅니다."

"사고 칠 가능성 있는 아버지는 없고, 어머니에 대한 각별함이 있고, 특출 나지 않지만 성실한 여동생이 있고. 한마디로 약점이 될 만한 가족이 있어서. 무슨 일이 있어도 끊어 낼 수 없는 가족. 그게 자네의 약점이자 내가 고른 이유였지."

맞는 말이었다. 가족은 진후에게 최대의 약점이었다. 가족을 위해서 선택한 결혼이었으니까.

"내가 그 약점을 이용하지 않았으면 하는데."

"제 약점이지만 제가 사는 이유이기도 합니다."

"그래서?"

"건드리시지 않는 게 좋을 겁니다."

"협박처럼 들리는데?"

"협박하려고 저 부르신 거 아닙니까?"

"협박이 되기는 했나?"

"아니요, 자극이 됐습니다."

"어떤 식으로?"

"제 가족, 건드리지 마십시오."

부르르 떨지도 않고, 주먹을 말아 쥐지도 않았다. 담담하면서도 평이한 말투로 진후는 말했다.

"그 가족엔 이지유도 포함입니다."

이 집에 대해 알면 알수록 지유가 가여웠다. 자식 취급은커녕 사람 취급도 하지 않는 정 여사와 가진 것조차 뺏으려는 비열한 오빠들 틈에서 지유는 얼마나 이 악물고 버텼을까 생각하면 가슴이 아팠다.

돈이 많다고 행복한 건 아니구나, 하는 걸 이 집에 와서 뼈저리게 알게 됐다.

"재미있어지네?"

"건드리지 않으면 꿈틀댈 일 없을 겁니다."

"그냥 놔둬라?"

"네."

"그럼 단속을 잘해야지. 더는 까불지 않도록 단속해."

진후는 대답을 하지 않았다. 대신 정 여사에게 물었다.

"제가 사모님 사람입니까?"

진후는 장모님이나 어머님이 아닌 사모님으로 정 여사를 불렀다.

"소속을 확실히 알고 싶습니다."

"아니."

정 여사는 코웃음을 치며 말을 이었다.

"내가 고른 말이지. 그저 고삐를 잡아당기는 쪽으로 앞만 보고 달리는 말."

원하는 대답이었다. 적어도 정 여사는 지유의 어머니가 아니었다. 그렇다면 어머니로 대접하는 일은 앞으로 없을 거다.

"감사합니다."

오늘은 집에 가서 지유를 위해 맛있게 국을 끓이고 쌀밥을 지어야겠다. 맛은 보장하지 못하더라도 정성은 장담할 수 있었다.

"무슨 뜻이지?"

넥타이를 고쳐 매며 진후는 자세를 바로잡았다.

"착각하시나 싶어서 물었습니다. 처음부터 저는 이지유 사람입니다. 그 사실을 정확히 짚고 넘어갔으면 합니다. 그러니 앞으로도 이런 식의 협박은 제게 통하지 않습니다."

자리에서 일어난 진후는 정중할 정도로 고개를 숙여 정 여사에게 인사를 했다. 뒤돌아서서 커피숍을 나가는 진후의 발걸음이 어딘지 비장해 보였다.

"잘못 골랐네."

정 여사는 커피를 마시며 우아하게 웃었다. 지금 당장 진후가 할 수 있는 건 현실적으로 없었다. 하지만 먼 훗날 그는 분명 두 아들에게 위협이 되는 존재가 될 거였다.

야망 없는 남자를 고른 게 애초에 실수였다. 아무것도 없던 마음에 이지유가 자라고 있었다. 없어도 너무 없었다. 무엇 하나 없는 마음에 무언가 자리를 잡는 게 얼마나 쉬운 일인지, 그걸 간과했다.

그의 눈빛이, 그의 당돌했던 말투에서 그걸 느낄 수 있었다. 진후를 위협할 수 있는 게 현재로써는 없었다. 지금보다 더 많은 걸 가진 후에야 그를 건드릴 수 있었다. 그렇다면 그가 무언가를 가질 때까지 손 놓고 지켜보는 수밖에는 없었다.

"제대로 실수했네."

차갑게 돌변한 얼굴로 정 여사는 커피 잔을 테이블에 내려놨다. 식어 빠진 커피에 정 여사의 얼굴이 일그러졌다.

늦은 시간까지 업무를 본 지유는 피곤한 몸을 이끌고 퇴근을 했다. 차를 주차하고 정원으로 올라서자 별구경을 하고 있던 진후를 발견했다.

"늦었네요?"

뒤를 돌아보지도 않고 진후가 말했다.

"밥은요?"

"먹었어요."

"대충 샌드위치 같은 거 먹었죠?"

겨우 고개를 돌려 지유를 바라보는 진후의 눈빛이 달달하게 빛났다. 헤어질 각오를 하고 있어서인지 진후는 전보다 유해졌다.

"저녁 해 놨어요."

"진후 씨가요?"

"네."

진후는 지유에게 손을 내밀었다. 멀뚱히 보고만 있는 지유에게 진후가 다가와 그녀의 손을 잡았다.

"내가 새로 알게 된 사실이 있는데 이제는 그걸 인정하려고요."

갑작스러운 그의 고백에 지유는 심장이 쿵 하고 내려앉는 것 같았다.

"그래요?"

태연한 척, 아무렇지 않은 척 물었지만 심장은 요동치고 있었다.

"우리 그만해요."

웃는 얼굴로 그가 말했다. 마치 우리 같이 놀아요, 하는 것처럼 별일 아닌 듯이 웃으며 말했다.

"뭘?"

되묻지 않을 수가 없었다.

"이 결혼."

예상했던 말이었다. 언젠가는, 아니 머지않아 그 말을 진후가 먼저 꺼내게 될 줄 알았다. 하지만 이런 식으로 웃으면서 오늘 할 줄은 몰랐다.

"서진후 씨가 선택할 수 없는 일이에요."

"아니요, 내가 할 수 있어요."

"우리 분명히……."

진후가 지유를 보며 바로 섰다. 그녀의 까만 눈을 들여다보면서 그는 천천히 입을 뗐다.

"문제는 내 마음입니다."

마음이 달라졌다. 어쩌면 처음 본 순간부터 이렇게 변할 줄 알고 있었는지도 모른다. 하지만 꺼내 보이게 될 줄은 몰랐다. 참 많이도 변했다, 서진후.

"변했다고 말하고 싶어요?"

"이곳이 당신에게 안식처가 되기를 바라요. 문을 열고 들어서는 순간, 밖에서 있던 모든 걸 다 내던지고 그냥 편하게만 있었으면 좋겠어요. 당신이랑 나, 우리 둘에게는 그랬으면 좋겠어요."

"하고 싶은 말이 그거예요?"

"아니요. 이지유 씨를 사랑하는 것 같아요."

"네?"

"그래서 안 되겠어요. 지금부터는 좀 당황스러운 일이 많아질 겁니다."

"무슨 뜻이에요?"

"선전포고 하는 거예요, 놀라지 말라고."

일렁이는 미소를 머금고 진후는 지유에게 다가왔다. 밀어낼 틈도 없이 그의 입술이 그녀의 입술을 덮쳤다.

"이런 일도 자주, 아니 매일 있을 겁니다."

물러설 겨를이 없었다. 갑작스럽게 일어난 일이었다. 짧은 입맞춤이었지만 지유는 그대로 얼어붙고 말았다.

"연애부터 다시 합시다. 여기가 떨리게 우리 연애부터 합시다."

진후는 왼쪽 가슴에 손을 갖다 대고 지유의 눈을 응시하며 말했다. 방금 일어난 일이 무슨 일인지 판단이 서지도 않았는데 그는 또 웃었다.

"먼저 들어갈 테니까 바람 좀 쐬고 들어와요."

진후는 멍하게 서 있는 지유에게 입고 있던 겉옷을 벗어 줬다. 파르르 떨리던 어깨 위에 겉옷을 걸쳐 주고 먼저 집 안으로 들어가 버렸다. 은은하게 풍기는 진후의 향이 바람을 타고 코끝을 스쳐 지나갔다.

"서진후 냄새다."

머리를 거치지 않고 그대로 입 밖으로 마음속 말이 튀어나왔다. 지유는 혹시 누가 들었을까 싶어 서둘러 제 입을 손으로 틀어막았다.

❉✽❉

어머니가 쓰러진 후로 진후는 완전히 달라졌다. 어떤 심경의 변화가 있었던 건지 알 수 없었지만 그의 마음이 달라졌다는 건 알 수 있었다.

Rrrrr.

[점심 같이 먹어요.]

진후에게서 온 문자를 지유는 넋을 놓고 한참이나 들여다봤다. 그의 목소리가 들리는 것도 아닌데 묘하게 다정하게 느껴졌다. 그가 변한 건지, 아니면 자신도 모르는 사이에 그에 대한 마음이 달라진 건지 헷갈렸다.

"뭐지……."

혼잣말을 하며 생각에 빠져 있는데 전화가 울렸다.

"네. 네, 알겠습니다."

큰오빠 경훈의 비서로부터 온 연락이었다. 지유는 핸드폰을 책상 위에 뒤집어 놓고 사무실을 나갔다. 엘리베이터 앞에서도, 그리고 그 안에서도 그녀의 머릿속은 오로지 한 가지 생각뿐이었다.

똑똑똑.

노크를 하고 지유는 안으로 들어갔다.

"기다리고 계십니다."

비서가 깍듯하게 일어나 고개를 숙여 인사했다. 사무실 문을 열고 들어가면서 지유는 일단 머릿속을 비워 뒀다.

"부르셨습니까?"

"와서 앉아."

회사에서 경훈은 좀처럼 얼굴을 보기가 힘든 위치였다. 아버지보다 더 바빴고 실질적으로 회사 일 전반에 걸쳐 그의 손이 미치지 않는 곳이 없었다.

"점심은?"

"먹어야죠."

경훈은 그때서야 시간을 확인했다.

"아직 안 됐네."

집안에서 유일하게 적대적이지 않은 사람. 하지만 사실 그는 지유에 대한 그 어떤 위협도 느끼지 않을 만큼 그녀의 존재 자체를 무시하고 있다는 걸 알고 있었다.

그러니 지유가 홍보팀장으로 회사 일에 본격적으로 뛰어든다고 해서 겁을 낼 필요가 없었다. 어차피 올라갈 수 있는 곳은 정해져 있는 법이니까.

"어때?"

"뭐가요?"

편하게 말을 잇는 경훈에게 지유는 경직된 자세로 대답을 이어나갔다.

"두루두루."

느긋하게 의자에 몸을 기대고 경훈은 여유로운 눈빛으로 지유를 쳐다봤다.

"무슨 의도로 묻는 건지 궁금하네요."

"그냥 오빠로 동생 좀 챙기려는 거지."

언제부터, 라고 묻고 싶었지만 괜한 싸움을 벌일 필요는 없었다.

"괜찮습니다."

"든든한 편이 생겨서 외롭지 않겠어."

비꼬는 말투가 아니라 진심에서 하는 말 같았다.

"방금 서진후가 다녀갔어."

재미있는 게 생각난 듯 경훈이 피식 웃었다.

"널 꽤 생각하더라."

대체 둘이 무슨 얘기를 한 걸까.

"어머니랑 도훈이는 내가 해결할게. 넌 네가 할 수 있는 걸 해. 그 이상은 할 생각도 하지 말고."

"그 이상?"

"네 것이 아닌 걸 가지려고 하지 말라고. 사실 지금도 충분히 누리고 있는 거 아닌가?"

겁이 잔뜩 난 눈빛으로 집에 들어와 놓고 말투와 행동은 전혀 그렇지 않다는 듯이 굴었다. 밥도 잘 먹고 잠도 잘 자고 학교도 잘 갔다.

도훈이 방문을 열려고 돌릴 때마다 안에서 굳게 잠긴 방문은 단한 번도 열리지 않았지만 그 안에서 지유가 얼마나 무서웠을지는 짐작하고 있었다.

유치하지만 그렇게라도 겁을 주고 싶었던 마음이 있었던 것도 사실이었다. 그래서 도훈이 하는 짓을 말리지 않았다.

지유는 딱 거기까지였다. 같이 무언가를 한 적도 없었고 같은 추억을 쌓은 것도 없었다.

어느 날 갑자기 내 집으로 들어온 동생, 그게 전부였다. 지유를 미워하기엔 경훈은 해야 할 일들이 너무나 많았다.

미워하는 것도, 좋아하는 것도 전부 미뤄 두고 그저 공부에만 매진했다. 일을 배웠고 그러다 결혼을 했고 지금은 이 자리까지 올라 회사를 책임지고 있었다.

"어쨌든 네가 과한 욕심을 부리지 않으면 아무 일도 일어나지 않아."

지유는 대답하지 않았지만 경훈은 그녀가 그러리라는 걸 알 수 있었다. 사실 도훈보다 머리가 좋은 아이였다. 눈치도 빨랐고 상황파악도 잘했다. 하지만 늘 변수가 있다는 걸 이때는 미처 깨닫지 못했다.

"제법 패기 있더라."

"네?"

"서진후. 둘이 잘 어울려."

"네."

"너를 위해서 네 편으로 두기 괜찮은 사람이야."

그리고 도훈보다는 일적으로 가까이하는 것도 나쁘지 않을 것 같았다. 옆에 두고 있으면 꽤나 유능할 것 같다는 생각이 들었다. 뜻하지 않게 오전 미팅이 줄지어 취소되면서 새로운 것들을 알게 됐다.

"편이 있다는 게 좋은 걸까요?"

"무슨 뜻으로 묻는 거지?"

"글쎄요."

경훈이 자세를 고쳐 앉았다.

"어디까지 갈 생각이지?"

"갈 수 있는 데가 어디까지인지 알고는 싶어요."

"그래서 그곳까지 가겠다?"

"네."

망설임 없이 지유가 당돌하게 대답했다. 경훈은 순간적으로 그런 지유에게서 위기감을 느꼈다.

"내가 앞으로 너를 견제해야 하는 건가?"

지유는 대답하지 않았다. 대신 그에게 물었다.

"내가 위협이 되나요?"

끝까지 갈 생각이었다. 끝이 어디인지 모르지만 할 수 있는 한 가장 멀리, 그리고 가장 높이.

"성가시기는 하겠지."

경훈이 발톱을 드러냈다. 거슬리면 그게 무엇이든 그냥 두지는 않을 거라는 뜻이었다. 이제 제법 붙어 볼 수 있게 됐다. 경훈이 신경 써야 하는 존재로 이제 겨우 인정받기 시작했다.

경훈의 사무실에서 나오며 지유는 진후에게 전화를 했다.

"우리 점심 조금 일찍 먹어요."

– 지금?

"네. 로비에서 기다릴게요."

엘리베이터에 올라 곧장 1층으로 내려간 지유는 로비에서 진후를 기다렸다. 얼마 지나지 않아 그가 엘리베이터에서 환하게 웃으며 내렸다.

"왜 저렇게 웃으면서 다니는 거야."

혼잣말을 하며 지유는 진후를 맞았다.

"설마 내가 보고 싶었을 리는 없고, 무슨 일이에요?"

하루아침에 능청스러워졌다. 어머니와 전혀 다른 모습을 보이니 이제 헷갈리기까지 했다.

"밥 먹자고요."

진후는 슬쩍 지유와 발을 맞춰 걸었다. 그의 커다란 구두가 옆에서 보폭을 맞추며 걷는 걸 지유는 힐끗 쳐다봤다.

"뜨끈하게 칼국수 먹고 싶은데, 어때요?"

"그것보다는 대화를 할 수 있는 조용한 곳으로 가요."

"얘기 좀 하자고 부른 게 아니고 점심 먹자고 부른 겁니다."

지유가 흘기듯 진후를 바라봤다.

"하고 싶은 말은 커피 마시면서 해요."

진후는 지유를 칼국수집으로 이끌었다. 아직 점심시간 전이라 식당 안은 조용했다. 젓가락과 숟가락을 지유 앞에 놔 주면서 진후는 연신 기분 좋은 얼굴을 하고 있었다.

"큰오빠 찾아갔어요?"

"네."

"왜요?"

"자꾸 내 여자 힘들게 하면 내가 어떻게 돌지 모른다 협박하려고요.”

“서진후 씨.”

장난스럽게 말하던 진후가 진지한 표정으로 지유를 응시했다.

“이경훈, 이길 수 있습니까?”

“난 그저 내가 할 수 있는 걸 하는 거예요. 그 일에 이도훈이 귀찮게 해서 잠깐 정신 차리게 해 줬을 뿐이고요.”

“맞아요, 이도훈은 몰라도 이경훈은 못 이깁니다. 그래서 찾아갔어요. 먼저 건드리지 않으면 눈에 거슬리는 짓은 하지 않을 거다, 그러니 정리를 해 줬으면 좋겠다.”

“그걸 서진후 씨가 말했다고요?”

“네.”

“왜요?”

“남편이니까.”

그 말에 많은 게 포함돼 있었다. 그림자로 살라고 하면 그렇게 살겠지만 그림자로서도 할 수 있는 건 하면서 옆을 지킬 생각이다. 적어도 주는 것만 넙죽넙죽 받아먹으면서 말 잘 듣는 애완동물로 살지는 않을 거다.

“처음부터 다시 시작할 수 없다는 거 압니다. 그래도 마음이라도 그렇게 하고 싶어요. 난 적어도 처음과는 다른 마음으로 당신을 볼 거니까.”

“지금은 어떤 마음인데요?”

물으면서 겁이 났다. 아니, 기대가 되기도 했다.

“솔직한 대답을 듣고 싶어요?”

“네.”

“말했잖아요.”

지유와 눈을 맞추며 진후는 차분한 어조로 힘주어 말했다.

"사랑해요."

적절하지 않은 타이밍에 주문한 칼국수가 둘 사이에 놓였다. 여전히 서로를 놓지 못한 채 두 사람은 끈적이는 눈빛으로 마주했다. 먼저 어색함을 깬 건 진후였다.

"지금은 지유 씨가 어떤 맛을 좋아하는지 모르니까."

잠시 대화가 중단되고 진후는 양념장 통을 열었다.

"하나씩 알아갈게요."

"진후 씨."

"짝사랑 한번 해 보죠 뭐. 급하게 오지 말고 천천히 와도 돼요. 대신 멀어지지만 말아요. 다른 데도 가지 말고."

진후는 젓가락을 들었다.

"먹어 봐요. 저번에 먹었는데 국물이 너무 시원하더라고요. 다음에 지유 씨랑 꼭 다시 와야겠다고 생각했어요."

지유는 말없이 젓가락을 들어 칼국수 면을 집었다. 몇 가닥을 집어 입으로 가져가는 그녀를 진후는 가만히 바라봤다.

"어때요?"

"맛있어요."

지유의 말에 그때서야 진후는 칼국수를 먹기 시작했다. 심장이 미친 듯이 뛰어 대고 있었다. 들키지 않으려고 지유는 고개를 들지 못한 채 쉼 없이 칼국수를 입으로 가져갔다.

"많이 먹어요."

따뜻한 사람이다. 이 사람과 있으면 시린 가슴이 뜨끈하게 데워진다. 사실 가슴이 시리다는 것도 잊게 된다. 순간순간 행복하고 웃음이 난다.

"이것도 먹어 봐요."

진후는 금방 한 것 같은 겉절이를 젓가락으로 집어 지유의 그릇 위에 올려 줬다. 고개를 들어 그를 봤다. 여전히 웃고 있었다.

"왜 그렇게 웃어요?"

"좋으니까."

"달라졌어."

혼잣말처럼 입을 삐죽거리고 지유는 다시 고개를 숙였다.

그가 변한 게 좋으면서도 불안했다. 그를 변하게 한 것이 무엇인지 알고 싶으면서도 한편으로는 알려 주지 않기를 바랐다. 두 가지 마음 다 지유는 혼란스럽기만 했다.

칼국수를 먹고 나와 진후는 지유의 손을 잡았다.

"뭐예요?"

"지금은 부부로서의 시간이니까."

"회사예요."

지유가 잡은 손을 빼내려고 손목을 비틀었다. 하지만 쉽게 놔줄 진후가 아니었다.

"회사 안이 아니라 앞이죠."

"안 들어가요?"

"아직 시간 남았어요."

진후는 손목시계를 들여다보며 눈썹을 찡긋했다. 지유와 맞잡은 손을 잡아끌며 진후는 기분 좋게 걸음을 내디뎠다.

"일단 맛있는 커피부터 마셔요."

회사 앞이라는 것도, 진후와 손을 잡고 있다는 것도 전혀 의식되지 않았다. 그냥 자연스러웠다. 아주 오래전부터 이렇게 했던 것처럼 편안했다. 그리고 가슴이 아릿하게 떨려 왔다.

"오늘부터 우리 1일입니다."

"네?"

"전부터 해 보고 싶었거든요."

"뭘요?"

"우리 오늘부터 사귀자, 우리 오늘부터 1일이다, 이런 거."

"웃겨요."

지유는 피식 웃음을 터트렸다.

"그래도 해요. 남들 하는 거 다 해 보자고요."

그의 눈빛에서, 그리고 그의 목소리에서 간절함이 묻어났다. 차마 그걸 외면할 수는 없었다. 적어도 한 번은 인정하고 싶었다.

"네."

진후가 걸음을 멈췄다.

"지금 네, 라고 했어요?"

"네."

"우리 그럼 연애하는 겁니다."

"나는 해야 할 일이 많아서 데이트하자고 할 때마다 할 수 없을 거고, 기념일 같은 건 챙기지 못하고, 그리고 또…….."

"그거면 됐어요. 그렇게 시작합시다."

"지금이랑 크게 달라지는 건 없을 거예요."

"알아요."

"난 여전히 바쁠 거고, 여전히 위로 올라가기 위해서 싸우듯이 일할 거예요. 그래도 하고 싶다면, 해요."

"하고 싶어요, 이지유랑 떨리게 연애하는 거. 이렇게 시간 날 때마다 짬짬이 손잡고 걷고 맛있는 것도 먹고 좋은 데도 가면서 연애하고 싶어요. 다른 사람은 필요 없어요. 난 이지유 씨하고만 하고 싶어요."

지유가 진후를 보며 미소 지었다. 지유의 미소가 진후의 가슴으로 스며들었다.

"해요."

"그런데 연애를 하려면 내가 당신 집안에서 나와야 해요."

진후가 가슴에 담아 뒀던 말들을 꺼내기 시작했다.

"무슨 뜻이에요?"

"스카우트 제의가 들어왔어요."

"네?"

"가겠다고 대답했어요."

"서진후 씨."

"일단 들어요."

지유의 눈빛이 두려움에 흔들렸다.

"내가 지유 씨를 사랑하게 될 줄은 나도 몰랐어요. 그리고 지키고 싶어졌어요."

지유의 집에서, 지유의 회사에서, 지유의 가족들에 둘러싸여 그들의 눈치를 보면서 그들의 개로 사는 게 하기 싫어졌다. 물에 빠진 놈 건져 냈더니 보따리 내놓으란 심산이라고 욕해도 상관없다. 그게 사실이니까.

배부르고 등 따뜻하니까 다른 꿍꿍이가 고개를 들었다. 지금보다 잘난 남자이고 싶고 지금보다 멋진 남자이고 싶어졌다. 이지유에게 잘 보이고 싶어졌다.

"그러기 위해서 받은 모든 걸 내놓고 나가야 한다고 한다면, 그렇게 할게요."

"이혼……하겠다는 뜻이에요?"

"아니요."

거침없이 대답하는 진후를 보면서 지유는 절망감을 느꼈다. 머리가 핑 돌고 눈물이 나려고 했다. 무슨 감정인지 모르겠다. 정말 하나도 모르겠다.

"지유 씨랑은 안 헤어져요."

"지금 하는 말이 이혼하겠다는 말이잖아요."

"처음부터 다시 시작하겠다는 말이에요."

꼿꼿하게 서서 얘기를 듣고 있는 지유를 진후는 안타깝게 바라봤다. 아무런 표정이 느껴지지 않는 얼굴 뒤로 그녀의 눈빛은 부서질 듯 흔들리고 있었다.

"내가 이 회사를 나가야 지유 씨한테 약점이 안 될 겁니다."

지유의 닫힌 입술 사이로 뜨거운 숨이 새어 나왔다.

"당신한테 든든한 백이 되도록 할게요. 누구도 이지유 함부로 건드릴 수 없게 해 줄게요. 기다려 줘요."

"이런 얘기를 칼국수 먹고 겨우 손잡고 걸으면서 해요?"

"심각한 일이 아니니까."

"무슨 말인지 모르겠어요."

"가슴 떨리게 제대로 연애해 보자는 말이에요."

"그 말을 왜 이렇게 어렵게 해요?"

"어려울 거 없어요."

"이혼은 안 하지만 회사는 나가겠다?"

"네."

"이혼은 안 하지만 집에서도 나가겠다?"

"네."

"근데 어려울 게 없다?"

"듣고 보니 어렵긴 하네요."

진후는 마치 남의 일처럼 싱겁게 웃었다. 그런 그를 보면서 지유도 피식, 어이없는 웃음을 터트렸다.

"생각할 시간이 필요해요."

지유는 다시 진후와 걷기 시작했다. 회사 주변을 서성이면서도 그녀는 수많은 생각들을 해야만 했다. 그런 그녀 옆에서 진후는 말 없이 보폭을 맞춰 줄 뿐이었다.

❀✸❀

다음 날, 진후는 지유가 출근한 사이 곧바로 짐을 싸서 집을 나 갔다. 그리고 회사에 사표를 제출했다. 즉각 이 회장이 진후를 호 출했다.

"무슨 뜻인가."

"지유 씨를 지키고 싶어졌습니다."

적어도 이 회장에게는 사실대로 말하고 싶었다. 지유의 아버지 니까.

"그래서?"

"이 회사에서는 제가 할 수 있는 일이 없습니다. 지유 씨에게 약 점이 될 뿐입니다."

이 회장은 가만히 진후의 얘기를 들을 뿐이었다.

"지유 씨 사랑하시는 거 압니다."

적어도 마음은 아버지였다. 겉으로 내색하지 않고 지유의 편에 서 주지 않지만 마음은 다를 거라고 믿고 싶었다. 그러니 회사로 불러들였겠지.

"저도 지유 씨 사랑합니다."

"계획은?"

"제 능력으로 사랑하겠습니다. 허울 좋은 명원 사위는 그만하겠습니다. 그게 지유 씨한테 방패가 될 수 없다는 걸 알았습니다."

발톱을 드러내지 않고 납작 엎드려 지낸다면 방패는 아니더라도 약점은 되지 않았을 거다. 하지만 그러기에 진후는 너무 똑똑했다. 그리고 뻔뻔하지 못했다.

가진 게 없어서 발밑을 벌벌 떨며 길 줄 알았겠지만 이 회장은 그를 전혀 그렇게 보지 않았다. 사람 보는 눈은 정 여사보다 한 수 위였다.

마지막으로 진후를 사윗감으로 낙점한 건 이 회장이었다. 사진 속 눈빛에서 그의 선함을 봤다. 사진에서도 보일 정도라면 틀림없다고 확신했다.

정 여사는 가진 게 없으면 갖고 싶을 걸 반만 줘도 말 잘 듣는 개가 될 수 있고, 가진 게 없으니 지켜야 할 것도 없다고 생각했다.

하지만 갖고 싶은 것과 지키고 싶은 건 엄연히 달랐다. 그중 지키고 싶은 게 사람이라면 그 사람은 세상 모든 걸 갖고 있는 거였다.

이제 진후에게 지유는 세상이 됐다. 이제부터 그 세상을 지키는 건 진후의 몫이 됐다.

"음……."

"회사를 성가시게 할 수도 있습니다."

명원과 무관한 일이 아니니 그럴 가능성은 충분했다.

"하지만 지유 씨를 힘들게 하는 일은 없을 겁니다."

"회사가 힘들면 지유에게도 적잖은 타격이 있을 텐데?"

"공과 사는 구분할 줄 아는 사람입니다."

"지유도 아나?"

"짐작은 하고 있을 겁니다."

"아직 모르는 모양이군."

지유의 마음이 어떤지 이 회장은 아직 몰랐다. 하지만 이제 걱정은 하지 않아도 될 것 같았다. 제법 사내다운 남편이 지유의 곁에 있으니 둘이 알아서 하겠지, 하는 마음이 들었다. 뭔지 모르게 기대가 되면서도 기특했다.

"사표는 수리될 걸세."

"네."

진후는 자리에서 일어나 고개를 숙여 인사를 했다. 사무실을 나가는 진후의 뒷모습을 이 회장은 빤히 바라봤다.

"내가 제대로 봤군."

이 회장이 흡족하게 웃었다. 사랑하는 여자를 지키는 일은 왠지 서진후가 더 잘할 것 같다는 생각이 들었다. 이것저것 재지 않고 돌진하는 그의 열정이 새삼 부러웠다. 지킬 게 하나 더 늘었다.

젊은 시절의 이 회장은 이서정을 보고 첫눈에 반했었다. 애틋한 첫사랑이었다. 하지만 그는 처음이고 어렸기에 서툴렀다. 사랑하는 마음 하나만으로는 역부족이었다.

그저 옆에 두는 게 그가 할 수 있는 최선이었다. 다른 사람은 보지 못하게, 다른 사람은 만날 수 없게 꽁꽁 숨겨 두고만 싶었다.

그렇게 이서정을 이 회장의 내연녀로 평생을 살게 만들었다.

매일 얼굴을 볼 수는 없지만 그녀가 갖고 싶다는 걸 전부 해 주면서 아이를 낳게 하고 세상으로부터 점점 멀어지게 해 아무것도 할 수 없게 했다.

이 회장이 아니면 무엇 하나 할 수 없는, 나약하고 여리고 불안정한 사람. 미안하면서도 그런 이서정 옆에 지유를 둘 수는 없었다.

정 여사를 움직여 지유를 집으로 데리고 들어오게 만들었고 이서정은 점점 더 외로워져만 갔다. 철저히 혼자가 됐다.

작정한 건 아니지만 결과적으로 이서정을 그렇게 만든 건 이 회장 자신이었다. 이게 사랑인지는 모르겠지만 그는 아직도 그렇게 믿고 있었다.

그리고 이서정 말고도 지켜야 할 것들이 이 회장에게는 너무나 많았다.

지켜야 할 것들, 지켜야 할 위치, 지켜야 할 사람들.

무엇 하나도 놓고 싶지 않았고 다 할 수 있을 것만 같았다. 그때는 젊었고 패기 넘칠 때였으니까.

하지만 돌이켜 보면 어느 것 하나 제대로 지켜 낸 건 없었다. 그렇게 보일 뿐이었다. 그것만으로도 이 회장은 버거웠다. 그러니 만족해야만 했다.

세대가 변하면서도 방법도 달라졌다. 진후가 지유를, 그리고 지유의 세상을 어떻게 지켜 내는지 보는 것도 지루하지는 않을 것 같다. 내심 기대가 된다.

❊❋❊

진후가 사표를 낸 건 금세 도훈의 귀에 들어갔다. 그가 지유를 찾아와 이죽거렸다.

"설마 집도 나간 건 아니지?"

걱정하는 척 지유를 떠보는 도훈이었다.

"안 바쁘신가 봐요."

"동생이 이혼을 하게 됐는데 바빠도 달려와야지. 그래도 1년도 안 돼서 이혼은 좀 너무하네."

생각보다 진후의 배포가 작았다. 그래도 몇 년은 더 버틸 줄 알았는데 시시하게 나가떨어졌다.

"이혼 절차는 법무팀에서 처리할 건가?"

"아니요."

"그럼 개인적으로 하려고?"

"아니요."

서류를 보며 지유는 건성으로 대답했다.

"오빠한테 털어놔, 힘들 때일수록 가족이 함께해야지."

도훈이 슬쩍 지유에게로 다가왔다. 지유가 고개를 들었다. 그러고는 입술을 틀어 올리며 웃었다.

"남편이 있는데 굳이."

"남편?"

"이혼 안 해요."

"안 한다고?"

"네."

"왜?"

"해야 할 이유가 없으니까."

도훈의 눈이 가늘어졌다.

"이 회사를 나가 놓고 명원 사위 자리는 안 내놓는다?"

"네."

무슨 꿍꿍이인지 도훈은 빠르게 머리를 굴렸다. 둘 사이에 어떤 변화가 생긴 건지 알 수가 없었다. 하지만 뭔지 모르게 달라지기는 했다.

"뭐지, 이 찝찝한 기분은?"

지유는 가만히 어깨를 으쓱했다. 그러고는 코웃음을 치며 다시 서류로 눈을 돌렸다.

사실 지유도 진후의 속마음을 정확하게 알지 못했다. 그가 어떤 생각으로 사표를 낸 건지, 그가 설마 집에서도 나간 건 아닌지, 속이 울렁거릴 만큼 복잡했다.

왠지 설마가 맞을 거라는 생각이 들기는 했지만 눈으로 확인하기 전까지는 모를 일이었다. 불안했지만 불안하지 않은 척하기로 했다. 그저 그를 믿기로 했다.

"여전히 안 바쁜가 봐요?"

툭 내뱉은 지유의 비웃음 섞인 말에 도훈은 입술을 비틀었다. 그러고는 이를 악물고 지유의 사무실을 나갔다.

Rrrrrrrrr.

타이밍 좋게 진후에게서 전화가 걸려 왔다.

"네."

— 사표 낸 건 이미 알고 있을 거 같고.

"들었어요."

— 집을 나온 건 모를 거 같고.

역시 집을 나갔다.

"이제 알았네요."

— 나 잠깐 일 때문에 출장 간 겁니다.

"언제까지요?"

그가 없는 집에 들어갈 생각을 하자 문득 목덜미가 서늘해졌다. 지유는 손으로 목덜미를 쓸어내렸다.

– 조금 걸릴 거예요.

조금이 얼마인지 지유는 묻지 않았다. 아마 그건 진후도 모를 것 같았다.

– 금방은 아닐 거예요. 기다려 줄 수 있죠?

지유는 대답을 하지 못했다.

– 기다려요.

"은근슬쩍 들어올 수는 없는 거예요?"

– 그럴 수도 있고.

"내가 들어오라고 하면……."

– 들어갈게요. 지유 씨가 그러라고 하면 들어가요. 그런데…….

"기다려 달라고요?"

– 네.

단호한 그의 대답에 지유는 피식 소리 나지 않는 웃음을 터트렸다.

– 오늘 몇 시에 끝나요?

"왜요?"

– 저녁 먹으려고요.

"출장 갔다면서요."

– 지유 씨 보고 싶어서 저녁마다 달려오는 걸로 합시다.

"출장을 멀리 가지는 않았나 보네요."

은근히 가슴이 설레기 시작했다.

– 멀어도 보고 싶으면 달려가야죠.

이게 그가 말한 떨리게 연애하는 건가 보다.

"8시."

– 그럼 8시에 회사 앞으로 갈게요.

"네."

- 사랑해요.

갑작스러운 그의 고백에 지유는 그대로 얼어붙었다. 처음 듣는 말이 아니었는데도 가슴이 미친 듯이 내달리기 시작했다.

옆에서 얼굴을 보며 할 때와는 달랐다. 쿵쿵거리는 심장 소리가 사무실 밖에서도 들릴까 봐 그녀는 주위를 두리번거렸다.

- 이따 봐요.

통화를 끊고도 한참이나 그녀는 진정이 되지 않았다. 일이 손에 잡히지 않을 만큼 설레었다. 이런 일은 처음이라 어떻게 해야 할지를 몰랐다. 얼굴이 발갛게 달아오르고 손끝이 떨렸다.

"진짜, 서진후……."

애써 입술을 깨물며 그녀는 일에 집중하려고 애썼다.

✻✸✻

일을 마치고 회사 밖으로 나가면서 그녀는 진후가 오지 않았을까 봐 마음을 졸였다.

하지만 회전문을 열고 나가기도 전에 밖에 있는 진후를 발견하고 입가에 미소를 머금었다. 삐죽삐죽 새어 나오려는 웃음을 가까스로 참아 가며 진후 앞에 섰다.

"오랜만인 것 같네요."

진후는 말없이 지유의 손을 잡았다.

"어디 가요?"

"아무 데나."

진후는 무작정 걷기 시작했다. 느릿느릿, 아주 천천히 걸으면서 지유와의 시간을 만끽했다. 지나가는 차들도, 지나가는 사람들도 전부 빨랐다. 그 속에서 지유와 진후만이 느리게 걸을 뿐이었다.

"어땠어요?"

진후가 지유에게 물었다.

"뭐가요?"

"나 없는 하루."

"아직 하루 안 지난 것 같은데요."

"그럼 나 없는 한나절."

"여전히 바쁘고 여전히…… 허전했어요."

지유와 맞잡은 손을 내려다보면서 진후는 가만히 웃었다. 그러고는 시선을 들어 옆에서 걷고 있는 지유를 바라봤다.

"앞에 보고 걸어요."

"난 여전히 지유 씨 옆에 있어요."

"알아요."

"이렇게 손 꼭 잡고."

손을 잡고 길을 걷는 게 어색하지 않았다. 옆에 서진후가 있는 것도 어색하지 않았다. 언제부터였는지 모르게 든든하고 편안해졌다. 그리고 가슴이 뛰었다.

"밥도 먹고 차도 마시고 실컷 놀다가 들어가요. 그래서 집에 들어가면 기절하듯이 쓰러지게요."

"그게 오늘 계획이에요?"

"내가 집에 없는 동안 앞으로의 계획이에요."

허전함을 느끼지 못하도록, 혼자 있다는 생각이 들지 않도록.

"참 어렵네요."

"남들보다 쉽게 시작했으니까 한 번은 어렵게도 살아 보자고요."

"언제부터 말을 이렇게 잘했어요?"

"원래 잘했어요."

진후와 지유는 서로를 마주 보며 동시에 웃음을 터트렸다. 보통의 연인들처럼 그렇게 웃으며 밤거리를 걸었다. 진짜 연애하는 것처럼.

"우선 밥부터 먹읍시다."

회사 주변에는 먹을 곳이 많았다. 걷다 보니 번화가에 들어선 두 사람은 무엇을 먹을지부터 고민했다.

"저건 안 되겠죠?"

연기가 자욱한 고깃집을 진후가 손가락으로 가리켰다. 지유는 자신의 옷차림을 훑어 내리고 고개를 저었다.

"저 냄새가 배기엔 너무 고가예요."

"부잣집 아가씨랑 연애하기 힘드네요."

체념한 듯 진후는 지유의 손을 잡고 다시 걷기 시작했다. 이탈리안 레스토랑 앞에서 그의 걸음이 멈췄다. 이번엔 지유도 고개를 끄덕였다.

9시가 다 돼서야 두 사람은 레스토랑으로 들어갔다. 다행스럽게도 늦게까지 하는 레스토랑이었다.

와인까지 주문하고 근사한 저녁을 먹기 시작했다. 두 사람은 서로의 학창시절 얘기를 하며 마치 첫 데이트 나온 커플들처럼 웃고 떠들었다.

무엇을 먹는지는 중요하지 않았다. 두 사람이 서로를 마주 보며 함께할 수 있는 순간이 중요했다. 와인 한 병을 비웠고 요리는 디저트까지 다 먹었다. 헤어지기 아쉬워하는 연인들처럼 두 사람도 눈빛이 그랬다.

"다시 회사 앞으로 갈까요, 아니면 여기서 택시 탈까요?"

"발 아파요."

그때서야 지유가 높은 하이힐을 신은 게 눈에 들어왔다.

"택시 탑시다."

지나가는 택시를 잡고 두 사람은 나란히 뒷자리에 올라탔다. 잡은 손을 놓지 않고 서로를 보는 눈빛도 누구 하나 거둬들이지 않았다. 그리고 계속해서 무언가 대화를 이어 나갔다. 간간이 웃음이 나오기도 하고 때로는 심각해지기도 했다.

"다 왔다."

택시 요금을 지불하고 진후는 지유와 함께 내렸다. 어제까지도 문을 열고 들어갔던 내 집이 조금은 낯설게 느껴졌다.

"들어왔다가 갈래요?"

"라면 먹고 가라고요?"

"네?"

"보통 그렇게 해요, 꼬실 때."

"무슨 말이에요?"

"그런 게 있어요."

순진한 표정으로 있는 지유를 보면서 진후는 혼자 웃었다.

"보안 확실하니까 문 잘 잠그고 자라는 말은 안 해도 되겠지만 그래도 잘 잠그고 자요."

"네."

"혼자 잘 수 있겠어요?"

"나 원래 혼자 잤어요."

"그렇네요."

진후는 지유의 손을 잡고 놔주지 않았다. 무언가 아쉬운 사람처럼 그의 눈빛이 간절했다. 그걸 모른 척 외면하는 것도 나름 재미

있었다.

"가요."

"안 잡고?"

"첫날부터 잡으면 안 되는 거 아닌가?"

"그래도 한번 잡아 보지?"

훗, 지유가 나직이 웃음을 터트렸다. 헤어지기 아쉬워하는 연인들처럼 두 사람은 한참이나 같은 자리에 서 있었다.

"잘 자요."

"잘 가요."

그렇게 아쉬움이 진득하게 묻어나는 인사를 하고 두 사람은 돌아섰다. 대문을 열고 집 안으로 들어서는 지유의 심장이 요란하게 울려 댔다. 너무 격하게 요동쳐서 혼란스러울 정도였다.

그리고 다음 날, 출근하기 위해 집을 나서는 지유 앞에 택시 한대가 기다리고 있었다. 진후가 보낸 택시였다.

[출근해요.]

지유는 한참을 망설이다 출근한다는 말로 고맙다는 말을 대신했다. 그리고 이내,

[고마워요.]

다시금 마음을 전했다.

❋✽❋

둘의 데이트는 점점 시간이 줄었지만 꾸준히 이어졌다. 만나지 못하는 날이면 통화로 대신했다. 하지만 혼자 집에 들어가는 건 여전히 익숙해지지 않았다. 그렇게 4개월이라는 시간이 흘렀다.

[약속 없으면 같이 점심 합시다.]

진후가 보낸 문자를 흘깃 보고는 지유는 일에 집중했다. 오전 중에 새롭게 진행하는 프로젝트를 위해 업체와의 미팅이 준비돼 있었다.

이제 지유는 회사 내에서 입지가 제법 탄탄해졌다. 홍보부 일뿐만 아니라 전략기획팀과 기획실 회의 등 회사의 전반적인 업무에 참석하며 제 입지를 다졌다.

아직까지는 원활한 업무 진행을 위해 뒤에서 보조하는 역할이었지만 이 회장은 지유의 의견을 물으며 그녀를 회사 일에 적극적으로 참여시키겠다는 뜻을 은연중에 밝혔다.

보통 시간 들여 화려하게 만든 PPT 자료를 지양하는데, 지유는 간단하게 작성, 흐름을 꿰뚫을 수 있는 데이터를 정리해서 볼 수 있게 하는 데 탁월한 능력을 가졌다.

덕분에 회의가 매끄럽게 진행되는 일이 잦다 보니 지유에게 업무를 맡기는 일이 잦았다.

누군가는 회사 내의 잡일을 맡아 한다고 수군거리기도 했지만 회사 내의 구석구석 모든 업무를 파악하기에는 더없이 좋았다.

마지막으로 회의 자료를 살피며 지유는 회의실로 가기 위해 서둘렀다. 엘리베이터에서 내려 그녀는 다른 직원들을 기다렸다. 아직까지는 회의를 주관하는 입장이 아닌 그저 도와주는 입장이었다.

엘리베이터에서 전략기획 팀장과 직원들이 내리는 걸 보고 지유는 고개를 숙였다. 그리고 그 뒤로 진후와 다른 사람이 같이 내렸다.

"안녕하십니까."

진후의 인사에 지유도 태연한 척 인사를 했다. 어색한 건 두 사람뿐만이 아닌 듯했다. 진후가 누군지 빤히 아는 직원들도 난처하기는 마찬가지였다.

"알고 있었습니까?"

회의실을 들어가며 전략기획팀장이 지유에게 슬쩍 물었다.

"아니요, 몰랐습니다."

믿지 않는 눈치였지만 어쩔 수 없었다. 회사에서 진후를 다시 볼 수 있으리란 기대는 하지 않았으니까.

외국 투자 회사의 한국지사 담당자라고 자신을 소개한 진후는 회의가 진행되는 동안 진지한 눈빛을 하고 있었다. 그리고 그 맞은편에서 도훈은 놀라움과 반갑지 않은 눈빛으로 회의 내내 불편한 시선을 하고 있었다.

뒤늦게 회의에 참석한 도훈은 진후를 보고 크게 놀랐고 그의 소개를 받고 나서는 주먹을 말아 쥐며 분해했다.

다시는 회사에서 진후를 볼 일이 없을 거라 생각했는데 막상 한 책상에 앉아 있으려니 꽤나 속이 시끄러운 모양이었다. 더구나 지금은 도훈이 진후에게 잘 보여야 하는 입장이니 더 그랬다.

그리고 회의에 집중할 수 없는 건 지유도 마찬가지였다. 자꾸만 시선이 진후에게로 향했다. 속을 알 수 없는 표정으로 회의를 하고 있는 진후는 낯설기만 했다.

"다음 회의 때 좀 더 구체적인 사항들을 보고받았으면 좋겠군요."

"네, 그렇게 하도록 하겠습니다."

전략기획팀장도 영 적응이 안 된다는 표정으로 진후와 악수를 나눴다. 비교적 순조롭게 1차 회의가 끝났다. 제대로 된 인사도 없이 도훈은 먼저 회의실을 나가 버렸다. 그러거나 말거나 진후는 크게 신경 쓰지 않는 눈치였다.

진후는 같이 온 직원에게 무언가 속삭여 그를 먼저 보내고 혼란스러운 표정으로 서 있는 지유에게로 다가왔다.

"밥 먹을 시간인 것 같은데요?"

시계를 보며 진후가 지유에게 물었다.

"그것보다 더 중요한 할 말이 있을 것 같은데요?"

"난 지유 씨랑 밥 먹는 게 더 중요한데?"

진후가 가만히 지유의 손을 잡았다. 손가락 깍지를 끼고 그는 엘리베이터에 올랐다. 단둘이 탄 엘리베이터에서 지유는 진후를 흘겨봤다.

"말 안 할 거예요?"

"본 그대로예요."

중원의 제안을 받아들이고 진후는 언젠가는 명원과 일할 수 있는 날이 오겠다고 생각했었다.

진후가 생각했던 것보다 그 시기가 상당히 빨라지기는 했지만 중원은 처음부터 계획했던 일이라며 싱글싱글 웃었다.

애초에 진후를 스카우트할 때부터 명원의 새로운 사업에 투자가 기획되고 있었다.

누구보다 그 일에 적임자는 진후였다. 첫 임무부터 부담스럽지만 제대로 한다면 확실하게 자리매김할 수 있는 절호의 기회였다.

"앞으로 잘 부탁합니다."

깍지를 끼지 않은 손을 내밀며 진후는 지유에게 악수를 청했다.

"이 손은 뭐예요?"

"이건 잘 부탁한다는 공적인 업무상의 악수, 그리고 이건 내 여자랑 하는 지극히 개인적인 깍지 손."

"그래서 그렇게 바빴어요?"

"우리 그냥 개인적인 일만 하는 걸로 하죠."

"이거 개인적으로 묻는 거예요."

"그래도 전화는 매일 했잖아요."

2주 동안 얼굴을 못 보는 대신 전화로 그리움을 덜었던 진후였다. 오늘 회의를 오면서 지유를 볼 수 있다는 사실만으로도 가슴이 터질 것처럼 설레었다.

"보고 싶어서 죽는 줄 알았어요."

진후의 말에 지유는 얼굴이 빨갛게 달아올랐다. 엘리베이터가 1층에 도착하고 두 사람은 손을 잡고 내렸다. 두 사람을 보는 직원들의 눈이 커다래졌다.

"뭐 먹을까요?"

사람들의 시선은 신경 쓰지 않고 진후는 오로지 지유에게만 집중했다. 불편한 시선들로부터 지유도 차츰 적응을 하는 중이었다.

"뜨거운 국물 있는 거요."

"샤브샤브 먹을래요?"

"좋아요."

두 사람은 발을 맞춰 나란히 걸었다. 지유에게 사 주고 싶은 걸 마음껏 사 줄 수 있고 가고 싶은 곳을 데리고 갈 수 있어서 좋았다. 그것만으로도 많은 걸 가진 사람처럼 느껴져서 바쁘게 일하는 게 즐겁기만 했다.

"참, 진희 씨 결혼 날짜 잡혔어요."

금방 둘은 평소의 모습으로 돌아왔다.

"그래요? 난 아직 못 들었는데. 언제래요?"

"다음 달 15일."

"드디어 가네요."

"저녁에 어머니 집에 가요."

"오늘은 데이트하고 싶은데."

"그건 주말에 해요."

"그럽시다."

회사 밖으로 나오자 진후는 지유의 어깨를 끌어안았다.

"이런 식으로 만날 줄은 몰랐어요."

"미리 말 못 해서 미안해요."

"공과 사는 구분해야 하니까 더 이상은 안 물을게요."

"고마워요."

달라진 건 없었다. 진후는 여전히 서진후였다. 결혼했지만 달달한 연애를 하는 연인 서진후 그대로였다.

밤이면 집 앞에서 아쉽게 헤어지고 집에 들어가면 새벽까지 전화 통화를 하면서 4개월 동안 두 사람은 마음을 키웠다.

그가 외국 투자 회사에서 일한다는 걸 알았고 그래서 어쩌면 업무 때문에 만날 수도 있겠다고 생각했었다. 그게 생각했던 것보다 아주 빨리 일어났을 뿐이다. 둘 사이에 달라진 건 아무것도 없었다.

"기분이 어때요?"

"나쁘지 않네요."

"이도훈은 기분이 아주 많이 상했을 것 같은데?"

"그랬다면 1차 복수는 성공이네요."

"1차 복수?"

"내 여자 힘들게 했으니까 당연히 복수해야죠."

"유치해."

"그래도 할 수 없어요. 어차피 사랑은 유치한 거니까."

진후는 매일 헤어질 때 혹은 전화를 끊을 때마다 사랑한다고 말했다. 그 말을 들을 때마다 가슴은 쿵 하고 곤두박질 쳤다. 시간이 흘러도 무뎌지지 않았다. 매일이 설레고 매일이 떨렸다.

"2차, 3차 난 아주 집요하게 복수할 겁니다."

4개월 전보다 낮아진 굽으로 지유는 진후 옆에서 가볍게 걸었다. 조금씩 맞춰 가면서 그렇게 닮아 가고 있는 두 사람이었다.

"이번 일 끝내고 잠깐 미국 들어가요."

"오래 걸려요?"

"한 두 달 정도?"

지유는 가만히 고개를 끄덕였다.

"다녀오면 우리 여행 갑시다. 이번엔 진짜 신혼여행 가요."

"네?"

"제주도 어때요?"

미간을 찡그리며 지유가 진후를 돌아봤다.

"아직 해외여행 시켜 줄 능력은 안 되고 제주도는 얼마든지 가능해요."

"그럼……."

진후는 걸음을 멈추고 지유를 보고 섰다. 흘러내린 그녀의 머리칼을 귀 뒤로 넘기며 진지한 얼굴로 말했다.

"여전히 부족하고 여전히 가진 게 많지 않지만 그럼에도 지유 씨 옆에서 지유 씨 지킬 수는 있어요. 지유 씨 집에서가 아니라 내 집에서."

"무슨 말이에요?"

"내 계약 조건이 집이었거든요. 우리 둘이 살 수 있는 집. 그게 내 스카우트 조건이었어요."

연봉 협상은 처음부터 없었다. 그건 회사 조건에 맞게 주는 대로 받겠다고 했다. 대신 크고 좋은 집을 렌트해 달라는 게 그의 조건이었다.

"아직 완전한 내 집은 아니고 회사에서 마련해 준 집이지만 그래도 지유 씨 살기에 부족함은 없을 거예요."

"스카우드되면서 겨우 그런 조건을 내세웠다고요?"

"네."

"렌트로?"

"네."

"렌트가 아니라 달라고 했어야죠."

진후는 눈을 크게 뜨고 지유를 쳐다봤다.

"그럴 때는 무조건 크게 부르는 거라고요. 명원의 사위를 데려가서 명원과의 프로젝트를 하는데 겨우 그런 조건을?"

"그런가?"

"우리가 투자를 받는 입장이지만 만약 이번 일이 성사되고 나면 진후 씨네 회사도 우리나라에서 입지를 확실히 다지는 일이라고요. 서로 윈윈하는 거죠. 에효, 서진후 씨 정말 소박한 사람이다."

진후는 웃으며 지유의 허리를 손으로 잡아채듯이 감싸 안았다.

"앞으로 지유 씨한테 배우면서 살면 되지 뭐."

사실 생각보다 더 크고 좋은 집을 회사에서 계약해 줬고 연봉은 업계에서도 손꼽을 정도로 후하게 줬다. 절대 손해 보는 조건이 아니었다.

"또 다른 건 없어요?"

"없는데?"

"말해 봐요, 조건이 정말 그게 다였다고요?"

"네."

옆에서 연신 한숨을 쉬는 지유를 보며 진후는 그저 즐겁다는 듯 사람 좋게 웃을 뿐이었다.

"아, 좋다."

"뭐가 그렇게 좋아요?"

"이렇게 지유 씨랑 걷는 것도 좋고, 다 좋아요."

"그래서 신혼여행은 어디로 갈 건데요?"

"제주도 가자니까요."

"난 몰디브 가고 싶은데."

"그건 내년에 갑시다."

"내년에는 가능해요?"

"열심히 해 볼게요."

다짐하듯이 진후는 주먹을 불끈 쥐었다. 마주 보며 두 사람은 웃었다. 그리고 맞잡은 손끝으로 잔잔한 서로의 떨림이 고스란히 느껴졌다.

그렇게 두 사람은 처음으로 첫사랑을 시작했다. 조금이 아니라 아주 많이 떨리게 두 사람의 늦은 첫사랑은 그렇게 시작됐다.

에필로그

햇빛 좋은 토요일, 지유는 아버지 이대명 회장과의 점심 약속을
위해 고즈넉한 한정식 식당을 찾았다. 힐끔 손목시계를 확인하는
그녀의 눈빛이 초조하게 빛났다.

"인내심이 없는 편이냐."

"네?"

조용히 식사를 하던 이 회장이 넌지시 묻는 말에 지유는 잠깐
고개를 갸웃했다. 그러고는 이내 그게 진후에 대한 말이라는 걸 알
아채고 자세를 단정히 고쳐 앉았다.

"아니에요."

"사서 고생하는 걸 좋아하는 것 같더구나."

회사를 나간 후로 진후는 딱 한 번 있었던 이 회장의 부름에도
칼같이 거절 의사를 표했었다.

"지금 일, 좋아해요."

자신에게 없는 걸 갖고 있는 사람에게 한없이 나약한 존재로 남을 줄 알았던 정 여사의 생각을 여지없이 깨뜨리며 지금까지도 진후는 명원그룹과는 척을 지고 부지런히 명원을 공격하며 지내는 중이었다.

그게 괘씸해서 정 여사는 아예 진후의 존재 자체를 부정하고 있었고 두 오빠들마저 진후에 대해서는 철저히 남처럼 대하고 있었다. 그리고 중간에 있는 지유만이 유일하게 진후의 편에 있었다.

"계속하겠다는 거구나."

"아마도요."

젓가락으로 생선살을 바르며 지유는 조바심 나는 마음을 애써 진정시켰다.

"근처에 있으면 오라고 해."

"아마 안 올 거예요."

"한집에서 부부로 살면서 일은 따로 하겠다?"

"네."

흐흠, 이 회장은 불편한 심기를 드러냈다. 하지만 지유는 그런 이 회장의 눈치를 보지 않았다. 일로써 현재 지유는 회사 내에서 입지를 단단하게 다지며 제 할 일을 이미 200% 해내고 있는 중이었다. 진후의 일이 아니라면 지유를 탓할 건 아무것도 없었다.

"그냥 모른 척해 주세요."

이 회장은 입가를 냅킨으로 닦으며 맞은편 지유를 쳐다봤다. 그의 시선에 지유도 젓가락을 내려놨다.

"계속 이렇게 지낼 생각인 게냐."

1년을 참고 그저 지켜보기만 했었다. 밖에서 세상을 배우고 오는 것도 나쁘지는 않겠다는 판단에서였다. 그러나 지금은 지켜본

게 과연 잘한 일인가 하는 후회가 들었다. 지유와 진후는 지금의 생활에 너무도 만족했고 또 누구나 탐내는 인재로 발전해 가고 있었다.

"네."

"네가 회사의 주인이 돼도?"

"그럴 일은 없을 거잖아요."

둘째는 제쳤다고 해도 첫째는 가능성이 희박했다. 나름대로 경영도 잘 하고 있었고 일단 회사 내에 그의 편이 많았다.

지유가 올라갈 수 있는 한계가 분명히 있었다. 그 이상을 넘으려 한다면 그건 아마도 경훈과의 전쟁을 치러야 한다는 뜻이었다. 그것도 질 가능성이 농후한 전쟁.

"그래서?"

"뒤에서 받쳐 주는 것만 하고 싶지는 않습니다."

지유는 이 회장 앞에서 제 소신을 밝혔다.

"제 선택과 무관하게 저는 태어날 때부터 아버지 딸이었어요. 그래서 많은 걸 누렸고 많은 걸 포기하면서 살았습니다. 그렇다면 저도 제가 가질 수 있는 건 가져야겠습니다."

확고했고 명확했다.

"시끄러운 싸움은 피하고 싶습니다."

"그럼?"

"제가 가질 수 있는 게 무엇인지 정확하게 알고 싶습니다."

지유가 딸이 아니라 아들이었다면 얼마나 좋았을까. 그랬다면 누구의 눈치도 보지 않고 능력 있는 자식에게 모든 걸 줄 수 있는데 안타까울 뿐이었다.

제아무리 이 회장이라고 해도 주변을 의식하지 않을 수는 없었다. 그나마 지유를 경영에 참여시킬 수 있었던 건 대외적으로나마 그가 능력을 중요시하는 공정한 사람이라는 인식 때문이었다. 하지만 그 이상은 회장인 그에게도 무리였다.

"네가 할 수 있는 게 어디까지인지부터 알아야겠구나."

"네."

"거기에 서진후는 포함 안 되는 건가?"

"네."

지유는 진후에 대해서만큼은 냉정하다 싶을 정도로 딱 잘랐다. 지유가 할 수 있는 최선의 보호였다.

"아쉽구나."

"그 사람은 건드리지 마세요."

"내가 서진후를 어떻게 할 것 같으냐."

"안 하실 거라는 거 압니다."

"그래?"

"하실 거였으면 진즉에 하셨을 테니까요."

그건 지유 말이 맞았다.

"사람 마음이라는 건 언제든지 변할 수 있는 거다."

"그래도 하지 말아 주세요."

지유의 눈빛이 단호했다. 어려서부터 변함없는 눈빛이었다. 제 것을 지키려 할 때의 지유는 살기를 여과 없이 드러내며 발톱을 세웠다. 그 발톱으로 제 아버지를 할퀴는 일까지 하게 하고 싶지 않았다. 그래서 서진후를 봐주고 있는 거였다.

"더 먹어."

이 회장은 옅게 웃으며 숟가락을 다시 들었다. 그리고 그가 밥을 뜨는 걸 확인한 후에야 지유도 내려놨던 젓가락을 들었다.

잠깐의 침묵이 이어지고,

"네 엄마는 별일 없고?"

아버지 입에서 엄마 얘기가 나오자 지유는 잠시 놀란 듯한 표정을 지었다. 마치 이혼했지만 여전히 정이 남은, 그냥 보통의 어른 같았다.

"네."

"아픈 데는 없고?"

"네."

고개를 끄덕이며 이 회장은 식사에 열중했다. 살포시 숙인 그의 정수리가 공연히 휑하게 보였다.

어쩌면 아버지에게도 엄마에 대한 마음이 사랑일지도 모르겠다는 생각이 들었다. 하지만 워낙에 지켜야 할 것들이 많아서 차마 엄마한테까지 마음을 쓰지 못하는 거라고, 이렇게 멀리서 안부를 묻는 게 엄마를 지키는 방법이라고 생각하는 걸지도 모른다.

언젠가부터 발길이 뜸해진 아버지를 엄마는 원망하지 않았다. 자연스러운 과정으로 받아들이는 듯했다. 간혹 한 번씩 아버지에 대해서 묻기는 했지만 딱 거기까지였다.

전처럼 술에 취해서 아버지에게 전화를 하지도 않았고 새벽에 느닷없이 본가로 찾아가서 행패를 부리는 일도 없었다. 그리움에 익숙해진 건지 아니면 스스로 아버지에 대한 마음을 놔 버리고 있는 건지 알 수는 없었다.

"한번 가 보세요."

헤어질 때도 인사는 필요했다. 잘 지내라든지, 다시는 보지 말자든지, 어떤 식으로든 정리가 필요했다.

"엄마는 아직 기다리세요."

이 회장이 눈을 들어 지유를 바라봤다.

"그럴 수도."

"스스로 잘라 내게 하는 건 너무 잔인하잖아요."

이별이 오고 있음을 지유도 느끼고 있었다. 왜 그렇게밖에 살지 못하는지 엄마를 원망했던 적도 많았다. 여전히 예쁘고 젊은데 다른 남자 만나서 새 출발 하면 되는데 왜 그걸 못 하는지 한심했었다.

하지만 지금은 조금 알 것도 같았다. 엄마는 그냥 엄마의 방식대로 아버지를 사랑하는 거였다.

"잔인한 게 비참한 것보다는 낫지."

여전히 모질고 냉정한 아버지였다. 그렇다고 아버지를 비난할 마음은 없었다. 둘의 사랑은 그저 둘만 아는 걸 테니까.

이 회장의 차가 멀어지는 걸 지켜보다 지유는 한숨을 내쉬었다. 여전히 해결된 일은 아무것도 없었다. 어쩌면 평생 그럴지도 모른다. 누구도 행복하지 못한 채로 지금처럼 관계를 이어 올 수도 있었다.

"하아."

길게 한숨을 내뱉으며 지유가 막 몸을 돌리려는 순간,

"맛있게 먹었어요?"

진후가 나타났다. 다정하게 손을 잡으며 그는 살갑게 눈웃음을 지었다. 일하지 않을 때의 서진후는 세상 따뜻한 남자였다. 하지만 일로써 만날 때면 정말 정이 확 떨어지게 냉정했다.

"배고파요."

"방금 점심 먹은 거 아니었어요?"

"맛없어서 별로 안 먹었어요."

"내가 없어서 맛이 없었던 건 아니고?"

"그런가?"

두 사람은 서로를 마주 보며 웃었다.

"뭐 먹을래요?"

"떡볶이."

"요즘 떡볶이에 너무 꽂힌 거 아니에요?"

"떡볶이 맛을 몰랐던 지난 시간이 아쉬울 뿐이에요. 남들은 학교 다닐 때부터 먹었으니까 나는 지금부터라도 열심히 먹을래요."

"전국 떡볶이 맛집은 다 다녀 봐야겠네."

"어머, 그것도 좋다."

박수까지 치면서 눈을 빛내는 지유를 진후는 사랑스럽다는 듯이 바라봤다.

매일 봐도 매일이 새롭게 좋은 이 여자가 자신의 아내라는 사실이 진후는 그저 한없이 자랑스러웠다. 마음 같아서는 매일 손 꼭 붙잡고 돌아다니면서 세상 사람들에게 알려 주고 싶은 심정이었다.

"가요, 떡볶이 먹으러."

"이 근처에 맛있는 데 있대요."

지유가 진후의 손을 잡아끌었다. 두 사람은 다정스레 손을 잡고 천천히 한정식집을 걸어 나왔다.

운치 있는 기와집이 즐비한 골목으로 내려오자 사람들이 하나둘 늘어나더니 곧 북적이기 시작했다.

단둘이 있을 때, 지금처럼 데이트를 즐길 때면 두 사람은 철저히 일 얘기를 하지 않았다. 그건 둘이 한집에 살기 시작하면서부터 암묵적으로 지켜 온 것 중 하나였다.

그저 서로에게만 집중하고 서로에 대해서만 궁금했다. 낮에 뭘 먹었는지, 몇 시에 퇴근을 하는지, 저녁엔 뭘 할 건지를 얘기하면서 보통의 신혼부부들과 다를 것 없는 하루를 보냈다.

그러다 회사에서 일로써 만났을 때는 처음 보는 사람처럼 서로를 대했다. 상당히 냉정했고 프로페셔널했다.

처음 둘의 관계를 아는 회사 사람들은 그걸 의아하게 생각하고 또 뒤에서 수군거리는 사람도 적지 않았다. 어떻게 저럴 수 있느냐면서, 둘 중 하나는 분명 스파이일 거라고 장담하는 이들도 있었다. 그래서 더 진후를 경계했었다.

하지만 진행되는 일들을 봤을 때 일에 있어서 둘은 철저하게 비즈니스적인 관계였다. 그렇게 서로를 대하기까지 둘 사이에도 무수히 많은 감정들이 쌓이고 그 안에서 다치고 눈물을 흘렸었다.

그렇게 하지 않으면 더는 같이할 수 없다는 걸 시간이 흐르면서 깨닫고, 여전히 알아 가고 또 인정하는 중이었다.

"맞다. 내일 저녁에 어머니 집에 가서 저녁 먹는 건가요?"

"네, 진희가 한턱 쏜다고 하네요."

"삼겹살 먹으면 좋겠다."

"떡볶이 다음으로 삼겹살인가?"

"나 내일도 진짜 많이 먹을 거예요."

진후는 지유의 말에 코를 찡긋하면서도 사랑스러워 죽겠다는 표정을 지었다. 점점 감정에 솔직해지고 있는 지유였다. 요즘은 침대 위에서도 거침이 없었다.

"갑자기 얼굴이 왜 빨개져요?"

혼자 야릇한 상상을 해 버린 진후는 지유의 손을 더 세게 움켜

잡았다.

"오늘 그냥 집에 들어갑시다."

"왜요?"

진후가 지유의 허리를 제 쪽으로 바짝 끌어당겨 안았다.

"안고 싶어서."

"응?"

"지유 씨가 갑자기 너무 안고 싶어졌어요."

지유는 얼굴이 화르륵 붉어지면서 혹시 누가 들었을까 주변을 빠르게 둘러봤다. 그러고는 진후를 노려봤다.

"점점 이상해져."

"점점 지유 씨가 더 좋으니까."

"못 말려."

기분 좋게 투닥거리면서 두 사람은 사람들 사이를 자연스럽게 지나갔다. 다른 사람들이 어떻게 보는지 이제는 신경 쓰지 않는 지유였다.

물론 회사 내에서는 달랐지만 회사를 나오면 그녀는 오로지 진후의 여자로서의 역할만 했다. 진후가 좋아하는 반찬을 하고 진후가 좋아하는 영화를 고르면서 진후와의 시간을 즐겼다. 비로소 진짜 신혼부부가 된 것처럼 그렇게 두 사람은 매일이 행복했다.

❋✿❋

첫째에 대한 신뢰도는 점점 높아지는 대신에 둘째 도훈은 서서히 사람들이 등을 돌리기 시작하면서 회사 내에서는 이미 끈 떨어진 연이라는 소문이 무성했다.

결국 도훈의 자리는 지유가 차지하는 걸 이사진들도 암묵적으로 받아들이는 듯한 분위기였다.

회의를 앞두고 사람들은 명원의 진짜 실세인 지유에게 줄을 대기 위해 저마다 눈도장을 찍어 대느라 바빴다.

"네가 이긴 것 같지?"

크게 상관도 없는 회의에 도훈이 구겨진 얼굴을 하고 들어와 괜히 지유에게 시비를 걸었다. 그러거나 말거나 지유는 그다지 동요하지 않았다.

"그래 봤자 넌 밖에서 낳아 온 딸일 뿐이야."

밖에서와 딸을 유독 강조하면서 도훈은 본격적으로 지유의 신경을 긁었다.

"그래, 할 수 있을 때 실컷 재주 부려 봐. 결국 박수받는 건 나일 테니까."

같은 피를 갖고 같은 배에서 나왔는데 도훈은 경훈과 달랐다. 머리도 달랐지만 속이 훤히 들여다보이는 것도 달랐다.

무슨 생각을 하고 있는 건지 한 5초만 바라보면 대충 그 속이 보였다. 사업하기에는 너무도 좋지 않았다.

하지만 무슨 생각을 하는지, 어떤 꿍꿍이를 갖고 있는지 전혀 밖으로 드러내지 않는 경훈은 확실히 사업가적인 기질을 타고 났다고 볼 수 있었다.

그래서 경훈은 무서웠다. 지금은 동생으로 보면서 곁으로 살기를 드러내지 않았지만 언젠가는 그가 칼을 들고 그걸 1초의 망설임도 없이 휘두를 수도 있다는 걸 지유는 알고 있었다. 그래서 늘 경훈 앞에서는 말과 행동을 조심했다.

"참, 서진후는 여전히 까부는 것 같더라?"

서류를 반듯하게 정리하면서 지유는 귀찮다는 듯이 대꾸해 줬다.

"그래?"

"그만 들쑤시고 다니라고 해. 여기저기 적을 너무 많이 만들고 다니잖아."

"알아서 하겠지."

"적당히 까불라고 전해."

"오빠."

"오빠?"

"그 사람 걱정하지 말고 새언니랑 어디 하와이라도 나가서 쉬다 오지 그래?"

"내가 왜?"

"그나마 조용할 때 나가야 덜 쪽팔리지 않겠어? 이제 곧 마약이니 뭐니 크게 터질 것 같던데 우리 회사 이름에 먹칠하는 짓은 그만 좀 해. 동생으로서 너무 안타깝다."

"너 지금 내가 마약이라도 한다는 거야?"

"쉬이."

지유는 손가락을 들어 입술에 갖다 대면서 조용히 하란 신호를 보냈다. 도훈은 멈칫하더니 이내 주위를 돌아봤다.

"안 해도 오빠 하나 엮는 건 일도 아니야."

눈을 찡긋해 주고 지유는 금세 포커페이스를 유지했다. 도훈은 이를 갈면서도 선뜻 지유를 어쩌지 못했다. 말로는 밖에서 낳아 온 딸이라고 무시했지만 실상 그녀 앞에서 할 수 있는 게 없다는 걸 도훈도 알고 있었다.

지금 회사에서나 집안에서나 아버지가 믿고 밀어주는 사람은 자신이 아닌 지유였다. 이미 처가에서도 몸을 사리고 있는 마당에 아버지까지 등을 돌리면 도훈은 다시 회사로 돌아오기는 힘들었다. 분했지만 어쩔 수가 없었다.

무난히 회사가 끝나고 경훈이 지유를 사무실로 불렀다. 김 비서는 지유 앞에 따뜻한 커피를 갖다 주면서 호의적인 눈인사를 건넸다.

"집은 살 만하고?"

"네."

"그래 둘이 살기에 그 정도면 좁은 건 아니니까."

진후가 마련한 40평대의 아파트, 그곳은 보통의 재벌들 입장에서는 소꿉놀이하는 비좁은 공간일 뿐이었다. 하지만 지유는 정원 딸린 2층의 신혼집보다 지금의 집에서 더 행복하고 편안했다.

"필요한 거 있으면 언제든지 말해."

"말하면, 되는 건가요?"

지유가 눈을 들어 경훈을 응시했다. 찻잔 너머로 경훈의 눈이 부드럽게, 그러나 지유의 속을 꿰뚫어 보듯이 번쩍였다.

"아마도."

"그럼 명원전자 주세요."

당차고 어이없는 말이었다. 지유는 점점 더 대범해지고 있었다. 그녀에게 날개를 달아 준 사람이 서진후겠구나, 그저 짐작만 할 뿐이었다.

"후훗."

경훈은 찻잔을 내려놓으면서 가볍게 웃었다.

"주면?"

"뭘 하면 되죠?"

"글쎄, 네가 할 수 있는 게 뭘까."

손깍지를 끼면서 경훈은 지유를 똑바로 쳐다봤다. 어릴 때 집에 들어와 겁먹은 눈빛을 하고 있던 어린 계집아이는 이제 없었다. 언제나 날을 세우고 사람들을 경계하던 이지유는 찾아볼 수 없었다.

"달라졌구나."

그 말의 의미를 지유도 알고 있었다. 독기로 가득 찼던 눈빛에 조금은 여유가 묻어나고 애정이 담겨 버렸다.

서진후와 함께하면서 지유는 분명 달라졌다. 그리고 살고 싶어졌다. 누구도 방해할 수 없는 견고한 성을 만들고 그 안에서 진후와 행복하게 살아 보고 싶어졌다. 그런 생각을 한 건 이미 오래됐다.

"달라지고 있는 중이죠."

"어디까지 달라질 생각이니."

"지금보다 더."

모호한 대답이었지만 그것만으로도 경훈은 이제부터 경계해야 할 사람이 지유일 수도 있겠다는 생각을 했다. 이제 지유는 아버지까지도 제 편으로 만들었다. 점차 지유의 세력이 넓어지고 있었다.

"서진후가 다쳐도?"

"아니요. 그럴 일은 없을 거예요. 그 사람도 이미 단단해졌거든요."

1년이란 시간 동안 진후는 회사에서 꽤나 두터운 신임을 얻게 됐다. 한국에서의 일은 전적으로 진후가 맡아서 한다고도 볼 수 있었다. 그는 술수를 부리지 않았고 머리를 허투루 굴리지도 않았다.

"그리고 제가 그렇게 되게 두고만 보지도 않을 거고요."

"컸구나."

독기로만 똘똘 뭉쳐 있을 때는 자세히 보면 무슨 생각을 하는지 짐작을 할 수 있었다. 하지만 지금의 지유는 전혀 알 수 없었다. 일을 즐기는 사람만큼 무서운 사람은 없는 법이었다.

"둘이니까 금방 크더라고요."

방심하고 있었다. 이번 프로젝트를 맡은 사람이 지유라는 것도 사실 며칠 전에서야 알았다. 미국 사업 진출로 회장님을 대신해서 출장이 잦았던 탓에 회사에 신경을 덜 쓴 게 사실이었다. 지유는 정확히 그 틈을 노렸다.

"긴장하시는 게 좋을 거예요."

"그런가?"

"이미 하고 계신 것 같기는 하지만요."

자신만큼이나 속을 알 수 없는 지유였다. 이번에 확실히 알았다. 떠보기 위해서 불렀는데 결국 속을 들킨 건 자신이었다.

"맞다, 오늘 있을 가족모임에는 참석 못 할 것 같아요."

자리에서 일어나며 지유가 슬쩍 입술 끝을 올려 웃었다.

"저도 가족 모임이 있어서요."

고개를 까딱해 인사를 하고 지유는 경훈의 사무실을 나왔다. 문이 닫히면서 등 뒤로 시원한 바람이 부는 듯했다.

아직 경훈은 건드려 보지도 못했다. 하지만 왠지 이길 수도 있겠다는 자신감이 생겼다. 묘하게 끓어오르는 도전의식에 짜릿한 쾌감을 느끼며 지유는 허리를 반듯하게 고쳐 세웠다.

✾✱✾

　지유의 회사 앞에서 기다리던 진후는 불이 환하게 켜진 빌딩을 올려다보면서 문득 그런 생각이 들었다.

　저 빌딩 안을 들어가 보지 않았더라면 지금처럼 지유를 온전히 사랑할 수 있었을까.

　그랬다면 지유는 여전히 웃음 없는 아내로, 그저 한집에 살고 있는 사람으로만 살고 있지 않았을까.

　그래도 평생 사랑할 수 있는 지유를 만나게 해 준 명원에 감사해야겠다. 피식, 웃으며 한참을 올려다보고 있는데 지유가 또각또각 걸어 나왔다.

　손을 들어 흔들어 주다가 이내 번쩍 양손을 들었다. 미간을 좁히며 다가오는 지유가 주변을 돌아보더니 아랫입술을 깨물며 폴짝 진후에게로 달려와 안겼다. 진후는 지유를 번쩍 안아 들고 다정스레 입을 맞췄다.

　"오늘 하루 잘 지냈어요?"

　"네, 진후 씨는요?"

　"이지유 보고 싶은 것만 빼면 그럭저럭."

　"점점 능글맞아지는 거 알아요?"

　"오늘 더 능글맞아지기로 작정했는데 어쩌지?"

　"얼마나?"

　"그건 이따가 봐야죠."

　눈만 봐도 웃음이 나오고 가까이 상대방의 숨결만 느껴도 단전 아래부터 찌르르한 전율이 느껴졌다. 이렇게 둘만 사는 세상에서 아무런 걱정 없이 살면 얼마나 좋을까, 하는 생각을 하루에도 몇 번씩 하게 만든다.

"오늘은 밥만 먹고 일찍 일어납시다."

진후는 지유가 탈 수 있도록 차 문을 열어 줬다.

"왜요?"

차에 타면서 지유는 동그랗고 예쁜 눈을 반짝이며 의아하다는 듯이 물었다. 진후는 그런 지유 가까이 다가가 그녀의 귀에 속삭였다.

"능글맞은 서진후 궁금하지 않아요?"

"별로?"

"그럼 섹시한 서진후는?"

"그건 좀 궁금하네."

지유의 앙증맞은 미소에 진후는 그녀의 볼에 가볍게 입을 맞췄다. 차 문을 닫고 운전석으로 돌아가면서도 진후는 지유에게서 시선을 떼지 못했다.

"배고파요?"

"조금."

지유의 손을 잡고 진후는 서서히 핸들을 돌려 운전했다. 운전을 할 수 있게 되고 그 옆자리에 지유를 태울 수 있게 되고, 이 모든 것이 이지유라는 여자 때문에 가능해졌다.

어쩌면 앞으로도 지유 때문에 하고 싶은 일은 점점 더 생겨나지 않을까 싶었다. 그녀를 위해서, 그리고 그녀와 살고 싶어졌다.

"오늘 낮에 햄버거 먹었는데 맛있더라고요. 다음에 같이 가요."

"점심으로 겨우 햄버거 먹었어요? 제대로 챙겨 먹어야죠."

"그럴게요."

"끼니 거르지 말아요."

"알았어요."

"사람이 밥을 먹어야 머리도 돌고 그러지."

"잔소리도 할 줄 알고."

"잔소리가 아니라 걱정이죠."

"마누라 다 됐네."

"마누라?"

"옆에서 그렇게 말해 주니까 좋다."

눈을 흘기는 지유와 달라 진후는 그저 싱글벙글이었다. 마냥 좋아서 웃는 진후를 보고 있자니 지유도 금세 반달눈이 되고 말았다.

"고기 사 가야죠."

"진희가 사 온대요."

"그냥 오빠가 사 가요. 무슨 오빠가 동생한테 얻어먹고 그래요?"

"그런가?"

"삼겹살도 사 가고 어머니 드시게 소고기도 사요."

"내 마누라 너무 예쁘다."

"마누라라고 하지 마요."

"왜요, 난 좋기만 한데. 마누라."

진후는 껄껄껄 웃으면서 지유의 손을 한 번 더 그러쥐었다. 손 안의 따스함이 가슴속을 파고드는 듯했다. 따뜻하고 좋았다. 이대로만 지금처럼 손을 잡고 있으면 세상에 무서울 게 없었다.

"사랑해요."

"갑자기?"

"갑자기 지유 씨를 내가 참 많이 사랑하는구나 하는 생각이 들어서요. 오늘도 내일도 사랑해요."

405

"나도 사랑해요."

진후의 팔에 지유가 슬며시 머리를 기댔다. 서서히 지고 있는 태양을 바라보면서 두 사람은 노을 속으로 들어갔다.

내일은 오늘보다 조금 더 행복할지도 모르겠다는 생각을 했다. 그리고 오늘보다 조금 더 많이 웃게 되는 하루가 아닐까 싶었다. 사랑하는 사람과 함께 있는 지금, 가슴 떨리도록 행복했다.

-The end-

외전

떨리게, 연애 그 후

채 동도 트지 않은 새벽, 지유는 앓는 소리를 내며 몸을 뒤척였다. 잠결에 지유를 안기 위해 손을 뻗었던 진후는 뜨거운 무언가에 놀란 듯 눈을 떴다. 눈을 뜬 진후는 본능적으로 지유부터 살폈다. 그녀의 몸이 뜨겁다.

"지유 씨."

조심스럽게 지유의 이름을 부르며 그녀의 얼굴에 손등을 갖다 댔다. 땀으로 축축하게 젖은 그녀는 눈을 뜨는 것조차 힘겨운 듯 보였다.

진후는 서둘러 이불을 걷고 일어나 옷부터 갈아입었다. 축 늘어진 지유를 보면서 그는 침착함을 잃지 않으려고 애썼다.

당장 무엇부터 해야 하는지 머릿속으로 생각을 하면서 그는 서둘러 옷을 입었다. 단추를 잠그는 그의 손끝이 저도 모르게 파르르 떨렸다.

잠옷을 입은 지유의 몸 위로 담요를 꺼내 덮어 주고 그대로 그녀를 안아 올렸다.

"진후 씨."

"아무 말 하지 마요, 금방 가요."

"우리 어디 가요……."

지유의 눈동자가 초점을 잃어 가고 있었다. 진후는 더 세게 지유의 몸을 안았다.

정원을 가로질러 차까지 가는 거리는 너무나 멀게만 느껴졌다. 구급차를 불러야 한다는 생각은 아예 하지를 못했다. 그저 아픈 지유를 어떻게든 빨리 병원으로 데리고 가야겠다는 생각만 했다.

그녀를 뒷자리에 조심스럽게 눕히고 그는 운전석으로 돌아와 핸들을 잡았다. 시동을 켜고 출발하기까지 채 5분도 걸리지 않았다. 그럼에도 그는 초조하기만 했다. 집에서 가장 가까운 병원이 어디인지 이미 그녀를 안고 차로 오면서 생각해 두고 급하게 차를 출발시켰다.

병원으로 가면서도 그는 내내 백미러로 그녀의 상태를 확인했다. 간간이 그녀의 이름을 부르면서 완전히 정신을 잃지 않게도 했다. 하지만 점점 지유의 대답이 잦아들었다. 핸들을 꽉 쥔 그의 손등 위로 새파란 힘줄이 도드라졌다.

집에서 가장 가까운, 주치의가 있는 곳은 아니었지만 대학 병원으로 지유를 데리고 왔다. 진후는 응급실 앞에 차를 그대로 방치하듯 주차해 두고 지유를 안고 무작정 안으로 달려갔다.

"아픈 사람 있어요! 여기요!"

의사들과 간호사들이 달려와 지유를 침대로 안내할 때까지 진후는 같은 소리를 반복하듯이 외쳤다. 땀이 비 오듯이 흐르는 것도, 슬리퍼를 신은 것도 모른 채 그는 그저 지유만을 쳐다보고 있었다.

병원에 왔는데도 요동치는 그의 심장은 좀처럼 침착함을 되찾지 못했다. 하얀 침대 위에 누워서 의사들의 조치를 받는 지유를 보는데 세상이 무너진 것처럼 머릿속에는 아무 생각도 나지 않았다.

그때부터 떨리기 시작했던 것 같다. 그때부터 무섭기 시작했던 것 같다. 이지유 없는 세상을 처음으로 상상해 본 것도 그때가 처음이었던 것 같다.

환하게 아침이 밝고, 비 내리는 오후가 지나고서야 지유는 병실로 올라갈 수 있었다. 그리고 그때서야 진후의 정신도 돌아오는 듯했다.

무슨 정신으로 수속을 했는지도 기억나지 않았다. 일단은 열이 내리고 충분한 휴식을 취하게 한 뒤에 검사를 진행하기로 했다.

병실에 누워서 잠든 지유를 바라보고 있는데 울컥 뜨거운 게 속에서 솟구치듯이 올라왔다.

진후는 입술을 세게 깨물며 올라오려는 뜨거움을 그대로 삼켜버렸다. 붉어진 눈동자로 그는 잠든 지유를 오래도록 바라봤다.

일단은 과로로 인한 일시적인 쇼크라고 했다. 거기에 몸살도 겹쳤고 여러모로 몸을 혹사했다면서 절대적으로 안정을 취해야 한다고 했다.

"하아."

각자 회사 일에 대해서는 묻지도 않았고 말하지도 않았다. 어쩌다 겹치는 부분에 대해서도 퇴근을 한 후에는 일절 입 밖에 내지 않았다. 그게 두 사람의 결혼 생활에 대한 지켜야 할 규칙 같은 거였다.

퇴근을 한 지유는 언제나 웃었고 항상 사랑스러웠다. 어깨에 짊어지고 있던 무거운 것들을 내려놓고 그야말로 편안해 보이기만 했었다.

그녀를 위해서, 그리고 행복한 결혼 생활을 위해서 진후도 똑같이 그렇게 했다. 지금까지는, 지유가 아프기 전까지는 그게 최선이었고 최고의 선택인 듯싶었다.

하지만 왠지 생각을 달리 해야 할 것 같았다. 혼자서 그 무거운 것들을 어깨에 짊어지고 사느라 지유는 너무도 지쳐 있었다.

회사에 그녀를 공격하는 사람들이 얼마나 많은지 알고 있었으면서 그동안 그걸 모른 척 외면했었다. 무지했고 무심했다.

"진후 씨."

잠결에 지유가 진후의 이름을 불렀다. 진후는 입술을 깨물며 지유의 마른 손을 잡았다. 다른 손으로 그녀의 머리칼을 쓰다듬으면서 그녀를 안심시켰다.

"나 여기 있어요."

지유의 입술 끝이 힘겹게 위로 올라갔다.

"아무 데도 안 가고 지유 씨 옆에 꼭 붙어 있을 거니까 안심하고 자요."

지유가 진후의 손을 힘주어 잡았다. 지유의 손등에 입을 맞추며 진후는 토닥토닥 규칙적으로 그녀의 가슴을 두드려 줬다.

얼마 지나지 않아 지유는 고른 숨소리를 내면서 깊이 잠에 빠져들었다. 지유에게 약속한 대로 진후는 한시도 그녀의 곁을 떠나지 않고 지켰다.

그렇게 꼬박 이틀이 지났다. 지유는 그동안 못 잔 잠을 보충하기라도 하듯이 미동도 없이 잠을 잤고 그 옆에서 진후는 화장실을 갈 때 빼고는 한 번도 움직이지 않았다.

월요일 아침, 진후는 잠이 깬 지유에게 아침 식사를 가져다주고 조용히 병실을 나왔다.

복도 끝에서 그는 회사로 전화를 걸어 당분간 출근을 못 할 것 같다며 휴가를 냈고, 지유의 사무실에도 전화를 걸어서 당장 해야 할 일이 무엇인지 파악했다.

최근 큰 프로젝트가 끝나면서 그동안 쌓였던 부담감이 사라지며 긴장이 풀렸던 것 같았다. 다행히도 당장 처리해야 할 중요한 업무는 없는 상황이었다.

몇 건의 미팅이 전부였지만 그건 지유 없이 진행해도 무방했다. 현재 지유의 상태를 알리고 빨리 처리해야 할 것들은 병원으로 가져오도록 부탁했다. 그리고 그는 회장님에게 전화를 걸어 지유의 상태를 알렸다. 동시에 지유가 퇴원하고 난 후에 집으로 찾아뵙겠다는 뜻도 밝혔다.

병실 문을 열고 안으로 들어가자 얼굴이 반쪽이 된 지유가 숟가락을 입으로 가져가다 말고 진후를 보며 씽긋 웃었다.

"웃지 마요, 나 진짜 놀랐어요."

"미안해요."

"지유 씨 괜찮다는 말, 이제 안 믿기로 했어요."

의자를 끌어당겨 앉으면서 그는 지유에게서 숟가락을 뺏어 들었다. 하얀 쌀밥을 숟가락에 담고 그 위에 장조림을 올려 지유에게 내밀었다.

"무조건 많이 먹고 무조건 푹 쉬어요."

지유는 입을 벌려 진후가 내민 숟가락을 입에 물었다. 홀쭉해진 그녀의 볼이 제법 빵빵하게 부풀었다.

"회사 일은 당분간 잊어요."

"네?"

"먹고 자고 쉬는 것만 해요."

"진후 씨."

"물론 내 생각도 하고."

국도 떠서 먹여 주고 반찬도 골고루 한 번씩은 다 먹을 수 있게 하면서 그는 부지런히 팔을 움직였다.

그가 하는 대로 지유는 그저 받아먹기만 했다. 싫다는 말도 할 수가 없었다. 진후의 표정이 너무나 진지해서 차마 그만 먹고 싶다는 말도 하지 못했다. 아무래도 그가 화가 난 듯 보였다.

"달라지는 건 없어요. 그냥 몸살일 뿐이에요."

"아니요, 달라져야겠어요."

진후의 표정에 사뭇 비장함 비슷한 게 떠올랐다. 지유는 진후의 눈치를 살폈다. 화가 난 것 같기도 하고 생각이 많아진 것 같기도 했다.

"마지막이죠?"

한 숟가락 남은 걸 보고 지유가 슬며시 물었다.

"이것 먹고 과일도 먹어요."

"나 사육당하는 거 아니죠?"

"당분간은 그럴 예정이에요."

차마 거스를 수가 없어서 지유는 입을 벌렸다. 밥을 다 먹고 진후는 정말 과일을 냉장고에서 꺼내와 지유 앞에 내밀었다. 딸기부터 사과까지 종류별로 가득했다.

"이건 어디서 났어요?"

"부탁해서 사 왔어요."

지유가 잠들어 있을 때 진희에게만 연락을 했었다. 진희는 과일 좀 사 오라는 진후의 부탁에 정말 이것저것 과일이란 과일은 전부 사 왔다. 그리고는 잠든 지유를 한참이나 물끄러미 바라보다가 집으로 돌아갔다.

"잘 먹고 잘 쉬어야 한다니까 아무 생각 하지 말고 먹고 쉬기만 해요."

"나 괜찮아요."

"안 괜찮아요."

"진후 씨."

"당신이 어떻게 되는 줄 알았다고요. 하루아침에 나 혼자 되는 줄 알았다고요."

다시금 떠오른 생각에 진후는 눈을 감아 버렸다. 두 번 다시는 경험하고 싶지 않은 아찔한 순간이었다. 한번 들기 시작한 생각들은 무서운 상상으로 진후를 조여 왔다. 같은 일을 반복하고 싶지는 않았다.

"겨우 몸살일 뿐이에요. 이렇게까지 유난 떨 일 아니라고요."

딸기 한 알을 지유의 입에 넣어 주면서 진후가 말했다.

"당신이 잘못되면 난, 죽어요."

그 생각이 제일 먼저 들었다. 지유 없는 세상은 이제 진후에게 존재하지 않았다. 한 번도, 단 한 번도 상상해 보지 않은 일들이었다.

"이지유가 내 세상이라고요. 당신이 없으면 나도 없어요. 그걸 제대로 깨닫게 해 줬어요, 당신이."

막연하게 사랑한다는 감정으로는 부족했다. 어느새 이지유는 서진후의 삶이 돼 버렸다. 그녀가 없는 삶에 대해서는 한 번도 생각해 본 적이 없었는데 이번에 절실히 깨닫게 됐다. 그녀가 얼마나 소중한지, 그녀가 얼마나 필요한 사람인지.

그래서 앞으로는 이지유를 지켜야겠다는 생각이 들었다. 무엇으로든 지유를 힘들고 지치게 하는 것들로부터 그녀를 지켜 내야 할 것 같았다.

"내가 자는 동안 많은 생각을 했네요."

"더 많은 생각을 하게 될 거니까 그게 무서우면 더는 나 혼자 두지 마요."

지유는 사랑스러운 미소를 지으며 진후를 바라봤다. 누군가에게 소중한 존재가 된다는 게 얼마나 가슴 벅찬 일인지 이제는 조금 알 것도 같았다.

서진후에게는 이지유가 그런 존재였다. 든든한 울타리를 넘어서 그녀에게도 이제 온전한 세상이 생겼다. 누구도 함부로 들어올 수도 없는 두 사람만의 세상. 두 사람이 허락한 사람들만 들어올 수 있는 둘만의 세상.

"설마 어머니한테도 알린 건 아니죠?"

"왜요?"

"걱정하시잖아요."

이렇게 사랑스러운 여자를 어떻게 사랑하지 않을 수 있을까.

"말씀드린 거 아니죠?"

지유는 금방이라도 울 것 같은 표정을 지어 보였다. 이럴 때면 그냥 어느 집의 평범한 딸이었다.

"말씀 안 드렸어요. 진희만 알아요."

"아가씨도 걱정하겠네요."

"가족은 서로 걱정하고 고민하고 기뻐하는 사람들이에요."

"그래도요."

"다른 사람 말고 나만 챙겨요. 내가 얼마나 놀랐는지 알아요?"

괜히 심통을 부리는 진후의 볼을 지유는 귀엽다는 듯이 쓰다듬었다. 지유의 손을 감싸 쥐고 진후는 안도하듯 깊은 숨을 몰아쉬었다.

"후우."

"진짜 많이 놀랐나 보네."

"세상이 무너지는 줄 알았어요."

"미안해요."

"좀 자요."

"먹고 자면 부어요."

"부어도 이지유예요. 그 미모 어디 안 가니까 걱정하지 말고 자요."

지유는 마지못해 이불을 덮고 누웠다. 목 아래까지 이불을 덮어주면서 진후는 지유 얼굴 가까이 얼굴을 대고 말했다.

"그런데 나 말고 잘 보여야 할 사람 있습니까?"

"네?"

"그런 사람 없으니까 조용히 눈 감아요."

씨익, 진후의 입술 끝이 개구지게 올라갔다.

"아무 데도 안 가고 지유 씨 옆에 있을 테니까 마음 놓고 자요."

지유의 손을 꼭 움켜쥐고 진후는 지유가 잠이 들 때까지 옆을 지켰다. 얼마 지나지 않아 지유는 새근새근 숨소리를 내면서 잠이 들었다.

혹시 몰라서 산부인과 검사부터 받아 보기로 했다. 그리고 두 사람에게 생각지도 못한 뜻밖의 손님이 찾아왔다.

"네?"

화면 속 작은 점을 진후는 미간을 좁히며 뚫어져라 바라봤다. 아무리 봐도 선생님이 말한 아이는 보이지 않았다.

"벌써 13주나 됐네요. 초기에 너무 무리를 하신 것 같아요."

"저기 그러니까……."

"네, 아빠 되십니다."

아빠, 라는 단어가 머릿속 어딘가에 박혀서 빙빙 도는 기분이었다. 정신을 차려야 하는데 그게 잘 되지 않았다.

"지금 뭐라고 하신 거죠?"

"아빠 되신다고요."

"네?"

"아내분 무리하지 않도록 해 주시고요……."

검사를 마치고 몸 상태를 생각해 먼저 병실로 간 지유의 얼굴이 떠올랐다. 눈앞이 뿌옇게 변하면서 마냥 지유의 얼굴만 떠올랐다.

"감동은 아내분이랑 같이 하세요. 절대 안정, 아시죠?"

무슨 대답을 어떻게 하고 나왔는지도 기억이 나지 않았다. 손에 쥔 사진 한 장에서 좀처럼 시선이 떨어지지 않았다.

"아빠……."

한 번도 생각해 본 적이 없었다. 자신이 아빠가 되고 자신을 꼭 닮은 아이가 태어나서 집 안을 뛰어다는 상상, 해 본 적이 없었다. 그리고 아이의 엄마가 지유가 된다는 것도.

"말도 안 돼."

발이 떨어지지 않았다. 병원 복도에서 진후는 한참이나 그렇게 넋을 놓고 있었다. 그러면서도 꾸역꾸역 눈물이 차오르고 뺨을 타고 흘러내렸다. 어떤 의미의 눈물인지도 모르겠다. 슬픔은 아니었다.

남들처럼 평범하게 산다는 건, 삼시 세 끼 밥을 먹고 사고 싶은 걸 사고 싶을 때 살 수 있는 그 정도였다.

그러나 이지유를 만나고 그 삶이 달라졌다. 삼시 세 끼에서 디저트도 먹고 차도 마셨다. 그리고 간절하게 원하지 않았던 것들도 그냥 갖고 싶다는 생각이 들면 사게 됐다.

오붓하게 영화를 보고 가끔 교외로 드라이브를 가기도 하고 여행도 다녔다. 그것만으로도 서진후의 삶은 달라졌다. 이미 충분히 행복하고 감사한 일이었다.

그런데 이 뜻하지 않은 손님은, 정말 생각지도 못했다. 이런 축복까지는 바라지도 않았었다.

도대체 이지유는 어떤 여자인 걸까.

대체 얼마나 대단한 여자인 걸까.

"미치겠네."

눈물이 나서 고개를 들 수가 없었다. 꺼이꺼이, 소리가 날 것 같아서 입을 틀어막은 손을 뗄 수가 없었다.

입술을 깨물면서 벽을 보고 서서 그렇게 한참이나 가만히 있었다. 손에 쥔 작은 사진 한 장이 실감나기 전까지 그는 제대로 숨도 쉬지 못했다.

"후우."

눈물이 멈추고 가장 먼저 든 생각은 감사합니다, 였다. 지유에

417

게 너무도 고맙고 감사했다. 그녀로 인해 진후의 세상이 달라졌다. 그리고 지유의 세상도 달라지기를 바랐다.

넓은 보폭으로 걸음을 걸어 병실 앞까지 왔다. 문을 열기 전에 심호흡을 하면서 그는 숨을 골랐다. 그리고 문을 열었다.

아이처럼 잠든 지유가 침대 위에 누워 있었다. 그는 조심스럽게 문을 닫고 그녀에게 다가갔다. 그녀 옆에 앉으며 손을 잡았다.

곧고 반듯한 지유의 손가락을 한참을 내려다보다가 그녀의 손등에 입을 맞췄다. 그리고 그녀의 복숭앗빛으로 물든 뺨에 입을 맞췄다.

"사랑해요."

그의 낮은 음성에 지유가 입술 끝을 올리며 웃었다. 그리고 잠꼬대하듯이 중얼거렸다.

"나도요."

으스러지게 안아 주고 싶지만 진후는 꾹 참았다. 가만히 지유의 뺨을 쓸어내리며 그는 뜨거운 눈물을 한 번 더 흘렸다.

임신이라는 사실을 전해 듣고 지유는 진후와 마찬가지로 아무 말도 하지 못했다. 무슨 말을 들은 건지, 자신에게 어떤 일이 생긴 건지 파악하느라 시간이 걸리는 듯했다.

둘에게는 그만큼이나 상상하지 못했던 특별한 일이었다.

그렇게 임신 사실을 알고 지유는 그야말로 침대와 한 몸이 되어서 병원에서 꼬박 일주일을 머물다 퇴원할 수 있었다.

집에 돌아와서도 그녀가 할 수 있는 건 없었다. 그나마 진후가 집에 없을 때 조금씩 회사의 밀린 업무들을 처리하는 게 전부였다.

"지유 씨의 거처에 대해 앞으로 어떤 계획이 있으신지 알고 싶습니다."

　지유를 퇴원시키고 진후는 급한 회사 일을 본 후에야 지유의 본가를 찾았다. 두 사람이 따로 나와 살면서 한 번도 들르지 않은 집이었다. 집은 떠날 때와 크게 달라진 건 없는 듯했다.

　"지유는?"

　"많이 좋아졌습니다."

　아직 이 회장에게 임신 소식을 알리지 않았다. 그건 아무래도 지유가 직접 하는 게 좋을 것 같았다.

　"업무 복귀는 아직이라고 들었는데?"

　"네."

　"어디가 안 좋은 건가?"

　"이제 괜찮습니다."

　딸의 건강을 걱정하는 아버지의 마음을 모르지 않았다. 하지만 그걸 겉으로 드러내지 않는 이 회장이 진후는 야속했다. 하물며 당사자인 지유는 오죽할까.

　"묻는 의도가 뭔가."

　"의도는 없습니다. 다만 지유 씨가 앞으로 어떤 일을 얼마나 해야 하는지 알고 싶을 뿐입니다."

　진후는 처음 결혼을 했을 때와 달라졌다. 그때는 겁먹은 새끼 사자의 눈빛으로 집 안을 두려움에 떨면서 두리번거렸다면, 지금은 발톱을 숨길 줄 아는 꽤나 여유 넘치는 사자가 되어 있었다.

　지금까지 일을 해 온 스타일을 봐도 그랬다. 공과 사를 철저하게 구분했고 자신에게 이익이 되는 쪽이 무엇인지 정확히 알고 있었다.

　그를 변화하게 한 긍정적 요인이 지유에게 있다는 걸 이 회장은 알고 있었다. 그래서 더욱 진후가 탐이 났다. 제 사람 아낄 줄 알고 제 것에 대한 소유욕이 있는, 사업을 하기엔 더없이 좋은 조건이었다.

"지유가 어디까지 갈 수 있을 거라고 생각하나."

"바라는 데까지는 갈 수 있다고 생각합니다."

"자네는?"

이 회장의 물음에 진후는 잠시 그의 눈을 똑바로 쳐다봤다. 이 회장의 의중을 읽으려는 듯 그는 천천히 대답했다.

"지유 씨가 원하는 데까지 갈 생각입니다."

"자네가 뜻하지 않는 방향으로 가도?"

"그럴 일은 없습니다."

"꽤나 확신하는군."

"네, 지유 씨에 대한 믿음입니다."

단단해졌다. 지유에 대한 마음도, 그것을 지키려는 마음도 이미 진후는 견고해졌다.

사위가 아니라 아들이었으면 싶었다. 아무리 사업가라고 해도 자식을 전부 밀어내고 사위에게 물려줄 정도로 냉정한 사람은 아니었다. 딸에게 주면 좋겠지만 지금은 딸보다 솔직히 진후가 더 탐이 났다.

"다시 회사로 돌아가고 싶습니다."

"그래?"

"네."

"어째서?"

"지유 씨를 지키고 싶습니다."

지유의 곁에서 다치지 않도록, 그 어떤 것에도 생채기 나지 않도록 지키고 싶었다. 회사로 돌아가는 게 아이와 함께 지유를 지키는 방법이었다.

"자네가 돌아오는 걸 원하지 않는 사람들이 있을 텐데?"

"그건 아버님이 알아서 정리해 주실 거라고 믿습니다."

"믿는다……."

이 회장은 혼잣말을 하면서 한쪽 입술 끝을 쭉 잡아 올렸다. 그의 짧은 웃음을 진후가 놓치지 않고 봐 버렸다.

"지금까지 능력 위주라고 하시면서 형님에게 후계자 자리를 공식적으로 물려주지 않으신 이유, 지유 씨 때문으로 알고 있습니다."

진후는 이 회장의 의중을 정확히 간파하고 있었다.

"하지만 아무리 회장님이라고 해도 한계가 있으실 거라고 생각합니다. 대한민국에서 최고의 비즈니스를 하기 위해서는 남자여야만 하니까요. 그럼에도 미루신 이유는 마음이겠죠. 딸에 대한 아쉬움과 애틋함, 전 그렇게 봤습니다."

"그렇게 봤다…… 건방지군."

노여워하지 않고 이 회장은 그저 허허, 웃으면서 말했다. 그건 진후가 그의 속내를 제대로 읽었다는 뜻이었다.

"지유 씨가 할 수 있는 선까지 옆에서 돕고 싶습니다."

"그 자리가 싫다고 나간 건 자네 아닌가."

그랬다. 처음부터 결혼의 조건이자 진후가 해야 할 의무와도 같은 일이었다.

"지유 씨에게 제가 약점이 될 것 같아서 그 자리를 버렸습니다. 그런데 지금은 제가 그녀에게 힘이 돼 줄 수 있을 것 같습니다."

"장담할 수 있나?"

대답을 기다리는 이 회장 앞에서 진후는 단호함이 깃든 눈동자를 내보였다.

"네."

그 이상 바라는 건 없었다. 지금은, 그리고 앞으로도 그의 중심에는 그저 이지유만이 있을 뿐이었다.

똑똑똑.

노크 소리와 함께 정 여사가 모습을 나타냈다. 진후는 자리에서 일어나 고개를 숙여 인사했다.

"오랜만이군."

외출에서 돌아온 정 여사가 겉으로는 웃으며 진후를 맞이했다. 하지만 서재까지 들어온 게 진후의 꿍꿍이가 무엇인지 알기 위함이라는 걸 진후는 알고 있었다.

"지유는 같이 안 왔나?"

"네."

"아예 발길을 끊을 작정인가 보네."

그 말에는 어떤 대답도 하지 않았다. 정 여사가 이 회장 앞에 자리를 잡고 앉고 진후도 다시 소파에 앉았다.

"무슨 얘기 중이셨어요?"

정 여사가 조심스럽게 이 회장의 의중을 살피듯이 물었다. 이 회장은 가만히 찻잔을 들어 입으로 가져갔다. 정 여사의 시선이 대답 없는 이 회장을 지나 진후에게로 향했다.

"그래, 어쩐 일로 여기까지 온 건가?"

"안부 인사 차 들렀습니다."

"그래?"

"네."

"지유 없이 혼자 안부 인사도 오고 성격이 많이 유해졌군."

지유에 대해 정 여사는 무척이나 궁금한 듯했다. 그도 그럴 것이 며칠 동안 회사에도 나오지 않고 있다는 보고를 이미 받았을 테니 정 여사는 오만 가지 상상을 다 하고 있을 터였다.

주치의가 따로 있음에도 집에서 가까운 대학 병원을 고집한 건 그런 이유에서였다. 결과적으로는 꽤 나은 판단이었다.

"주말에 같이 저녁이나 먹을까?"

"죄송합니다. 지유 씨가 감기가 심해서 아직은 바깥출입이 어렵습니다."

"감기?"

"네."

분명히 무언가 있었다.

"차 한 잔 더 주지."

가만히 있던 이 회장이 넌지시 찻잔을 정 여사 앞으로 밀어냈다. 그만 서재에서 나가라는 뜻이었다. 정 여사는 마지못해 몸을 일으켰다.

"언제 나올 생각인가."

정 여사가 나가자마자 이 회장이 진후에게 물었다.

"이 달 안으로 정리하겠습니다."

"자리 만들어 보지."

"감사합니다."

그걸로 이 회장과의 이야기는 마무리 되었다.

초인종을 누르지 않고 비밀번호를 누르고 집 안으로 들어온 진후는 주방으로 들어가 사 온 것들을 한보따리 식탁 위에 내려놨다.

인기척을 듣고 방에서 나온 지유가 눈앞에 펼쳐진 것들을 보고 눈을 휘둥그레 떴다.

"이게 다 뭐예요? 설마 이거 다 산 거예요?"

"임신하면 과일을 많이 먹어야 한대요."

종이봉투 하나에서 연달아 과일이 나왔다. 종류별로 참 많이도 사왔다.

"그럼 저건요?"

"이것도 다 지유 씨가 먹을 거예요."

아직 내용물이 나오지도 않은 것들을 보면서 지유는 덜컥 겁이 났다. 아무래도 이 남자 오늘 백화점을 털고 온 게 아닌가 싶었다.

"고기 구워 줄게요, 기다려요."

"지금이요?"

"고기 먹고 과일 먹어요."

"진후 씨."

"과일 먹고는 한숨 자요."

"진후 씨."

"네?"

"나 돼지 만들려고 그러는 거 아니죠?"

"지유 씨가 잘 먹어야 우리 아기가 잘 크죠."

진후는 아기라는 말을 하면서 쑥스러운지 씨익 웃었다. 그런 진후를 보면서 지유는 못내 서운함이 생겼다.

"그런 표정 하지 마요."

"네?"

"나 진짜 서운해지려고 해요."

"왜요?"

424

"너무 좋아하니까."

"응?"

"나 말고 아기요. 나는 아직도 내가 엄마가 된다는 게 실감이 안 나고 이상하고 그러는데 진후 씨는 벌써부터 바보가 돼 가고 있잖아요."

그때서야 진후는 지유의 마음을 읽지 못했구나 하는 생각이 들었다. 그는 장 봐 온 것들을 팽개치고 지유의 손을 잡아 의자에 앉혔다. 그리고 그 앞에 한쪽 무릎을 꿇고 앉아 지유의 눈을 응시했다.

"지유 씨."

"네."

"내가 아침에 일어나서 제일 먼저 하는 일이 뭔 줄 알아요?"

"뭔데요?"

"내 볼 꼬집어 보는 거."

"왜요?"

"안 믿겨요, 나는 아직도."

"뭐가 안 믿겨요?"

"이지유가 내 여자라는 거, 이지유가 내 아이를 임신했다는 거. 그게 얼마나 놀랍고 기적 같은 일인지 지유 씨는 모를 거예요."

자다가 지유가 뒤척이는 바람에 잠이 설핏 깼을 때도 한 번씩 지유의 뺨을 어루만지고 한참을 그녀의 얼굴을 들여다보곤 했다. 그러면 그때서야 이게 현실이구나, 하는 안도감에 다시 잠이 들 수 있었다.

"당신은 나한테 기적이에요."

"아니, 진후 씨가 나한테 기적이에요."

진후의 눈에 어느새 눈물이 고이기 시작했다. 그런 그를 보면서 지유도 눈물이 차올랐다. 슬픔이 아닌 기쁨에서 오는 눈물이었다. 기뻐도, 행복해도 이렇게 눈물을 흘릴 수 있구나 싶었다.

진후는 지유의 눈물을 손으로 닦아 내면서 말했다.

"사랑해요."

"나도 사랑해요."

진후의 입술이 지유의 입술을 향해 스윽 올라왔다. 짧은 입맞춤을 하고 진후는 지유의 손을 잡았다.

"이지유 세상에서 가장 좋은 남편이 될게요. 그리고 이지유 세상에서 가장 좋은 아빠가 될게요."

지유가 웃으면서 고개를 끄덕였다.

"이지유 세상이 끝나는 날까지 내가 옆에서 지켜 줄게요. 절대 당신 혼자 두지 않을게요."

"약속해요."

새끼손가락을 걸면서 두 사람은 약속했다. 도장을 찍듯이 지유가 진후의 손가락에 입을 맞췄다.

"이제 가족들한테 알립시다."

"알려도 돼요?"

"네."

"어머니 집에 가요."

눈물을 글썽이며 좋아할 강 여사 얼굴이 떠올라 지유는 또다시 코끝이 찡해졌다.

"일단 이거 먹고 가요."

"가서 먹으면……."

"안 돼요."

진후는 단호해졌고 지유는 사랑스러워졌다. 애교도 제법 늘었고 어리광도 부릴 줄 알게 됐다. 마음 놓고 투정 부려도 다 받아 주는 가족이 생긴 탓이었다.

"어머님한테도 알려 드려요."

"네."

지유는 현재 유럽 여행 중인 이서정 여사에게 전화를 거는 대신 문자로 이 소식을 전했다.

[나 임신했어요.]

그게 전부였지만 그 안에는 무수히 많은 감정들이 뒤섞여 있었다. 그걸 아는지 이서정 여사는 30여 분이 지난 후에야 축하한다는 짧은 답문을 해 왔다.

고기를 배부르게 먹고 과일도 종류별로 야무지게 챙겨 먹은 후, 두 사람은 손을 꼭 맞잡은 채로 차를 타고 강 여사 집으로 왔다.

오는 차 안에서 진후는 앞으로의 변화에 대해 지유에게 설명했다. 놀란 눈으로 쳐다보는 지유에게 진후는 그럴 수밖에 없고, 그렇게 해야만 한다는 또 한 번의 단호함을 보였다.

그게 지유와 앞으로 태어날 아이를 모두 지키는 거라는 그의 말에 지유는 수긍한 듯 고개를 끄덕였다. 바람 한 점 들어갈 수 없도록 꼭 잡은 지유의 손을 제 왼쪽 가슴으로 가져가면서 진후는 속으로 다짐했다.

이 여자를 지키겠다고.

이 여자를 행복하게 해 주겠다고.

이 여자와 평생을 함께하겠다고.

집 앞에 도착할 즈음, 이미 대문 앞에 나와서 두 사람을 기다리는 강 여사의 모습이 보였다. 아직 소식을 전한 것도 아닌데 강 여사는 평소처럼 두 사람을 조금이라도 빨리 보기 위해서 대문 앞까지 나와 있는 거였다.

차가 정차하고 지유는 벨트를 풀고 차에서 내려 쪼르르 강 여사에게 달려가 어린아이처럼 품에 안겼다.

"어머니!"

달려와 안기는 지유를 강 여사가 놀란 듯 맞았다.

"왜, 무슨 일 있어?"

"네."

"무슨 일?"

"어머니 이제 곧 할머니 되신대요."

"뭐?"

지유를 품에서 떼어 놓으며 강 여사가 다시 물었다.

"뭐가 된다고?"

"할머니요."

"그러니까 아이를 가졌다고?"

"네."

"우리 지유 장하다. 장하다, 장해."

금세 강 여사의 주름진 눈에 눈물이 고였다. 지유의 손을, 지유의 등을 연신 쓸어내리면서 강 여사는 좋아서 어쩔 줄 몰라 했다. 감격에 젖은 두 여자를 보고 있자니 진후는 속이 뜨거워졌다.

"고생했어."

사느라 고생했다, 지금까지 버티느라 고생했다, 그런 말로 들렸다. 온전한 가족을 갖게 된 지금 지유는 세상에서 가장 행복한 사람으로 느껴졌다. 그리고 무슨 일이든 잘 해낼 수 있을 것 같은 확

428

신이 생겼다. 진후가 옆에 있는 한 못 할 일은 없었다.

"들어가자."

강 여사가 지유의 손을 잡았다. 그리고 지유는 다른 손으로 진후의 손을 잡았다. 맞잡은 손이 뜨거웠다. 그리고 그만큼이나 가슴이 뜨거워졌다.

사랑한다는 말이 귓가에서 들렸다. 행복하게 웃는 얼굴이 눈앞에서 그려졌다. 이제부터 시작이다.

떨리게 연애, 그건 아무래도 떨리게 결혼이 될 것 같다.

작가 후기

안녕하세요, 여전히 글 쓰는 걸 놓지 못하고 있는 요조입니다.

하얀 눈꽃처럼 바람에 흩날리는 벚꽃을 보면서 문득 생각났던 《떨리게, 연애》가 드디어 세상에 나왔네요.

강인하지만 여리고 가진 게 없어 보이지만 누구 앞에서도 기죽지 않는, 비로소 사랑을 깨닫게 되는 멋진 남녀를 그리고 싶었습니다. 많은 역경과 고난에도 흔들림 없는, 커다란 고목처럼 서로를 든든히 바라보는 그런 사랑을 생각하며 썼는데 전달이 잘 됐는지는 모르겠습니다.

아마도 지유는 진후와 함께 매일 아침 같이 눈을 뜨면서 행복하다고 말하고 있지 않을까 합니다. 둘이 함께 있는 한 그 어떤 시련도 가뿐히 넘길 수 있을 겁니다. 지금도 떨리게 연애하듯 사랑하며 살고 있는 두 사람이니까요.

세상에서 가장 빛나는 사람이 되어, 세상에서 가장 빛나는 사랑을 하고 계신지요. 그런 사랑을 할 수 있도록 응원하겠습니다. 세상의 모든 사랑을, 그리고 그런 사랑을 하고 있는 분들을 응원합니다.

때로는 사는 게 버겁고 지치지만 그럼에도 살아 있음에 감사합니다. 오늘도 내일도 빛나는 아침이기를 바랍니다.

요조